诺贝尔文学奖得主
帕特里克·怀特作品

FLAWS
IN
THE
GLASS:
A SELF PORTRAIT by PATRICK WHITE   〔澳〕帕特里克·怀特 著   李尧译

镜中瑕疵

再次献给曼努雷

中文版前言

[澳大利亚]尼古拉斯·周思①

李 尧 译

　　1973年诺贝尔文学奖得主帕特里克·怀特是澳大利亚最著名的作家。他之所以在澳大利亚和整个世界享有盛誉——他的许多著作已经译成多种文字出版——是因为他的作品包容着截然相反的两种属性。首先,帕特里克·怀特不是一位生活面狭窄的作家。正如他的自传所述,他一生都在具有国际色彩的范围内活动。他在英格兰读完中学和大学。他学习法语和德语。他到许多国家旅行。第二次世界大战期间,他在中东驻防。他的许多亲密朋友是外国人。他的作品所表现出来的文化的、理性的影响都是世界性的。他的一些不太重要的著作干脆以澳大利亚以外别的国家为背景——经常是希腊。他的最好的、最有特点的著作中也常常出现以欧洲为背景的章节,或者源于海外的人物、经验、回忆。这一点经常通过背

---

① 尼古拉斯·周思(Nicholas Jose,1952　　　):澳大利亚著名作家,生于伦敦,在阿德莱德长大,曾就读于澳大利亚国立大学和牛津大学。1987年—1990年任澳大利亚驻华使馆文化参赞。他创作的长篇小说《黑玫瑰》《长安大街》《守望者》《红线》等已在中国翻译出版,现任澳大利亚阿德莱德大学教授。

井离乡的人物左右为难的困窘表现出来。

其次,帕特里克·怀特的作品又具有鲜明的澳大利亚的属性。他的两部重要著作《探险家沃斯》(1957年)和《树叶裙》(1976年)都涉及了澳大利亚历史的重要方面:早期欧洲人对澳洲大陆的探索,以及欧洲移民与土著居民的关系。另外一部长篇小说《人树》(1955年)则通过一对澳大利亚普通夫妇半个世纪的经历表现了澳大利亚由农牧业殖民地发展成现代化国家的过程。后期的著作如《活体解剖者》(1970年)和《风暴眼》(1973年)则着眼于表现当代澳大利亚的生活。这些作品不仅以澳大利亚为背景,更重要的是以极其生动的笔触表现了澳大利亚生活的独特之处——五彩缤纷的内心世界的感知,澳大利亚乡音和语言的特殊结构,澳大利亚喜剧式的社会生活的精巧优雅,以及澳大利亚人理念中阴郁的思辨哲学。

帕特里克·怀特的小说刚刚问世时总是使澳大利亚读者大惑不解,并且感觉到一种挑战。在他之前,从来没有一位澳大利亚作家这样深刻地揭示澳大利亚的社会问题,以及澳大利亚人作为互不相同的个体的内心世界的冲突。帕特里克·怀特描绘的这幅澳大利亚的图画并不取悦于他的观众,他表现了澳大利亚的美丽、友爱,也暴露了它的丑陋和破坏力。可是,经历了最初的抵制,澳大利亚读者总是很快便认识到,怀特描绘的这幅图画诚实、充满炽热的感情、努力向真理的目标求索。

怀特的创作方法对于他的读者也是一种挑战。他既植根于小说创作的传统,从诸如狄更斯、陀思妥耶夫斯基、哈代这样一些文学大师的作品中汲取了营养,又紧跟这种传统走向现代派艺术发展的大潮,从约瑟夫·康拉德、D. H. 劳伦斯、詹姆斯·乔伊斯的著作中获益。他以自己浓厚的印象派的表现方法、诗一样的语言、意识流、黑色幽默,以及叙事技巧、观点表述上的"支离破碎",把现代主义的艺术技巧和创作态度引进到澳大利亚小说创作中。

但是怀特小说的读者遇到的最大困难或许是他带有强烈的个人色彩的想象力。他把世界看作光明与黑暗、善与恶、灵与肉的无休止的冲突。他试图将人类所有潜在的能力——从破坏力到创造力、从最崇高的到最卑鄙的,都包容在自己的作品之中。《人树》中有一个很有名的细节:主人公在一口唾沫里看见了上帝;《探险家沃斯》结尾时有这样一个象征性的比喻:一只绿头苍蝇从一堆粪便里"脱颖而出",翅膀上闪烁着充满希望的虹霓的光彩。帕特里克·怀特将自己内心深处那种矛盾的感觉毫不保留地交给了读者。

这样一种个人特有的想象,唤起怀特深沉的思索。许多年,他将自己的私生活严严实实地隐匿起来。他于1948年从欧洲和北美回到澳大利亚。经历了一段充满活力、收获颇丰的生活之后,他和他的希腊朋友曼努雷·拉斯卡里斯退避三舍,离群索居。在自己的故乡,他感到了"背井离乡者"的痛苦。二十多年漫长的岁月,他生活在与澳大利亚社会完全隔绝的状态之中。可是从70年代起,他又变得"社会化",又开始积极卷入周围的生活。他会见记者,并且在"众目睽睽"之下将个人生活、思想感情展现在公众面前。1981年出版的自传《镜中瑕疵》使这种展现达到高潮。

这不是一部普通意义的自传。正如书名所示,帕特里克·怀特照这面镜子的时候,看到的映像既非赏心悦目,也非精确无误。镜子上有点点瑕疵,表明准确地认识自己该有多么困难。帕特里克·怀特把自己描绘成一个蕴含着多种矛盾的人:

"一个已经背离了英国圣公会的澳大利亚利己主义者、不可知论者、泛神论者、神秘主义者、存在主义者。"

也许正是性格中的多面性使他成为小说家,如同他自身包蕴着的多种人物与性格演出了一幕幕活剧。

"我选择了小说……并且以此为手段,向那些不肯轻信的观众介绍了一些由相互矛盾的性格组成的角色——我就是由这样的性格组成的。"

帕特里克·怀特的"自画像"由三个部分组成。第一部分是他的早年生活,他与家庭、朋友的关系,以及如何经过不懈努力成为作家的简洁的回忆。怀特以他特有的犀利、智慧,和总是充满疑问的、感情复杂的笔触撰写了这一部分。他以极其简洁的语言描绘了往昔的朋友、敌人以及重要的事件;第二部分叙述了在希腊的一连串旅行。怀特在那儿寻觅到精神上的归宿,笔调更温和、更客观,也更充满了感情;第三部分"往事与随想"就像一组记录怀特现在生活的照片剪辑。他对敌人毫不留情,对朋友大度宽容。通过对颇有权势的朋友——前澳大利亚总督约翰·克尔爵士和他的妻子克尔夫人,以及澳大利亚最著名的画家西德尼·诺兰道德堕落的剖析,怀特鞭笞了澳大利亚社会总体上的道德平庸。

《镜中瑕疵》是一位天才的作家十分出色、别出心裁、诚挚坦率的"自画像"。作者在这本书中对他的家庭、生活以及整个人类社会的评论虽然不无刻薄之处,但仍然洋溢着对真理、爱情的信仰和赞美。

目录

第一部
镜中瑕疵
001

第二部
旅行
203

第三部
往事与随想
281

马丁路20号——帕特里克·怀特印象
329

新版译后记
333

第一部 镜中瑕疵

1926年夏天,我十四岁,家人在萨塞克斯郡①的费尔珀姆租了一幢房子。房子四周绿草如茵、风景秀丽,在母亲看来这里充满英格兰风情,要比总瞧着炎炎赤日、干旱的土地,并且总受毒蛇的威胁的澳大利亚强多了。在父亲眼里,这儿是养羊羔、吃牛肉的好牧场。对于我,则是可以使创伤得以平复的幽居独处之地,只有乡村里的鸡鸣狗吠才使我想起自己原来远在异国他乡。

在父母为了度假而租赁的这幢哥特式新房子里,我很是自在。以前任何一个阶段的生活和这儿都没有联系,生活似乎从这里重新开始。

花园一边是凉亭,另一边有个小湖,宛若一面硕大无朋、银光闪闪的镜子。湖面上浮萍点点、涟漪层层,我的身影在镜子一样的水面上起伏跳荡,阳光照耀之下,忽而潜入水底,忽而像一团淡绿色的海篷子②在水面上轻轻颤抖。那些自以为熟知我的人,对湖面上跳荡着的这个连我自己也不知道为何物的身影更是一无所知。

---

① 萨塞克斯郡(Sussex):东南英格兰之一郡。
② 欧洲沿岸的一种伞形科多肉之植物,可做沙拉。

在学校,我将自己关闭在骄傲自大的高墙里,直到假期才从那高墙之下爬出来。伦敦的大街给了我自信。因为我无足轻重,便可以随心所欲。我常常昂首阔步地走着,很为自己隐没在那一张张粉红色的、神情专注的面孔,或者苍白的、心不在焉的脸庞之中无人知晓而沾沾自喜。我吞噬着那些无所畏惧、目空一切、衣着考究的男人的高傲,和那些属于他们的、身材细长的女人。这些女人头戴钟形女帽,身穿裘皮大衣,敞着怀,露出干扁的、盐瓶子似的胸脯。他们的冷漠和可能对我产生的轻视并没有使我畏惧,相反,滋养了我心中那块埋藏着生物群体诒上欺下的种子的土地。

不知道怎么回事,威尔士矿工的说话声总惹我心烦。他们身穿沾满油污的雨衣,在布朗姆普顿路上大步走着,那神气跟他们的大嗓门儿倒很相配。他们向着无法抵达的耶路撒冷①前进,却抵达了我不知该如何探索的内心深处。过后,我躺在旅馆里面的床铺上,在威尔士人的说话声交织而成的海洋和无端的不快中颠簸。起床之后,我盥洗完毕,便和家人一起去专营炙烤肉食的餐厅,吃油炸小鲱鱼和土豆片。

她戴着棉线手套,拉着我的手,在悉尼昏暗的大街上走着。两面是窄小的房屋,脚下是滚烫的沥青路。她就是从西梅特兰来的格雷丝姨姥姥,要跟我们一起住些日子。

天气闷热,令人厌倦。

"快走,帕特里克。"格雷丝姨姥姥身材矮小,举止温柔,十分耐心。

"我不是叫帕迪②吗?"

---

① 指名为耶路撒冷的威尔士加尔文主义卫理公会教堂。
② 帕迪(Paddy):帕特里克的爱称。

"你是叫帕迪,不过,帕特里克才是你的真名。"

我在发梳上看见过"帕特里克"这个名字,但看起来就好像是别人的名字。在这个紫色的马缨丹花和牛血红的砖墙构成的世界里,我似乎不属于我的任何一个名字。我故意用靴尖踢着滚烫的沥青路,绷着脸生起气来——这是我的拿手好戏。

倒不是因为我不喜欢格雷丝姨姥姥。她那皱皱巴巴的浅棕色皮肤看起来像树皮一样粗糙,可是摸起来十分柔软,就像木兰树的皮一样。

她的妹妹——露西姨姥姥,我就不大喜欢了。露西姨姥姥很胖,穿得鼓鼓囊囊,看起来很柔软也很舒服,其实不然。她连喘气都很吃力,好像总是喷着鼻息。她把爱尔兰人看作澳大利亚的祸根,一见他们就生气。我因此而养成一种习惯——一走到街角的圣坎纳西便拔腿就跑。倘若碰到修女、神父、醉鬼或者那个疯女人,就更无安全感了,只有一口气跑到斑芽树①那头的沙砾汽车道,才放下心。

不应该相信巫术,因此我把天主教里那些女巫都忘在脑后。有一年夏天,在费尔珀姆"塔楼"(Turret House)里,我读了一本关于放毒药、施巫术的破书。读完之后便如法炮制,用蜡捏了一个小人儿,扎上许多大头针扔进火里。按照书上的说法,开学之后才能知道结果。可是没过多久就出了一桩也许是预兆的怪事:母亲的一位朋友突然昏倒在菜园里,而我那个蜡制的小人儿就扔在那儿的一堆青烟缭绕的烂菜叶子里。是不是这道符咒错误地理解了我的意图?我的良心为之深深地不安,很希望能向谁倾吐一下心中的秘密。更糟糕的是,我那间爬满常春藤的小屋窗口正好俯瞰菜园,把菜地里那

---

① 原产澳大利亚的一种乔木,树冠呈圆形,树叶呈针状,籽可以食用。

幅悲凉凄楚的景色尽收眼底。小屋狭窄、憋气,散发着一股硝酸钾的气味。那是在难以成眠的夜晚,我在常春藤的"幕帐"后面烧专治哮喘的纸熏的。

这幢房子的主人是诗人海利①。他在诗歌界没有什么地位,不过是小有名气罢了。他的夫人是个疯子,他经常把她拴在凉亭的石柱上,让她呼吸新鲜空气。那儿有一块墓地,墓碑上刻着纪念死者的文字。还有一棵绿荫如盖的欧楂树,树下落着一层腐烂的果实,散发着阵阵臭气。

潮湿的夏季一天天地过去了,我怀着一种既不情愿又不耐烦的心情等待着,希望看到我的巫术究竟能起什么作用。

费尔珀姆的生活在许多方面都让人厌倦:体格健壮的孩子们应邀来这儿小住;来英国造访的澳大利亚人不厌其烦地讲述在欧洲旅行的细节,以及觐见王室的情景。即使大人们看见有个男孩儿头戴米色法兰绒眼罩,在他们谈话时鬼魂似的出出进进,也只觉得莫名其妙。他们极力逗他,想让他快活。等那欢声笑语归于沉寂,他便溜之大吉,不仅从大人们的身边,也从镜子里面他自己的映像旁边暂时逃走。

我憎恶上帝赋予我的这副容貌。可是倘能选择,又不知道变一副什么模样才好。也许变成一个壮实、英俊的小伙子?变成那种我平日里既蔑视又嫉妒的形象?

为了消磨漫长的暑假,我们玩拉米之类的纸牌游戏,或是任手指在心形乩板②上轻轻地颤动,等待意志力催促它对未来做出合乎

---

① 威廉·海利(William Hayley,1745—1820):英国作家,是英国著名浪漫主义诗人威廉·柯珀的朋友兼传记作者。
② 一种心脏形小板,上置铅笔,迷信的人相信他们能在神灵指引下自动写出神的启示。

理想的预告。在那枯燥无味的几周里,最让人难以忘怀的是兄弟姐妹们演的戏剧。演出地点是花园与小湖中间那块空地,观众是父母和他们的朋友。父母虽然十分快活,但满脸傲气,不失尊严。朋友们却好像在受刑。苏珊①是硬被拉来表演的,一定也觉得非常别扭。

我还记得一幕用无韵诗写的情节剧。有一段独白是说托帕兹先生取出牺牲者的内脏,"将肠肠肚肚扔给大风"。

我唯一的妹妹也许是一大串澳大利亚苏②的样板。她身体健壮,爱闹着玩儿,苏珊娜是她的真名。由于某种微妙的原因,人们叫她苏珊娜远比叫我帕特里克叫得勤。母亲看过《出租汽车里的姑娘》,这是1910年代的一出音乐喜剧,里面有几首歌非常流行。

> 苏珊娜,苏珊娜,
> 我们爱你,
> 我们渴望得到你!
> 我们的心为你而燃烧,
> 亲爱的苏珊娜……

人们认为"苏珊娜"这个名字源于法国。为了迎合自己怀归的心理,大伙儿都喜欢叫这个名字。而"帕特里克"除了区别于怀特家族中的叔叔伯伯们,诸如亨利、亚瑟、欧内斯特、詹姆斯这样一些名字之外,就没有什么特别的理由非让人家挂在嘴边不可了。在给我贴这个"标签"的时候,母亲一定没有顾及姨姥姥露西对爱尔兰人的

---

① 苏珊(Susan):苏珊娜的昵称。
② 苏(Sue):Susan、Susanna、Susannah 的昵称,故此处有"一大串"之说。

敏感与恐惧。①

我觉得,苏珊或者说苏珊娜对自己叫什么并不介意。作为小女孩儿,她只是迫切希望能够变成一个男孩儿,别的都不在乎。她的两只手深深地插在短裤口袋里,直到盖住手腕上总戴着的手镯。她是学校滚木球冠军,而她的哥哥总给她丢脸——即便是走运的时候,他也打不了两个回合就得败下阵来。一般情况下,更是总被球击中。兄妹两人还常常打得难解难分。直到长大以后,血缘关系和共同度过的童年才使他们得以和解。

我在接近老年的时候,碰到诗人 R. D. 菲茨杰拉德,他提起我童年时代的一件事情。他的哥哥和我的远房表姐结了婚,这对夫妇去我们在拉斯卡特湾的住宅看望我的父母时,正好和诗人相遇。后来再见面时,他向他们问起上次访问我家的情形。"哦,还好……"我的表姐叹了一口气,"不过,那个讨厌的小男孩儿在家。"

客人们总是高高兴兴的,直到我的妹妹——一个生着一对酒窝的漂亮小姑娘把我对他们的"评论"公布于众。我就是那个让人讨厌的小男孩儿。我看到的、知道的东西似乎太多了。我忸忸怩怩、畏畏缩缩,是因为还没有到万不得已的时候,否则我也能唇枪舌剑、对答如流。

父母很为我这个娇弱的儿子伤脑筋。他们不让我受穿堂风的袭击,而且总是用羊毛制品严严实实地包裹着我。他们有一座相当可观的牧场,希望我将来能继承属于我的那份遗产,发展他们的事业。牧场主的继承人应当身强力壮,可惜谁也不能对自己已经获得

---

① 帕特里克是一个源于爱尔兰的名字。

的生命做出某种承诺与保证。虽然我已经隐隐约约意识到我的弱不禁风、咳嗽不止正在造成某种严重的后果,我也并不在乎。因为我所看到的一切、在我周围发生的一切实在太生动了。我不相信那种老年人命归黄泉、小宝贝儿不幸夭折的事情也会发生。

我们为埋葬在用棕榈树叶叶柄做成的十字架下的死猫、死狗哭泣,还在坟坑里塞满了枯萎的金盏花。老年人的死则很少被提及,因为他们和我们几乎没有什么关系。

风雨雷电比死亡更加可怕,还有那个疯女人,还有无意中听到的别人的母亲的谈话:"……总觉得他是被人暗中偷换后留下的婴孩……"接下去的笑声也无法解释我到底是个什么玩意儿,或者对于我那显然很不走运的父母,我到底做了些什么。

这只是一朵明灭不定的、恐惧的火花,就像暴风雨席卷的紫色天空中划过的闪电。还有许多个水汽蒙蒙的早晨,我们从海滨浴场徒步回家之后,便饱餐一顿西瓜。

大约七岁那年,从浴场往家走的时候,发生了我的记忆之中的第一次勃起。我一边低头看着,一边对爸爸说发生了一桩异乎寻常的事情。他变得一本正经又有点困窘,把温乎乎的浴巾从一个肩膀取下来,搭到另外一个肩膀上,告诉我快点儿走,脸上还露出一丝微笑。

大约还是这个年纪,发生过海滨浴场那桩事情之后,我第一次碰到一位诗人。尽管我当时不知道也不在乎诗人有什么了不起。苏珊和我正在花园里花格子凉亭外面我们最喜欢的番茄枝和番石榴下面专心一意地吃西瓜。周围是一片绿荫,只有星星点点的阳光像金属碎片一样在头顶闪闪发光。这时,父亲领着几位我以前没有见过的朋友,从一溜石头台阶上走了下来。他那副打扮跟别的绅士一个样:烟草色西装、背心口袋上吊着的一条金表链、软毡帽、最干净的皮肤也会一蹭就弄脏的硬领。这是那种最古板、最乏味的绅士打扮。他那张脸则像一个皱皱巴巴、被烟火熏黑的柠檬。父亲把孩子们介绍给"班卓琴师"佩特森①先生。这位陌生人是否对一个埋头吃西瓜的小孩儿说过什么话,我已经不记得了。父亲似乎很为自己认识佩特森先生而骄傲。我一直感到纳闷的是,他们在一起能谈些什么呢?他们可能只是因为谈马、说羊、议论牛而凑到一起。当然,任何一位典型的"怀特"都无须因谈论诗歌而感到羞愧。

在悉尼那些水汽迷蒙的早晨,我的第一次勃起,我的第一位诗人,全都是激情的潮水泛起的第一阵细浪⋯⋯

费尔珀姆"塔楼"里的生活像一盏走马灯让人眼花缭乱:激动、发现、魔法,以及狂热过后的清醒。魔法并非成功的捷径。新学期开始之后,我发现我的诅咒对象变得越发乏味了,上拉丁文即席翻译课时,他的报复心似乎更强了,而我自己依然是一个笨蛋。他不但使自己的论点由此得以证实,还开心地大笑起来。我在一条漫漫长路上继续跋涉,或者坐在一张白纸前面,准备倾吐心中的隐秘。可是只有洗澡的时候,那"隐秘"才会迸发而出,那时我又会为歉疚所苦。如果没有将一切都从下水口冲洗干净,而我又面对一个无所不知的女仆的鄙视,情形会怎样呢?

在"塔楼"居住的时候,除了母亲忠实的仆人——与我们形影相随的玛贝尔之外,还有临时雇用的厨娘——一位胖乎乎、乐呵呵又挺爱发脾气的少妇,和一个男管家。我们以前从来没雇过男管家。而唐纳德先生和书本上描写的男管家大相径庭。他是个瘦削、皮肤

---

① 安德鲁·佩特森(Andrew Paterson, 1864—1941):澳大利亚著名的民歌作者、牧场主、运动员。

白皙的年轻人，穿一件羊驼毛外套。他很少刮脸。他说他的皮肤不好，得让面颊休息休息。有一天晚上，唐纳德在开晚饭上菜时追求厨娘。这场追求如何发展，结果怎样，一直是个谜。孩子们都被推出去，在饭厅里等着，玛贝尔满脸通红，送来了食物。

　　海利在"甜蜜的费尔珀姆"建造的这所房子很有意思。餐厅的天花板是用纸裱出来的，上面皱皱巴巴地画着天空。"天空"四个角落的"云朵"上都画着丘比特。有一次，腾空而起的瓶塞差点儿打中一位小天使。

　　在我的童年时代，写过很容易让人忘记的诗句、设计过假哥特式餐厅、养活着一位患精神病的妻子的海利，比另外一位朋友留给我的印象还要深。这位朋友住在一所茅草屋里，开往利特尔汉普敦和博格诺的公共汽车从他家门前驶过。那时候，布莱克①对于我还只是听别人说过的一个名字，尽管一个屡受挫折的诗人正在我的灵魂深处搏斗、挣扎，要光临这个世界。

　　我说我要成为一个诗人，是因为起初我总是指望通过诗歌这种形式，把心中涌动着的杂乱无章的情绪表现出来。小时候，我读得最多的是诗歌。对于母亲那样的成年人，诗歌的谬误之处大概比散文要少。她不读诗，或者少女时代也曾读过，只是不解其意。我说我九岁时就浏览了莎士比亚的大部分作品，并无自命不凡之意。比起一般成年人，我对诗剧的语言自然不能完全理解，但我很欣赏其中的血雨腥风、电闪雷鸣；喜欢剧中人物的来来往往、出出进进；也喜欢舞台提示（那个神秘的字眼儿：退场）。后来，我偷偷地爱上了散文。我读《世界新闻报》(*News of the World*)、《真理》(*Truth*)、《呼

---

① 威廉·布莱克(William Blake, 1757—1827)：英国诗人及艺术家，怀特曾深受其影响。

啸山庄》,读埃塞尔·M. 德尔和埃莉诺·格林①的作品。家里人发现我在读《温夫人的扇子》,于是这本不知道犯了什么天条的禁书很快便被锁进玻璃书橱。那里面还有不少不让我们看的书。作为补偿,他们塞给我一本《野橄榄王冠》(The Crown of Wild Olive),还有一本《芝麻与百合》。②

随着时间的流逝,我懂得了隐藏在字里行间的奥秘。于是,书籍成了解除烦恼的良药。特别在费尔珀姆,青春期的骚动简直到了无法忍受的地步。我经常孤零零一个人到博格诺做短途旅行。大海落潮时的气味扑面而来,码头上的景色也还宜人。由《舞者卡佳娅》(Katya the Dancer)、《梅费尔的贝蒂》(Betty in Mayfair)和《圣女贞德》(Saint Joan)改编的剧目在这里巡回演出。那一切让人厌烦,又让人着迷。你懒洋洋地闲逛,见了牛奶巧克力就恶心,谁碰你一下或者多看你一眼,就激起一阵肉欲。而人家压根儿就不知道这对你会是一种挑逗。

有时候,在剧场或者在马路对过远远地看见我的妹妹,由哪位表姐或者哪位女仆陪伴着。我们虽是同胞兄妹,却很尴尬,都将脸扭过去,如同路人。

我的父母属于上猎人谷③。我的父亲出生在马瑟尔布鲁克④近郊的一个农庄。母亲很小的时候便跟着外祖母来到澳大利亚。外祖母是梅特兰⑤人,外祖父是英国人,他从来不在自己驻足休息的某

---

① 埃莉诺·格林(Elinor Glyn, 1864—1943):英国女性小说家、剧作家。
② 这两本书均为英国作家、美术评论家约翰·罗斯金的作品。
③ 猎人谷(Hunter Vally):澳大利亚新南威尔士州最大的一个河谷。
④ 马瑟尔布鲁克(Muswellbrook):澳大利亚新南威尔士州东面的小镇。
⑤ 梅特兰(Maitland):澳大利亚新南威尔士州东部城市。

个地方长久地居住。他姓威西科姆,在我们怀特家族看来,属于那种"没本事的人"。他缺乏赚钱和攒钱的才能。根据传说和照片,威西科姆老两口仪表堂堂,可是也很残暴。人们说,他们曾经挥舞着皮鞭打人。怀特家族的人则古板、温和、不爱说话。不过也出了几个酒鬼、自杀者,甚至搞同性恋的人,潜藏在家族这株大树阴暗的树枝上。(有个酒鬼常常把妻子和女儿锁在屋子里,然后发疯似的到处乱跑,还放枪。)

我的母亲露丝·威西科姆和她的兄弟克莱姆、拉尔夫都继承了父母亲的坏脾气。我从来没有见过拉尔夫舅舅。据说他经常躺在地板上大骂他的同胞兄妹,结果被大家从家里撵了出去;克莱姆年轻时候在马瑟尔布鲁克经营一家奶制品合作社和一家黄油工厂。拉尔夫在他手下干活儿。听人说,他从提炼黄油的工作中找到了慰藉。许多年以后,在城堡山的厨房里用搅拌器搅拌牛乳,分离黄油的时候,我意识到,除了承袭了威西科姆家的脾气之外,我和拉尔夫舅舅在这一点上也颇有共同之处。不管拉尔夫多么爱发脾气,我觉得克莱姆、露丝,还有帕特里克(这位怀特家的继承人更像一个威西科姆)肯定也与他不相上下。

我的父亲个子不高,性格温和。在我的记忆之中,他从来没发过脾气,就是咋咋呼呼要拿绳子捆我时,也还是那么和颜悦色。鞭打杖责那是母亲的事。她颇为娴熟地挥舞着一根马鞭,样子十分怕人。不过她并没有从这种毫无效果的惩罚中得到什么好处,只是把自己气得够呛。要说起母亲那时候的惩罚,我相信我还是"罪有应得"的。触及皮肉的惩罚很快就忘得精光,让我耿耿于怀的是,父母亲对丁孩子表达思想与意愿的企图总是嗤之以鼻。而且他们总是那么自信,偏偏把你深恶痛绝的东西当作你所喜爱的事物。他们改造你的资格和能力也很让人恼火。母亲铁面无情,认为她所做的一切都是为了你好,包括非得把你弄到地球那边那座监狱似的学校里念书。

我的父亲维克多(狄克)·怀特是拥有六个儿子、一个女儿的怀特大家庭中最小的儿子。他四十二岁才结婚,露丝·威西科姆比他小十岁。他的三个哥哥娶了埃布斯沃思三姐妹为妻。妈妈经常说,爸爸之所以跟她结婚,是因为埃布斯沃思家再没有第四个女儿可嫁了。我想她说得不错,怀特家的人都缺乏想象力。

结婚之后,有两年他们把大部分时间都花在到欧洲和中东旅行上。这桩事情的结果是,如果帕迪一早冲进卧室惊了妈妈的好觉,就被罚背欧洲各国首都的名字。他还背法语中的不规则动词,不过这是后来的事了。

如果说狄克周游了世界而未受世俗影响的话,露丝则是下定决心要将这个世界所有东西兼收并蓄。漫漫长路上,她不但没有失却故乡的纯真与质朴,还学到了许多过去不曾学到的知识。她沿着尼罗河逆水而上,横渡爱琴海,往返于布达佩斯、维也纳、巴黎和伦敦之间。她常在伦敦停留。也许就是在那儿,那决心中的某种东西传给了子宫里躁动不安的胎儿。

我们家有一张1911年他们在英格兰比斯利①旷野上拍摄的快照。这张照片一定是露丝刚怀上他们的儿子不久拍摄的。狄克看起来脉脉含情,头上端端正正戴着一顶硬草帽,系着蝴蝶结领结,怀特家族特有的蓝眼睛里一片茫然,似乎对周围的一切都视而不见。露丝坐在一把铁椅子上,宛若爱德华七世时代②建筑物柱子上一座

---

① 比斯利(Bisley):英格兰东南部萨里郡的一个乡村,国际射击协会的打靶场设立于此。
② 爱德华七世时代(Edwardian era):英王爱德华七世时代常指20世纪头10年。

若有所思的雕像,沉浸在女人美满的生活之中。(露丝婚后不久,面颊已经有些粗糙。后来,她自己说"一个女人必须在线条美和面庞美之间做出选择",并且满足于线条的秀美。)在比斯利的旷野上拍摄那张照片时,他们彼此还相爱着,还没有为做一对"模范夫妻"而绷紧每一根神经。他们仍然无限深情地称对方为"狄基"和"小鸟"。这一对可怜的人儿一点儿也没有意识到,他们就要孵出一只"布谷鸟"了。

1912年5月28日,我出生在位于车水马龙的骑士桥区和相对而言比较安静、颇有点田园风光的海德公园之间的威灵顿公寓。怀特家的房子与公园遥遥相对。露丝奶水不足,尽管吃了生牛肉芹菜三明治之类的偏方,也还是没有用处。后来他们如何克服了这个困难,我无从得知。我只知道我们家雇了一个英国人当保姆。此人虽然热衷于周全的礼仪,却并非一位合格的"哺乳专家"。

在我六个月大的时候加洛韦保姆跟我们一起回到了澳大利亚,一直待到我三岁。我还模模糊糊地记着她的样子:穿一身白衣服,系一条硬麻布腰带,活像一只计时用的玻璃沙漏。"老保姆"——人们都这样称呼她——曾经服侍过某位德国小王子。她经常说,在先前那位显贵家干活儿时,必须倒退着离开主人的房间。我的多少有点儿民主精神的父母亲对此嗤之以鼻。"老保姆"退休之后住到了利利菲尔德近郊,用她多年来的积蓄在那儿买了几间房子,还时常给我们写来热情洋溢的信。十几岁的时候,父母亲几次想让我去看望她,可我受不了她的唠叨。此外,我们的忠诚、我们的感情很快便转移到从苏格兰卡诺斯蒂来的"小保姆"莉齐·克拉克身上。她是苏珊出生后来我家干活儿的。

我还清楚地记着菲利普大街,它位于一个名曰"克罗默"的街区,非常整洁、幽静。可是随着岁月的流逝,这里成了一个居民区和办公楼混杂的地方,渐渐变得破破烂烂,最后终于让位于现在的温特沃斯大旅店。我们家共有两套紧挨着的房间。父母亲居住的那一套,家具、摆设都闪烁着粉红色的光彩。保姆、女仆和孩子们居住的那套,按照当时悉尼的流行色,装饰成棕黄色。我好像就在粉红色的灯罩、地毯和棕黄色的亚麻油毡之间漂流、游动。我坐在我的便壶上,"老保姆"坐在对面她的便壶上,鼓励小帕迪撒尿。小时候我常呕吐,把吃进去的竹芋粉饼干、蓖麻油、甘草什锦糖都吐了在《蓬头彼得》(*Struwwelpeter*)上。我很喜欢女仆艾丽斯·伯吉斯。她擦洗地板时,我就骑在她背上玩。在临菲利普大街的阳台上,他们给我剪脚指甲,她就拿一个盛在小盆里的双黄蛋哄我玩。我果真被那个不曾见过的玩意儿迷住了。有一把小孩儿玩的木锹,柄和锹头断开了。她就在上面裹了一层锡箔,还用金银丝装饰了一番,送给我当魔杖玩。

有些事很让人困惑不解:住在一楼的德国人在后院劈木柴时,楼上的房客就扔东西打他们,他们抱头鼠窜并不反抗;奇德利[①]穿着白色紧身短上衣,从大街上洋洋自得地走过时,后面总跟着一大群人,嘻嘻哈哈,对他大加嘲弄。那时候,你是该笑呢,还是该哭呢?

最让人不可思议的是第二个套间内粉红色的光。"狄基"和"小鸟"在那儿过着另外一种生活。叽叽喳喳,吵吵闹闹。爸爸嚼一块美国新出的口香糖,倘若妈妈瞧见,也要吵闹一番。爸爸装哭。帕迪看了又惊讶又替他害臊。妈妈似乎是那个"小鸟栖息之地"的统治者。吵完之后,他们便坐下来吃晚饭。饭是通过一道小门从下面

---

① 威廉·奇德利(William Chidley,1860—1916):服装改革家,还是一套十分放肆的关于性的理论的创始人。

送上来的。帕迪给他的玩具大袋鼠(是用真袋鼠皮制成的)上好发条,袋鼠便从租赁来的粉红色的地毯上一跳一跳地蹦过去。

索马里兹农庄的弗兰克伯伯出现在门口。他留着大胡子,把我吓了一跳。巴望谷的克莱姆叔叔跟他不一样,他衣着考究,干净利落,皮肤呈砖红色,长了一个鹰钩鼻子。不过他是一只胆小的鹰,一个小孩儿就能把他搞得手足无措,因为他自己一直没有孩子。和驯马人、小公牛、牧场主打交道时,他倒自在轻松。我周围大概没有别人比他更了解生活。莉齐和锯木厂老板锡德·柯克结婚之后,他就成了我了解生活与社会的"源泉"。在这个普遍缺乏想象力的世界,他讲的每一件事,稍经加工,对于一位正在崭露头角的小说家都是极好的馈赠。

在我的叔叔伯伯中,除了狄克在位于斯昆①金铃树庄园(Belltrees)的伙伴,阿米代尔②的弗兰克仍然是个谜。父亲和我有时候偶然看见他在悉尼农业展览馆的小吃部被一大群单纯、朴素的女孩儿包围着又说又笑。那时我们便表现得如同路人,连招呼也不打——这也是怀特家一个显著的特点。当然也可能因为狄克对这个比他年长许多的哥哥过分畏惧。他简直可以做我的祖父。在我的记忆之中,没有见过詹姆斯伯伯。不过我肯定见过他。人们说,在植物园,他经常跟在我的婴儿车后面,"看看狄克的儿子"。他从伦敦回来之后,就来菲利普大街那幢公寓看我们。结果因为露丝穿了一件无袖上衣接待他,颇为生气。他的妻子埃米及埃米的妹妹莫德、米利都穿得严严实实,全然不管天气是冷是热,自己的皮肤能否

---

① 斯昆(Scone):澳大利亚新南威尔士州东北部的小镇。
② 阿米代尔(Armidale):澳大利亚新南威尔士州东北部城市,文化中心。

吃得消。詹姆斯伯伯从不宽厚待人。埃米死了之后,我的母亲——狄克的妻子去马瑟尔布鲁克参加葬礼,他们的女儿露丝(和我母亲同名)还邀请她到埃丁格拉西庄园(Edinglassie)住了几天,他却对她"视而不见"。哦,我这种不肯原谅别人的毛病,一定是从詹姆斯伯伯那儿继承来的。

露丝说,我们开着汽车去切尔滕纳姆①那天,是她一生中最骄傲的一天。当这座奢华的"监狱"在我的身后关上大门的时候,我对母亲失去了信任。我身上那种"詹姆斯伯伯式"的禀性使得我永远不能原谅她。父亲当时是怎样想的,我不清楚。不过,作为一个性格温和、特别能迁就妻子的丈夫,他对母亲总是言听计从。

切尔滕纳姆是澳大利亚一所预备学校的英国校长播撒在雄心勃勃的母亲心里的一粒种子。尽管事实证明,这位校长正是我父母心目中的那种"没出息货",但是木已成舟,我只好在这所监牢般的学校度过四年"刑期"。

我在这所寄宿学校度过的日日夜夜,都围绕那间狭小的"汗蒸室"。我们在那儿做作业,在那儿享受英国公学可怜巴巴的社交生活的乐趣。这间"汗蒸室"给我的第一个印象是一股清漆和碳酸皂的味道,还混合着暖气设备的气味——如果走运,课桌紧挨暖气,便可以爬上去暖和暖和身子。一堵墙边摆着一溜存放衣帽、杂物的小柜。这些小柜在学期刚开始时空空荡荡,散发着一股油漆味儿。开学之后,便渐渐地变得五花八门、各具特色了。有发了霉的水果蛋糕味儿,有橘子和巧克力诱人的香味儿,还塞满了残缺不全、死气沉

---

① 切尔滕纳姆(Cheltenham):英国英格兰南部的城市。

沉、让人一看就丧气的课本。你总觉得，藏在柜子里的秘密迟早会被人发现，最安全的地方还是自己的脑袋。夜里，在宿舍睡觉的时候，唯一可以隐蔽的地方则是梦乡。

尽管制度严格，厕所还是可以随便出入的。于是，我常常深更半夜躲在那里做在"汗蒸室"里没有完成的作业。深奥的代数、三角把我折磨得真苦，只有维吉尔①的《牧歌集》才能将我带进一种宁静、安谧的意境。而那诗集是我架在冻得直起鸡皮疙瘩的大腿上读完的。早晨，再匆匆忙忙做上几道作业题，便到洗脸室胡乱擦擦眼睛和腋窝，算是洗漱完毕。然后便去吃早饭——稠稀不匀的稀粥加面包片。难怪寄宿学校的男孩子吃早饭时显得十分暴躁。我的口音很重。"……我爸从布兰德福德②……"刚说到这儿便想起我那总也改不了的澳大利亚口音。我不敢开口，生怕满嘴土话招来别人的白眼，生怕他们获得新的证据，证明这种"土里土气"将使我无法成为英国统治阶级中的一员。

学生宿舍的舍监坚定不移地相信，任何一个对性一无所知的男孩儿只要来了寄宿学校，很快就会"开窍"。此话也许有理。我来这所学校前不久，这个可怜的家伙曾经经受了一场流言蜚语的袭击，说他管理的这幢宿舍有一半学生被开除。他经常出人意外地闯进洗手间或者体育馆，希望当场抓获那些图谋不轨的学生。他是我见过的个子最高的男人。他用笞杖打我们的时候，能把天花板上的电灯泡打烂。发现我特别喜欢契诃夫、易卜生和斯特林堡③的著作之后，他威胁说一定要把这种"病态的怪念头"从我的头脑里"挤"出

---

① 维吉尔(Virgil，公元前70—公元前19)：罗马诗人，作品有《牧歌》《农事诗》，代表作为史诗《埃涅阿斯纪》。
② 布兰德福德(Brandford)：英格兰北部之一城市。
③ 奥古斯特·斯特林堡(August Strindberg, 1849—1912)：瑞典剧作家及小说家。

去。结果,这种"怪念头"被他越"挤"越强烈。我在这所学校念书期间,他还从来没有发现什么与"性"有关的风流事。尽管他到水汽蒙蒙的洗脸间和散发着汗臭的体育馆突然袭击时,脑子里总是翻腾着种种奇妙的幻想。我想,他之所以一无所获,大概是因为我们太害怕了,或者因为我们之中的什么人发现这里的"气候"很不相宜。甚至在我因为成熟而脸皮变厚之后,英国人这种"谈性色变"还使我心有余悸。这方面的意识好像刚从管道里跑出来的煤气,颤抖着、摇曳着,然后不无懊恼地、噗的一声熄灭了。这种游戏的力量之所在,本来只蕴藏于开局时牺牲的那几个棋子。

家人认为我已经在寄宿学校安顿好之后,便回澳大利亚去了。我们是在瑞士的一个火车站告别的。母亲和妹妹坐火车走了,留下父亲再陪我一段时间,熟悉一下新的生活。暮色降临,村庄里灯光点点,照耀着厚厚的积雪。我们穿着毡靴慢慢地走过来走过去,嘴里吐出大团大团白色的水汽。我的心剧烈地跳动着,不过还没有到非得打破沉默、说点儿什么的地步。这是父亲的责任。他终于履行这个义务了,告诫我,不要随便使用公共厕所的坐式便盆。我们俩都因终于打破这令人困窘的局面而欣慰得连气也喘不过来。交相辉映的灯光和星光困扰着我。一列火车准备穿过瑞士的山川河流,驶向白雪覆盖的草原。汽笛声在小河和伯劳鸟啄出的斑斑伤痕上飘荡。在那积雪覆盖的站台上,我心灵的创伤也隐隐作痛,预示着终将发炎、化脓。我下定决心将忧伤深藏心底。我不是正被培养成一个有男子气概的人吗?其实我真想扯掉戴在手上的兔皮手套,用被阳光晒黑的手捂住面颊。但我什么也没做,也没哭。当挤在火车窗口的一张张面孔在瑞士的夜幕中一闪而过,渐渐消失时,我只觉得心咚咚咚地跳。

好心的朋友们陪我回切尔滕纳姆继续"服刑"。

如果在澳大利亚，我会有这种坐牢似的感觉吗？潜藏在内心深处的那个虐狂者或许应该对此负责。只有记忆才能帮助一个英国寄宿学校的男孩儿创造出田园诗：骑着一匹光脊梁的小马在齐腰深的草丛中奔驰；在浑浊的小河里游泳之后，从身上揪下一条条水蛭；形单影孤，穿过青翠欲滴的黄樟树林，朝瀑布走去。在这个空灵的世界里，父母亲并不扮演积极的角色。但我还是紧紧地抓着他们，就像抓着一根救命的稻草。我每周都要给他们写一封充满稚气、有点儿做作的信。我虽然不会成为他们希望中的畜牧业博士、法官，或者像妈妈幻想的那样成为一位外交官，但我是个孝顺的儿子。我们三个人都是有罪而又无辜的当事人，是命运捉弄了我们。

我也给"小保姆"写信。我把对母亲才会有的真正的爱都给了她。莉齐·克拉克是苏珊出生之后来我家的，那时我已经三岁。起初我恨她，因为她给我的生活带来了某种变化。对于一个小孩儿来说，换保姆确实是件了不起的大事。我大肆捣乱，专门干些让人讨厌的事情。她打开行李之后，我踩她的牙膏；她坐下来吃晚饭时，我就把火炉上烤盘的水都倒了出来。以前"老保姆"在的时候，我自个儿不吃饭，先喂躺在壁炉台上的猫。莉齐却不喜欢猫呀，狗呀。她甚至总是让我自个儿吃饭。我对她那张黝黑的脸总持怀疑态度，还有那弯曲的鼻子，鼻子一边有个明显的小坑，或者说有个小麻点儿。她的头发乌亮，带着很重的苏格兰口音。我也不明白她是怎样赢得我的欢心的。也许因为她喜欢把湿润的吻贴到我那似乎顽强不屈的嘴唇上，直到我的灵魂被她吸吮出来，跟她一起融在同样的湿润之中。

我爱她，我们家的孩子都爱她。有一天下午她出去办事儿，伊丽莎白哄骗我们说她永远也不回来了,结果我们差点儿哭死。莉齐一直没生过孩子,只是后来流产过一个。她视我们如同己出,事实上我们也是她的孩子。

露丝作为母亲真是有名无实。她和我们之间的联系,只是一连串让你吃惊的事情。比如换衣服、送礼物、发脾气、大谈组织能力,或者滔滔不绝地讲一大堆尽人皆知的常识。她不常和我们在一起,她经常去什么委员会呀,去试衣服呀,出席午宴、晚宴呀,要么就躺在床上嚷嚷头痛、腰痛、浑身痛。小时候,我确实没有爱过她,只是对她多多少少有些崇拜。直到后来她年事已高,卧床不起,双目差不多失明,我的心中才充满了怜悯。然而廉价的怜悯是无法代替钟爱之情的。

至于父亲——"小鸟的狄基",年纪越大越惹人讨厌。先前他是那样和蔼可亲、性格文静,蝴蝶结系得端端正正,一双蓝眼睛清澈明亮,后来却成了人们的笑柄。进入中年之后,"小鸟"和"狄基"这一对理想的夫妻肩并肩坐在吸烟室的书桌旁边,谈论投资、孩子、仆人,还有杰克·朗恩[①]让人震惊的行为。露丝边说边对各种邀请作答,字迹娟秀,充满自信。狄克则在支票上签字,写得有棱有角、方方正正,或者给他的哥哥亨利和亚瑟写信。按照早年澳大利亚人的习惯,手写体还比较规范。露丝和狄克很少有分开的时候。他们这种关系看起来很乏味。不过后来在生活之中我才认识到,其实这是一种我求之不得的关系。

如果我敢,如果能在一起聊聊,我也许会爱狄克。这一点,露丝能够想到吗?他们去世几年之后,莉齐也瘦得像个木乃伊。她被关

[①] 杰克·朗恩(Jack Lang,1876—1975):澳大利亚新南威尔士工党主席,1932 年被菲利普·盖姆取代。

节炎、青光眼折磨着,老态龙钟,一天到晚坐在一张椅子上,过去生活中的人物似乎都能在眼前出现。"今天早晨,我的父亲一直在这儿,就站在那个墙角。""沃尔特和罗伯特带我坐船去看鲱鱼。""锡德上房修屋顶去了,一会儿就下来。他想看看帕迪。"她老糊涂之后,常常认不出我来。有一次颤颤巍巍走到我的面前说:"妈妈平常还挺好,但你离家之后她就变了。因为你们俩都想成为那颗星。"我得赶快走了,于是我们交换了一个我从童年起便练出来的湿润的吻。我匆匆跑下山岗,买了一个肉馅饼,跳上开往悉尼的火车。热乎乎的肉汁和懊悔把嘴巴烫得很难受。

直到晚年,房屋、地域、自然风光对于我来说仍然比人包含着更深的含义。如果拿猫和狗比喻,我大概更像一只猫。在英格兰上学的时候,我之所以希望回到澳大利亚,是因为那里的自然风光吸引了我。希特勒发动的战争结束之后,也还是澳大利亚风情使我重返故里。作为一个在威尔逊山和拉斯卡特湾长大的孩子,面对与自己内心深处的隐秘息息相通的自然景物时,就是和最好的朋友也会疏远。沿着青苔覆盖的石阶蜿蜒而下,蓬莱藤在脚边缠结盘桓,番荔枝下面是厚厚的一层沃土,溪谷在烟雾迷蒙的寂静中发出噼噼啪啪的响声。岩石似乎随时都有可能爆炸。水塘清冽,当你像一只灰白色的蛙的尸体漂浮在水面上的时候,吸一口气都能在胸腔里突然噎住。

在大山上,好像总是面临爆炸的威胁——不论是自然的,还是人为的。闪电把电话机从墙上击落下来。野火旋卷着滚滚浓烟,高举着肮脏的旗帜,掠过草木丛生的荒原。我经常朝我认为侵犯了自己精神王国的人们投石子儿。有一次甚至烧了一座丛林中的小屋,表示这个王国是不能和陌生人共享的。许多年以后,我试图说服自己：这不仅仅是一个自私自利的小孩干出来的傻事儿,而是那些被掠夺了土地的人们的化身操纵了一个不受欢迎的白人。

有一年圣诞节,为了躲避在石棉瓦和水泥墙建造而成的教堂里举行的宗教活动,我偷跑出去藏到了树林里。讲究礼仪的父母发现之后大发雷霆。他们好像从来没有发过那么大的脾气。由于一些美学上的原因,露丝很瞧不上威尔逊山的那座教堂。她常说:"它要是能点着,我真想把它烧了。"如果她现在还活着,一定会从报纸、杂志上满意地看到,我们正受石棉制品的毒害。不过在1923年的圣诞节,她把那座屹立在桫椤①之中的石棉瓦教堂(为了建好她那座英格兰式的花园,妈妈已经颇有条理地剔除了这种桫椤)视作调教她这个糟透了的孩子的同盟者。

人们说,寄宿学校可以使我安分守己。就连莉齐也被灌输了这种思想,尽管我无法想象,连她也相信这一套。这所学校离悉尼太远了,远到我这个本来就胆小的小孩儿心里从一开始就充满了恐惧。学校是在牧场主和悉尼一些有权有势的人家的赞助之下开办的。这里的气候凉爽宜人。男孩子们,就像所有其他学校的男孩子一样,对学校周围的一切都很喜爱。学校位于泰晤士河谷旁边,是一座都铎式②建筑。本世纪初,澳大利亚的有钱人很喜欢这种风格的建筑物。这幢大楼先前是一家显贵豪华的府邸,我念书时已经有点儿破败,屹立在一座毫无生气的花园里。花园里只剩下些最能适应干旱与贫瘠的花草树木。但是渐渐地,我还是对干枯的月桂树和备受摧残的柏树连接而成的通幽曲径生出钟爱之情。花园一边有

---

① 热带产之蕨类植物,高大如树,木质坚硬,顶端长叶。
② 指都铎王朝(1485—1603)时代的建筑风格。

一道呼应了哥特式恐怖传统的蓝黑色辐射松构成的树篱,微风吹过时沙沙作响,在炎热的夏日生出令人惬意的凉爽;在寒冷的冬天,威胁着生了冻疮的肌肤。不论什么季节,它们的躯干只要"皮开肉绽",便渗出汩汩的"鲜血"。我现在还记得同学们在松树树干上刻下名字开头的字母或者用硬头皮靴踢破树皮之后,"血液"慢慢地流出,凝结成灰白色的硬块。在这座坐落在苍松翠柏与风吹日晒的牧场之间的都铎式建筑物里,我经受了最初的打击,并且在不知不觉中开始学习生活与爱情的艺术。第一天夜里,那些穿灯笼裤的坏家伙就欺侮我。我打算卖掉铅笔,买张火车票回悉尼。不过,我最终还是"幸存"了下来,变成一个与众不同的"坏家伙",而且远比他们更精明——如果当时的我知道这一点的话。

童年时代,有许多方面的事情让人心灰意冷。其中一方面是你无法撕掉附着在某些事件以及偶然卷入其中的你自己身上的那张神秘的网。校长满脸横肉,个子不高,圆滚滚的像个球。我不记得他去过我们的教室,但他常去看我们打板球,有时候还跟我们一起玩。他猛击板球的时候使那么大的劲儿,给我留下很深的印象。不玩的时候,他就跟男孩子们坐在一块儿,直勾勾地望着场地上的游戏。他身穿白法兰绒衣服,散发着男人的气味。一个怪吓人的傍晚,他站在书房中间,那张脸比平常还凶。他没有用小学校长常用的藤条惩罚我,而是把我一把揪过去,紧贴着他的肚皮,那股男人的气味越发浓烈。等我意识到他已经原谅了我的时候,心里升起一股感激之情,但同时又有一种虎头蛇尾、意犹未尽的感觉。没过多久,不知道什么原因,他就从我们的生活中消失了。女舍监深深地叹了一口气,告诉我,他生病了。他病好以后还回不回来?不,不回来了。我从小就好奇心特别强,爱刨根问底,爱挑战打不开的门,喜经历点儿什么、知道点儿什么。所以现在，一无所知令我很是恼火。当然，从某种意义上讲，寄宿学校的学生都这样，而且都把表示自己的轻蔑态度视为一种"部落"习俗的需要。校长被解职这件事，校方做得十分谨慎。男孩子们则围绕他的"病"，用下流的语言大加嘲弄，实际上早已从心里把他逐出了我们这所学校。我在公开的场合和"部落"成员们一起嘲笑他，可是想起他那热烘烘的大肚皮里咕咕作响的声音，又觉得他是个值得同情的人。

新来的校长给我们带来另外一种性质的灾难。他是英国人，对教育似乎很有见解，其实很蠢。他试图将自以为埋藏在我们头脑中的理性呼唤出来，结果搅动了那么多无理性的，甚至疯狂的"魔鬼"。他干的最蠢的事情莫过于在我们学习法语语音时，非要把《语音学》搬上课堂。法语软绵绵的，女声女气。再说谁用得着学法语呢？不过没有谁能阻止他。他还是给我们这个班的澳大利亚男孩每人发了一个小镜子，要我们在大声念法语元音字母时，用它照自己的嘴巴。我已经从母亲的一位瑞士女门徒那儿学了不少法语，因此加入初学者的行列很觉羞愧。但是因为无法拒绝毁坏一种颇为文明的语言的游戏，更拗不过这位非要我们屈从于他的意志的校长，我只得硬着头皮从头学起。我们手里拿着镜子端坐在课堂上，看着自己那张变了形的嘴巴，对着镜子挤眉弄眼，或者像猫头鹰一样怪叫，发出一连串毫无意义的声音。而使这一切得以发生的校长，每一个毛无生气的毛孔都在冒汗。他的嘴角颤动着一丝微笑，似乎希望将自己这种丑态变成一个淡淡的玩笑，给这群被他虐待的孩子些许慰藉。那时，不管谁心怀歉疚，我们自己都沉湎于高人一等的快乐之中。

还有一桩事情尽管戏剧性差一点儿，但同样让人觉得丢人现眼：校长给学校买回一台晶体管收音机，有一天晚上把学生和当地的社会名流都集中到大教室里听这个稀罕玩意儿。我们规规矩矩坐在那儿看校长如何揭示这个一定是非常了不起的东西的奥秘。可是专家拧着旋钮转来转去，除了静电干扰的沙沙声，什么声音也没有。不过有一个收获：这天晚上我们吃了三明治、蛋白酥皮点心和蛋糕。

他唯一的成功之举是有一天早晨和那位著名的梅尔巴夫人①一起出现在那间大教室。上午11点，她身穿棕色长裙，带着珠光宝气走进教室，随着一片桌椅碰撞声，我们都站了起来。

她在讲台上刚站好，就单刀直入地发号施令："在澳大利亚出生的请举手。"她并不像人们传说的那样，总爱不厌其烦地大谈自己。

我没有资格像别的同学那样举起手来。对于一个小男孩儿，这可真是耻辱。

"你是在哪儿出生的?"她指着坐在前排的我，很严厉地问。

我告诉她之后，她摆出一副走遍天下、无所不知的样子，目光一闪，喃喃地说："还算个好地方。"

她没让我们听听她那出名的金嗓子。在拉尔沃思的时候，我从裂了缝的唱片上领教过她那百灵鸟一样嘹亮的歌声。她放了我们半天假，也许因为觉得对于一群吵吵嚷嚷的小男孩儿，这要比听她唱"家乡，亲爱的家乡"更可亲。

那些不幸注定成为艺术家的人，大概很少有哪位安分守己、沉着冷静。他们像喝醉了的酒鬼，忽而晕晕乎乎被抛到半空中；忽而

---

① 内莉·梅尔巴(Nellie Melba, 1861—1931)：澳大利亚第一位获得国际声誉的女高音，也是当时世界上最著名的歌剧演员之一。

痛苦、绝望,跌进一片泥淖;忽而狂妄自大,目中无人;忽而谦卑驯顺,自惭形秽。这一点,在那些从事舞台艺术的人的身上尤为突出。大多数小孩儿心中都有属于自己的舞台。那些将这个舞台搬到青春期,并且使之渐趋成熟的人,为了变成专业演员,常常做出最下流的事情。我没能完成这个"全过程",没有变成一个下流坯。我是一个备受挫折的人。性心理的矛盾帮助我保持了一个自我。不善浮夸、不爱热闹,沉默寡言使我选择了小说(或者更准确地说,是小说选择了我),并且以此为手段,向那些不肯轻信的观众介绍了一些由相互矛盾的性格组成的角色——我就是由这样的性格组成的。

不管我用大头针扎小蜡人施法,以赶走那位教我们拉丁文即席翻译的老师的企图是否奏效,也不管大歌剧院演出的大型童话剧里的小天使在我们头顶之上飞翔的幻象是否真实,反正我隐隐约约意识到舞台和魔法将我卷入了一个充满幻想的世界。在这个世界里,我既害怕又高兴,就像洗热水澡时经历的高潮,又像碰见那个疯女人时那种近乎绝顶的恐惧。

那个疯女人在我的记忆中之所以那样真切,是因为我第一次与她相遇是在光天化日之下。她正在翻我们后院的垃圾箱。然而即使在明媚的阳光下,她看起来仍然属于另外一个世界,与现实生活中的贫穷和饥寒并无联系。她那肮脏的、酒精中毒的皮肤和用力咀嚼的牙床都使我想起十字街一家家小酒馆的毛玻璃。那臭烘烘的鱼骨架和她拣出来包在一张油纸里的鱼头,让我觉得经过某种魔法的处理。许多年以后,我似乎还能认出疯女人搜寻出的这些破烂,以为那便是被称为艺术的某种幻觉的道具。

白天,她在垃圾箱搜寻破烂的时候头上总戴着的那顶大帽子,看起来倒没有什么特别的含义。可是一到傍晚，它就变成疯女人一个显著的标志。大帽舌就像海芋肮脏的、皱皱巴巴的喇叭形叶子。尽管她常在我梦中出现，并且唤醒我那么多离奇的幻想，实际上我真的看见她不会超过三次。有时候，她站在垃圾箱跟前，鱼骨架和鱼头在手指间晃来晃去，仿佛赋予了它们远比明媚的阳光和活生生的现实更为深刻的含义。有时候，在月色朦胧的傍晚，我领着小狗在我的"私人领地"——花园里散步，她会穿过绣球花、番石榴和番荔枝黑魆魆的树影，突然出现在我眼前。她摇摇晃晃，但举止端庄。我虽然知道她肯定喝醉了，但那副样子又无法使你把她和酒联系起来。她像在梦中，朝我们微笑着，动人妩媚。奇怪的是，她把我总认为属于我自己的、严禁别的孩子闯进来的花园，理所当然地看成她的领地，或许从根本上讲就是属于她的。那条看花园的狗对此似乎心照不宣，从来不朝她吠叫，或者企图向她扑过去。等我们跑回家告诉大伙儿，疯女人又进了花园，它才汪汪地吠叫几声，装模作样地跑过去。他们去赶这位入侵者的时候，我跟在后面。不过，那时她早已无影无踪，却无法从我的脑海中驱逐。

还有一件事情也发生在黄昏。因为这件事兴师动众，更让人害怕，也更让人难忘。那是绣球花盛开的季节，我看见她大把大把地揪着花儿，往一个手提厚纸袋里装。花瓣抖动着，在水蜡树的枝叶间纷纷扬扬地飘落下来，母亲在我身后不远的地方走着。她命令疯女人停止揪她的绣球花。疯女人当然不服从她的命令。于是母亲喊来所罗门·拉库卡。这位所罗门群岛人从"鲁特小姐"还是个小姑娘的时候起，就在帕尔斯菲尔德（Piercefield）给威西科姆家干活儿。索尔——我们这样称呼他——从车道上走了过来，高大的身影在暮色中看起来黑魆魆的。他大笑着，就好像这是一场挺有趣的玩笑,脚上那双很不合脚的靴子咯吱咯吱地响着(他患拇指囊肿胀,穿着靴子走路没有个舒服的时候)。绣球花下,索尔一把抓住疯女人,就在斑芽树那边。在另一个故事里,就是在这儿,波恩纳太太命令马车停下,让沃斯搭车。① 现在,索尔和疯女人扭在一起,撕打起来。女人发出嘶嘶嘶的啸叫声,索尔大张着唇髭长短不齐、黄牙上下交错的嘴巴叫喊着。后来,疯女人的裙子掉了下来。这以后又发生了什么事情我就不知道了。我一口气跑上楼,在床上倒头躺下。梳妆台上的大镜子映照出我在绿色的波浪中颤动。这真是一个难挨的时刻。我的心沉闷而不规律地跳动着,就像沃斯的人马从这幢房子的楼梯上咚咚咚地跑下时的声音一样。

　　后来,家人上楼告诉我,索尔已经把那个老东西捆好送走了,我必须马上穿戴整齐,因为那天晚上我们还要去剧院。那是一出很受欢迎的音乐喜剧,女主人公在舞台上洗碟子时引吭高歌。我的眼前却只有那个疯女人。只看见她和索尔扭打时,雪片似落下来的绣球花花瓣。周围,家人坐在舒适漂亮的长毛绒椅子里,微笑着传递巧克力,欣赏女主人公——一个流浪儿精彩的表演。她历经艰辛,终于和一个百万富翁结为伉俪。我有生以来第一次在澳大利亚过快乐的节日,却无动于衷。我自己也不知道为什么,不想说,不想笑,只是呆呆地坐着,好像又回到那清冷的薄暮之中,破碎的绣球花的风暴将我和那个疯女人紧紧地包裹在一起。

　　我喜欢索尔,他是光明与正义的化身——虽然是暂时的。他曾经击败疯女人,同时也击溃了我心中那个尚且捉摸不定的阴影。索

---

① 《探险家沃斯》中的情节。

尔从前是个海员。至于他是怎么来到坐落在马瑟尔布鲁克之外的丹曼恩路上这个母亲记忆中的"伊甸园"——帕尔斯菲尔德的,我就不清楚了。他仿佛挂毯上的一缕丝线,母亲什么时候和怀特家的人起了争执,就把他抽出来助阵。在我们家,索尔还管母亲叫"鲁特小姐"。孩子们听了都觉得特别好玩。母亲常对我们说,她年轻时常喊:"索尔,为什么狗叫个不停?是不是有人来了?"(我相信母亲小时候一定跟我一样,盼望有人来,给单调、沉闷的生活带来一点活力。)可是索尔总是回答:"没人来,鲁特小姐,它们是对着长鼻袋鼠叫呢!"

我是因为某种神秘的,同时又是实实在在的原因,渐渐喜欢上索尔的。我早上要去幼儿园,他负责去接我。别的孩子都没有这种"荣耀"——有个黑人随从。更重要的是,回家的路上,索尔经常给我买父母不让我吃的水果糖。这种糖颜色艳丽,形状不规则,肯定会腐蚀牙齿。我们俩从来不对可能反对我吃糖的人提这桩事。这是我们的秘密。有一天上午,妈妈替索尔来幼儿园接我,吃糖的美事儿只好暂停。我气得要命,走到大洋街就朝妈妈吐唾沫。回家之后,母亲用她的骨头柄短马鞭揍了我一顿,还把我关起来不让出去。后来,我们先前的女仆艾丽斯·伯吉斯来看我。她这时已经结婚,头戴一顶黑丝绒帽子,上面缀着一个亮闪闪的蝴蝶。她允许我抚摸她的蝴蝶。

我和所罗门·拉库卡之所以有这样一种神秘的联系,还因为他曾经航过海,去过许多国家的港口。他收集了好多小玩意儿,都放在我们后院他住的那间小屋的一个小箱子里。我不愿意到他的小屋,他似乎从来不整理床铺,上面总是堆着几条臭烘烘的毯子。索尔便把箱子搬出来,和我一块儿坐在台阶上,一件一件地看他的宝贝玩意儿。我记得有贝壳,有个带盖儿的烟盒,有个已经身首分家的印第安人小雕像,还有一把布宜诺斯艾利斯①造的样子挺难看的小刀。我们俩似乎都无话可说。在那座俯瞰罗林斯公园的"悬崖"之上,索尔只是抽烟斗,我呼哧呼哧喘着粗气,做着白日梦。那时,下面的房屋还没有被垃圾淹没,宽阔的田野也还没有被一幢幢房屋和用盥洗室的瓷砖镶嵌而成的汽车游客旅馆所充塞。

后来,索尔还是不得不离开我们家。他是个酒鬼,因为耍酒疯经常被关进监狱,有时候还把我在十字街小酒馆见过的那种邋里邋遢的女人带回来过夜。毫无疑问,因为他自个儿总是醉醺醺的,便不把疯女人对鲁特小姐的财产和尊严的侵犯看作违法行为,而是当作玩笑来对待。他走的时候我们都哭了。就连爸爸也装出很悲伤的样子——就像我们埋葬心爱的猫呀,狗呀时,或者像"小鸟"发现他嘴里嚼着一块讨厌的美国口香糖走进家门时,他脸上的那副表情。

后来的园丁没有一个像索尔那样有派头。有几个也是酒鬼,不过都是已经耗光了热情、没有生气的爱尔兰人。还有几位是盎格鲁-撒克逊人②,都是些顽固不化的"伪君子"。

好久以后,我才意识到纯粹的盎格鲁-撒克逊血统也是桩无趣的事情。我们怀特家族和妈妈的威西科姆家族可以说是百分之百的英国人。两家都是萨默塞特郡的农民。父亲和母亲是从表兄妹。祖先之中唯一可以激发我想象力的是威西科姆家族的一位先人,据

---

① 布宜诺斯艾利斯(Buenos Aires):阿根廷首都。
② 英国人,尤指祖先是盎格鲁-撒克逊族的英国人。

说他曾经是爱德华二世①宫廷里的小丑。一想起他,我的小帽子和喇叭裤就会因为高兴而震颤起来。还有一种传说,说我的外祖母那方面,也就是利普斯科姆家族似乎和皮特父子②有什么关系。在听到关于赫丝特·斯坦霍普夫人③的故事之前,我对此倒是持比较冷静的态度。

保姆莉齐向我们灌输苏格兰人要比英格兰人高贵的思想。因为特别爱她,我们便相信她的话。她皮肤微黑,头发乌亮,还长着一个鹰钩鼻子。我母亲便说,她的祖先也许是无敌舰队④的战士,因为战舰在苏格兰沿岸失事,才移居苏格兰的。莉齐对这种解释颇为满意,从未提出异议。

克莱姆·威西科姆舅舅也是个面皮黝黑的"鹰钩鼻子",而他不过是萨默塞特郡的一位自耕农。此外,莉齐的丈夫——锯木厂老板锡德·柯克也是这样一副尊容,却有四分之一的法国血统。他说话慢条斯理,澳大利亚口音很重,脸型也是澳大利亚人的样子。他给我讲过不少关于沟壑纵横的威尔逊山的故事。

还有几个德国人,少年时代我对于他们的出身一直持慎重态度,并不轻易打听。就是说出他们的名字,似乎也得鼓起勇气。莫里斯家的成员有:我的教母格特鲁德、她的妹妹明娜,以及跟她们一起生活的老母亲。她们家男孩子的名字德国味儿更浓。他们都住

---

① 爱德华二世(Edward Ⅱ,1284—1327):英国国王,在位期间为1307年—1327年。
② 皮特父子:指英国政治家父子,老威廉·皮特(William Pitt the Elder,1708—1778)及他的儿子小威廉·皮特(William Pitt the Younger,1759—1806)。
③ 赫丝特·斯坦霍普夫人(Lady Hester Lucy Stanhope,1776—1839):赫丝特·皮特的大女儿,小威廉·皮特的外甥女,在其担任首相期间协助他参与政治活动。
④ 16世纪西班牙著名的海上舰队。

在像昆士兰①那样很远很远的地方,我从来没有见过。他们还有一个妹妹,名叫洛特(洛特睁着眼睛睡觉)。她嫁给了画家罗伊的哥哥驯马师艾蒂安·德·梅斯特。我和罗伊初次相识是在30年代。后来我们变成要好的朋友,这对我的一生都发生了重要的影响。我在绘画方面的知识都是从他那儿学来的。

莫里斯老太太个子不高,沉默寡言,满脸皱纹,戴着好几个戒指,浓密的头发就像钢丝绒②。她似乎一辈子都是坐在一张硬硬的沙发上面度过的。至少我每次顶着炎炎烈日,走过拉斯卡特斯海滨公园、洛夫特斯大街、达令广场,远道去看望他们的时候,她总是坐在沙发里面。夏日灼热的阳光和悉尼柏油马路上的条条缝隙似乎全都成了我的一个组成部分,而且要永远延续下去。只有到了他们家,跟女主人一起坐在那张沙发上,呷一口冰凉的柠檬水,才觉得心清气爽。莫里斯太太最让人喜欢的是,她对孩子们也能平等相待。我们一起讨论莎士比亚的作品,一起读《哈姆雷特》。她的英语发音很准确,只是发 r 的音时,带一种古怪的沙沙声。她女儿讲话也是这样。

明娜皮肤细嫩,笑起来就像摇响一串悦耳的银铃。我从来没有听过有谁比她笑得更好听。谁都喜欢她,而对性格比较孤僻的格特鲁德却有几分保留。格特鲁德的长相也和明娜大不相同。她是莫里斯家族那几位"黑不溜秋"的成员之一。我还记得她打扮得最漂亮时的那副样子:浓密的黑发堆在头顶,身穿洁白的绣花长裙,眼皮子涂成奶油色,脸上搽一层薄厚不匀的香粉。她用一把小金夹子夹纸烟,抽烟的时候,神情十分专注。她不修饰的时候神情呆板,穿条带道的巴里纱裙子,整个身体呈椭圆形,活像甲板上的一把躺椅。

---

① 昆士兰(Queensland):澳大利亚东部之一州,首府为布利斯本(Brisbane)。
② 一种用来磨光和擦亮金属制品的产品。

如果早点儿行动,她或许会和克莱姆相爱。她一直没有嫁人,是露丝的好帮手,经常帮她缝缝补补。她一定觉得自己理亏,可又从不让这种感情表露出来。她做我的教母十分认真,虽然我并不认为她信仰宗教。过生日和圣诞节的时候,她总要送书给我,把赫胥黎、D. H. 劳伦斯的著作介绍给我。我大概就是这样开始我的脑力劳动的。后来,我经常到一个被称为疗养院的地方去看她。在那儿,我有时候还能听几张落满尘土的没人要的旧唱片。比如:"是啊,这一天阳光明媚……阳光明媚……阳光明媚……""明娜到了谷仓……明娜来了……杰克跟她在一起……杰克……在谷仓……"莫里斯家的姑娘和她们的父母在莫斯维尔的一处叫布朗利(Browlie)的房子住的时候,常跟我玩的那条捉袋鼠的狗也叫杰克。布朗利是一种低矮的、淡褐色的房屋,阴凉,也许还有点潮湿。本世纪初,那些不太成功的人就住在这种房子里。我们很爱吃平常讨厌做饭的姨妈 G 在我们造访时特地做的那种玉米粉蛋糕,也很喜欢脑袋尖尖的、好像总在微笑的杰克,还有格特鲁德和那张裂了缝的旧唱片。唱针划过裂缝,放出来的歌儿便成了:"明娜在这儿……谷仓……谷仓……明娜来了……还有杰克……杰克……"有时候我想,老年人和青年人的区别大概就在于,前者的灵魂已经回归到他的躯体,而后者的灵魂还在云游四方。

上年纪之后,格特鲁德·莫里斯住在肮脏的房子里,脸上总是挂着一丝充满疑惑的微笑。已经丧失了力气的手腕放在绳绒线织成的床罩上,毛孔里生出黑色的、光滑的绒毛,我的教母是《姨妈的故事》①中西奥多拉的原型。我把这部书看成对她的一种回报。是

---

① 帕特里克·怀特所著之长篇小说,1948 年首次出版。

她打开了我心灵的窗户,是她给了我潜移默化的影响。

读呀,写呀,总是读呀,写呀……大约九岁时,我写了一首题为《流浪者》的小诗,表达了我那种自命不凡的感情。这首诗至少与大家想象之中的我写的诗句大不相同。苏珊拿出一首写得颇为巧妙的小诗,我的那首一下子显得黯然失色。我心里难受极了,直到后来发现她这首诗是从一本诗歌集里抄来的。苏珊那时候年纪还小,我想她不可能想出这种办法给我以帮助。一定是莉齐这位"苏格兰式正直"的楷模指使她这样做的。莉齐也许看出,这是煞一煞我那种虚伪的傲气的好机会。因为她最热衷于提倡的是:永远不要自吹自擂。这谆谆告诫陪伴我一生,直到自吹自擂已经变成时尚的今天。

这桩事也许给我上了一堂生动的道德教育课,但是没有什么力量能阻止我学习写作。在学校,我帮着编稿,还经常给好几份油印刊物投稿。我开始写戏剧,处女作是闹剧《墨西哥匪帮》(The Mexican Bandits)。戏里所有的坏蛋都在最后一幕成了刀下之鬼。我还写了一个反映家庭生活的剧本。大意是,一位丈夫想离婚,出去和"另外那个女人"吃晚饭,结果发觉还是自己的妻子更好。我还用诗歌体写了一出悲剧,主人公是一位佛罗伦萨的暴君(女性)。她在地下室藏了许多情人。我每个星期都到那座旧国王十字剧院看电影,还不加选择地读学校图书馆书架上不应该有的——诸如《森林里的情人》(The forest Lovers)、《第一百次机会》(The Hundredth Chance)之类的小说。此外,我常常隔着花园篱笆偷偷地买期刊《真理》,向乐于助人的英国仆人们借《世界新闻》。所有这一切对我写戏剧化的中篇小说都发生了很大的影响。

我还写了一篇祈祷文。父亲发现我在花园的凉亭里吟诵赞美诗,十分惊讶。在我的记忆中,狄克并不怎么信仰宗教,尽管参观欧洲各大教堂时他总是十分虔诚,连说话都要压低嗓门儿。过圣诞节时,他也跟我们一起去教堂,不过仅仅是为了取悦露丝,同时给孩子们做个榜样。在那朦朦胧胧的绿色幔帐里,在青苔覆盖的雕梁画栋下,对于一位体面的、性格外向的澳大利亚父亲,我的行为一定显得怪诞不经,甚至有点妖里妖气。

在学校,我们徒步走过空旷的田野,到小教堂做礼拜。筑巢的喜鹊和百舌鸟向我们头上戴着的硬草帽飞过来。仪式由一位健壮、热情的牧师主持。他留着尼采式的小胡子,站在象征罗马天主教教义的蓝色缎带下面。缎带上绣着"上帝是仁慈的"。圣坛对面的长椅上坐满了附近一所学校的女学生。我们跟她们咔咔咔地笑,还脸红。做完礼拜,两个学校的姐妹们和兄弟们羞羞答答、三五成群地站在松树下面枯黄的松针堆积而成的褥垫上,悄悄地说上几句话,然后便分别集合起来各奔东西了。

学校里开的《圣经》课不太正规,由一位退休的神学院院长讲授。他头戴铲形宽边帽,驾着自己那辆双轮马车,一路风尘,前来上课。老人在台上用单调低沉的声音讲课时,除了正在讲的课程对别的一概不管。有的学生便把圆规插在邻座的大腿上、在书桌的掩护下手淫,或者打报告上厕所,实际上去看那几只天竺鼠下没下小崽。

如果说"上帝是仁慈的"是学校附近那座小教堂的口号,对于性的探讨便成了宿舍里的热门话题,也是被干旱折磨的月桂树连接而成的那条林荫小路和山楂树篱笆围住的茂盛草丛的主旋律。女音乐教师身上那股紫罗兰的幽香,或者把着学生的手弹钢琴时表现出来的温情,常常让人在一片朦胧之中觉得爱上了她。而对体育教师肌肉发达、汗毛浓密的胳膊的赞美,也会激发起那种残酷的、男孩子式的情欲。我在想象之中觉得自己堕入了情网,而且被最初产生的嫉妒折磨着。

回首往事,虽然许多事情的细节已经模糊不清,但我仍然能够体会到在乡村度过的学生时代是一个充满生气的"声色口腹之乐"的综合体。明媚的阳光,随风摇曳的树叶下面疾驰的骏马;麻木的肌肤上粘着泥巴,趴着水蛭;各式各样的气味,特别是死蚂蚁的气味;旷野里,树枝和树皮上升起的袅袅青烟;在教室里的火炉上,用饼干桶煎面包和蘑菇;闷热、漆黑的夜晚,精液蓦地溢出。透过这一切,我听见小鸟在歌唱,或者愤世嫉俗,或者婉转动听;钢琴的琴声轻轻地颤抖;刺耳的笑声和沙哑的说话声交织在一起。

辐射松树篱的另一边出了件杀人案。凶手拿着一张药方到城里去买药——他的妻子病了。他给她买了一瓶科隆香水,回家的路上当酒喝了。结果一进家门就开枪打死他的妻子和另外几个跑来抓他的人。家里人不愿意让我们这些小孩儿知道这种事,但是就像了解任何别的事情一样,我还是很快便把这件事的来龙去脉弄了个一清二楚。

童年时代,苏珊和我在许多方面都可以说是备受宠爱的。我们是狄克和露丝"可爱的、咩咩叫的小羊羔"。不过苏珊对这种宠爱并不在乎。总的来说,她的性格比我文静,尽管穿毛衣的时候(毛衣扎得她难受)爱发脾气。人们都喜欢她。她跟小时候交下的朋友可以维持一辈子的友谊。她正是人们常常称为"正常人"的那种好姑娘。我不可能跟她分享心中的秘密,和别人更做不到推心置腹。在哮喘病复发的夏日和支气管炎发作的冬天,埋藏在我心中的秘密常常变得那样恼人。等苏珊长大一点之后,这位正常的好姑娘也得了哮喘病。我由此得出一个结论:她也有自己的秘密,埋藏在那发出阵阵喘息的深渊。

小时候,我们俩经常打架、对骂。随着时间的流逝,她进入少女时代,不再是一个漂亮的、生一对酒窝的小姑娘了。我讨厌她那副叽叽喳喳、一惊一乍的样子。她一定觉得我这个人拘谨刻板、缺乏男子气概,而且总是把心中的秘密包藏得严严实实,因此总是小瞧我。她撕我的书。有一次,我气极了,就去掐她的脖子。我照例受到严厉的惩罚。第二天,她肿胀的喉咙被确诊为流行性腮腺炎。没多久,露丝也得了腮腺炎,脖子上贴着一团消炎用的灰乎乎的泥罨敷剂。这时他们才明白,妹妹的喉咙不是我掐肿的。也许因为愧悔交加,也许怕把我也给传染上,总之,我被送到住在威尔逊山的表兄那儿去了。

时来运转,表兄们正准备乘汽车去瑞福利纳,便把我留给戴维斯夫妇——马特和芙洛。通过他们,我才接触了真正的生活。这种生活与我们那个阶层大多数成年人强加在孩子们头上那种虚假的生活大不相同。跟他们在一起我总觉得充满了活力:有趣的笑话、朗朗的笑声、奇闻逸事;马特那个小黑烟斗的气味,芙洛认真洗烫过的围裙和衣服的气味,还有一本本撕破了的《世界新闻》。我还跟芙洛一起跪在炉灶旁边学做煎饼。

马特是里布尔河谷霍顿地区的人。那儿原先是约克郡的地盘,后来划归了兰开夏郡。芙洛则是一位牛津城郊伍德斯托克长大的姑娘。马特曾经在布伦海姆宫①当仆人,两个人都在公园径地区干

---

① 布伦海姆宫(Blenheim Palace):别名丘吉尔庄园,是历代马尔伯勒公爵府邸,也是温斯顿·丘吉尔的出生地。

过活儿,他是男仆,她在曾经的多切斯特府邸当女仆。第一次世界大战期间,男仆马特变成我们的表兄欧文·温内的勤务兵。战争结束之后,马特和芙洛结婚,跟欧文一起来到澳大利亚。这种迁徙似乎并没有给他们带来痛苦,幽默和乐观伴随了他们的一生。直到八十多岁去世前,他们仍然充满了生命的活力,尽管在肉体上他们都忍受着极大的痛苦。

马特长了一张喜剧演员的长脸。他把杂耍场里那些淫猥下流的小丑学得惟妙惟肖。芙洛装得一本正经,反对他模仿那些低级下流的表演。如果觉得太过分了,她就呵斥:"哦,马特!"那声音此刻仍在我耳边回荡。其实她跟我一样,对他的表演颇为欣赏。可以说,对于马特的赞赏使我和芙洛的心贴得更紧了。

马特几乎什么都会干:杀猪、煺猪、裁椅子和沙发的面料、伺候进餐、照料果园。芙洛却好像总在揉面蒸东西。她把袖子卷得老高,露出两条丰满的白胳膊,面粉溅在苹果花似的面颊上。芙洛八十岁的时候,一条腿已经不好使了,但她还能站在厨房案板前揉面,还能从生活中寻找到乐趣。马特上了年纪以后,那种幽默与诙谐有所克制,不过思维还算敏捷,动作也还灵活。他拄着铝制的拐杖,在大朵大朵的杜鹃花和蓝花耧斗菜之间慢慢地走着。那杜鹃花之硕大,耧斗菜之湛蓝都是别的花园里不曾见过的。

上了年纪以后,我曾多次来这个青少年时代的乐园造访。看到从前那些熟悉的朋友都被岁月和关节炎扭曲了笔直的身躯,真好像做了一场噩梦。大家的关节都在吱吱嘎嘎作响,我也开始听到身上的骨头发出咔嗒咔嗒的响声。那片黄樟树林一直是我的天地,现在也已拒绝我再度入侵了。我被一种古怪的寂静包围着,被许多看不见的小鸟窥视着。再像当年锡德·柯克领着我走进烟雾笼罩的溪谷那样地到访，已经是不可能的事情了。我所意识到的是，永恒的自然对于短促的人生与其说充满敌意，还不如说完全是毫不关心。

我总觉得威尔逊山真正的居民都从这巍峨的大山汲取了掌握自己命运的力量。他们和那些来这儿住住现代化的别墅、沉湎于种种狂想的上流社会的富人形成鲜明的对照。当他们拖着日趋疲惫的身躯，在生命的旅途中跋涉时，威尔逊山的精神给了他们力量。他们知道自己属于这绵延逶迤的山岭。

除了第一次世界大战期间到过法国和比利时之外，锡德·柯克一辈子也没离开过山区。到八十多岁的时候，他得了重感冒，很可能转成了肺炎，结果送到卡通巴的医院两小时后就死了。

莉齐1925年离开怀特家之后嫁了锡德，一直在山区生活了四十五年。她不操闲心，不管闲事，独来独往，谨小慎微，没有什么朋友。（我发现别的苏格兰血统的人也是这样。）我想，她已经不再为早年流产的那个女孩儿难过了。苏珊和我是她真正的家人。而对于我，她是真正的母亲。她很喜欢她的花园，读完《先驱报》就在那儿消磨时间。她总是逐字逐句地读那份报，特别爱看有关什么人死亡的消息。每天下午，她都要四处寻找那些不一定跑到哪儿下蛋的母鸡。她抱怨啄食混凝土的母鸡把小路刨得一塌糊涂。她还抱怨邻居们说她坐在家里什么事也不干，实际上她总是把家打扫得一尘不染。她最讨厌做饭。她的拿手好菜是水煮肉末。如果走运，锡德还能让她从冰箱里拿出水煮甜菜根。她上年纪之后，原先窗明几净的屋子总是落满灰尘，垃圾扫到一块儿又忘了用簸箕撮出去。于是大家把她从山里"挖出来"，"移植"到温特沃斯瀑布镇。在这儿，她的视力和心情都变得很坏。她活到九十六岁才去世。在老人的梦幻之中，她仍然是威尔逊山区那个花园的一部分,时而在看苏格兰卡诺斯蒂的鲱鱼群,时而带我们到悉尼罗斯湾她父母亲家的后院采集花籽。为了使她的梦幻变成现实,我们又把她送回到她山区的家乡,埋葬在那座石棉瓦盖顶的教堂旁边紫红色的泥土下面,四周是葱茏的草木。

玛丽亚姆内·温内是我们的表兄欧文的英国妻子。她也和大山结下了不解之缘。不过说来可笑,她的这种缘分,完全违背了自己的意愿。她经常在她那座迷宫似的花园里散步,在雪松、云杉,以及常开不败的杜鹃花丛中流连忘返。她常常满怀令人啼笑皆非的愤慨,用单调的声音提起"无处不在的树脂"。进入老年,她患了青光眼。有时候,我看见她极目远眺,仿佛整个身心都溶化在远方的烟雾之中。

第一次世界大战结束,玛丽亚姆内初来澳大利亚的时候,是个引人注目的漂亮人物。她快活、高雅,身上有一股说不出的韵味。她是来拉尔沃思看亲戚的。在我的记忆之中,她是那种英国上流社会的人物,把谁都不放在眼里。大战中,她开救护车。她虽然是个新娘,可穿一身黑衣服。我们第一次见面时,她穿着一件猴皮裘。一缕缕长毛就像雨中森林里的卷须,从外套领口蔓延而下。圆顶狭边钟形小帽下面,杂乱无章地垂下仿照人的头发的缕缕毛发。她的拿手好戏是冷嘲热讽。往后,生活又将这种嘲讽浓缩为对整个世界的轻蔑。当时,在我——一个孩子的心目中,这位新娘实在是个与众不同的人物。

欧文生在澳大利亚,长在英格兰。他的母亲是为了逃脱一场草率结成的婚姻逃离英格兰的。欧文一副英国军官和绅士派头:唇髭很短,红光满面,头发卷曲,就像艾尔谷犬的皮毛。有人觉得他呆板、迟钝,不过因为身强力壮,这种迟钝也就情有可原了。他是一位稳重的、令人尊敬的丈夫,沉默寡言,经常皱着眉头,最快活的事情是在工棚里干活儿。他用自己家的木料做黑檀木家具和厨房里的镶板。做细木活儿他是个行家,干农活儿永远是个"半瓶醋"。他的妻子——那位风流潇洒的业余文艺爱好者,吃过晚饭就要即席表演。她模仿伦敦的女演员,观众是她唯一的孩子。那些演员的大名她只从书上看过,或者听人说过。她还帮我做了一个玩具剧场,演员和舞者都是从《茶余》(Tatler)和《小品》(Sketch)两本杂志里剪下来的。乐甫歌娃是我最喜爱的明星之一。

  许多年以后,看到我写小说这种玩意儿,玛丽亚姆内大不以为然,她不是读小说长大的。读了《人树》①之后,她翻山越岭,找莉齐谈她对这本书的意见:"莫非他以为这是和我们开玩笑吗?"莉齐嘟哝了几句无关紧要的话,没有正面回答。《乘战车的人》②出版之后,她又找莉齐发表意见。这次莉齐鼓起勇气说道:"有的人没有受过什么教育,理解不了这本书。"玛丽亚姆内——英国大使的妹妹听了很不高兴地走了,也许觉得自己完全被莉齐击败了。

  玛丽亚姆内是一位梦想自己的女儿们都能攀高结贵的母亲,即使嫁不了一位爵爷,至少也要嫁个能当总督副官的贵族子弟。可惜女儿经过一番努力才找了一个苗木培养工。母亲黯然伤神。不过进入孤独、痛苦的晚年之后,她倒是变得大度、宽容了。这位山庄里的女主人经常拖着疲倦的身子,走到阳台上,坐在已经松散的椅子

---

① 《人树》(The Tree of Man):帕特里克·怀特所著之长篇小说,1951 年首次出版。
② 《乘战车的人》(Riders in the Chariot):帕特里克·怀特所著之长篇小说,1961 年首次出版。

里,抿着嘴唇,眺望永无尽头的山峦与林莽,一副闷闷不乐的样子。她穿着邋遢的灰毛线衣,有客人来的时候高兴得像一条浑身颤抖的老狗。当那无法避免的离别终于来临时,又陷入深深的悲哀,意识到她曾以为可以以心相托的朋友也许要永远抛弃她了。

尽管玛丽亚姆内开过救护车、穿过猴皮袭,还喜欢模仿女演员的表演,但她毕竟是个极端拘谨的英国人,就像莉齐是个地道的苏格兰人一样。马特和芙洛身上带着伊丽莎白①时代的遗风和维多利亚②音乐厅的回声来到这里,大山和丛林成了他们"解毒"的良药。在澳大利亚,他们四个人都是异乡人,就像移栽过来的某种适应性很强的植物。不过至少有一个人不愿意屈服于与英国老家正好相对的、地球这边的艰苦的生活环境。他们每一个人都是我支离破碎的性格的一个部分。还有锡德·柯克,那位有法国血统的澳洲人。他把歌声婉转的琴鸟、袋熊留下的印迹,以及涓涓细流中的锆石一一指给我看。他还教我如何理解丛林里的寂静。让人吃惊的是,锡德对于这个地区的丑闻总是保持一种不带偏见的兴趣。他以一种萨克雷③所赞赏的方式(没有一个好小说家不饶舌),激发了我作为一个小说家的想象力。而属于马特和芙洛的那几本翻烂了的《世界新闻》和多切斯特府邸的奇闻逸事又丰富,或者说滋润了我的想象力。比如,有一天夜里,路易斯公爵没关前门,还在台阶上放了一个烛台,蜡烛一直燃烧到天亮;还有一个有趣的故事是:有座青铜雕塑的阴茎被女仆们捭来捭去,直捭得金光闪闪,照耀着每一双困窘的眼睛。

---

① 指伊丽莎白一世(Elizabeth I,1553—1603),英国女王,在位时间为1558年—1603年。
② 指维多利亚女王(Victoria,1819—1901),英国女王,在位时间为1837年—1901年。
③ 威廉·萨克雷(William Thackeray,1811—1863):与狄更斯齐名的维多利亚时代的英国小说家。

生活中的琐事有时候也会成为无价之宝。发现我总是津津有味地读《世界新闻》，玛丽亚姆内便打算进一步开掘我的心智。但她没有意识到，让我读《古希腊神话》，只是用那个神话世界的通奸、世仇以及凶杀，替代了英国社会制度在更广阔的现实生活中创造的所有类似的一切。

比较富裕的阶级与下层阶级、英国人与澳大利亚人……将他们概念化或者相提并论，是一场诱人的游戏。为什么同样一件事情英国人觉得滑稽可笑，而澳大利亚人觉得难以忍受？也许因为早年的澳大利亚充满了凶险，不允许人们敏捷的才思得以发展。那些移居来的自由民大多因为勤劳而闻名，大概很少有人因聪明而致富。就连爱尔兰人也是如此，虽然他们把智慧和想象力留在了爱尔兰，但还是带着天主教教义在他们身上留下的特殊的烙印、难以驾驭的性格，以及对酒和赛马的特殊爱好走遍了天下。直到本世纪20年代中叶，我才像看到漂亮的毛线衣一样看到澳大利亚人的幽默。可惜希特勒发动的战争结束之后，我再回到澳大利亚时，这两样东西已经不复存在。以后，随着城市的发展，一代新人的出现，变革开始悄悄潜入我们这个国家。年轻人云游四方，外部世界不断冲击，使我们变得更加复杂、更加世故。然而，即使这样，要想和澳大利亚人"热乎"起来，光靠幽默和讽刺大概还是行不通的。大部分澳大利亚人并非他们自己想象的那样具有金子一样的心。而所有这一切又都是可以理解的。坏脾气、嘲讽、幻灭、饥饿都是战争的产物。在柏林，这些玩意儿可以说"发达兴旺"。英国人非常外向的性格中包含着幽默与讽刺的气质，也许是因以往的饥饿与剥削派生而来的，同时也由于所有平民都卷入了本世纪的两次大战。

因此,我想我最欣赏的幽默大概是因为下面这样几个因素形成的:小时候,我是一个受人鄙视的殖民地的孩子,为了在英国学校混下去,只是"滥竽充数",确实吃了不少苦头。30年代又经常出入于剧场,"闪电战"爆发期间徘徊于伦敦街头。然后便是在西部沙漠度过漫长、痛苦、孤军作战的战争生活,而我的大部分战友都是饱受挫折的英国士兵。

不管客观环境怎样,我本来可以成为一个具有金子般的心的澳大利亚人,并且毫无疑问会因此而抹掉怀特家的污点。这是马特和芙洛·戴维斯之所以一直在我的生活中起如此重要的作用的原因,也是我们为什么能够相互爱戴、相互理解的原因。

我还记得马特和芙洛已经很老时的一件事。我们坐在一间空气闷浊的小屋里聊天。这间小屋曾经是油光锃亮、一尘不染的厨房,现在却散发着一股长时间无人问津的霉味儿,快变野了的猫在地板下面打洞产崽。一只关在笼子里的情鸟①耍弄着它的玩具,还不时照照它那面小镜子。我们一直谈论一位妇女被不幸绑架的案子。据说那位劫持者后来把她喂了农场的猪。马特一本正经,板着那张小丑一样的面孔,沉吟片刻,重新摆弄了一下他那副铝制拐杖,说道:"这下,你吃猪肉香肠可要反胃了,是吧?"我们三个人心照不宣,都哈哈大笑起来。那是对这个凄凉而又喧闹的世界的嘲弄。那些热情、轻信的澳大利亚人大概不会发出如此爽朗的笑声。

我是含着银汤匙出生的。这似乎是通俗小说家和星期天报纸的撰稿人喜欢使用的隐喻,意思是说生在富贵人家。不过不管我是

---

① 小鹦鹉类,产于非洲,雌雄间极为恩爱。

幸运的还是不幸的,反正上帝给了我一双眼睛,给了我丰富的感情,我会无意识地干出许多事情。童年本来应该是幸福的。可惜我小小的年纪便被哮喘折磨,而且这毛病苦恼了我半生。青春期也许和一张乱七八糟的床铺没有多大的区别,每一个发育正常的年轻人都在这张床上辗转反侧、难以成眠。刚刚成年的时候,我觉得客观世界不过是自己内心深处所感觉到的光明与黑暗的交替。父母和莉齐灌输给我的种种观点只适用于那个理性的自我。我的这几位良师益友想象不出我心灵深处那层黯淡的底色,或者那种不正常的性心理特征的含义。我笃信他们教给我的大部分道理,同时又明白,在我的那个荒谬的深渊中埋藏着一个谋杀或者被谋杀的念头。

我不记得曾经为性心理矛盾的种种迹象而着急过。很小的时候,我就沉迷于自己那种性的欲念。让我心神不安的是别的男孩子对我的轻蔑。他们并不是嘲弄我的这种欲望。他们接受,有时候甚至欣赏这种欲念。他们蔑视的只是无法信任的女性的敏感。这和充满男子气概的人发泄性欲的时候,因为女人身上蕴藏着男性缺乏的微妙与敏感便轻蔑女人是一个道理。

就我的情况而言,从来没有因为在性取向上进行抉择而感到痛苦。我听其自然,很快便接受了同性恋这样一个事实。不管看起来我是一个多么令人信服的男子汉,实际上是因为太消极而无法拒绝这种男性气质。于是接受了生命给予我的自由,去探寻人心的种种变化,在那么多相互矛盾的血肉之躯上扮演众多的角色。我心甘情愿地承认了这个现实。我对自己性格中截然对立的两面中暗藏的黑暗没有提出疑问,尽管已经开始对"双生子"中能够给我那只有黯淡光亮的黑暗带来柔软光明的那一个开始了痛苦地、不可避免地探寻。回首往事,我在剑桥大学学习的两种语言,在某种意义上讲可以相互补充,是盲目寻找表现自我、完善自我的方法的一部分。

　　我很早就开始学习法语。是那位逼着我们面对小镜子学发音、结果完全失败的改革派校长教法语以前的事情。我的启蒙老师是从纳沙泰尔①来的一位个子很高、相当不错的瑞士人。她和丈夫、孩子一起来伍尔科特街定居(几年之后,这条大街为了洗刷它的坏名声,改名为国王十字街)。亨利太太的法语课最让人高兴的部分是领着我从罗斯林公园逛到伍尔科特街,观察那些早起的市民。他们身穿睡衣、头戴小帽,或是懒洋洋地倚在门廊下面,或是一边心不在焉地打扫门庭,一边和同行谈生意上的事。我凭直觉意识到的教条因为德高望重的成年人谨慎的言辞而栩栩如生。事实上,我所知道的事情他们谁也不知道。晨光熹微中,从破旧的楼房阳台下面走过时,嫉妒常使我产生一种毛骨悚然的感觉。这种感觉一半是恐惧,一半是占有欲,就像成年之后对潜意识构造的那些情景做出的反应一样。有时候要是看得太久、神情太专注,对面人行道上的妓女们就会朝我喊出一大堆脏话。在她们眼里,我一定是个拘谨、刻板的孩子,衣服一尘不染,头发梳得溜光,受到一个物质文明高度发达的世界的保护。她们的轻蔑或许不无道理。我继续闲逛,对这一切毫无察觉,就像那些妓女对她们在我心中构筑的形象一无所知一样。

　　亨利太太给我上课的时候,我们经常一起坐在一张19世纪的彩色图画前面。那图画有一种超现实的色彩,深深印入我的脑海,它就是那幅"这是什么②图"。画里有一座法国式的大别墅,有用鱼鳞状石瓦铺成的屋顶,还有塔楼、圆形牛眼窗。台阶两面镶着栏杆,通

---

① 纳沙泰尔(Neuchatel):瑞士西部的州。
② 原文为法语"Qu'est-ce que c'est que ça?"。

向一片草地。草地上摆着几件家具,目的当然是让学习法语的学生辨认。"这是什么?"亨利太太用一支削得很尖的铅笔指着图画上的一样东西用法语提问。我根据她指的不同的对象,用法语机械地回答:"这是衣柜。""那是草地。""这是只小狗。"

亨利先生总待在屋子里。他做得一手好饼干,我的母亲经常买来尝个新鲜。烧开水的是亨利太太——玛丽·泰蕾兹。他们家的三个孩子都在童子军。我最喜欢也最漂亮的那个孩子给我画了一张北美洲地图。地图的轮廓是用墨汁画的,周围的海洋用彩色铅笔涂成蓝色。这张地图和莉齐给我的一本用粉色消毒纸包皮的长老会祈祷书是我的心爱之物,可惜后来都让苏珊给撕烂了。

离开切尔滕纳姆之前,暑假我在迪耶普①的一家人家寄宿。这期间对法兰西和法语的"调情"表现出兴趣。我之所以用"调情"这个字眼儿来形容我与法兰西最初接触时的感觉,是因为我对法兰西的热情只能与成熟相伴。而在我看来,要想对德国产生热情,似乎更借助于罗曼蒂克、华而不实、思想混乱的青年时代的盲目。在迪耶普,我之所以能学会点儿法语,还得归功于我的朋友罗纳德·沃特拉尔和一帮叽叽喳喳的瑞典小姑娘。这些姑娘都能说一口流利的英语,她们终日与我相伴,无形中给了我很大的帮助。尽管文特森祖母总让我没完没了地抄同义词,还要背诵拉马丁②的诗歌——还是小姑娘的时候,她曾经和这位大诗人握过手。我们坐在一张很大的床前学习功课,对面的墙壁上挂着十字架和浆果紫杉的小枝。祖母用一种充满敬意的声调背诵《湖》这首诗的时候,她的肚子和窗

---

① 迪耶普(Dieppe):法国北部濒英吉利海峡的港镇。
② 阿尔方斯·德·拉马丁(Alphonse de Lamartine,1790—1869):法国19世纪著名浪漫主义诗人、历史学家及政治家。

外的椴树一起咕咕噜噜地响着。

为了学好法语,我躺在海滨的沙滩上读《包法利夫人》。我那点儿浅薄的法语和脊背下面硌人的沙砾都使得这种阅读成了痛苦和折磨。我在这沙滩上还啃了科莱特的《谢里》(Chéri),以及不少中篇小说。有一本书我记得是个叫吉普的人写的。无法打开一座语言宝库的大门领略那里面瑰丽的珍宝,实在是一件既让人心痒难耐,又令人气愤的事情。我在布满卵石的沙滩上辗转反侧,就像苦行僧第一次在钉床上痛苦地扭动。我对眼前那似乎永远只是一抹铅灰的海水无法生出赞美之情。印象主义的半透明、普鲁斯特①笔下的漫漫轻纱、被历史的潮汐冲刷得窄窄的衣袖,在我这个无知的小学生的眼里全然没有意义。

寒风习习,我在长满鸡皮疙瘩的皮肤上涂了润肤油,看书的时候把那本福楼拜弄得油渍斑斑、指印点点,为此心里十分不安。因为这颇有点"盛名之下,其实难副"——我虽然把那本书弄得挺脏,实际上并没有完全读懂。我开始意识到自己正被染上某种色彩,而不是被阳光晒黑。闷热的夜晚,在歌剧院看马斯内②的"维特"③"曼侬"④"黛依丝"⑤时,我的法语水平便"原形毕露",不禁满面羞惭,"染上的颜色"顺着领口流了下来。

以我当时的年纪,很容易被那些轻薄无聊的举动所诱惑。20年代活跃在伦敦街头、充满青春活力的成年人成了我们的楷模。尽管

---

① 马塞尔·普鲁斯特(Marcel Proust,1871—1922):法国著名意识流作家。
② 儒勒·马斯内(Jules Massenet,1842—1912):法国作曲家。
③ 歌德所著《少年维特的烦恼》的主人公。
④ 法国作家普莱沃所著《曼侬·雷斯戈》中的人物。
⑤ 黛依丝为古雅典名妓。法朗士的小说《黛依丝》和马斯内的同名歌剧均以她的故事为题材。

我们只是从杂志上看到过他们的事迹,但他们仿佛是招着手、微笑着,将自己的生活方式强加到我们的头上,使幼稚的想象力得以膨胀。于是,我们经常成群结队地尖叫着走过西克特画中土黄色的大街,全然不顾门廊下店主人责备的目光,更不管躺在货物上面的那些瘦弱的法国猫惊骇的表情。我们坐在喜欢去的咖啡馆里天南海北地闲聊,装出一副若无其事的样子抽高卢香烟,喝潘诺茴香开胃酒。

我正在经历的这一切,以及回到学校之后想要炫耀一番的欲望,都告诫我应当和一位漂亮姑娘谈谈恋爱。我从那几个跟我一起寄宿的瑞典姑娘中选择了最妖娆的一位。她碧眼金发、丰满匀称,腮边有一对酒窝,微笑时连眼睛都没了。我真的爱上了她,不过似乎仅仅是一种崇拜。我们在门廊下、海堤上拥抱过,我还给她买过一串粉红色的珠子串成的项链、一块粉红色丝巾。她一定发现我干这种事儿笨手笨脚,是个门外汉。她可能一直和一个比我大的男人睡觉。那人是我的朋友,也在"山楂树"(Les Aubépines)寄宿。他是一名军官,一肚子关于中国的故事。听人说她还和一位法国小伙子调情。那家伙属于那种整个夏季都出入于海滨网球场、虚张声势而又老于世故的纨绔子弟。他们满脸粉刺、胸脯干扁,偶尔系条印花软绸领带。我的这场恋爱虽然经过精心策划,此刻经受的则是一个打翻了醋罐子的恋人所经历的名副其实的痛苦。或者说其实是因为我被伤了自尊?在码头告别之后,我们俩又通了几封凄婉动人的信,以后就再也没有听到她的消息。我想她一定长得更壮实、更像个瑞典姑娘了,也许还有点邋里邋遢。我依然记得投在阿喀琉斯之踵①上那可鄙的阴影。

---

① 阿喀琉斯为希腊神话中的英雄,出生后被其母倒提着在冥河水中浸过,除未浸到水中的脚踵外,浑身刀枪不入。阿喀琉斯之踵此处指唯一致命的弱点。

我走之后，那位曾经在中国服役、占惯了中国姑娘便宜的军官朋友仍然住在"山楂树"。关于他的消息我也没再听到。处在当时那种情况之下，我没和他通过信。不过说实话，对于我，他比我的恋人——那位轻佻、丰满的瑞典姑娘更有吸引力，而真正欣赏她的应该是他。房东太太在饭桌上跟他说话的时候，他便尽量说法语，而且总是这样开头："Mais oui…Mais oui…（是啊……是啊……）"也许我应该用法语攻击他一番。他很瘦，似乎总在挨饿，胸脯上的汗毛很重，跟一块撑开口的毛褥子差不多。

我学德语比较晚，直到上剑桥大学时，才拿定主意学习这门语言。我已经通过了历史系的入学考试。不过真到了入学的时候，又觉得很难再写出一篇历史方面的论文，也很难保持自己那种怪诞的风格。对法语我有足够的信心，稍加准备便可以通过荣誉学位考试，可是德语就不行了。凭我在学校学的那点儿肤浅的知识，必须再努力一番才能获得学位。不过，我并不为此着急。在澳大利亚牧羊站当了两年雇工之后，我已经深深体会到把根扎到更为富庶的土地之中的快乐。我知道，我不是当学者的料。我更像裁缝铺门把手上挂的白布口袋，里面塞满了色彩斑斓、大小不同的布头，有朝一日终会派上用场，甚至成为充满诗意的艺术品。我相信，正是这个反映了我杂乱无章的思想的"碎布口袋"，得罪了那些澳大利亚学院派批评家。在他们看来，耽于声色口腹之乐的人的荒诞不经的行为只能用被抑制的、色彩单一的理性来解释，我却用"五彩缤纷"的本能来解释这一切。

1932年到1935年间，我的每个假期差不多都在德国度过，目的是学习德语。访问这个国家之前，我很难熟练地运用这种语言，把那些刁钻古怪、难以对付的词汇搭配得驴唇不对马嘴,句法结构也常常搞错。在这个国家旅游,同时学习语言的过程中,我迷上了它那充满浪漫色彩的文学。后来我对法国文学的迷恋又占了上风。我在德国的山山水水之间如痴如醉地漫游。朴实无华的苍松青翠欲滴,一直延伸到波罗的海海岸。在汉诺威①——我最熟悉的就是这座城市(后来成为了沃斯和希梅尔法布②的故乡)——好客的布格尔一家待我非常之好。他们让我在铺了羽毛褥垫的床上睡觉,给我吃土豆煎饼、海尔林沙拉、腊肠。我喜欢这一切。后来我还多次到他们家做客,直到人与人之间的关系被政治压力完全扭曲、碾碎。

在我对德国产生了钟爱之情的初期,尽管和纳粹的思想时有冲突。海德堡③已经开始焚书,和我同住一条街的犹太人也已经惨遭迫害,但是在一部分思想比较自由的德国人眼里,希特勒还只是一个被嘲弄、被蔑视的对象。在汉诺威霍尔兹格兰本颇有安全之感的阳台上,我们一边喝荷兰杜松子酒,一边尽情大笑。洛特无视刀光剑影,依然浓妆艳抹。

在政治动乱的年代,我像许多自由的、不受任何誓言约束的德国人一样,直到身临其境才发觉灾难已经临头。这个国家大多数地方我都去过。但是,在那个特定的历史时期,我生活过的地方,没几处像我想象的那样重建了过去罗曼蒂克的殿堂。就连幻想,也带有邪恶的成分。因为我是外国人,身后经常跟着一群嘻嘻哈哈的小孩儿:留小平头的男孩儿,梳小辫儿、穿普鲁士蓝束腰外衣的小女孩儿。我在柯尼斯堡的码头上昂首阔步地走着,仿佛什么事情也没有

---

① 汉诺威(Hanover):德意志联邦共和国之一城市。
② 希梅尔法布是怀特长篇小说《乘战车的人》中的主人公之一。
③ 海德堡(Heidelberg):德国西部之一城市。

发生。在他们一双双鲭鱼眼似的眼睛里,我那副样子一定非常古怪。我的身后是一幢幢仓库,就像已经挂好的彩色幕布,正在等待纳粹粉墨登场,在这座最具雅利安人特色的城镇开始一场报复。

我还记得访问波罗的海一个名叫克兰芝的旅游胜地的情景。小城外面白沙漫漫,没过脚踝。大街上装着檐板的房子刷成白色,透出金黄的灯光,仿佛沿海岸摆着一溜琥珀。克兰芝不但比柯尼斯堡更乏味,连那种邪恶的、不吉祥的气氛也有过之而无不及。这个小城镇没有什么历史渊源,和我去过的任何一个国家都没有联系。看起来它受俄国的影响比较大。十月革命前,不少俄国人逃到克兰芝谋生。第二次世界大战期间,我曾在埃及驻防。阿布吉尔湾①的大街常常使我想起克兰芝。阿布吉尔湾似乎也在同样存在于一场永恒的梦幻中,矮树丛上晾着刚刚洗过的衣物,蒸发着蒙蒙水汽。

我客居柯尼斯堡时住在一家老式旅馆。康德或许在这个没有任何变化、已经被时代遗弃了的餐厅里吃过饭。整个旅馆里里外外都散发着一股浓重的苹果布丁味儿。楼梯平台上挂着一面大镜子。镜子镶在19世纪中叶制作的镀金镜框里,照出了我的羞怯和自卑。我惊讶地发现,自己脸上那副怯生生的样子和当年我在萨塞克斯郡费尔珀姆那幢海利的房子的小镜子里面看到的表情毫无二致。

除了汉诺维(我跟厄特尔一家住在一起舒舒服服,颇有置身于世外桃源之感),魏玛②是我在德国旅游的那几年唯一能让我感觉到一点儿幸福与欢乐的地方。在大街、府邸、花园、别墅举行的雅致、庄重的婚礼使人想到合乎理性的人们才会举办的盛典。在这种精神上未能达成默契却其乐融融的气氛中,我突然生出一种宾至如归

---

① 阿布吉尔湾(Abukir):埃及北部,尼罗河河口的海湾。
② 魏玛(Weimar):东德一城市,在莱比锡之西南。

的感觉。尽管对魏玛出现的两位大诗人我很难生出什么同情之心。这两位诗人一位是德国陈词滥调、老生常谈的制造厂，另一位作为人类中的一员，确实是在虚伪和虚荣的泥淖中翻筋斗、耍把戏的天才。在我看来，托尔斯泰是唯一的一位克服了自身虚伪的文学巨匠。歌德不是。我在读爱克曼①对于他所崇拜的偶像——歌德的描述时，几乎完全相信了他套在这位文豪头上的光环。在《谈话录》②中，他差点儿成功。可是读到最后人们便会意识到，真正博学多才、有独到见解的是那位谦恭的助手。是他，将自己的同情注入那个由别人填充起来的庞然大物。（感谢上帝创造了诸如歌德的爱克曼和威廉·叶芝的父亲——非凡的 J. B. 这样一些小人物。）

　　法兰西从来没有在我心中激起滚滚热浪。因此，在德国旅游期间，它对于我就更冷漠了。回到法国之后，人们都说我讲法语有德国口音。就像我在英格兰念书时，人家责怪我是"伦敦佬"或者"殖民地的居民"，回到澳大利亚又说我是个"该死的英国移民"一样。总而言之，语言上的障碍加宽了我天性中的那条缝隙。后来，当但泽③还是一座"自由城"的时候，我去那儿之后情况也并没有好转。我向一位陌生人问路时，他对我说："对不起，我也是德国人。"我好不惊讶。惊讶之余，虚荣心又得到一次满足。

　　我这个人当然很自负，自从老掉了牙，视力也减退之后可能少了几分虚荣心。我还没有失去理智，有时候甚至可以感觉到就要从这种虚荣之中解脱了。不过，虚荣心是根深蒂固的。听家里人说，

---

① 约翰·彼得·爱克曼（Johann Peter Eckermann, 1792—1854）：德国著述家，歌德晚年的秘书。
② 《谈话录》（Conversations）：歌德死后由爱克曼将其生前谈话搜集而成的一部著作。
③ 但泽（Danzig）：波兰港市，格但斯克的旧称。

小时候我从幼儿园回来的第一个早晨就向莉齐宣布:"学校里我的声音最好听!""你怎么知道的?""我听得见别人的说话声,也听得见自己的说话声,当然能分辨出谁的声音最好听。"我经常希望这种自信心能贯穿我的全部生活。

　　我不记得狄克有什么虚荣心。他是一位平庸的、缺乏想象力的澳大利亚男子,是那种受制于自命不凡的妻子的窝囊废。露丝倒是虚荣心挺强,不过她也很容易泄气,就像她的儿子一样,因为缺乏自信心而苦恼。尽管她鄙视怀特家的富足,却愿意享受金钱带来的欢乐。她经常跟我们讲起,年轻时因为贫穷在皮尔斯菲尔德大宅受过的苦。我从来没见她干过活儿,除了在对威尔逊山还感兴趣的时候,她曾系上围裙搅一搅锅里的李子酱。(果酱不再沸腾的时候,她就给我们两个先令,任务是不要煳锅。)我们也没见父亲干过活儿。他四十二岁结婚之后就离开农村过上都市生活,因为露丝拒绝跟我们那个大家族一起生活。(她说:"七姑八姨、大伯小叔太多了!")我想,如果见过父母干活儿,我一定会对他俩怀有更大的敬意。对于狄克当年的生活情景,我似乎只能通过一张快照加以判断——纵马疾驰之后,狄克蹲在一棵枝叶稀疏的桉树下面,一张诚实的、孩子似的脸上挂满了汗珠,坐骑的下唇耷拉着,离他的肩膀只有两英寸①。他那双温和的蓝眼睛从来不会让一架照相机失望,也不会让任何别人失望。我还记得他去金铃树庄园和格洛斯特②附近一个叫特雷尔(Tereel)的牧区访问后归来时的情形。他的背包和油布雨衣的气味在门厅缭绕,似乎在向屋里的家具挑战,强迫它们承认它的存在。母亲系着一条围裙,欢迎父亲来吃并不是她做的饭菜,而最使我着

---

① 1英寸等于2.54厘米。
② 格洛斯特(Gloucester):英格兰西南部格洛斯特夏郡之首府。

迷的是他那结实的小腿上裹着的护腿。

我对母亲的感情与其说是爱，还不如说是一种崇拜。我喜欢围着梳妆台看她梳妆打扮，或者说看她允许我参观的那一部分。看她一会儿穿上长袍，一会儿又脱掉。那时候，人们还不大使用唇膏，妈妈把它藏在手帕里，颇有点讳莫如深的味道。她不是那种喜欢把自己搞得香气扑鼻的女人。不过即使这样，化妆室还是散发着脂粉的香气，弥漫着烧热火剪烫头发时那股烟焦味儿，以及挂在衣橱里等待人们赋之以生命的衣服上面的那股高深莫测的气味。我想妈妈一定挺喜欢我看她化妆，就像演员喜欢一位可靠的观众一样。我刺激了她的虚荣心，而这种虚荣心对我肯定有所影响。

虚荣心像一座纸糊的大厦，可以很快坍塌，又可以很快重建。我还记得母亲作为一次交通事故的见证人出庭时的情景：满脸皱纹、面色发黄、声音细弱、无精打采，活像一个早晨刚刚起床的老太婆。后来我不得已在公共场合露面时，常常想起这件事情。我在大场合讲话也是紧张得要命，平日里的傲慢荡然无存，直到终于把莉齐一贯的告诫忘到脑后，大吹大擂起来。

我成长的那个年代，在世人眼里男人就应该色彩单调、刻板乏味。因此，我的虚荣心无法通过服饰来表现。而等到可以表现了，我已经太老了。世界上大概再没有比爱赶时髦的老头和爱涂脂抹粉的干扁老太婆更让人觉得可悲的了。而我已经通过舞文弄墨的方式满足了自己的虚荣心。当然，我的作品并不全是虚伪的装饰品，相当一部分还是很朴素、很严肃，足以表达一点人生的真谛。这也许还是一种虚荣。如果我今天这样以为，明天或许又觉得所谓人生真谛不过是沉默的财富——不论在什么情况下，沉默总是填充着辞藻间的空隙,而这些词藻我有时候还是有能力控制的。

"他的才能可不是怀特家的家传!"索马里兹的一位老处女谈到这一点时观点非常鲜明。她说,她们买过我的第一本小说,现在还放在顶楼的什么地方。金铃树庄园的一位堂妹到伦敦时看望过我。那时,我住在伊伯里街,已经开始写作。我们在一起度过一个愉快的夜晚。分手时,她说:"我一直很想来看看你。你苦行僧似的待在这儿,我们还以为你疯了,或者怎么回事儿。"父母亲为此十分恼火,打那以后居然没再跟她说过话。可是堂妹这次访问的几年前,有一次我们乘一辆出租汽车经过赛尔弗里奇,露丝因为我不和狄克打板球大发雷霆!"我从来没有想到过我的儿子会是个怪物!"因为妹妹苏珊娜是个典型的澳大利亚好姑娘,我——帕迪便成了这个国家第一个被贴了标签的怪物。

亨利、欧内斯特、亚瑟和维克多把财产留给詹姆斯之后,从埃丁格拉西庄园移居到金铃树庄园,建立了"怀特王朝"。我没见过欧内斯特,听说他面目慈祥,到中年还是个单身汉。我父母亲结婚之后不久,他患腹膜炎死在去悉尼的火车上。我认识的一位老处女有一次对我说,他本来应该娶她为妻,可是和马瑟尔布鲁克一位女裁缝搞到了一起。欧内斯特、亚瑟、狄克都爱打马球,只有亨利不喜欢。因此,金铃树庄园的兄弟们只好请一个外人参加他们的球队。

亨利是他们兄弟几个中最有权威、最有文化,也最为坚强的一个。如果其他几个兄弟有胆量,或许会说他不正常。露丝不喜欢亨利,说他虐待妻子。按照怀特家的标准,他当然行为古怪。他收集澳大利亚早期的邮票,收藏了很多,后来都捐献给悉尼米切尔图书馆。他还组织一些人到全国各地收集禽鸟,并且把制好的标本和鸟蛋都给了墨尔本(悉尼对他很不客气)。他自个儿还建立了一个图书室,收藏和澳大利亚历史有关的书籍,也有些怀特家族的成员看了发窘的书。其中一本书流传到南澳大利亚达顿家的图书室。杰弗里·达顿曾经让我看过那本书,只能说有一丝色情的意味,里面有一张插图画着一条小狮子狗从爱德华七世时代的一个裸体美女的脚脖子上跳了过去。

我记得亨利伯伯个子不高,皮肤红润,一双眼睛像蓝颜色的玻璃,清澈、冷漠,只有快乐和愤怒的时候才变得炯炯有神。虽然妈妈不喜欢他,但他是爸爸兄弟几个中我最喜欢的一个。他也同样喜欢我,这也许是同病相怜的缘故——我们俩都被别人看作怪物。他经常送我邮票,鼓励我成为集邮家。我也很想让他的希望变成现实。可是没过多久,我对邮票就失去了兴趣。

我每次回学校的时候,亨利伯伯和那个没有光泽的"沙漏"——被虐待的伯母莫德都要给我点儿零花钱。关于莫德伯母,我只记得她给我的零花钱和她的轮廓。她的妹妹米利我似乎更了解一点。不过那是亚瑟死后的事情了。没有他的管束后,她发现十分喜欢我。

怀特家几兄弟好像为了得到狄克的爱而竞争。亨利进入晚年之后几乎每天都要给他写信,有时候一天甚至写两封,还要把这些信都抄进《书信集》。这些集子现在还可以在金铃树庄园的图书室看到。我不记得父亲经常谈起亨利,也许因为他不敢在露丝面前谈他。亨利经常给露丝送兔子、鳗鲡,讨她的欢心,但是总不成功。她可以说是悉尼第一流的美食家。她把兔子吊在汽车间,厨师再三提请她注意,她却说:"还不到时候呢,要软到可以用汤匙挖着吃才行呢!"亨利伯伯的山珍海味并没有改变妈妈对他的看法。

据说狄克是亚瑟最喜欢的兄长。亚瑟（和米利）来悉尼之后，他们经常和狄克一块儿出去。母亲对我们说，总是狄克付钱。亚瑟的一匹马在一次很重要的赛马比赛中赢了一大笔钱，想送米利一件她所喜爱的礼物。米利绞着一双手，诉了半天苦，最后提出给她修一个有抽水马桶设备的卫生间。他们住在离金铃树庄园不远的一座设计拘谨的红砖别墅，取名为 Kyoto（京都）。如果说这座别墅看起来有点田园风光，金铃树庄园那幢住宅就更像爱德华六世时代某位金融家的府邸了——铁制的阳台、布局整齐的花坛、天棚保护的玫瑰和菊花。我想，这乡间别墅很适合亨利的胃口，和亚瑟、米利的趣味也很相投——他们俩在什么事情上都小心谨慎。

亚瑟夫妇喜欢开点实实在在、无伤大雅的玩笑，盥洗室的洗脸池、刷衣服的刷子都能派上用场。他们还喜欢军乐队。如果去剧院，最爱看的是魔术和车技表演。亚瑟是个慢吞吞的、让人厌烦的、爱用双关语的人，但是马背上，特别是骑一匹侧身而行的骏马时，他却显得英姿飒爽。他喜欢穿白衬衫、系白领带。在我的记忆中，他头发稀疏、银光闪闪。银白的唇髭也是淡淡的一抹，和那两片只有说话时才微微启动的薄嘴唇倒很相配。我经常想，他和别的男人在飞扬的尘土和澳大利亚灼热的阳光下，用单调低沉的声音谈论和他们自己有关的国家大事时，他说出来的话一定苍白无力。

亚瑟喜欢抽烟，而且对别人是否能够接受他这种吞云吐雾的习惯并不在乎。他和米利对板球表演入了迷，能跟着球队从南半球跑到北半球。可是为了省电，他们情愿黑灯瞎火地坐着。年老之后，他们在澳大利亚饭店租了一套房子。后来因为营养不良，亚瑟被送进医院，主要食物是牛奶蛋糊。

米利个子不高，像只画眉鸟，充满疑虑的脸上总是挂着一丝抱歉的微笑。我想,生活和亚瑟对于她一定有点儿负担过重了。换个环境,她或许会有所作为。她对一位朋友说过,他们不喜欢帕迪——也就是我——因为他太聪明了。可是亚瑟死后,她经常到城堡山来看我们。在花园里她十分快活,迈着轻捷的步子走过来走过去,总要采一束粉红色的酢浆草带回旅馆。亚瑟活着的时候,浴室成了她的洗衣房,镜子上总是挂着几条刚洗过的手帕,花瓶里插着已经枯死的花儿。苍老的声音极力把他们从已经成了习惯的逻辑混乱之中分离出来。亚瑟最后一次被送进医院时,就如何乘电车去医院给妻子做了严格规定。他死后,连同在金铃树庄园应该分得的财产,一共留下五十万镑的遗产。不过金铃树庄园的土地仍由别人耕种。别的钱财都捐赠了诸如帕拉马塔国王学校、救世军、英格兰教堂之类的机构。

亚瑟死后,米利和两个保姆还住在澳大利亚饭店那套房间里。几经劝说,犹豫再三,她给自个儿买了一台收音机。打那以后,她经常深更半夜给我打电话,说她一直在收听来自国会的消息。

一个人想逃跑,但没有付诸行动,或者没有办法逃得干净彻底——因为早就留下了指纹。过去的事情也是这样,有时候会重新浮现在梳妆台的镜子里面,有时候会出现在温馨的梦境之中。就是那些不曾做完的噩梦、几乎忘却了的欲望,也会在突然之间又爆发出来。最糟糕的是:你有意识创作的小说,写下来的却都是你不敢承认的一些具体事情。结果是白纸黑字,立此存照。

离开我憎恶的那所英国学校,回到盼望已久的澳大利亚,要成为作家的思想开始在我的脑子里逐渐形成。不,与其说是逐渐形成，还不如说是环境所迫。生活在一片真空里，我的禀性需要一个能够宣泄自己感情的世界。回澳大利亚之后，我在莫那罗牧区当了一年雇工，第二年又在沃尔格特①给威西科姆家干了一年活儿。这期间，我写了三部东拉西扯、很不成熟的长篇小说。所幸这些书都没有出版。不过前两部书稿中的不少素材在我后来的著作中都派上了用场，第三部稿子则为我后来创作《姨妈的故事》打下了基础。

回到家乡之后，我发现自己在祖国甚至在家里都像个陌生人。我起初十分惊讶，后来则成了长久的不快。离开学校，当然有一种如同走出监牢的感觉，可是得到的却不是我所希望的自由。（我当时太年轻了，不懂得所谓自由不过是一种空洞的理论。）"服过的徒刑"在我身上打下了烙印，我遇到的是怀疑，是毫不掩饰的厌恶。而这种感觉，我在访问捷克斯洛伐克和土耳其时就曾体验过，不过那是因为我对他们的语言一窍不通。在澳大利亚，情形就不一样了。当地人说的每一句话我都听得懂，我这个"外国人"缺乏自信心的嘟嘟哝哝，他们也总能听个八九不离十，可是我跟他们的思想竟无法沟通。整个少年时代和青年时代，我都吃够了与众不同的苦头。小时候，因为无意中听人说我是被仙女偷换了的又丑又怪的婴儿，便自惭形秽；在英国念书时，因为是从殖民地来的学生而受尽嘲弄；连自己的妈妈也常常大喊大叫，责怪我是个怪物。可是所有这一切都没能为我从学校回到澳大利亚之后所受到的震惊而做一丁点儿准备。在异国他乡的四年间，想象力把澳大利亚创造成理想的乐土。我觉得是妈妈的勃勃雄心把我从那块温馨美好的土地抛进英格兰监狱似的学校。不管家里人对我的回归表现得多

---

① 沃尔格特（Walgett）：澳大利亚新南威尔士州的一个小镇。

么慷慨、多么热情,他们也无法理解这位从当年那个别扭的男孩儿脱胎而来的奇特的青年。小时候的朋友已经四散而去,在各地工作,偶然碰到的几个也被我英国式的拘谨吓住了。在他们眼里,这种拘谨一定与冷淡无异。此外还有那种无法消除的、语言上的障碍。听到我的口音,不管是那些自命不凡、城府很深的女主人,还是像给我父亲驯马的哈里这种头脑简单的下等人,都会变得目光迷离、大感不解。还是个小孩子的时候,我就认识哈里了。那时,每逢星期天吃过晚饭,我们就去看他养的马。哈里照例伸出微微颤抖的手,一边抚摸马儿肿胀的肢关节,一边向大家解释赛马没有进入良好竞技状态的原因。他的上嘴唇轻软而富有弹性,显得格外谦恭。那张脸,一望而知是为了我们的访问特意刮过的。如果说我喜欢哈里,对他的妻子简直就有几分迷恋了。她把我们请进窗帘半卷、风声飒飒的客厅,用浓茶和糕饼招待。她经常穿一条她丈夫穿的羊毛衬裤,趿拉一双男用拖鞋。她总在微笑,金黄色的小发卷在脸颊两边不停地摇动,就像一个瓷娃娃。哈里夫妇见了有钱人那副低三下四的样子,只能让人把他们和现在已经灭绝了的"澳大利亚马屁精"联系起来。这倒不是说现在就没有"马屁精"了,而是说现在的"马屁精"在哈里夫妇面前实在是相形见绌——他们的上嘴唇至少不会因为受宠若惊而发抖。我从英格兰念书回来之后,哈里见了我口口声声说我是一位真正的绅士。他不知道这话是怎样刺伤了我的心,使我大受挫折。

我迫切地希望能够爱上什么人。母亲给我介绍了不少姑娘,在被迫不断参加的舞会上我常碰到她们。这是些娇滴滴的漂亮姑娘。她们叽叽喳喳地谈论赛马会上她们下赌注的马、刚刚订婚的朋友、以及嘉宝①新拍的电影。有人不无敬畏地指出一个姑娘给我看,说她读过特洛勒普②的全部著作。我似乎总算发现了一个知音,但还是羞羞答答地"退避三舍"了——我这个人的气质缺乏与姑娘交往的最起码的资本。我和她直到中年才彼此有所了解,后来一直保持一种友好的但不太深的关系。

"你到底喜欢谁呢?"露丝总是这样翻来覆去地问我。她特别希望我赶快订婚,至于爱不爱倒无所谓,这样她就能操办我的婚事了。就像所有那些她认识的牧场主、银行家、律师一样,她想让我娶妻生子。这样,星期日她就可以领着儿媳妇和孙子们到悉尼皇家高尔夫球俱乐部进午餐了。

我的母亲尽管喜欢吃外国进口的美食(我对此倒充满了感激之情),穿时髦的,甚至是别人压根儿不敢穿的衣服,同时能下那么大的决心不但把儿子送到英国读大学,还要从小读公学(这也是澳大利亚别的家庭难以做到的),但她骨子里还是个因循守旧的女人。因为敢标新立异而被人赞美,毕竟与为一个家庭的显赫、兴盛做出贡献而被人祝贺大不相同。但是,可怜的女人,她一定非常失望。我总是不由自主地想,她一定因为我把她变成一个局外人而责怪我。

我说不爱母亲,或者只是欣赏她的某些品质时,曼努雷指出,我每个星期都要给她写信。可是,为什么不呢?对于她,我有一种责任感,而且我这个人总爱循规蹈矩。离开学校回到澳大利亚之后,如果我能爱她,情况也许会好一点儿。可是那时候,我简直连欣赏她都谈不上。她总是没完没了地问我:"你到底喜欢谁?"我心烦极

----
① 葛丽泰·嘉宝(Greta Garbo,1905—1990):出生于瑞典的美国女电影明星。
② 安东尼·特洛勒普(Anthony Trollope,1815—1882):英国小说家。

了，觉得她简直比一次又一次袭击我，要把我最本质的那部分撕扯出来的掠夺者还可恨。莉齐离我们太远了，住在山区，只关心她自个儿的事。苏珊娜跟我还是合不来，经常闹别扭。记得有一次我俩并排坐在沙发上，有一只狗身上的跳蚤从她裙子上面的绣花针眼里蹦了出来，我便对她大加嘲弄。我希望一切都能尽善尽美，即使一只不值一提的跳蚤也会影响人与人之间的关系。

如果能和父亲谈谈，特别是能大着胆子在他面前表现得自命不凡，我们的心灵或许能够沟通，我或许会爱我的父亲。不过倘若那样，我和露丝的关系就会越发复杂。我虽然也崇拜父亲，但还不足以爱他。善良、慷慨，乃至天真无邪都不足够。我爱莉齐、芙洛、马特这样的仆人，因为我每天都和他们在一起。是现实生活使我对他们产生了钟爱之情。我似乎从来没有在具有实际内容的生活中看到过我的父亲。还在我出生之前，他就已经变得空洞无物。现在如果他想跟我说点儿什么，只能谈谈板球比赛、足球比赛、赛马表演。我一看到只有我俩待在一个房间里，就赶快溜走。从那以后，有时候我会想，父亲一定觉得我是置身于读书人从书本上看到的那个不现实的世界，并且被一层高深莫测的虚伪与做作包裹着。他一定会因此而深感痛苦。

就连他的块头、他那双清澈明亮的蓝眼睛、前额上那缕卷发，我看了都觉得不顺眼。在我的记忆之中，他的皮肤晒得很黑，皱皱巴巴，一双手既讨厌又引人注目。如果能抚摸一下他的手背，我和他之间那道堤坝或许会被感情的潮水冲决，要么我们的问题因此而得以解决，要么引起更大的灾难。

无论那时，还是第二次世界大战之后，我回到澳大利亚后，和当地的居民都合不来,只有自然风光给我以慰藉。我心里明白,每一次背井离乡远离祖国,令我魂牵梦绕、唤我回来的都是连一个人影也没有的山川、河流。我在莫那罗干活儿的那一年,精神食粮便是那实实在在的、壮丽的,有时候也会是粗犷、严酷的景色。一个人待在屋子里,借着昏暗的灯光写小说的时候,我经常想把这种感觉通过幼稚的文字表现出来,直到厨房里那架无线电收音机播放的大合唱硬把我赶出那间小屋。木柴升起的缕缕青烟,栖息在盥洗室里的母鸡的呢喃细语,擦着我的小腿幽灵似的一闪而过的猫或狗,都帮助我驱除大合唱的歌声。我冻得浑身打战,爬上山岗,向那个铁制的储水罐走去,脚下那条银光闪闪的小河弯弯曲曲,流过白草萋萋的牧场。

在沃尔格特,舅舅、舅母倒是不收听那种震耳欲聋的大合唱,可是克莱姆打电话的声音也让我不得安宁。吃过晚饭,伏在餐桌上写那些让我着迷的小说时,他就开始通过那根合用线路打电话了,而且天南地北一聊就是好几个小时。这时,大自然又成了我生活的主要内容。莫那罗美丽的田园风光、圆锥形的石堆、卧牛巨石,被沃尔格特寂静的原野所代替。原野上,树木的枝干直指苍穹,一群群粉红色的凤头鹦鹉和虎皮鹦鹉宛若朵朵彩云,一队鹈鹕嘎嘎嘎地叫着从天空中掠过。大地因为干旱而泛白、龟裂,直到雨水又把它变成黑色的泥浆、变成一片汪洋。最后又像变魔术一样,一夜之间变成开满鲜花的、碧绿的丝毯。在沃尔格特,我经历了每一种可能发生的季节的变化,同时我自己也与之相适应,不断地变化着。

我跟克莱姆和玛格丽特一起度过的这一年,远比在阿达米纳比①度过的那一年更和谐、更愉快。小时候我去看望过他们。父母

---

① 阿达米纳比(Adaminaby):澳大利亚新南威尔士州南部小镇。

经常是在悉尼火车站把我送上火车,托列车员照看,而且总是千叮咛万嘱咐,生怕人家照顾不周。我在梅特兰和姨姥姥们度过一整天。她们的房子像许多人家的房子一样很小,漆成赭色,檐板因为风吹日晒,油漆已经斑斑驳驳。后院里洪水冲积的淤泥被太阳烘烤着,木兰树洒下一片绿荫。下午,露西姨姥姥——她很讨厌迈克家的人——带我乘火车到纽卡斯尔①看一位亲戚,他是英国圣公会教堂一位职位很高的神职人员。晚上,姨姥姥们又把我送上北去的列车,再三叮嘱万一列车员没有尽到照顾我的义务时我该注意的事情。远征中最让人害怕的是半夜三更顶着满天星斗在纳拉布赖②换车。这之后,列车穿过黎明的曙光单调、乏味地奔驰,四周是没完没了的灰尘与海市蜃楼般的幻景。野生的香瓜像碧绿的碎玉镶嵌在铁路旁边的小路上。在巴伦车站③吃一顿咬不动的炖羊肉和肉面之后,我们又继续上路。到了沃尔格特,火车总是晚点。我的黑不溜秋、专横傲慢的舅舅赶着一辆轻便小马车来车站接我。我像他一样骄傲。到了郊外,舅舅便让我自个儿赶车,那可真是我大为露脸的时候。

因为小时候常去舅舅和舅妈那儿,我对他们的家庭情况、生活习惯都很了解,长大之后再去自然也不陌生。他们自己没有孩子,对年轻人总是放心不下。小时候,怕我在他们的监护下吃库吉海滩上的自动售货机里的巧克力中毒;到了鲁莽的年龄,又怕我和妈妈不认可的某位姑娘恋爱。玛格丽特是那个时代的贤妻良母。我一直非常喜欢她,不过直到进入中年,理解了她关于"踏车"④的那番聪

---

① 纽卡斯尔(Newcastle):澳大利亚东南部,新南威尔士州东部港市。
② 纳拉布赖(Narrabri):澳大利亚新南威尔士州的一个小镇。
③ 巴伦车站(Burren Junction):澳大利亚新南威尔士州北部的一个小镇,为铁路交通枢纽。
④ 古时罚囚犯踩踏的踏车,比喻单调的工作。

明的议论之后,才对她生出赞美之情。她似乎总在准备食物,收拾餐桌,擦掉面包屑、糕饼渣。如果没有电话打搅或者不到厨房添火,克莱姆、玛格丽特和他们的监工只花一刻钟吃饭。夏日,铁皮屋顶下面酷热难当的时候,玛格丽特经常把睡衣用水浸湿(这时,水十分短缺),四仰八叉躺在亚麻油毡上。她有间储藏室,里面摆满了各式各样的玻璃容器、鸡蛋和腌肉。她还有个小客厅,她常在那儿读从悉尼图书馆借来的书。那时候,她最喜欢的作家是鲁比·M·艾尔斯①。

作为一个人、一种性格,克莱姆要引人注目得多。他对乡村里的事情总能发表权威性的意见,而且身强力壮,很爱炫耀自己。我对他颇为赞赏,但并不爱他。因为一个人倘若总让你不自在、让你手足无措,你怎么能爱他?更何况他那种威西科姆家族所特有的坏脾气,不止一次让我大失所望。有一件事我记得特别清楚:他给一匹马治球关节,那匹马紧张得要命,我却没能让它安静下来。我所崇敬的克莱姆大发雷霆,差点瘫到地上。我和他的关系一度因此搞得很糟。

于是我又到大自然中寻找慰藉,大自然满足了我的要求。这地方的景色比莫那罗更秀美、更和谐、更能激发人的肉欲。也许因为缺者为贵,水在刺激我的愈来愈旺盛的性欲方面竟起了主导作用。我特别喜欢脱光衣服洗澡。有时候,在耐心聚集起来的温泉里洗。那温热的、散发着硫黄味儿的泉水从大地迸涌而出。有时候,在潺潺流淌的小河里洗。小河西边是参天大树,树干上大块大块的树脂呈现出肌肤般的颜色。黄胸脯的白鹦鹉发出声声凄厉的尖叫。夜晚还到宅子下面那块洼地去洗——一到雨季,那块洼地就成了小

---

① 鲁比·M.艾尔斯(Ruby M. Ayres,1881—1955):英国小说家。

湖。附近干活儿的男人们也来洗。有他们做伴我倒挺高兴,不过在许多方面我跟他们还是很难画等号。

去那个小湖的路上石头很多。有一次我在浴室的一堆破烂里找到一双旧高跟鞋。我就穿着这双鞋,蹒跚着走过那条石头路,一直走到湖岸边的稀泥滩,走进微温的湖水中。伙伴们便借题发挥,拿那双高跟鞋开起下流的玩笑。大家都听得津津有味,因为这是我们可以共同分享的乐趣。我们继续打闹着,想到那些最为隐秘的事情,纷纷跳进水里。等仰面朝天浮到水上,性器官暴露无遗,有的懒洋洋地漂浮在水面,有的高高地勃起。然后我们又一个猛子扎下去,在叉开的大腿劈斩出来的"拱廊"下面游泳,肋骨和肚子不时与别的水生动物相触。这时,一轮明月从环绕在小湖四周的树林中冉冉升起。

小说中途夭折和失恋一样叫人苦不堪言,可又不得不硬着头皮苦挨过去。客居伦敦的时候,我一心想当个专业作家,失败就更让人苦闷。有限的几次成功尽管也曾带来欢乐,但终究算不上事业的良好开端。我在阿达米纳比和沃尔格特,就着昏暗的灯光,最初写下的那些东西是我真情实感的流露。这些幼稚之作比起后来在伦敦赶时髦写下的东西要好得多。性成熟后的渴望屡遭挫折,唯一的收获是开始有意识地寻找爱情。遗憾的是常常操之过急,仓促行事。

离开剑桥大学之后,我在伊伯里街一幢分间出租的房子里租了一间兼作起居室的卧室。房子是学校里的朋友罗纳德·沃特罗尔介绍的。从那以后,伊伯里街、它的那条十字街埃克莱斯顿,以及附近的维多利亚车站,成了我伦敦生活的缩影。后来无论何时再来,那仍然是我的出没之地。虚荣心太强的人们喜欢把这儿说成贝尔格莱维亚区①,实事求是的人都知道这儿是皮姆利科区。伊伯里街的房子大都只有一个单间,兼作卧室、起居室,最好的也不过是公寓小套间。再加上那些小小的店铺,以及拐角那个邮局,都不可能形成一种让你摆架子、讲排场的气氛。从建筑学的角度看,这儿就不是个装腔作势、摆架子的地方。星期天早晨,大街两面的房子色彩斑驳,黄、灰、黑叫人想起旧货店廉价的招贴画。住在里面的房客只能被人看作一堆破烂:得意的或者失意的演员、走红的或者倒霉的作家、破落了的绅士(还保留一点贝尔格莱维亚区的格调),以及贵族阶层中声名狼藉的酒鬼,他们恨不得脱光衣服在大街上跳舞。莫扎特小时候来伦敦举办音乐会时曾在这条大街尽头的一所房子里下榻,并且写下他的第一首交响乐。(这幢房子一度属于那位名副其实的怪人——萨克维尔夫人,后来变成一座妓院,第二次世界大战期间毁于炮火之中。)乔治·摩尔②也曾在伊伯里街住过。(有一块精致的蓝瓷牌匾为凭。)此外,诺埃尔·考沃德③和戈弗雷·温也曾是这里的房客。

我爱这里的一砖一石。我觉得终于走向了生活——头戴一顶绿色卷边平顶帽,身穿一件黑色马球运动衫。

来到切尔滕纳姆的第一天,就在这幢囚禁我们的房子里,我遇到了罗纳德·沃特罗尔。他唱着歌闪亮登场,缓缓走下"汗蒸房"的楼梯。

---

① 贝尔格莱维亚区(Belgravia):伦敦一富人住宅区。
② 乔治·摩尔(George Moore,1852—1933):爱尔兰小说家、批评家、剧作家。
③ 诺埃尔·考沃德(Noel Coward,1899—1973):英国剧作家、演员、作曲家。

加利福尼亚,我来了!

我又回到你的身边……

他那火一样炽热的性格,对习俗、惯例的公然蔑视让我振奋,也有点儿惊骇。他长得很瘦,戴副眼镜,头发红得像团火。熟悉之后,他总嘲笑我,说我胆小如鼠、缺乏个性。他的这种看法虽然让我沮丧,但我们之间的友谊还是与日俱增。我们俩都酷爱舞台艺术,都给女演员们写信,索要她们亲笔签名的照片。为了保险,让她们把照片寄到我们每天上学路过的那家书店。这种"阴谋诡计"无论被哪个男孩儿发现,都会认为是下流行为。人家问我们:"家里人知道吗?"事实上他们知道,这就使得我们的处境越发难堪。有的人轻蔑地管我们叫"合唱队"。

沃特罗尔比我大两岁,因此我们必须经过校方批准才能同行。按规定,切尔滕纳姆公学的男孩子们应当三三两两挽着胳膊一块儿走路,目的在于向世人表明我们相处得有多好。令人吃惊的是,我居然获准与较我年长的朋友挽着胳膊一块儿走路。我一直没搞清楚是什么原因促成了这种结果。他毕业之后,学校甚至允许我每星期日下午到他的书房看望他一小时。尽管舍监经常破门而入,看我们在干什么勾当。不过我们的"不道德行为"仅仅是摆弄那几张有女演员亲自签名的照片(我们马上藏了起来),或者从手提式收音机里收听歌剧片段,比如《瓦伦西亚》(*Valencia*)、《鸳鸯茶》(*Tea for Two*)。

假日,我们进城去位于肯辛顿①沃里克公园沃特罗尔的祖母家做客。这是一位戴茶褐色假发的老妇人,她患有支气管炎,一年四

---

① 肯辛顿(Kensington):英国伦敦中部一地区。

季待在家里闭门不出。在她那儿我们真是宾至如归,总是自己动手招待自己,十分自在。祖母讨厌戏剧,她只喜欢类似《丁香盛开的时节》(Lilac Time)这种音乐喜剧,或者别的以宗教为主题的玩意儿。下午,我们经常到剧院看正在上演的"保证动人心弦"的歌剧。那时,便哄祖母是去看电影《宾虚》①。我记得有一出戏的广告是这样写的:"女主人公为了引诱她的汽车司机,穿了一件薄如蝉翼的睡衣……"不管这出戏是否真的像广告上吹嘘的那样动人心弦,通风不好的剧场对于我们还是充满了魅力。虽然心里明白那不是我们应该去的地方,可还是千方百计往那儿跑。耳边响着茶盘相撞的咔嗒声,眼前晃动着一张张富有弹性的、陌生的面孔,还有那些卖节目单的人。他们系着黑蝴蝶结,声调抑扬顿挫,神情傲慢无礼。灯光熄灭,大幕拉开,送来第一阵脂粉的香气。眼前出现一间小屋,明知那是人工制作的布景,但总觉得比我们见过的所有房屋都要真实。演员们念台词时拿腔拿调,我们却认为要比生活中的对话更富有诗意。

我们花费过好多时间在舞台后门徘徊,等待那些明星出来。他们卸了妆,从后门鱼贯而出,即使看起来臭汗满身、皮肤粗糙、毫无生气,也还是破坏不了我们心中美好的幻觉。有一次,我们在剧院外等庞兹姐妹——托茨和洛娜,因为等的时间太长,罗纳德找电话亭给祖母打电话,告诉她《宾虚》比我们预想的还要长,不能按时回家。结果,最糟糕的事情发生了——托茨恰恰在他不在场的时候走了出来。罗纳德有好几个月不肯原谅我,因为就在我上气不接下气地和大明星说话的时候,他正在电话间对祖母说假话呢!

沃特罗尔离开学校进了不列颠烟草公司之后,我的生活变得更

---

① 《宾虚》(Ben-Hur):宾虚是美国作家刘易斯·华莱士所著之历史小说《宾虚》的主人公,此处系指由此书改编的电影。

加无聊、乏味了。那时候,我自个儿也有了一间书房,并且不再收听《瓦伦西亚》和《鸳鸯茶》。我的便携式收音机播放着《印度教徒之歌》(Chanson Hindoue)、《奥瑟之死》(The Death of Ase)。我还迷上了契诃夫、易卜生、斯特林堡。舍监对此自然深恶痛绝。我和罗纳德一直通信,可是后来被迫中断了。因为他在一封信中提到我们一位同龄人逛妓院的事,更糟的是,说他听人讲,某公学一位负责维持纪律的级长迷上了一个比他小的男孩儿。这封信搞得流言四起,一直传到舍监的耳朵里。为了制止我们的堕落,他终结了我与罗纳德之间的书信来往。

仿佛失去了生命线,我只能孤零零地走下去。我甚至成了一个长跑运动员,而且跑得挺不错,就连我最讨厌的一位级长也向我表示祝贺。据我所知,此人后来当了将军。但我不知道他那个干扁的、像俄国狼狗一样瘦削的脑袋现在是否还混杂在芸芸众生之中,或者当鬼主意最后一次在他脑子里盘桓的时候突然断了气,早已成为一堆白骨。

我搬到伊伯里街时,罗纳德·沃特罗尔已经离开不列颠烟草公司,当了演员,改名为龙尼·沃特斯。他的父母坚决反对。在他们看来,收集女演员的照片虽然可笑,尚可置之一笑,可是把演戏当作一辈子的生计就是另外一码事了。罗纳德算不上一个好演员,但和别人不同的是,他最终意识到了这一点。不过在我像一只老鼠偷偷摸摸溜进伦敦剧院看他表演的时候,美好的幻想还没有破灭。他从怀特岛①一直演到威斯敏斯特②。有打网球的戏,他便是演少年角

---

① 怀特岛(Isle of Wight):英格兰南岸沿海的岛。
② 威斯敏斯特(Westminster):英国议会所在地。

色的领衔主演;演儿童戏时,他扮演血气方刚的、抽烟斗的父亲。有时候还在时事讽刺剧里唱些怪里怪气的歌。我这只老鼠对他的表演总是颇为赞赏。这位基本上因循守旧的演员所不能理解的是另外一些东西。虽然这些东西老鼠自己也不怎么理解,但许许多多引起幻觉的事物已经做好准备,要在老鼠脑袋里旋转了。

有一阵子,我很喜欢和几位没什么名气的演员聊天。他们坐在"戏剧艺术俱乐部"的休息室,等待导演分配那些使他们困惑不解的角色,而且都为身体、房租、私通、流产而焦虑。因为喜欢戏剧,他们在威斯敏斯特大剧院演出时,我经常自告奋勇,在后台帮着干杂活儿。后来剧团准备上演奥登①的《死亡之舞》(The Dance of Death),导演鲁珀特·杜恩问我能干点儿什么,我老老实实承认什么也干不了。结果很不走运,或者说很走运——他们不再用我了。

大多数雄心勃勃的演员都在纽波特街区一家小餐馆吃午饭。开餐馆的是姐妹俩,新西兰人,虽然已到中年,但长得楚楚动人。她们卖两个先令一份的套餐。在这儿,演员们又讨论那些永恒的主题:让人困惑不解的角色,以及身体、房租、恋爱、流产。我吃着切成薄片、煮得很老的鸡蛋和用醋拌的莴苣条,心里想:在所有熟人和朋友里,大概只有我永远深入不到生活和艺术的核心。我自惭形秽,不过别人都没有察觉。就像所有陷入痴迷的人一样,能有一位观众(或者听众)对自己的痴迷表现出兴趣,他们便感恩戴德了。

当然还潜藏着一种危险,那就是因为经常扮演这种"知己"的角色,自己反倒永远不会成为他们之中的一员。有一位交情不深的朋友对我表示了关心,也许她想要把我拉进他们那个圈子。不过这位

---

① W. H. 奥登(W. H. Auden,1907—1973):定居美国的英国诗人、剧作家。

缺乏创造力的朋友并没有意识到我是怀着怎样的热情、过着和周围的人们相同的生活，而且我那种出于本能的创造力终究会把我推下悬崖。

我在伦敦初涉世事时住的那幢房子归伊内兹·伊姆霍夫所有。她是从提契诺①来的瑞士人，嫁了一个德国人。那人在第一次世界大战期间得肺结核死了。她的哥哥马里奥·玛兰恩塔是个任性的秃顶小老头，也是做蜜饯的能手、做糕饼的师傅。

就像戴维斯夫妇马特和芙洛一样，伊内兹干家务活儿也是一把好手。她做的饭菜表面上看没有什么特别，吃起来却妙不可言。这也许和她因为紧张而总是颤动的神经系统不无关系（某位房客每天晚上都要吃一个她做的蛋卷儿）。伊内兹确实有点儿神经质。这一点谁都知道，并且表示认可。就连她歇斯底里大发作时，别人也觉得理所当然。

那几年我搬来搬去，又总是搬回到这幢房子。战争刚刚爆发和结束之后我也是在这儿度过的。表面上看，伊内兹和我的奶妈莉齐没什么两样，实际上她俩的性格大相径庭。莉齐像苏格兰人那样干什么事都小心谨慎，伊内兹的气质却和意大利人无异。战争结束复员之后，我回到伦敦无处可去，她便把我领回到她那幢已经炸坏了的楼房。艰难时刻，地下室的厨房成了温暖的所在，即使饥荒遍野，在这里也能让你美餐一顿。她在这儿养了许多猫。战前繁荣昌盛的年代，那群吃得滚瓜溜圆的猫儿经常一窝蜂似的跑出来，东倒西歪、横七竖八，从人行道一直躺到大门口。后来，我再在这儿住的时

---

① 提契诺（Ticino）：瑞士南部的一个州。

候,当年那种明朗的色彩已经没有了。安宁并没有随着和平一起回到这幢房子。整个伦敦的神经系统都在震颤。就像我的许多朋友一样,伊内兹死于癌症。战争带来灾祸,她那幢房子,特别是那个战前兼作客厅和卧室、现在已是弹痕累累的房间都成了我进行创作的素材。后来,我写了一出戏剧——《火腿葬礼》(The Ham Funeral)。那时,我患了支气管肺炎,休息了好长时间。病榻之上,构思了不少相当不错的故事。

  离开剑桥大学,我在伦敦没待多久便意识到:我无法像先前想象的那样回澳大利亚,在那块土地上生活一辈子。我拿定主意参加工作,不过干什么工作心里还没谱。是写作,还是演戏?不过不管干什么,在伦敦这样的大城市混口饭还是容易的。在这样的地方,成功的希望总诱惑着你。而且即使失败了,像我这样的平民百姓也不会有多少痛苦。在伦敦,谁都可以隐姓埋名,干自己想干的事情。在第二次世界大战前的悉尼就不成了。一旦失败,你所属的那个阶层立刻就会闻出点味儿来。

  我写信把自己的想法告诉了父母。这恐怕还算不上特别勇敢的行为——我相信他们还不至于抛弃这个让他们如此失望的儿子。克莱姆比他们更实事求是。他一定对他们说过,我不是经营土地的料。有道理,如果他们接受了克莱姆的这个观点,还有医生、外交官,或者别的那些曾经讨论过的、大家都可以接受的职业又如何呢?艺术家在我们这个家族简直被看作洪水猛兽,如果家里出了这样一个不肖之子,必得隐藏起来,秘而不宣。

  露丝像她那个时代所有自命不凡的澳大利亚女性一样,把文学艺术看作她那个阶层的人可以培养的一种极好的消遣。可是如果以此为业,她就难以理解了。甚至我出版几本书之后,她仍然不因有我这样一个儿子而骄傲。因为我不是那种可以在澳大利亚鸡尾酒会上炫耀一番的作家。她的朋友们简直以为我疯了,认为我丑恶、可耻,或者纯属开了一个荒唐的玩笑。如果不是出于对我们这个家族的忠诚,以及她是我生身之母这样一个事实,我想她总会同意他们的看法。读了我的《姨妈的故事》之后,她说:"真遗憾,你没写出一个活泼可爱的姨妈……"因为尽管她深信,买东西只应当买英国货,但也赞成澳大利亚人一些荒诞的说法,比如在照相机前面,你一定要面带微笑。

可怜的狄克对这些事一概不闻不问。除了良种赛马登记册之类的玩意儿,他什么书也不读,吃过晚饭就躺在皮椅子上睡觉,最多翻一翻露丝从图书馆带给他的一本惊险小说。就在家里人为我是否应该继续留在伦敦争论不休的时候,我开始写那几个被剧场和出版社多次拒绝采用的剧本。父亲听说我自己动手打印、装订剧本之后,似乎很受感动。我至今还记得他来看我时,手里拿着一本剧本的情景。他决定给我一笔在当时来看相当可观的资助:四百英镑。这样我便可以留在伦敦,继续干我想干的事情。我相信他对我没有什么特别的指望,此举也就因此而显得越发高尚,而出自怀特家的一位成员就更难能可贵了。

我搬进与伊姆霍夫-玛兰恩塔那幢房子正好相对的一套房间很小的公寓里。沃特斯和我可以趴到窗口大声谈话。这种谈话当然不可能涉及什么太让人难堪的话题。如果有那种内容,我俩就等对方打电话,并且付电话费。我俩在电话里这样说知心话的时候,我早已吃过早饭,可是听筒里却传来沃特斯大嚼莴笋和烤面包片的脆响,还有喝咖啡的咝咝声。

我住的那间屋子原先是伊伯里街一幢比较小的楼房三楼的一间大房间。一位现在人称"房地产投资开发者"的房客把这间屋子分隔成起居室和卧室两个部分，又在靠近前门的墙角隔出一个碗碟橱，放炊具和食品。越过起居室再往下几级台阶，是与我们相邻的那幢房子的浴室。我和邻居中间的那道门总锁着，但是两边谈话的声音彼此听得一清二楚。

不管怎么说，我在伦敦安顿下来，并且开始了写作生涯。这期间，除了为青少年写剧本之外，还着手创作我出版的第一部长篇小说。这部书是在圣让-德吕兹完成的。因为那时候，人们不管写什么似乎都要到国外走走。我之所以开始写《幸福谷》，并且去圣让-德吕兹是因为结识了画家罗伊·德·梅斯特。

小时候我就经常听人说起罗伊。他的哥哥艾蒂安（埃蒂）娶了我教母格特鲁德·莫里斯的妹妹洛特，后来成了南非百万富翁索尔·乔尔手下一位相当有名气的驯马师。饶舌的妇人们谈论罗伊的时候，并不知道我对她们的话题感兴趣。但我已经从她们的谈话中发现，按照澳大利亚的标准，同时拿他的哥哥做比较，这位罗伊与众不同。罗伊早年在悉尼交响乐团拉中提琴，后来得了肺结核，便背井离乡去学习绘画，再也没有回来，或者只回来小住过几天。女人们在缝纫室边干活儿边聊天儿，说到罗伊甚至经常干装饰帽子的活计时，脑袋都聚拢到了一起。

但是那时候我一直没有机会见他。在我的心目中，他成了一个神话中的人物。好多年过去了，我跟他还是无缘相见。我也记不得后来我们是怎样结为知己的。一定是在伊伯里街，而且是事先安排好的。他当然听人说过格特鲁德·莫里斯是我的教母。总而言之，我们相识了,就像一切重要的会见一样,不管结果是好是坏,反正是认识了。

罗伊那时候住在伊伯里街一幢房子一楼后面的一间工作室里。第一次去看他的时候,我简直觉得我是开始了一次新奇的远航。特别是他那间屋子的墙壁是用窄木板拼成,刷得很白,再配上洁白的窗帘,确实让人产生一种置身于轮船客房之内的感觉。屋子一边是几扇很大的窗户,窗外是一个被煤烟弄脏的、雾气蒙蒙的小院,但在我的眼里却好像一座神秘的花园。屋子里的家具极少,仅有的几件也十分简陋。至于墙上挂的那几幅画,我连瞧都不敢瞧,因为心里明白自己对此一窍不通。

在他那儿,我变得拙嘴笨舌,什么话也说不出来。我觉得自己的行为举止完全像个神情呆滞、惹人厌烦的蠢货。他却极力希望我能把心中的想法讲出来,而那些想法似乎也在向我保证它们是值得一提的。他非常耐心,比和蔼更让人觉得可亲。不管对男性还是对女性,罗伊的态度都像求爱一样温顺,他自己却浑然不觉。我很快便堕入情网。

罗伊个头不高,身体壮实,秃顶,看外表不像艺术家,更像个银行家。那些郁郁寡欢、以弗里达·劳伦斯自居的中年女性,或者以为终于找到寻觅已久的精神领袖的半老徐娘,都像九柱戏中的木桩,纷纷拜倒在罗伊的脚下。满足不了她们的要求她们也不在乎,继续来他这儿上绘画课。他得病时,她们还送来好吃的,跪在病榻旁边,希望他能说说到底哪儿难受。贫病交加的晚年,她们还在经济上给他资助。我对这一切很是嫉妒,特别是有一位嗓门儿很大的妇人,把他称作她的小公牛。她送了他一条毯子,还有一封信。那封信的大意是,每当想起这条盖在他身上的毯子,她就其乐融融……

我们相识的时候,他还没有从失恋的痛苦中自拔出来。如果是一个浅薄的人,他一定会拿我来填补心中的空虚。不过经历了感情上最初的矛盾与冲突之后,我们之间的关系发展成为硕果累累、天长地久的友谊。那时,我对此自然没有先见之明,只觉得自己那么呆板、愚笨、令人讨厌。回首往事,我觉得当时我一定是在无意识之中,希望在一个与狄克截然不同的人的身上倾注自己对父亲的爱。这一次失败使我十分沮丧,就像发现我根本无法与生身父亲沟通感情一样。

罗伊比我大二十岁,他成了我生活中最需要的人,一位开发我的智力、帮助我学习美学的良师益友。他教我怎样看画、怎样欣赏音乐,还劝我多在明媚的阳光下散步,不要总是蜷缩在用往昔的悲伤编织的茧子里自艾自怜——这是过去和现在许多澳大利亚人的避难所。

他还教我如何把自己造就成一个艺术家。我亲眼看见他怎样满脸愠怒,把不速之客毫不客气地拒之门外。那时候,我觉得这样做不太合适,后来发现他不加区别,对谁都是这样,才渐渐地理解了他为什么如此行事。我觉得他这种行为很刺伤别人的自尊心,甚至把他看作一个脾气很糟的老混蛋。现在,当我把那些纠缠不休、让人讨厌的家伙拒之门外的时候,总觉得罗伊·德·梅斯特就站在我的身旁支持我。

他尽管很喜欢参加合乎自己胃口的社交活动,真正关心的还是工作。他参加社交活动,一方面因为与他的工作有关,另一方面因为他对别人的殷勤好客无以回报,只能以此表示谢意。他虽然表面上看起来春风得意,皮鞋擦得锃亮,衣服刷洗得一尘不染,实际上口袋里经常连两个先令也掏不出来。那些他真正喜欢,并且寄托了他真实感情的作品,常常只能遇到屈指可数的几个知音——赫伯特·里德①是其中之一。为了赚钱糊口,他只好画些粗制滥造的画,比如一束束鲜花的静物。像我母亲那样的女人就觉得可以去买,而且别人也不会因为她买这样的画嘲笑她。露丝是个常去做礼拜的教徒,可是有一次居然说:"挂着一枚十字架,我就没法儿活得那么轻松。"也许她是被罗马天主教的幽灵和她的姨妈露西的非难吓住了。

罗伊是那种"令人遗憾的罗马天主教徒"之一。他的母亲是长老会教徒,培养出来的却是他这样一个叛逆者——他又恢复了祖先的信仰。但是在他的身上,没有那种改变信仰的人通常都会有的对异教徒的仇恨与敌意。这也许因为他认为自己骨子里从来就是一个天主教徒,后来的改宗不过是天经地义的事情罢了。我和他相处了许多年,而且精神上相当默契,可是从来没有发现他有改变宗教信仰的愿望。我相信他的信仰是真诚的,尽管有点儿老于世故的色彩。拿一位身穿波纹绸的神父和一位身穿肮脏的黑色法衣的农民相比较,他一定更喜欢前者。

他也是个势利的人。尽管献身于美术事业,但是倘若女王劝他改弦易辙,他也会洗手不干。嘉丽珍公主住的地方离他只隔几个门儿,有时候她会出现在他举行的聚会上。如果我想与那位公主认识,恐怕他未必乐于介绍。

还有一个颇为出色的妇人,在他的生活中扮演了更重要的角色,这就是露西。她总是给他实实在在的帮助:替他跑腿儿、招待朋友。在他闭门谢客潜心创作的时候,她便像一名忠实的门卫,绝不让任何人来打扰。她好像有一种特异功能,拿着一封封口的信,就

---

① 赫伯特·里德(Herbert Read,1893—1968):英国诗人、批评家。

能说出信里的要点。我本来完全可能和她这样一个有天分的、生性多疑的女人发生矛盾,所幸我们相互理解、相互尊重。有一年冬天,罗伊不在家——那时候我们已经搬到埃克莱斯顿街住了——深夜我跑到楼下他的书房里,生怕水管冻裂,结果碰到露西。原来她也想到这桩事,大冷天跑老远的路,从她住的切尔西①特意来关阀门。我们俩站在明亮的电灯光下都有点尴尬。她因为患支气管炎,呼哧呼哧直喘。她心烦意乱,伸手去抓平常总戴着的那顶高高的帽子(为了暖和,也为了保持帽子的形状,她在里面塞了些报纸),我们俩说了几句话,便匆匆忙忙各奔东西了。

　　罗伊年轻的时候从悉尼来到伦敦,住在露西称作姨妈的女士位于切尔西的家中。从那时起,露西便闯入他的生活。那位姨妈临死前承认,露西是她和第二代威灵顿公爵②生下的女儿,是她在威灵顿的府邸当厨娘时怀上的。尽管具有特异功能的露西理应未卜先知,这件事却让她大吃一惊。她说:"男人们的爱太虚假了。可是,哦,先生,真正让我捉摸不透的是那些姑娘!"

　　女王、弱不禁风、紫红色脸膛的嘉丽珍公主,可以确定无疑是公爵私生女的露西,以及她头上那顶高筒将军帽,在罗伊的人生历史上都或多或少增添了神圣、崇高,乃至颇有点皇家气度的光辉。一直让我迷惑不解的是,进入老年之后,他竟变得像一张厚厚的煎饼,连一点儿精神也没有了。不过他的毛病和我的缺点相比,就有点儿不足挂齿了。

　　在埃克莱斯顿大街罗伊·德·梅斯特的工作室沙龙,我还结识

---

① 切尔西(Chelsea):伦敦市文化区名,在伦敦西南部,泰晤士河北岸,艺术家与作家多居于此。
② 第二代威灵顿公爵(Arthur Wellesley, 2nd Duke of Wellington, 1807—1884):在滑铁卢击败拿破仑的英国名将之子。

了另外一些比较重要或者不太重要的人物。比如亨利·摩尔①、格雷厄姆·萨瑟兰、弗兰西斯·培根②，还有道格拉斯·库珀——他刚开始跟你相处时真诚、大方，可是用不了多久又会把你说得一无是处。不消说，我不敢和摩尔或者萨瑟兰这样的名人攀谈。如果培根还不是我的朋友，只是聚会时大驾光临的一位客人，我也得远远地躲开。我和弗兰西斯·培根是在他为我埃克莱斯顿大街的公寓设计家具时认识的。我喜欢他那张漂亮的、线条柔和的脸，虽然有时候唇膏抹得太多。他使我大开眼界。有一天下午在巴特西③，因为大桥正在修理，我们俩一块儿从泰晤士河上那座临时搭起来的小桥上过河，他竟被小桥两边木板上用铅笔乱涂乱写的那些莫名其妙的东西给迷住了。如果只是我自己，绝不会注意到那些不费吹灰之力、谁都可以画出来的圈圈点点。他却指给我看，让我欣赏。在他的指点之下，我也发现这些抽象、深奥的图画竟是如此精妙的艺术品，真有几分洋洋自得。那时，弗兰西斯住在伊伯里街尽那头，皮姆利科路对面，离"莫扎特-萨克维尔妓院"④只有一步之遥。他雇了一个老保姆，手头拮据时，她经常冒充顾客进商店行窃。还有一位高级市政官跟他常来常往，似乎是他的相好。

我凭借一笔遗产搬进相对而言比较舒适的埃克莱斯顿街一套两层楼的公寓。因为我觉得搞文学并不一定非得做苦行僧，专门逃避享乐和雅致优美的东西。我在伊伯里街那套公寓居住时，窄小的橱柜和大街那头罗伊的工作室看起来就像西班牙内战时期的

---

① 亨利·摩尔(Henry Moore, 1898—1986)：英国雕塑家。
② 弗兰西斯·培根(Francis Bacon, 1909—1992)：英国画家。
③ 巴特西(Battersea)：伦敦泰晤士河南岸一市区。
④ 莫扎特-萨克维尔妓院(Mozart-Sackville brothel)：指前文提及的莫扎特曾经居住过，后被萨克维尔夫人改作妓院的建筑。

破烂玩意儿,是我们出于道德之心与社会责任感而做出的选择。我不记得曾经和罗伊谈论过政治,即使谈论过也一定十分肤浅。他献身于美术事业,总想极力避开那些和自己的事业可能发生冲突的话题,就像我也越来越潜心于创作一样。应该承认,我对政治不感兴趣,虽然口头上也爱发表时髦的、激进的言论。奥登最不成功的戏剧首次演出之后,我曾经在剑桥大学和他握过手。我还记得和斯彭德①见面时的情景。他很腼腆,像个女学生,右手握着放在背后的左胳膊肘旁,显得十分文静。他们两位谁也不会记得我,那时候我还是个无名小卒,是被沃特罗尔/沃特斯嘲笑为胆小如鼠、无足轻重的那种人。回首往事便可以看出,我从来都不善于交际应酬,除非人家把这种事强加到我的头上无法推辞,或者完全出于偶然,和什么人面对面碰到了一起。第二次世界大战之前,这只胆小的老鼠像附了体似的总缠绕着我,受到一点儿赏识都会感激不尽,总是迫切地希望能够属于什么人,希望满怀激情把什么人一口吞掉。这种性格常常把人拒之门外。西班牙内战爆发之后,我只是理论上站在正义的一方。原因在于我和错误的一方的某个人有某种关系。对于罪恶的痛恨也许加剧了我性爱的冲动。罗伊拐弯抹角谈到的那些情况越发证明他对政治不感兴趣。也许由于天主教的教义、君主制、势利眼,他自个儿就卷入了"错误的一方"?我更倾向于认为:他是扮演了一个被烦恼折磨的父亲的角色,他是在做"为了你好"的那种事情,或者想干脆甩掉一个让人讨厌的孩子。

我不会因此而对他提出异议。在我初涉知识界的时候,除了表

---

① 斯蒂芬·斯彭德(Stephen Spender,1909—1995):英国诗人及批评家。

妹贝蒂·威西科姆,他比任何别人都给予了我更多的帮助。

我不记得罗伊和贝蒂是否见过面,也许在伊伯里街打过一个照面儿。罗伊请她到他的工作室,她在那儿小坐片刻,目光闪闪,一副不屑一顾的样子。贝蒂暗地里一直讨厌罗伊,就像后来讨厌曼努雷一样,不过对曼努雷的讨厌更露骨一些罢了。对于侵犯她的"财产"的人,不管是谁,她都一概嗤之以鼻。

四组不同的"三姐妹"都在我的生活中扮演了重要的角色。苏的三个女儿起的作用似乎小一点。无法逾越的空间使我和"三姐妹"中的两个天各一方。最小的弗兰很小就失去了父母。她的性格和我颇多相似之处,后来也回到澳大利亚。进入暮年,我从她的身上看到,要想做一个让谁都满意的父亲或者母亲简直是不可能的事情。小时候,我还结识了三个姓埃布斯沃思的姑娘——就好像有三个姓埃布斯沃思的姨妈还不够似的——她们是一位家庭律师的女儿。三个姑娘年龄比我大得多,但是与我平等相待,从而满足了一个小男孩儿的虚荣心。后来,我再也没有见过她们。但是她们深藏在我的记忆里,一直没有忘记。我的长篇小说《探险家沃斯》中的几个姑娘都有她们的影子。然后是契诃夫家的三个女儿。在我的青春期,她们一直缠绕着我,实际上成了我那个时期的一部分。最后是威西科姆家的三姐妹。我还是切尔滕纳姆公学的一名中学生时,她们便出现在我的生活之中。

她们的父亲是杰克·威西科姆,是露丝年纪最长的堂兄。他曾经在马来亚的部队里服役,可是一直想当个画家。复员之后,为了养家糊口到军械部门工作。他帮我和贝蒂绘制地图。后来,我们在英格兰西南部徒步旅行时,这些地图都派上了用场。杰克还是想当画家,他仿照康斯特布尔①的风格画风景画很有天赋。他的三位千金还是小孩儿的时候,他们住在东贝格霍尔特。杰克性情温和,不善辞令,手指关节很大,正是他自己画笔下面的那种人物。跟他在一起,我觉得轻松自在,尽管我们从来没有深交。我想,从某种意义上讲,我们俩有好多相似之处。大概就是这种相似使得贝蒂那么喜欢我。

我第一次和他们见面时,威西科姆一家住在南安普敦②。他们门前是一条尘土飞扬的小路,摩托车仿佛可以从这条小路径直飞驰到他们的起居室。那时候,我大概十六岁,是海伦·沃德尔领我去的——不是那位学者,只是我父亲这边的一位堂姐。她在温切斯特③有一幢房子,我常去她那儿度假。

海伦堂姐是个怪人。但是让她照料一个喜欢独处、爱好文学的中学生,她就不那么古怪了。露丝做得对,毫无疑问,她认为把我和海伦弄到一起,是对我们俩都做了一件好事。海伦的童年很不幸,受尽了继母的虐待。继母不喜欢她,很早就把她打发到枫丹白露④一所精修学校⑤念书。之后,她跟一个比她大好多岁、脾气又很坏的苏格兰医生结了婚。亚瑟种玫瑰,自个儿还专门培育了一个品种,取名为"亚瑟·沃德尔太太",意在纪念按照他的无神论观点和苏格兰清教徒的教义造就而成的妻子。海伦崇拜她的丈夫,他也是她的良师益友。在她像一只没用的小猫被人抛弃的时候,是他搭救了

---

① 约翰·康斯特布尔(John Constable,1776—1837):英国风景画家。
② 南安普敦(Southampton):英国英格兰南部的行政郡,汉普郡的一部分。
③ 温切斯特(Winchester):英国英格兰南部,汉普郡的首府。
④ 枫丹白露(Fontainebleau):法国北部一城市,在巴黎东南,有著名的宫殿。
⑤ 为已接受普通教育的青年女子进入社交界做准备而设立的一种学校,教授音乐等课程。

她，她因而充满了感激之情。丈夫的死使她陷入极度的悲痛，以后再提起他，她从不直呼其名，而是用"亡友"这个词来代替。她那幢房子的每一个房间都挂着丈夫的照片，照片上是一张苏格兰人冷峻的面孔。海伦个子不高，长得却很匀称，只是满头棕黄色的头发和大脑门儿使得她的脑袋看起来太大了点儿。简·奥斯汀是她在文学方面崇拜的偶像。她也把头发做成小发卷儿，环绕着漂亮的脸蛋儿。历史方面她所津津乐道的巾帼英雄则有点儿不可理解——爱玛·汉密尔顿①、拜占庭帝国的狄奥多拉皇后都是她崇拜的人物。（她经常压低嗓门儿说："可怜的狄奥多拉，简直是个娼妓。"那神情就好像请求听她说话的人接受一种不名誉，但又挺可爱的关系。）她斜倚在沙发上，把大部分时间花在给温切斯特天主教堂绣跪垫这件事情上面。"从审美观念出发，我当然只能做这种事情。"她常常这样解释。银相框里那位满脸阴郁的苏格兰无神论者对此似乎勉强表示同意。

　　堂姐海伦为什么带我去威西科姆家，我已经不记得了。也许因为她的家庭观念很强，愿意跟亲戚们走动走动。不过更重要的原因大概是我这个忧郁的、十几岁的中学生总去她那儿，她有点儿受不了了。不管怎么说，她为这次会见事先做了安排。我们被请到南安普敦那套公寓喝下午茶，门前是那条尘土飞扬的小路。

　　和海伦堂姐一起住在威克山那幢狭窄的房子里——四周是葱茏的柏树，花园用燧石筑起的围墙围着——我经常感到生活让人窒息。现在突然置身于截然不同的生活之中，海伦像我一样不无惊

---

① 爱玛·汉密尔顿（Emma Hamilton，1765—1815）：英国海军上将尼尔森的情妇，那不勒斯王后的密友，运用其交际能力使尼尔森的舰队获准在西西里得到补给，从而在尼罗河战役中击败法军。

讶。此时的生活和她以往的生活确实相去甚远。在自己家里,她刺绣,她拜倒在简·奥斯汀、乔治·梅瑞狄斯①、维克多·雨果和吉本②的圣龛之下。吉本的《罗马帝国衰亡史》是她放在床头、每日必读的枕边书。这本书她死以前大概至少读过十遍。现在,我们俩就像一对战战兢兢、局促不安的怪物——一个宛若摄政时期的狨③,一个是来自澳大利亚的傻小子,站在威西科姆家亭亭玉立的三姐妹和她们的父母杰克和艾伦面前。

舅妈艾伦是我所钟爱的人儿之一。她性格开朗,不修边幅,头发总是耷拉在额头,衣缝绷得很紧,好像随时都会撑破,她有自己的审美原则。这种原则不论在为客人收拾屋子的方式上,还是在她读的书上,乃至对生活的认识上,都强烈地表现出来。但是在钱的问题上,她不具备这种与生俱来的趣味。凭着这种情趣,她可以像变魔术一样,把旧船具商店想象得像小型别墅一样漂亮。她做饭也具有凭借想象的好传统。我喜欢艾伦那股劲头。大伙儿都管她叫"Nin"(祖母),可是在我的眼里,她就是她——艾伦。许多年以后,我在自己的作品中经常使用这个名字。

无论是那时,还是后来,身材匀称的海伦都难以匹敌充满活力的艾伦。但海伦表现得宽容大度,而心灰意冷也使得这种无法得胜的竞争更容易忍受。也许她的生命实际上已经随着她那位苏格兰医生的死而结束了。海伦和艾伦尽管有天渊之别,但一直相处得很好。

至于其他几位姑娘,初次相见我觉得她们不过是把接待我这位

---

① 乔治·梅瑞狄斯(George Meredith,1828—1909):英国小说家、诗人。
② 爱德华·吉本(Edward Gibbon,1737—1794):英国历史学家。
③ 栖于中南美洲的一种小猴。

来自澳大利亚的、少言寡语的中学生表弟看作例行公事罢了。她们三个都比我大得多,已经走向生活。这姐妹三人,大姐贝蒂最让人望而生畏,她在牛津大学出版社工作。在 E. G. 威西科姆的蓝色长筒袜上,谁也不曾发现过一根抽丝。我几乎不敢正眼看她。

最小的妹妹乔伊斯比较谦和,话不多,但颇有点愤世嫉俗。好多年我们都不能在一起促膝谈心。直到第二次世界大战之后,我才认识到她的价值。那时,我住在伊内兹·伊姆霍夫那幢弹痕累累的房子里,得了肺炎。乔伊斯大冷天跑了好远的路,从乡村给我送来一铁罐很新鲜的棕色鸡蛋。乔伊斯学习绘画,但没什么天赋,摆脱不了斯莱德画派的影响,后来只能在疯人院里教点什么。她大半辈子住在年久失修、破烂不堪的乡村小屋,而且离水源很远,养了好几只猫跟她做伴。她的婚姻很不幸,丈夫想来就来,想走就走,后来日子过得更糟了。她是个受虐狂,忍受了所有这些痛苦。她被人家哄骗到麦达维尔的一处公共房屋,给理查德和一帮业余女演员做饭、干杂活儿。那些家伙都是些理想主义者、色情狂,和平是他们挂在嘴边儿大谈特谈的话题。让我一直惊讶不已的是,乔伊斯这样一个聪明人怎么能和这帮乌合之众搅到一起。记得贝蒂为剑桥大学慨叹时(除了剑桥大学国王学院,比起剑桥大学它的气质更接近牛津大学),情不自禁地说:"真不知道他们都怎么了,这群狗崽子!"乔伊斯十分平静地说:"他们会长成大狗,我想,还会和母狗结婚。"

我刚刚认识威西科姆三姐妹时,老二佩姬是最引人注目的人物。她远走高飞,到过开普敦。艾伦那位作曲家哥哥在那儿的一所音乐学校当校长。佩姬似乎是个谜。她漂洋过海,自有属于她自个儿的经验。此外,还有些桃色事件的传闻,有一件和一位南非的大人物有关。人们已经承认她是一位女雕塑家了(我在卢森堡买过她雕塑的一个非洲黑人的裸体躯干雕像）。如果任性的丈夫不曾在肉体和道义上对她大肆劫掠，即使怀过六个孩子，她也还是可以再由此起步，有更大的发展。作为一个年轻女子，她有过走运的时候，可是后来又倒了运。她和乔伊斯在马约卡岛①多待了几天，因为坐公共汽车时被颠起来，脑袋撞在车棚上，造成颅骨骨折。她向法院起诉了那家汽车公司。这件不走运气的事便是她倒霉的开始：在马约卡岛，她认识了后来的丈夫汤姆。那时候，他的肺结核病刚好。汤姆长得漂亮，身材也好，而且是那种所谓信仰真诚的理想主义者。他和佩姬都成了马克思主义者。由于职业的原因，汤姆经常去莫宁顿一家伊斯兰卷烟工厂看望那里的工人。他们的信仰因此而愈发坚定。作为这个商行分管医务的办事员，他经常和住在贫民窟里的病人接触。那些窄小、拥挤的小屋散发着贫穷、疾病、垃圾的气味。有一次我跟他一起去巡视。那是我第一次看到一位处于癌症后期的病人，第一次看到人类是怎样经受这种疾病的折磨，并且感受到全社会的弊病竟是那样深重。刹那间，我觉得自己不像汤姆和佩姬那样信仰马克思主义，简直大逆不道。可我那种以自我为中心的思想根深蒂固，父亲的教诲还铭记在心，不可能去拥抱以任何形式出现的共产主义。好多年来，我觉得没有必要非得信仰什么，无论辩证法还是神秘主义。我只信仰我自以为的"神性"。至于汤姆，由于接连不断的桃色事件，最终由理想主义的峰巅坠入道德的谷底。佩姬则是变来变去，一会儿信仰马克思、一会儿信仰毛泽东、一会儿信仰《易经》，甚至信仰英国自由党的主张和政策。到头来，连她自己也不知道到底该信仰什么。（她有一句名言："修女总让我着迷。"）

---

① 马约卡岛（Majorca）：西班牙一岛屿，在其东方。

杰克和艾伦一直将自己的内心世界封闭着。他们的孩子是在一种没有什么宗教信仰的气氛中长大的。但是这并不妨碍贝蒂长大以后受洗礼，行坚信礼，乃至后来成为英国圣公会一位业余牧师。她对佩姬信仰的马克思主义持怀疑态度，但尚能容忍。她自己的政治倾向比较激进，可以说是我称之为"伤感社会主义者"的那种人。她认为富人无可避免地要做错事，而穷人总是正确。

贝蒂和佩姬之间没有多少手足之情。那时我还只是一个来自澳大利亚的呆头呆脑的中学生。沿着那条尘土飞扬的小路，骑着摩托车初次拜访她们的时候，我还没有意识到这一点。可是等他们举家乔迁到南安普敦西区一座18世纪建造的房子之后，她们相互间的态度就暴露无遗了。那时候，我已经由一个中学生成长为大学生了。佩姬刚把汤姆捞到手，贝蒂有她自己的信条和一大堆拐弯抹角的关系。乔伊斯和休·卡森在他们那座宅子前面的汽车道上踱来踱去，不知道在谈些什么。我神情呆板，在那间椭圆形客厅出出进进，心里生出一阵阵莫名其妙的冲动。西区房子的客厅使我想起海利那座费尔珀姆的宅子的大客厅——我到英国以后的第二个夏天就是在那儿度过的。不过西区这幢房子从来都不在父辈的控制之下，没有维多利亚时代种种积淀的霉臭，也没有费尔珀姆那幢房子令人窒息的氛围。这幢房子只租给别人一个季度。在艾伦那幢房子里，大家活动的舞台是固定不变的。我们从挂在镀金檐板上的紫晶色长窗帘中间退下舞台，走进花园。我已经不记得西区这幢房子的客厅是否像费尔珀姆的大客厅那样有一面有瑕疵的镜子。房子里当然不缺镜子，有的摆在那儿只是为了那些专注于自己利益的人从中寻找什么线索，得出什么结论。比如，佩姬上楼，回来时嘉宝式发型已经重新梳理，大家便推测她肯定去照过镜子。贝蒂对佩姬不屑一顾。她所信奉的原则使她把佩姬的行为都看成性格中存在点点瑕疵的表现。我对生活的了解更多是来源于文学作品,很少有实际体验。一开始是教母格特鲁德·莫里斯对我大加鼓励,现在贝蒂又对我着意培养,并且俨然以保护人自居。这时,佩姬和汤姆喜结良缘,已经用不着我这位顺从听话、尚处青春期的表弟了——除了甩着刚洗过的头发走下楼梯时把我当作一面镜子。不过即使这样,我还是觉得她和我之间那种下意识的相互了解要比贝蒂对我——她的驯顺门徒的了解深刻得多。我和佩姬因为都热爱文学艺术,直觉上便有诸多相似之处。贝蒂则是所谓学院派。直到中年,佩姬和我的关系才变得亲近起来。那时,她的婚姻在新西兰崩溃,我因为战后澳大利亚知识界一片荒漠而备感饥渴。也就在那个时期,贝蒂对佩姬的不满完全爆发,而且因为佩姬让她看了一封来自地球那边的信,听信了信中的闲言碎语,又迁怒于我。佩姬此番设计的结果是:我和贝蒂好几年没有说话。当然还有一个原因,那就是她讨厌曼努雷。就这样,佩姬是我经过选择与淘汰的表姐。这是一种不很正常的局面,或者说不平衡的三角关系——由三个双子座的人构成。

但是在 30 年代,此类事情在西区那幢房子里从未发生,杰克和艾伦的家庭和和睦睦,尽管佩姬走南闯北、见多识广,贝蒂博学多才、有自己的信条,我则处于一种寄人篱下的地位。但我们总是团结一致,捉弄那些不熟悉我们种种计谋的客人,并且在餐桌旁边高兴得哈哈大笑。我们对客人们的高深莫测越来越不放在眼里。就连 E.G. 威西科姆(贝蒂)——牛津大学出版社《牛津教名大词典》的编辑也成了我们恶作剧的对象,常常是直到我们自己精疲力竭或者笑得直打嗝儿才肯罢休。贝蒂小姐脸上的表情让人手足无措——

她眉头紧皱,眉毛像两条黑色的毛毛虫,肥厚的嘴唇紧紧地抿着。(有位名叫艾迪斯·伊尔斯的女仆曾经说:"贝蒂小姐怒气冲冲的表情让人望而生畏。")有一次,她随手递给我她的一张照片,说:"我这副样子看起来就像一个犹太女校长。"不过她也有像布莱辛顿夫人①那样和蔼可亲的时候。也许这二者兼而有之,还加了点乔治·艾略特②的风格。因为那镜中的瑕疵是多种多样的。她乐善好施,但常常失败。这是我从自己失败的经验中体会到的。我相信,这位给人印象最为深刻的表姐最渴望的是圣洁与尊严。但是理智与那种"贝蒂小姐怒气冲冲的表情让人望而生畏"的评价又让她踟蹰不前。

我到底信仰什么?人们谴责我不能明确回答这个问题。然而对于一个因太宏大而无法用语言表达的问题,什么样的回答才算明确呢?这是一种每天都要进行的搏斗,对手的四肢却永远不会变成看得见、摸得着的物体;这是一场需要严肃的作家在他写下的每一页文字上面都洒下血汗的搏斗。这是个"此处无声胜有声"的话题,犹如水面上的图案、一阵风、一朵盛开的花。我对是否生一个孩子犹豫不决。因为一个孩子可能长成魔鬼,长成一个破坏者。我是一个破坏者吗?镜子里面这张面孔一生都在寻找他到底信仰什么,但一直没能找到可以认为是真理的东西。这是一张因为怀疑真理是否是最可怕的破坏者而变憔悴了的脸。

人们告诉我,上帝无处不在。那么址芽树里有上帝吗?有的,既然它无处不在。而且我早年的生活和拉尔沃思车道旁边那株班

---

① 指布莱辛顿伯爵夫人,爱尔兰作家,也是伦敦著名文学沙龙的女主人。
② 乔治·艾略特(George Eliot,1819—1880):英国女性小说家。

芽树有那么多的联系,我对此几乎深信不疑了。等到下定决心完全相信这一点的时候,我又问道:"上帝的裤子也会撕破吗?"人们对我说:"别傻了。"这问题当然傻,因为上帝活像鲍勒尔的巴戈特先生。他那雪白的胡子要比照片上我的祖父、叔祖父们的胡子漂亮得多。他们的胡子让人觉得上面粘着发了霉的烟叶,而且耶稣总是那样逆来顺受、温和亲切,仿佛笼罩着一层粉红色的雾。如果他们把上帝描绘成"鹿脚"——我心目中那位一贯正确的印第安英雄,我也许不经过任何灵魂的搏斗就可以成为一个基督徒。我只是不能接受维多利亚时代石印油画的翻版——那个露丝和狄克的那些咩咩叫的羊羔理应崇拜的救世主。

他们教我们做祈祷,还让我们把祈祷词结结巴巴地背给莉齐听。妈妈准备参加晚会,让我们欣赏她的衣裳时,也让我们背给她听。有一次,我在花园尽里头的凉亭吟诵我自个儿编的祈祷词时被父亲撞见了。他听了之后大为震惊。其实我的祈祷词更关注心灵——如果他们能理解的话。妈妈总把晚上举行祈祷仪式看作她为我们尽一个基督徒的职责。与其说露丝是个基督徒,还不如说她是个人道主义者。她真诚地相信积德行善的必要性。她从来没有想过,她把她的善举强加到那些受施舍的人的头上时,几乎和在他们的肉体上施暴没有什么区别。作为一个基督徒,她的活动属社会范畴:行善,很有规律地去教堂,长椅上还有一张镶铜边的名牌。

我似乎还记得露丝刚从圣詹姆斯教堂转移到圣约翰教堂时,达令赫斯特名片满天飞的情景。她之所以这么做,也许因为圣詹姆斯教堂太偏僻,更可能因为米克勒姆先生不在那儿布道了。

米克勒姆先生或曰米克勒姆博士是个苦行主义兼独身主义者、英国人。人们都认为他主持的仪式水平相当高。在夏日暑气蒸腾的星期天上午,不少太太晕了过去,有的被教堂司事①扶到,甚至抬到门廊下面坐在靠背椅上凉快一会儿。但我总觉得米克勒姆先生是她们晕过去的真实原因。米克勒姆先生布道时的声调就把我吓得够呛。我后来才发现,他的脑袋正是东正教圣像上画的那种圣人的脑袋,或者说像伦敦国立美术馆里画在木头上的希腊人和科普特人②的脑袋。我被圣詹姆斯教堂的不同凡响之处完全迷住了:希腊式的脑袋,洪亮的声音,苦行主义者高耸的颧骨,发青的下巴,晕过去的太太,喝过圣水、两手交叉放在肚子上面、踮着脚尖儿走回来的露丝。我从来没有晕倒过。但是每逢那位负责唱诗班的乌娜·德·伯格夫人做完礼拜走过来问露丝"什么时候让他参加唱诗班",我就害怕得要命。我经常祈祷,希望我的嗓子马上变哑。不过,母亲很知道该怎样保护她的儿子不受乌娜的袭扰。

圣酒……威尔森山那座石棉瓦盖顶的教堂(如果可能,露丝真想一把火把它烧掉)的祭坛让马踢了一个窟窿,赫弗南先生每月抽一个星期日来布一次道。他的白胡子微微颤动着,口中念念有词。马特用风琴伴奏,芙洛等人虔诚地唱着圣赞歌。有一个星期天早晨,我走进冰冷、昏暗、已经无人问津的祈祷室。桫椤透过纱窗,在教堂的石棉墙壁上洒下一片网状的波纹。我从瓶子里取出一根小树枝,嗅了嗅——十分难闻,就像杯中喝剩的变了质的葡萄酒。我把这件事告诉了想要放火烧掉这座教堂的妈妈。她听了之后大惊失色,告诉我再也不能干这种骇人听闻的事儿,也不能说这种亵渎神明的话。

这一切一直是个谜:令人作呕的残酒、昏过去的太太、米克勒姆

---

① 管理教堂内部事务者。
② 古埃及人的后裔。

先生。

　　实际上,米克勒姆先生也是个有血有肉的凡人。我们在威尔森山住的时候,母亲曾请他来家中做客。午饭前,她让我领他出去散散步,一则为了我的灵魂得到神的教诲,二则她可以腾出手来准备饭菜。米克勒姆先生个子很高,神情中透露着庄重与严肃,并不像在詹姆斯教堂布道时那样骨瘦如柴。我立刻就喜欢上了他,而且决定带他到那个山洞。我在那儿藏了一个硬纸盒,里面放的都是我的秘密。这个洞在一条小路旁边,小路通往澳大利亚绵延逶迤的山峦中的一个小山包。后来,这种地方都成了旅游胜地,被人叫作"中国人的帽子"。山洞下面的灌木丛里藏着我用树枝拧成的软梯。我顺着那道摇摇晃晃的绳梯在前面爬,米克勒姆先生大着胆子颤颤巍巍地跟在后面。我把硬纸盒子打开,让他分享我的秘密时,他变得越发严肃了。他不拿我当孩子看待,俨然是我的同谋者。坐在那个浅浅的洞穴里,他的膝盖几乎顶着下巴。我在他的身后站着,看得见秃顶周围呈灰色的头发茬——活像已经削发的僧侣。我真想摸一摸那个光溜溜的脑壳。我当然没摸,而是领着他回家吃午饭去了。我把梯子藏到通往"中国人的帽子"的那条小路旁边的灌木丛,觉得浑身燥热,终于从痴迷中解脱出来。

　　藏在硬纸盒里的所谓秘密都是什么,我已经记不太清楚了,不过是我们通常说的那种用心血撰写的东西罢了。后来,米克勒姆先生娶了老婆,回到家乡就任一座大教堂的教长,终于从殖民地饥渴的老处女、热情的女主人、别人的秘密,以及诸如此类的事情中解脱出来。

　　我的宗教活动在切尔滕纳姆附属小教堂又变得兴盛起来。这个小教堂和我在剑桥大学读书时学校附设的那个教堂大同小异。

切尔滕纳姆的小教堂之所以令人难忘,也许因为它与林赛·安德森的电影《如果》(If....)中的那座教堂毫无二致。做礼拜时,学生们一分为二,中间隔着一条走廊。学生们有的掩嘴窃笑,有的面红耳赤、有的愁眉苦脸、有的茫然若失。后面高一点的长椅上坐着学校的男老师。他们的癖好我们知道得一清二楚,而且一想起来就觉得十分讨厌。我坐在那儿听牧师喋喋不休地布道,或者硬灌给我们什么说教的时候,趁校长不注意左顾右盼,瞧那一张张为了这场法定的宗教仪式而特意洗过的脸。圣歌一问一答轮番唱着。这是另外一种形式的娱乐。我最喜欢的一段是以《芬兰颂》的调子唱的"安息吧,我的灵魂……"布莱克的圣歌也很让人鼓舞。当我们拖着沉重的双腿回家吃炖得太烂的羊肉,或者如果正赶上季节还能吃上三枚青绿色的醋栗时,他的"耶路撒冷"便慢慢地从耳际消失了。

到了适当的年龄我也行了坚信礼。我之所以这样做,主要原因是随大流,而且它可以使我沉闷、单调的生活有些变化。牧师在第一次世界大战期间曾随军服务。他的眼睛湛蓝,下巴棱角分明,好像总在颤动。他非常真诚,炽热的感情溢于言表。我们常常因此而陷入困窘。因为学校向我们灌输的思想是:喜形于色是怯懦的表现、可耻的行为。如果米克勒姆先生让人想起东正教初创时的情景,这位学校附属教堂的牧师便是18世纪福音传教士的后裔。他对我很冷淡,只有在问我是否有问题想问的时候才显得和蔼可亲。我苦思冥想何问之有,可是脑子里空空荡荡,什么也想不出来,不由得羞愧难当。

随着那个可纪念的日子渐渐逼近,大伙儿的宗教热情也越发高涨。格洛斯特的主教来我们学校主持礼拜仪式。我们成双成对走上祭坛,接受主教的祝福。我当时十分紧张,没和我的同伴跪在同一个台阶上,这便给年事已高的主教出了一道难题。他不得不侧体俯身,结果弄得一条胳膊显长,一条胳膊显短,看起来像一个畸形人。也许就是这个原因,我的脑门儿一直没能感觉到他的手指的触摸,因而也就没有交上好运。

即使这样,坚定的信念带着明亮的闪光顿时注入我的全身。我经常拿出那本《坚信礼守则》仔细研读,至少有两个星期天天都在盼望出现什么奇迹。领圣餐时,我已经觉得精神上完全处于新生与兴奋的状态。走下祭坛,心中升起一股暖流,我学着母亲的样子,耷拉着眼皮,精神因为领受了圣餐而振奋。

这一天,行过坚信礼的学生家长都带着礼物来到学校。有相机、手表,以及物质第一的中上层阶级按照一贯的传统购买的价格高昂的玩具。我的父母远在澳大利亚,而且他们显然不知道赠送礼物是这一天的程序之一。面对此情此景我只好自我安慰:物质上的损失便是精神上的收获。

不过,精神上的任何一朵小花在英国公学贫瘠的土地上都将迅速枯萎。小教堂又恢复了它"促进学生身心健康"的真正职能:热情饱满的圣赞歌又重新吟唱起来。这时,有人没忍住,放出一个屁来。我精神上的自我与组织森严的宗教一经接触立刻萎缩,不论西敏寺令人生畏的陈列馆、在圣彼得的罗马看见的歌伎情妇的洛可可式大床,还是阿索斯山①上莽撞无礼的东正教团体。只有在圣索菲亚大教堂,在君士坦丁堡②,在德国人被赶走之后那个冬日的下午我独自游览的帕特农神庙③;在约旦的贵格会聚会所,在白金汉郡④,

---

① 阿索斯山(Athos):在希腊之东北境。
② 君士坦丁堡(Constantinople):土耳其最大城市伊斯坦布尔的旧称。
③ 帕特农神庙(Parthenon):为希腊雅典女神之神庙。
④ 白金汉郡(Buckinghamshire):英国英格兰南部之一郡。

在小鸟啁啾的花园,在我自己寂然无声的小屋,我才能最接近希望之所在。精神上的默契也许像完美的艺术品或者纯洁无瑕的人际关系一样不存在。在宗教信仰、艺术、爱情,以及诸如此类的事情上我不得不再从头开始。

英国向希特勒宣战那天,我正好在美国缅因州①的波特兰②,等着朋友们来接我去布里奇顿③。那天我是乘火车来的。因为来早了,下午看了一场电影《绿野仙踪》消磨时间。那是一个美国神话,但是比我这个身穿英国粗花呢运动衫的无足轻重的年轻人不情愿卷入的那个真实的世界更令人信服。在波特兰这家电影院里,有谁听说过我的第一部小说呢?世界上有谁要读它呢?我看到自己文学上的抱负被历史的潮水冲得无影无踪,但奥兹的魔法师使我获得很大的慰藉。整个战争中,我似乎存在于天空中高低不同的诸多层次:作为一个30年代游手好闲的"懒汉",我拜读过的斯宾格勒④的预言,一架很高的秋千晃动起来,把我带到半空中;后来,坐着一架运输机从非洲丛林与荒漠上空飞过的时候,我从儒勒·凡尔纳⑤的几本书里,发现一本陀思妥耶夫斯基的《群魔》;再往下,有消除分歧的印刷品和收音机里发表的公告;最底层则是我们依然迷恋的朱迪·加兰⑥创造的瑰丽无比的彩虹。当斯图加⑦从我们驻扎的荒原飞过时,她好像哽咽着向我们保证,我们一定会重逢。

---

① 缅因州(Maine):美国东北部大西洋岸的州。
② 波特兰(Portland):美国港市。
③ 布里奇顿(Bridgton):美国缅因州的一个镇。
④ 斯宾格勒(Oswald Spengler,1880—1936):德国哲学家。
⑤ 儒勒·凡尔纳(Jules Verne,1828—1905):法国小说家。
⑥ 朱迪·加兰(Judy Garland,1922—1969):美国女歌唱家,演员。
⑦ 第二次世界大战时,德国一种俯冲轰炸机。

不过，所有这一切那时还没有发生。我还是电影结束之后，从波特兰电影院走出来的那个无足轻重的年轻人。跟上次见面时相比，朋友们的可靠程度似乎稍稍差了一点。他们让我搭上汽车，向着暮色渐浓的原野飞驰而去。布里奇顿旁边是一个松树林环绕的湖泊，湖畔有许多度假的别墅。这是一座对于战争带来的灾难视而不见、充耳不闻的美国城市。这时的人们只有当自家的屋顶被掀翻、自己的儿子被炸死，才会感到战争的切肤之痛。在那个湖泊洗了几天温水浴之后（每逢沐浴的日子，老妈妈总要用传统的瓦罐烘豆子犒赏我们），我决定必须回伦敦去。谁也理解不了我为什么执意要走，我也无法向他们解释这件事情。责任感倘若用语言表达，听起来一定是一本正经的。但在面对几个激情澎湃、表示情爱的幕间短剧和海誓山盟的表白时则未必如此。尚未参战但表示同情的美国不也是处于战争时期吗？至少理论上是这样。不管怎么说，我横渡大西洋，离开了美国。

1939年初，我离开伦敦，试图说服纽约某出版商接受我的一部长篇小说。这是我出版的第一本书，在当时，几乎美国所有的出版商都拒绝接受我的这本书。后来，海盗出版社的一位合伙人、文学上的"晴雨表"本·赫布斯一定是看出其中的奥妙，终于决定出版我的《幸福谷》。他在世的时候与我合作密切，尽管我只能给他带来责任和义务。他去世之后，他的继任也还是没有抛弃我——也许是他对我的过分信任把他们都唬住了。他是一位匈牙利拉比的儿子——犹太显贵的后裔。他们虽然不曾表现出自己信仰中那些传统的东西，也还是汲取了教义中的养料，而且其天性中的正直与诚实引领着他们的精神。地地道道的犹太人如今已像虔诚的基督徒一样少见了。本的个性为我的小说《乘战车的人》中希梅尔法布的性格提供了依据——这里指的是传承而来的心灵,而不是外表。从外表上看,他是个老于世故、玩世不恭的人物。我去纽约那年,正是麦卡勒斯①因为发表《心是孤独的猎手》而一举成名的时候。那些读了书评的纽约人——如果只看书评不看小说的话——都急不可耐地问:"一个年轻姑娘怎么能知道这些事情?"对于这种怀疑,本心平气静地回答:"她肯定可以看书,不是吗?"

在纽约出版第一本小说获得的虚假成功、在纽约居住时周围发生的种种事情、在美洲大陆的旅行,甚至在陶斯和弗里达·劳伦斯②以及布雷特的会面都使我产生一种幸福之感,并且因此而推掉了不少要到欧洲处理的事情。直到英国对德宣战才把我从甜蜜的梦乡惊醒。

回到伦敦,我发现什么东西都不同程度地发生了变化。市民已经开始疏散。防毒面具随处可见。男女私通,玩世不恭,对于战争代价的玩笑数量有增无减。物资供应还算丰富,至少对于富人是这样。眼前还是那几张熟悉的面孔,虽然都发生了变化,但并不是所有人都有那么大的变化。这一方面由于他们目前的生活发生了变化,另一方面因为这几年我一直在另外一个世界。苏珊已经结婚,她的丈夫我以前只是略有所知,现在却不得不跟他打交道了。狄克死后,露丝带着忠心耿耿的玛贝尔来到欧洲,打算在伦敦和格林德堡安度晚年。伊内兹·伊姆霍夫和她的哥哥马里奥·玛兰恩塔也在这儿。马里奥作为一个做蜜饯的能手、糕饼师傅,在已经实行配给制的伦敦很快便大显身手。此外还有罗纳德·沃特斯和罗伊·

---

① 卡森·麦卡勒斯(Carson Mccullers,1917—1967):美国女性作家。
② 弗里达·劳伦斯(Frieda Lawrence,1879—1956):D. H. 劳伦斯的妻子。

德·梅斯特。

回到伦敦固然很好,但战事似乎永远地陷入了僵局,我很快就烦躁得要命。音乐厅照例灯火辉煌,与此同时我们又不得不在齐格菲防线①晾晒衣裳。人们牢骚满腹,没有一个平心静气的时候,只要口袋里有钱就到饭馆大吃大喝,挥霍一番。我们像过去一样,常去剧院,举行更加亲密的聚会,还不顾危险在灯火管制期到街上闲逛。

我该提一提罗伊在埃克莱斯顿大街居住时,最初收留的那几位房客。因为他们对我的生活发生过某种影响,虽然这种影响并非是立竿见影的。一个白俄罗斯人在临街的前厅和地下室做起了贩卖古董的生意。此人曾是一位海军上将,疯疯癫癫,很惹人讨厌。他后来成了我的《姨妈的故事》中的索科利尼科夫的原型。文学创作有两种技巧最难掌握,一是把讲究贞洁的女人写得让人感兴趣,二是把令人讨厌的男人写得可以忍受。我塑造的索科利尼科夫这个人物是否成功,我没有勇气弄个明白,但不管怎么说,他是作为一个典型性格出现在我的作品中了。

还有来自维也纳的姐妹俩跟我和俄国人相处甚好。她俩有知识、有教养,待人谦和,极力讨别人欢心,却得到了恶报。与她们的接触,增加了我对中欧地区犹太人的了解。对犹太人的迫害和灭绝种族的屠杀所造成的恐惧还没有把我们的自满情绪完全打消。在码头、机场遇上难民,心里还不由得升起一股怒气。某些如同垃圾的戏剧使已经埋葬了的反犹太主义死灰复燃。

一个又一个的政治事件像走马灯似的一闪而过,希特勒发动的大战最初几年处于僵持阶段。这一切都使得我难以忘怀自己相对

---

① 1936—1939年,德国在西部边境上建筑的防御阵地体系,与法国的马其诺防线相对峙。

而言没有什么意义的进步与倒退。就是现在,我也常常想起什么时候我在什么地方住过,做了些什么事情,为什么做这些事情。至少我还记得1939年夏,回伦敦之前,我在科德角①的桑威奇就开始写我的小说《生者与死者》了。《幸福谷》的出版向相当一部分评论家和读者表明我是一个作家。现在为了证明自己确实有此天赋,便不得不继续写下去。我想,人们的第二本书大概多半是在类似我这种想法下写出来的。在这种情况下,一幅本应该是伦敦城的风情画,因为作者要对生活在这里的一部分人进行剖析而完全被破坏了。战争使得我不得不提前动笔写这部本该再酝酿几年的书。这个阶段我写作的时间没有保证,断断续续,而且个人生活很不如意,前途未卜。我一直不喜欢《生者与死者》这部书,也许压根儿就不应该写它。

回到伦敦之后,我继续写这本糟透了的书。在这一段怀疑人生价值、气馁而又比较平静的日子里,我对自己和正写着的这本书越来越不满意了。我终于决定到纽约去。至少等到我的同龄人开始应征入伍时再回英国。也许那时候这本书便能瓜熟蒂落——可以把它交给出版商了。如果我是英国人,那时是不准离开英格兰的,可我是澳大利亚人,他们还是给我办了签证。离开澳大利亚到剑桥上大学之后,我便再也不想回去了。而此时此刻,我却用着澳大利亚护照。来这儿之后,每逢胆怯的时候我就不由得想继续待在美国。许多朋友也劝我留下,包括一位我相信本来可以成为我生命中的另一半的人。

表面上看,纽约没什么变化。繁华的巾面上,可以看到从欧洲

---

① 科德角(Cape Cod):美国马萨诸塞州东南部的半岛的岬海角。

逃来的比较幸运的难民,还有从英国来的富有的逃兵。最大的变化还是我自己。心中的歉疚把我搞得火气很大,特别爱吵架。我白天工作,写那本在我眼里并非必须的书。漫漫长夜,无处消磨,只好一家一家地逛酒吧,有时候一个人,有时候跟一帮朋友。我常在他们身上发泄心中的愤懑,弄得朋友们不得不踢我的肋骨,让我从东区①某条街沟边爬起来。他们之所以还理解我,我想恐怕仅仅因为我是作家,又是外国人。

我跟一位从南方来的医生住在一块儿。他在帕克街②和麦迪逊大街③之间的一幢旧公寓大楼有一套房子。那套房子很小,只能供一个人起居之用。我们都相信自己爱上了对方,然而那是一场没有希望的苦恋。如果不是当年那种战火横飞,到处是激动与狂乱的环境,我想,如果我少一点总想发火的负罪之感,也许我们的关系有成功的希望。那套小小的房间紧挨着早已废弃不用的电梯,我就在那儿夜以继日地创作《生者与死者》。在那种环境中,恐怕什么样的关系都会因窒息而亡。作为一个南方人,J 对给他洗衣服的那个黑人老妇很有感情。但有位朋友另给他介绍了一位肤色很浅、马马虎虎可以称为白人的男仆,他居然大发雷霆,拒绝跟他说话。我对他的"南方的魅力"产生了怀疑。在我看来那是一种令人憎恶的感情,而且肯定能煽起一位恋人心中的嫉妒之火。他的好多朋友是他先前的病人,他给他们治过性病。我当时生活在一种神经紧张的状态下,想到纽约人大概有一半都染过梅毒,越发平添了一股醋意。我在作品最后成形的时候,心里充满了文人们常有的绝望。那令人窒

---

① 东区(Eastside):纽约市曼哈顿东区。
② 帕克街(Park Avenue):美国纽约市街名,街上多大公寓,常作豪华、时髦阶层的代称。
③ 麦迪逊大街(Madison Avenue):美国纽约的一条街,广告业中心。

息的小屋、欧洲战事的日趋紧张，以及待在美国的歉疚之感常常使我坐卧不安。

在那一段苦恼、忧伤的日子里，我碰到的人大致可以分为两类：一部分人对我待在这样一个地方表示祝贺，而且怂恿我在美国长住下去；另一部分人的目光中却暗含着对我的非难，或者明显地表示出他们的不满。不过我自己心中有数，谁是谁非并无疑惑。对于我来说，最糟糕的夜晚莫过于本·许布希①和他的瑞典夫人设宴款待我们的那个晚上。那一天，我们刚刚听到希特勒侵占挪威的消息，被邀请的客人有一半宣布他们无法在这种时候出席晚宴——纽约人比战时的任何时候都更歇斯底里。参加宴会的客人里，我只记得埃尔默·赖斯和他的妻子。不过这二位后来离异了，赖斯娶了女演员贝蒂·菲尔德。她曾出演过电影《人鼠之间》，探针似的长指甲给人留下深刻的印象。赖斯出生在曼哈顿岛，他是那个时期很少见到的杰出人才，谈起纽约和剧院滔滔不绝。我发现他的谈吐较少有同情心，而更富有刺激性。至少，他那种玩世不恭的态度是"南方魅力"的解毒剂。本和他那位皮肤黝黑、沉默寡言的妻子——一位瑞典犹太人——没有把心之所想公开说出来。在那段形势已经日趋紧张的日子里，本对我继续留在美国没有加以指责。可是我清楚地感觉到，当我决定重返伦敦的时候，我们的关系变得更融洽了。

我在6月写完小说，夏末乘船离开美国。我感到一种巨大的、不无恐惧的宽慰。我和J的关系颇有点死灰复燃。分手时依依惜别，我们都相信就像歌中唱的那样，"我们会再度重逢"。回到英格兰两

---

① 本·许布希（Ben Huebsch，1876—1964）：美国出版人。

个月之后,我收到他给我寄来的最后一封信。我继续写作。出于天真,或者出于利己主义,我无法相信事情居然会变成这样。他一定是死了。可是他没死。拐弯抹角打听到这一点之后,心中的痛楚变成愤怒。我心中充满幽怨,直到后来才意识到,我们的关系不过是我纷繁复杂的生活图案中一个拙劣的补丁罢了。

默西河①非常平静。我们坐在船上等待官员们检查、放行。此时的利物浦②一改往日的阴沉灰暗,看起来倒是一片金辉,好像上了一层彩釉。那是卡纳莱托③作品中的那种永恒的宁静和安谧。只有悬在头顶防御敌机空袭的阻塞气球,给这温馨、幽静的世界留下让人心惊的一笔。

伦敦看起来也颇为平静,只是失去了往日的色彩,一副无可奈何的样子。我先前住的那套房子已经另有房客,只好住在一楼背面一个兼作卧室和起居室的房间里。这间房子是伊内兹·伊姆霍夫的朋友和邻居乔茜·居西的。她是一个块头很大、皮肤黧黑、和蔼可亲又有点儿笨拙的瑞士人。她的丈夫是个窝囊废,像只不会叮人的蚊子。街上看到的还是一张张早已熟悉的面孔,电话里听到的也还是熟悉的声音。我和大多数朋友恢复了友谊,但是对那些曾经对我去美国说三道四的人敬而远之。苏珊和她的丈夫住在多尔芬广场的婆婆那里。她的丈夫因为患糖尿病没有应征入伍。对于苏珊来说,这当然是个理想的地方。因为惯于循规蹈矩的澳大利亚人移居国外之后,总觉得和自己的同类待在一起才有安全之感。露丝很

---

① 默西河(The Mersey):发源于英国英格兰西部德比郡,向西流入爱尔兰海。
② 利物浦(Liverpool):英国港市。
③ 卡纳莱托(Canaletto,1697—1768):意大利画家。

为自己的帽子上面没有一枚表明她是牺牲者的母亲的徽章而失望，跟玛贝尔一起回悉尼去了。

有的人，特别是罗伊·德·梅斯特建议我不如在等待应征入伍期间申请参加空军情报机关的工作。作为一个势利小人，我倒很希望能够担此重任，可我同时又是个受虐狂，觉得自己应当经受最严酷的磨难。我听天由命，先到红十字会工作，查找在欧洲失踪的平民，给他们的亲戚朋友传递信息。我自己就渴望听到朋友们的消息，因而这件工作对我更有特殊的意义。我们在圣詹姆斯宫①工作，宫殿的一部分已经变成办公室。这儿的工作人员大多数是没有个性、和蔼可亲的英国人。有一位先生问我是不是从美国哪个州来的。

我又恢复了先前那种幽居独处的生活。这不应该是一件值得自艾自怜的事情，因为我相信对于大多数文学艺术家来说，这种生活方式是正常的。这倒并不是说我就不喜欢和朋友们聚会，我就不喜欢珍馐美酒，不喜欢读书、听音乐、上剧院，不喜欢令人振奋的亲密接触，但我期望得到更多的东西。而事实上我又不曾得到。这就迫使我把这一切都错误地归结为自己是同性恋者。在这个阶段，我被迫将自己的性取向隐藏起来，而不是为了保护自己富有创造性的核心不受打扰与滥用的本能。

作为社会的一员，同性恋者的社会需求显然程度不同地受到了压抑。但是如果能够消除恐惧，那种来源于我们自身气质的感性认识就会使我们无论作为一个男人、一个女人、一个艺术家——或者集三者于一身——都变得更加有力。现实生活中的同性恋社团对

---

① 圣詹姆斯宫（St James's Palace）：伦敦历史最悠久的宫殿之一。

于我从来就没有什么吸引力。而那些以无休止的、歇斯底里的嬉笑语调大谈造成同性恋的条件与原因的人,结果又在自己身上发现了这些因素。我觉得他们只是一群夸夸其谈、纸上谈兵的家伙。毫无疑问,我被打上了一个"藏在柜子里的同性恋"的印记。我觉得与其说我是个同性恋者,还不如说是我的心灵依据周围的环境,或者依据我在写作过程中进入的那个角色,而被男人或者女人的精神支配着。这便使我的作品看起来更加理智。我并不以知识分子自居,我创作的动力来源于色欲、激情和本能。与此同时,我总愿意这样想:每逢接近灾难的边缘,创造力拧成的缰绳便使我悬崖勒马。

我接到军事机关的通知,让我去接受检查,以决定我是否适合这部战争机器。体检是在伦敦市郊进行的。我记得是在哈罗①一个昏暗的、散发着臭脚丫子气味的大厅。我们脱光上衣坐在长椅上等待着。大伙儿一排排地坐着,千篇一律的灰白的身体泛着菜色,偶尔也有黑红或者姜黄的肤色。我紧挨一位煤矿工人。他是爱尔兰人,皮肤雪白,手臂和胸口生着浓密的、黑色的汗毛。天气很暖和,可是我们坐在那儿排队等候的时候,大都轻轻地颤抖着。

我终于被领进一个小分隔间。一个上了年纪的胖医生正在看我的简历。他给我检查身体的时候神情冷漠,后来突然摘掉眼镜说:"听我说,你并不真想去打仗,对吗?"他显然要主动为我开个后门。我记不清当时是怎样回答他的,似乎说的是:"我当然不想……不过我觉得应该……"他把名字告诉了我,还告诉了我他儿子的名字。他是一个常演主角的演员,发现爱人跟一位选美皇后调情之

---

① 哈罗(Harrow):英国伦敦西北部的一个行政区。

后，竟从轮船上跳了下去。医生的好心使我很感动，但同时又觉得蒙受了一种耻辱。我一方面对他的关心表示感激，另一方面告诉他，我已经申请去空军情报部门工作。因此，我的任何想要表现英雄主义的豪情壮志看起来也只能是种"半英雄主义"。内心深处，我知道，我应当和那个爱尔兰煤矿工人，以及其他穿着臭烘烘的短袜的体力劳动者一起去忍受战争带来的最深重的灾难。

不久，我便应召来到金斯路，参加了一次保准能把最傲慢的沽名钓誉之徒吓得灵魂出窍的会见。那是我第一次和英国皇家空军的高级军官接触。他们之所以态度冷淡、恶劣，是因为资历比较浅，而且大多数人没有参加过实际战斗，便在新手们身上发泄自己心理上那种自惭形秽的感觉。特别是地勤部门，像"对外侦察处"这样的首脑机关当属此列。我将永远怀着赞美之情怀念皇家空军中那几位比普通高级军官高明得多的出类拔萃的人物，同时极力想忘掉那些飞扬跋扈、自命不凡的平庸之徒。

这次接见之后，我回到红十字会继续做寻找战争中失散的亲属的工作。晚上还住在伊伯里街居西那间兼作起居室的卧室。骇人听闻的轰炸开始了。那天晚上我正好在皇家餐厅（Café Royal）和约翰·怀斯一起吃饭。此人是演员兼导演，正打算排我写的一出戏（战后排了出来）。也许因为和落在伦敦市区的第一颗炸弹有缘，我这出戏实在不能说是一出好戏。

作为男人，约翰是个花花公子；作为演员，他是个没能成功的吉尔古德①；作为导演，他很有鉴赏能力。如果生活不是那样苛刻，他本来可以获得更大的成功。第一次轰炸，也就是我们一块儿出去吃

---

① 约翰·吉尔古德爵士（Sir John Gielgud, 1904—2000）：英国资深演员、导演和制片人。

饭的那个晚上,他戴了一顶很漂亮的浅顶软呢帽。他正吸着的香烟的气味和炸弹爆炸、房屋燃烧的烟气混合在一起。伦敦东面的天空被大火烧得通红,消防车啸叫着向火光飞驰而去。暮色还不算太浓,西天一抹藏青和东边瓦格纳①式的红光形成鲜明的对照。这种昼与夜的颠倒使人觉得整个世界翻了个底儿朝天。探照灯在银光闪闪的防御敌机空袭的阻塞气球上旋转着。我们周围的圆形广场和人行道上落着邪恶的弹雨。

没有什么特殊使命该怎么办呢?我们开始冒着一旦习惯便可以视而不见的高射炮火力网与敌人的轰炸机交织而成的弹雨向伊伯里街跑去。不过那天晚上我们十分害怕,两个人耸着肩,浑身直打战。在埃克莱斯顿大街和伊伯里街交叉的路口,我们被一颗炸弹爆炸产生的气浪掀翻到人行道上。我们从地上爬起来,飞快地跑过街角。一个和我们同样处于危险之中的士兵——那家伙倒是个乐天派,居然摘下头上的钢盔,让我们这两位花花公子的脑袋也隐蔽在它的下面。

后来听说一枚炸弹落在维多利亚车站,把那幢漂亮的建筑物炸成了一片瓦砾。居西住的那幢楼和伊姆霍夫-玛兰恩塔那幢楼的房客都藏在地下室。有的人为了更安全,藏在人行道下面的储煤室里,结果被炸得一塌糊涂,于是储煤室不再是受人欢迎的地方。可是该到哪儿去呢?整幢整幢的楼房一夜之间变成一片废墟,连同你认识的,甚至头一天还见到过的熟人一起永远从这个世界消失了。当然还有防空洞可以藏身。可是……经历了最初的惊骇,经历了公用地下室厨房的混乱,以及晚上大家挤在一起睡觉时那种无休止的

---

① 理查德·瓦格纳(Richard Wagner, 1813—1883):德国作曲家。瓦格纳式的(Wagnerian)形容风格与瓦格纳的作品相近的事物。

抱怨、喋喋不休的饶舌、打呼噜、放屁之后,我就有点儿不耐烦了。这期间,我有时候在自个儿的房间里睡觉,可也得睡在床下才觉得安全。在那几个最危险的夜晚,我曾在楼梯下面和女演员阿格尼丝·劳克伦不期而遇,还和一位在伊伯里街那种兼作起居室和卧室的房间里长期居住的房客偶然相聚。这之后我便完全听天由命了。我一天到晚待在屋子里读书,为了使自己的神经不至于紧张,还不时从橱柜里取出那瓶苹果白兰地呷上一口。

我记得读过乔叟①的《特洛伊罗斯和克丽西达》②。在这种时候读这样的作品既有一种远离尘世之感,又觉得恰如其分。所有的"克丽西达"给这个被战争摧毁的世界戴上了花环。我还读了艾尔③写的从阿德莱德④到埃斯佩兰斯⑤徒步旅行的游记。从天而降的炸弹和艾尔的游记都在我心中激起对澳大利亚的思念之情,还产生了一种创作冲动。

敌人的闪电战刚开始,我就接到英国皇家空军的通知:我已经成为情报部门的一名军官,但是对于我的职责范围,我却心中无数。他们告诉我买军装和报到的地方。我记得还是在哈罗,不过不是第一次去过的那幢楼,而是另外一幢。那里没有什么特点,只是更卫生一点。跟我一块儿招募来的新兵真是一帮乌合之众,我对他们一点儿都不了解。直到几个星期之后,从利物浦乘船向西非海岸航行时才渐渐熟悉起来。我们这些人对空军生活或者情报机关的神秘

---

① 杰弗里·乔叟(Geoffrey Chaucer, 1343—1400):英国中世纪最杰出的诗人。
② 《特洛伊罗斯和克丽西达》(*Troilus and Cressida*):乔叟最早的杰作,取材于薄伽丘的爱情故事诗《菲洛斯特拉托》。
③ 爱德华·约翰·艾尔(Edward John Eyre, 1815—1901):英国探险家,参与、组织了在澳大利亚南部的多次探险活动。
④ 阿德莱德(Adelaide):澳大利亚南澳大利亚州的首府。
⑤ 埃斯佩兰斯(Esperance):澳大利亚西澳大利亚南部港市。

使命都一无所知，稀里糊涂地成了献身于这支部队的士兵。那时候，除了要执行的命令，上级什么也不告诉我们。

在我的一生中，哈罗总和 H. A. 韦切尔联系在一起。我的男校生活要比从伊顿来的那些人体验过的粗鲁得多，其原因就在于我在哈罗待过。战争期间，我被接见过两次，地点也在哈罗。第一次我们像一群被人驱赶的"乌合之众"，第二次像一个犹豫不决的"上帝的选民"。几年之后，我从报纸上读到一则报道：一群德国种短毛猎犬从停靠在站台上的一列火车里逃出来，向正忙忙碌碌干活儿的人们猛扑过去。这种令人啼笑皆非的事情在哈罗也发生过。

穿上军装之后，我从朋友们的态度和路人的眼神里看出，我的身价一下子高了许多。不过我并没有因此而趾高气扬，相反，我很不自在，心里明白军装里面那个人还是从前的我。能够爱自己或许正是演员之所以成为演员的原因。这个原因在某程度上也造就了小说家，则是很久以后我才认识到的。年轻的时候，我觉得很难把生活和艺术统一起来，即使统一起来，也总觉得是虚假的。

我打一开始就讨厌身上这套军装，讨厌向长官们行礼。在真实的生活中我是不会这样做的，但是在英国皇家空军不真实的异常生活里，没有人能教会我在行那种讨厌的军礼时如何控制发抖的手指、僵硬的手掌。看见一位军官迎面走来，我总是手足无措。

不过，和后来发生的那些事情相比，这种手足无措就微不足道了。敌人的闪电战被我们粉碎之后，我被调到了司令部。

本特利修道院——伦敦郊区一座哥特式建筑里隐藏着一个宛如神经中枢延伸到英伦三岛的地下指挥所。一头扎进这个神经中枢之后，我便发现得学会许多从来没有人教过的东西。我一天24小时坐在观察所那张桌子旁边，一边绘图一边看大不列颠战事进程，心里想：掌握不了这场游戏的规律就意味着整个战争的失败。我们还编制过一本花名册。不值班的时候，我就住在斯坦摩军人宿舍。如有较长时间的休假，便回埃克莱斯顿大街那幢维也纳两姊妹住过的公寓。可是不管在哪儿，心里还是老想着伏在地下室桌子上绘制的那些无法预测的行动路线。我们不得不写的报告简直是一场可怕的梦魇。而最糟糕的是电话里传来刚当话务员的接线生远隔千山万水呜里哇啦的叫喊声。她们会问你，在汤顿①郊外的田野里，你能分辨出一个形如女用手提包的玩意儿吗？还有更糟糕的事呢！丘吉尔本人随时可能询问当天夜里空战的情形，而负责情报处电话交换台的英国皇家女子空军的成员们或许正在盥洗室、食堂没完没了地聊天！所幸我从来没有和温尼②在电话里直接说过话。

指挥部不仅秩序混乱，而且英国皇家空军正规部队军官们的蛮横、冷漠随处可见。他们之所以这样，恐怕因为面临着的局势使他们失去了对自己的控制。我的宿舍在一幢很漂亮的楼房里，房东是一对中产阶级夫妇，丈夫因为从事某种必不可少的民用工业而受到政府的保护。他们的房子舒适得让人透不过气来，到处是蓝缎子做的鸭绒被、鸭绒垫、油光锃亮的槭木家具。我觉得自己住在这儿像个冒名顶替的骗子。那夫妻俩总是踮着脚尖儿走路，好像极力让自己相信，他们也在为战争贡献一份力量。遇到较长时间的休假我就回伦敦，经常到小酒馆喝得酩酊大醉。

这期间，我对妓女们的心理活动及她们在同一位客人身上耍的花招有了更为深刻的理解。事实上，我是对性生活的悲喜剧有了更

---

① 汤顿（Taunton）：英国英格兰西南部，萨默塞特郡的首府。
② 温尼（Winnie）：Winston 的昵称。此处指英国首相温斯顿·丘吉尔（Winston Churchill, 1874—1965）。

深刻的理解。

在指挥部工作了一段时间之后,我又被调往中东。起初我以为这一定是因为自己胜任不了那儿的工作。上船之后才意识到,我们这支由先前那伙新兵组成的小分队实际上在哈罗时就已经编好了。我们猜想,国防部一定要求空军部队配备一批和国外有某种联系的特工人员,而我们就是被选中的那批:我们之中有的人会说俄语,有的人能看懂德文,还有的人或许只是有一本意大利语短语集,而的人则和黎凡特①的人有血缘关系。有一个秘书模样的家伙秃顶上只剩下几缕头发,据说曾和布尔什维克打过仗;有一个沉默寡言的"恶犬德拉蒙德"(Bulldog Drummond)②在君士坦丁堡和小亚细亚长大,但会说一口流利的俄国话;还有一位从波尔图③来的年轻人,父亲是个种葡萄的英国人;有个伦敦来的裁缝,竟是汉堡④港务局局长的外甥;还有一个家伙具有士麦那⑤和英国血统,刚刚结束了监听伦敦到意大利的电话线路的工作,手里总拿着一本会话词典。此人名叫 D. W.,尽管年纪不小,脑袋溜光,可还是很欣赏自己的"美貌"。他有一张照片,头戴假发,胸前挂着一个有柄单眼镜,穿着一条短裤,打扮得活像个参加化装舞会的年轻人。他总爱郑重其事地向大伙儿指出,从前他的两条小腿长得特别漂亮,而且更重要的是现在也不难看。我们干的工作属于保密性质,所以不少事都涂上了一层

---

① 黎凡特(Levant):指地中海东部诸国家和岛屿,包括叙利亚、黎巴嫩等在内的自希腊至埃及的地区。
② 1920 年代美国同名系列电影中的主人公,"恶犬"是其外号。
③ 波尔图(Porto):葡萄牙港市。
④ 汉堡(Hamburg):德国西北部城市。
⑤ 士麦那(Smyrna):土耳其港市伊兹密尔(Izmir)的旧称。

神秘的色彩。谁也不相信我是澳大利亚人,而且写过两本谁也没听说过的小说。起初,大伙儿谁都没有意识到自己将在"中东情报部"扮演什么角色,只是预感到将要搞特务活动。到达目的地之后,面对我们的竟是单调、无聊的现实,不少人在惊讶之余感到深深的痛苦。

这倒不是说这次航行就不单调无聊了。我们的航线呈"之"字形,先到格陵兰①,然后直下亚速尔群岛②。有一两次我们看见海面上露出尖尖的东西,以为是鲨鱼的鳍,后来才发现那是敌人的潜水艇。不过这种经历只有那么一两次。当时我并不觉得紧张,这得归功于伦敦的闪电战使我养成了听天由命的习惯。烦躁无聊是这种远航最难对付的敌人。大伙儿都发牢骚,特别是抱怨伙食太糟。我们吃的饭每顿都是牛蹄冻、焖牛肚和罐装的布丁。1940年的圣诞节,我们是在大海上度过的。这一天我们坐在一起探究各自真正的生活面貌,还相互理发。风暴骤起,我把战友一头蛮好的头发理了个乱七八糟,最后只好剪成光头。他没有生气,秃脑袋似乎给他增加了几分秀气。轮船第一次靠岸的时候,他已经入乡随俗了,法语的"r"在舌尖上绕来绕去,俨然一位在非洲大陆的黑暗中突然显形的白人亡灵。

经过几个星期枯燥无味的航行和自我反省,我们来到塞拉利昂的首都弗里敦,并且马上去看了一出轻松活泼的小歌剧。一群穿大花衣服的黑人妇女给歌剧伴唱。她们头上都扎着卡门·米兰达扎的那种印花大手帕。男配角们却像尖脑袋鲨鱼,在贫民区的大街上窜来窜去。我们坐在那儿汗流浃背,喝着不冷不热的花生汤。秃鹫

---

① 格陵兰(Greenland):丹麦的一个大岛。
② 亚速尔群岛(Azores):在大西洋东北部。

在头顶盘旋着,或是落在形状像人的大树上,或是冲天而起跟在送葬的队伍后面扇动着翅膀,像一把把生了锈的阳伞。

黄金海岸①上的塔科拉迪②是我们开往中东战场途中的最大一中转站。部队在一个转运站住了两个星期,等飞机运我们飞越非洲大陆。新来这儿的英国人在非洲的红壤和葱茏草木的映衬之下显得面色苍白。衣橱里永远亮着电灯泡,好使衣服不至于潮湿发霉。每天傍晚日落时分,我们都到灰蒙蒙的、已经倦怠了的海滨沐浴。跟我们一块儿去的有当地的白人居民和他们的女伴。夜幕降临之前,这些妇人有的颇为谨慎,有的则会公然表现出心中的饥渴。

闷热和等待引起的懊恼使我和 D.W. 争吵起来,原因是我对他喜欢的几部中篇小说以及维克多·赫伯特作曲的《啊,生活的甜蜜梦幻》表现出不以为然。他对我说,在弄明白自己到底有几斤几两之前,最好别以评论家自居。人在年轻的时候是很难心平气静地对待这种嘲弄的。我生自己的气,气我对于本来深信自己具备的禀赋时而信心十足,时而悲观失望;还气我在规模如此巨大的战争中只能扮演这样一个怪诞的、无足轻重的角色。

但是和 D.W. 最厉害的争吵则是因为他发现有其他人剪下来的指甲被扔在他那张头戴假发、身穿短裤、胸前挂一个有柄单眼镜的照片前。一定是给他收拾屋子的仆人用他的指甲刀了。可我不得不站出来承担责任,平息 D 的怒火——我承认借过他的指甲刀,也许因为忘了收拾,或者纯粹因为手懒,所以留下了那些剪下来的指甲。

我提这段剪指甲的小插曲只是为了说明这样一个事实:那场大

---

① 黄金海岸(Gold Coast):非洲西部的旧英国殖民地,现在是加纳的一部分。
② 塔科拉迪(Takoradi):加纳南部港市。

战就是在这样的背景之下进行的——鸡毛蒜皮的小事、生气发火、通奸、不和、为争更高的军职和更多的赏赐而钻营。目睹了趴在烧毁了的坦克和躺在西非荒漠滨藜①丛中的尸体之后,那些剪下来的指甲似乎在对我发出淡淡的嘲讽。荒漠之中,我总想起种种难闻的味道:悉尼柏油马路在暑热中蒸腾起来的焦油味儿,灌木丛里公猫的骚味儿,铁匠铺马蹄屑的恶臭。

澳大利亚,我现在只能在地图上看到它。在厄特里亚②与苏丹③接壤的边境驻防时,我收到家里来的好几封信。莉齐絮絮叨叨地大谈责任感,让我务必每星期给母亲写一封信。露丝抱怨不知道我到底在哪儿。"……你难道连你所在地的纬度、经度也不能告诉我吗?"我似乎越来越少叫她"妈妈",可是"母亲"这个词又有点太正式。"亲爱的妈妈④……"第二个星期我就写了回信。信写得毫不遮遮掩掩,全然不顾邮检部门的检查,但同时又为自己的矫揉造作而羞愧。我已经忘了是否在信中向她解释她的请求未免太蠢。天气太热了,落在皮肤上的尘土都变成了汗泥。中队养的那只猴子在小办公室里不停地玩电话。飞行员们出击回来之后,我就在这间办公室里记下每个人的战斗摘要,并且写成报告。不久我就收到露丝的回信:"……这个办法真聪明,你终于让我猜到你到底在哪儿……"我看了以后好生奇怪,怎么也想不出到底用了什么聪明的办法向妈妈说清了我驻防的地方。直到有一天,查看地图上的几个国家时——我们正在这几个国家推翻墨索里尼的统治——突然看

---

① 一种灌木。
② 厄特里亚(Eritrea):埃塞俄比亚东北部濒临红海的省。
③ 苏丹(Sudan):苏丹共和国,简称苏丹。
④ 原文为法语 Maman。

见苏丹边境上有个小黑点,旁边标着 Maman。这个地方在我们中队驻扎的卡萨拉①的北边,两个镇子离得很近。

我们的驻地不打仗时是一个区政府官员的府邸。花园是苏丹的荒漠与荆棘中的一块绿洲。那儿有一眼井供我们洗澡和饮用,或者更确切地说,我们用井里的水掺酒精喝。一个面皮微黑的阿拉伯人——卫生部的一位埃及官员——定期来检查井水的水质。他用拴在绳子上面的一个小罐取一罐水,打上来看了一眼便郑重其事地宣布可以饮用。

在我们的飞行员起飞出击时,牧羊人居然可以赶着羊群进来卡萨拉区政府官员的花园放牧。我学会了分辨山羊和绵羊。小时候在沃尔格特,绵羊和山羊都是分群放牧,对这桩事,《圣经》似乎解释不通。可是在这儿,在这破晓前的黎明,山羊和绵羊混杂在一起啃食带露的衰草,看不出有什么区别。当妈妈的乳房被套上肮脏的白布袋不让孩子吃奶的时候,小山羊和小绵羊都愤怒地咩咩咩叫了起来。一天早晨,天色渐渐亮起来的时候,一只母羊躺在草地上痛苦地呻吟。牧羊人帮它生下一只小羊羔。小家伙一离娘胎便颤颤巍巍地爬起来,脑袋撞着妈妈的乳房要吃奶。母羊停止了呻吟,吃力地咬啮着灰绿色的青草,周围是跟它一个羊群的老母羊和雌山羊。这时,我的电话又丁零零地响了起来,又是那个淘气的猴子——尼罗河上游来的"红毛轻骑兵"——弄响的。太阳从大山后面冉冉升起。

卡萨拉山宛若一块光溜溜的巨石,巨石顶部有一条裂缝,裂缝里长着一棵枯瘦的古树。据说这是一棵生命之树。如能爬上那块巨石并且摘下一片树叶,便会获得永生。在卡萨拉和极具当地特色

---

① 卡萨拉(Kassala):苏丹共和国境内的一个城市。

的永生神话的荫庇下,有一座茅屋簇拥的小村庄,村庄中央是一个尘土飞扬的广场。广场上,两家相互竞争的咖啡馆"雅典卫城"和"奢华生活"相对而立。两家的店老板都是希腊人。他们身穿汗衫,无精打采,每个人都拥有一个庞大的家庭,孩子们都魁梧壮实。我因为总是守着电话,没有机会去那个村庄造访,更不要说爬卡萨拉山了。可是至今还记着那两个面色苍白的希腊人和他们身穿卡其布制服的孩子们。那一张张幻影似的面孔经常浮现在我的眼前,还有那些侵袭那座黄泥筑成的村庄的"铁甲昆虫",以及那些飞来击退它们的人。

在厄特里亚前线,打仗和玩儿差不了多少。因为意大利的空军比我们差远了。我们的飞行员没有一个阵亡,而且谁也不曾长时间失踪。南非人粗鲁、生气蓬勃,碰上与自己并不漫长的生涯所获得的经验不相符合的任何东西一概嗤之以鼻。当地土著居民和白人经常发生纠纷。在南非出生的欧洲人,特别是荷兰人,极其排外,只说他们自己的语言。如果说他们有些和外界的交往,也只限于讲南非语①的英国血统的白人。南非白人姓氏的重复率极高,以致给我留下这样一个印象:他们属于一个乱伦的大家族。

起初,对于那帮飞行员来说,我完全是个外国人。有几个人虽然跟我认识,也只是点头之交。不过,很快我便欣赏起他们那种外向的性格。发现被与自己截然不同的人所喜欢是一件让人高兴的事情,他们的信任使我深受感动。他们把妻子、孩子的详细情况,以及追求女人的光辉业绩都讲给我听。渐渐地,我从一个羞怯的、被一部下达命令的电话和比这部电话更会捉弄人的、谁也不想要的、

---

① 南非的荷兰语方言。

坏脾气的猴子捆住了手脚,不能很快适应环境的年轻人变成一只"老母鸡"——伸出一双翅膀保护那窝羽毛尚未丰满、经常遇到麻烦的"小鸡"。

明明知道自己不过是附属于中队的成员,可是当一位南非人坐着飞机从南非来接替我在"对外侦察处"的工作时,嫉妒之心还是油然而生。直到发现他跟我刚来时一样腼腆、一样没有经验后,心里才觉得好受了一点儿。后来上级又让我多待几天,直到教会他为止。我的虚荣心因此而得到了满足。尼古拉斯跟我交上了朋友。他后来成了约翰内斯堡的一名法官,还模模糊糊记得在卡萨拉的时候,我们每天晚上都去部队食堂附设的酒吧,天南地北、满口粗话地聊天。苏丹和埃及那种特有的热风卷起暗红色的尘土,把酒吧刮得一塌糊涂。那只猴子一仰脖把几个杯子里剩下的酒喝了个精光,喝醉之后便呜里哇啦大叫起来。

厄特里亚的仗打完了,终于传来中队开拔到埃及去的命令。路上在一个枢纽站会车的时候,那只淘气的猴子走丢了。我在一列列火车组成的迷宫中东跑西颠,找了半天没找着——或许是我交了好运。火车在沙漠里的月光照耀之下,好像是再也不会启动的、黑色的剪影。

这是那种让你觉得终于逃脱了某种命运的时刻。我站在如同白昼的月光下,站在沙漠清冷的空气里,浑身颤抖。为了找猴子,我在仿佛凝冻了的火车车厢之间和伸向远方的铁道线上跑来跑去,气喘吁吁,浑身冒汗。猴子不见了踪影,战事已经远去。实际上,战火一直没有烧到苏丹、厄特里亚和阿比西尼亚[①],只是对这些地区有所

---

① 阿比西尼亚(Abyssinia):埃塞俄比亚的旧称。

波及。但是血泪与痛苦总是浮现在人们充满意识的心灵里,同时在无意识的深渊翻滚、搅动。四处奔涌着的生活,在这个遥远的火车站突然停了下来。我已经超然于过去真实的生活,和将来尚且没有瓜葛,暂时是一个绝对自由的人。形体上的自我似乎长满了丘疹,头皮针刺一样地痛。因为向北转移的命令下达前几天,我把脑袋剃了个溜光。丢了那只淘气的猴子,我既懊悔又宽慰。在这件事上我已经尽了最大的努力,难道没有吗?和那只猴子分手,跟和几位人类伴侣分手并无多大的区别。对这种事情抱怀疑态度的人或许会说,这完全是因为我记忆有误杜撰出来的故事,不相信喀土穆①与亚历山大港②之间的沙漠地带会有月光如水、火车如黑色剪影的动人画面。我却不这样认为,能够记得如此清晰的事情肯定发生过。

时间再次将我卷入其中,我终于找到了那列要把我们运往埃及去的火车。我们所谓的全体人员正在打瞌睡、发牢骚,挤在火车车厢的分隔间里不无怀旧之感。战友们或是相互交换对于南非联邦的一得之见,或是懒洋洋地倚在窗口和小贩讨价还价,买纪念品和食物。南非人黄铜色的面孔表现出一种微妙的傲慢神情。但他们有一种习惯,对身穿长袍、洒了香水的埃及人总是表现出公然的轻蔑。如果火车不是环环紧扣、满载着污浊的空气——军装的汗臭、水果的腐臭和阿拉伯人煮得太老的鸡蛋的味道——摇晃着、啸叫着、喷吐着粗气开出车站,夜幕下一定会乱得不成体统。至少到达亚历山大港之后,南非人都说简直像看到了德班③的孪生兄弟。在经历了穿越非洲大陆旅行之后,他们感受到了此次行动在某种程度

---

① 喀土穆(Khartoum):苏丹首都。
② 亚历山大港(Alexandria):埃及北部尼罗河三角洲的港市。
③ 德班(Durban):南非东南部纳塔尔省的港市。

上的合理性。但很快他们便惊讶地发现，希特勒在发动的战争和厄特里亚以及阿比西尼亚的"特技飞行"完全是两码事。

在埃及，我们起初驻扎在阿木里亚，参加保卫德尔塔的战役。截击亚历山大港上空的侦察机还只能说沾了一个战争所制造的流血与死亡的边儿。飞行员们越来越不耐烦，一天到晚抱怨生活条件太差。夜里，我们都挤在旅行车或者大卡车里睡觉。有时候到卡巴莱①喝上几个小时酒。那里面的舞台是按照19世纪20年代的风格设计的，表演歌舞的娼妓也很像那个时代的产物。至于观众，大都是黎凡特的地痞流氓、社会渣滓，有阿拉伯人、犹太人、马耳他人、巴尔干人，乃至匈牙利人的后裔。最令人难堪的表演开始的时候，我不得不把飞行员们都叫出来，继续我们的旅行。于是，我从一个"给妓女拉客的人"又变成了"正人君子"。

在这几年的战争中亚历山大港一定是最轻薄、最腐败的城市。闪闪发光的珠宝全是不值钱的人造的玩意儿。好客与过分热情的背后隐藏着不可告人的动机：想把女儿嫁给一位英国贵族子弟，或者最好是尚且在职的一级准尉，而且应当是殷实人家的公子。还有的人只是想占军队的便宜，和城防司令敲定一项有利可图的合同。我们大都喜欢近东地区这位"折中主义的妓女"。她具有那种假模假样的法国人和英国人的矫饰与虚荣、希腊人的忠贞与实在，还有犹太人的温情。温柔而又令人厌烦的亚历山大港坐落在大海与沙漠之间，除了桥梁和通奸，没有通往外部世界或者发泄情欲的途径。利比亚、爱琴海和巴尔干半岛的战役在这里的酒吧部署；泄露了的

---

① 非洲一种有歌舞表演的餐馆或酒吧。

机密变成有组织的谋杀；茶叶、米粉、谎言和人的血肉换来某些人的飞黄腾达。炸弹大都落在贫民区和妓院。一家最上等的妓院被炸了个底朝天，英国参谋部军官中的一位常客与之同归于尽。你会惊讶敌人对我们的情况了如指掌。

在伦敦那样的大城市，敌机空袭的时候，你不会觉得自己就是轰炸目标。可是在就像一个小村庄似的亚历山大港，当敌机铺天盖地而来的时候，你对自己的安全不但毫无把握，而且觉得压根儿就得不到什么保护。沙漠里的战斗目标明确。炸弹从头顶呼啸而过的时候，帐篷、卡车和士兵们用以藏身的防空壕是敌机光临的唯一原因。

部队撤离图卜鲁格①开往班加西②的时候，仗打得最凶。这期间，我在指挥作战的陆军总部附属空军情报处工作。我们一共是四个人，两位同事是对敌机颇有研究的专家，另外两位负责从敌人撤退时留下的各种文件、报纸中搜集一般性的情报。

我的同事 A 是空军情报处那些少数可以在这场旨在排除自我主义、伸张正义与公理的战争中搞特务工作的神秘人物之一。他是英国人，瘦骨伶仃，像只鹳。他有两样东西不离手，一样是单片眼镜，另一样是蝇拂，实在是个漫画中的人物。我是在第二次利比亚战役期间发现他这些特点的。他对于自己的往事和抱负守口如瓶，只字不提。"你瞧，这是梵文的……"他在垫子上潦潦草草写了一个单词。他似乎和俄国、法兰西南方以及英国贵族阶层都有某种联系。他在言谈话语之中流露出自己有庄园、别墅的信息，但是从来

---

① 图卜鲁格（Tobruk）：利比亚港市。
② 班加西（Benghazi）：利比亚港市。

不提有家庭、妻子,或者任何形式的亲密关系。只是有一天夜里,我们住在昔兰尼①的一个有点儿疯癫的意大利老太太家里时,A躺在睡袋里似乎有几分焦躁不安,喃喃地说:"婚姻……是件非常痛苦的……事情。"

我很怀疑我们俩搜集的那些所谓情报对于了解敌军的组成情况、摸清敌人的意图有什么用处。我们做的那些事或许只对我这个小说家有好处。两位专家研究敌机残骸,A和我从死人身上搜寻地图、信件和日记。意大利人撤退的时候扔下头盔、靴子,还有随军妓院的花名册。在卡普佐要塞外,我们缴获了许多正宗帕尔马干酪。巴迪亚②南面,意大利人和毛利人打了一仗,扔下许多死尸,那变黄了的皮肉像黄油一样在沙漠和灌木丛中渐渐化成尘泥。在阿代姆③,停着一辆已经烧毁的坦克,一具烧焦的尸体呈弧形趴在仓口。他一定是试图从这座烧红了的"钢铁堡垒"中仓皇逃命的时候,卡住了脚脖子。被海水冲上岸的尸体更糟,鱼儿已经咬啮过他们,腐烂了的尸体散发着恶臭和被击毁的飞机机翼上涂料的气味。他们口袋里面的文件、飞行记录、情意缠绵的家信、照片都已经被海水泡得斑驳不清。

干这种差事,用不了多久,我的身上也得发出一股臭气。比较起来,陆军军官们更讲究一些。就是最危险的时候,他们也还是衣冠楚楚,脸刮得溜光。比起空军,他们装备精良,而且有一整套完备的规则、优良的传统可以遵循。我们简直是荒漠里的一群无赖。特别是我们这种放荡、任性的分遣队,就像一群业余爱好者被命运抛

---

① 昔兰尼(Cyrene):昔兰尼加地区一个古希腊的殖民城市。
② 巴迪亚(Bardia):利比亚东部布特南省的地中海海港。
③ 阿代姆(El Adem):利比亚布特南省的一个城镇。

到一场为最优秀的运动员举行的比赛中。那场战役把我变得越来越脏。冬天寒冷的夜晚,当我套上所有衣服在大卡车的铁皮车厢里睡觉的时候,我甚至希望身上这层"黑锈"能帮我抵御风寒。两位专家和我一样邋遢,只有A很注意自己的仪容,经常用一只碰扁了的瓷杯盛上一杯冰冷的水刮脸。他穿一双土黄色长袜和夏天训练时才穿的短裤,露出瘦骨嶙峋的、紫红色的膝盖。A经常在日落和日出时分昂首阔步地走着,虽然根本没有苍蝇,也还是不停地挥动着手里那个蝇拂。单片眼镜紧紧地卡在眼窝里,颜色很浅的唇髭上粘着清鼻涕。他显然选错了行当。他应当跟那些陆军军官一伙儿,可惜夜里偶然在酒吧相聚的时候,那些家伙总想甩掉他。也许他错上了哪家公学?谁都没能找出耸立在A和他的过去之间的那扇怪诞的屏风,也找不出与他的现在相关联的种种事物。

　　第三军团在企图增援图卜鲁格的时候陷入隆梅尔①的包围圈。此时,我们所属的军团司令部正驻扎在海岸和悬崖之间一块开阔地。一个冬日的下午,刮着风,下一步的行动正在匆匆忙忙地计划着。南澳大利亚的鲍勃·安格斯驾驶着一架做定期搜索的、快要退役了的飞机,在我们这个困在异国他乡的"流动马戏团"旁边临时开辟的机场降落了。安格斯碧眼金发,是我们大家都熟悉的空中信使,还经常给我们带来些小奢侈品。这一次,他把哈丁准将送到图卜鲁格要塞。我们困在军团司令部手足无措,德军的步兵趴在悬崖上不停地向我们射击。我们没有办法躲避敌人的袭击。子弹从左边飞来的时候,我就向右躲,从右边飞来的时候,再向左躲。那些狙

---

① 埃尔温·隆梅尔(Erwin Rommel, 1891—1944):德国陆军元帅,第二次世界大战时北非方面军指挥官,通称"沙漠之狐"。

击手们一定枪法太差,要么就是距离太远,反正我不记得我们有多大的损失。不过在敌人没完没了泼洒的弹雨之下,在那没遮没拦的旷野之上,那情景也是够恼人的。这里几乎没有可以藏身的地方,只有稀稀落落的草丛和灌木丛、分散开来的大卡车和参谋部的小汽车,还有从集市上弄来充作军官食堂的一顶帐篷,作为"避弹所"当然无济于事。

几位少校、上尉手上戴着图章戒指,全副武装,裤线笔直,极力做出一副精神饱满的样子,走过来走过去,焦急地等待命令。他们面孔紫胀,渐渐变成了砖红色。我的同事A那张脸则像自制的蜡烛般焦黄。他昂着头大步走着,手里还拿着那个蝇拂,天空被猩红与乌黑的彩条涂抹得乱七八糟。我们相互躲避着,不敢正眼瞅对方。不过我一直纳闷,A是不是也发现我像他躲避我一样地躲避着他。

在那场大混乱中,有一个下午给我留下十分美好的记忆。这得归功于伙食团的下士特拉斯科特——一位块头很大、面色红润的英国乡下人。我们俩早就建立了深厚的友谊。在那些比较宁静的傍晚,当上尉和少校们执行他们的作战方案,或者在食堂附设的酒吧回忆自己乡间宅第的舒适与豪华的时候,特拉斯科特和我便发展出一种类似歌舞杂耍剧场里建立的友谊。谁也不理解这种友谊建立在什么基础之上。大伙儿都认为我是个爱喝酒的怪人,能有特拉斯科特这样一个同样古怪的家伙像用人一样服侍,当然是一桩再好不过的事情。然而,谁也不曾想到,我们俩都非常理解并且赞赏对方的做派。喝完酒之后,特拉斯科特常常用胳膊碰碰我,变魔术似的又拿出一瓶,于是我们继续喝下去。在敌人的狙击手为我们"设宴"的那个下午,谁都没有喝酒。只有特拉斯科特不时从帐篷拐角探出脑袋,涨红着一张乡下人的脸,用胖乎乎的手招呼我喝酒。我们俩立刻行动,酒喝了一瓶又一瓶,好像永远没个完。后来,每当我听到《麦克白》中的守门人咚咚咚地走下一溜台阶打开门,并且大声喊道:"以后再喝吧,以后,先生……"我总会想起特拉斯科特,想起我们在图卜鲁格南边等待上级命令的那个下午。

  直到最后一缕霞光沉入大海,我们才接到命令。军团司令部在夜幕的掩护之下,从雷区中间唯一的一条通道突围,然后所有突围出来的官兵都前往图卜鲁格,援救守城的部队。成功的希望使我从郁闷中自拔出来。我们呈"之"字形摸黑越过雷区的时候,连A也变得活跃起来。空军部队把我们移交给陆军的前一天,给我配备了一辆卡车——一辆载重量为十五英担①的道奇卡车。作为一位爱德华七世时代澳大利亚绅士的儿子,我对机械一窍不通,更没有开过车。但是危难时刻我还是硬着头皮开着这辆道奇在高低不平的泥土路上绕营房颠簸了一下午,第二天一早便驾驶着它开往前线。至少在荒无人迹的沙漠里不必担心和谁撞车。现在,穿过浓重的夜色突围的时候,这辆结实的卡车、熟悉的金属外壳又给了我勇气。道路崎岖不平,汽车颠簸着走走停停,好像停的时间比走的时间还长。我们嚼着配给的巧克力提神。不过更让人振奋的是,黑暗中有许多不相识的战友操着英国各地不同的口音,提醒我们前面有干涸的河道,注意翻车;或者前面有岔路口,当心迷路。A一直不怎么说话。如果有说话的必要,我们彼此都把这种必要当作对对方最大的恩赐。黎明时分我们来到图卜鲁格,但是这座美丽的港口城市已经成了一片废墟。

  晨光中,周围仿佛一个打翻了的花盆,曾经高耸着的建筑物大

---

① 英担:衡量名,在英国等于112磅,约等于50.80公斤。

都被夷为平地,守城的战士在湛蓝的海水映衬之下像一个个泥人。在这个曾经被开罗和亚历山大港的军事机关的工作人员戏称为以"朗姆酒、耍酒疯和破留声机唱片闻名"的地方,我觉得自己简直是个冒名顶替的骗子、干涉他人事务的坏蛋。

陆军兵团司令部大队人马挤在一座石头山下动弹不得,实在是桩丢人的事情。在这种情况之下,我们这支空军分遣队自然而然也就失业了——检查过那片废墟之后,我们便无事可干了。在图卜鲁格保卫者的眼里,英国皇家空军并不怎么受欢迎。而我们这个业余水平的"四重奏"级别不高,陆军更不可能为我们四个人改变他们接待下级军官刻板的条例。在这种情况之下,军团司令部的少校、大尉——他们大都十分震惊,但又强作镇定,并且因此而颇受苦楚——对于图卜鲁格的不屈不挠、巍然挺立似乎都有责备之意。因为如果它完全化为瓦砾,图卜鲁格就变成了一个理想的、民主化的圣地,军官和老百姓之间的界限也就名存实亡了。而我们这些"难民"却在恢复图卜鲁格保卫者所极力摈弃的英国各阶级之间的界限。

我倒很快活,终于可以甩开伙伴们,找一个清静的地方干自己想干的事情了。有几个同事我挺喜欢,不过也只是喜欢而已。现在我已经不再轻易放纵自己的感情了。我一头钻进战争张开的这个落满灰尘的"破口袋"里,继续读我的狄更斯。没人留意我,也没人想起我。我那辆道奇卡车的方向盘上经常放着几本满是油污的杂志《普通人》(*Everyman*)。

我不停地读书。正如《群魔》是一直等到我们坐上那架早该退役的孟买产的飞机,越过中非的丛林和沙漠时,我才有机会再次拜读一样,狄更斯的作品是在中东战场上,特别是在图卜鲁格被围困的最后三四天这种关键时刻读的。小时候,我讨厌狄更斯的作品,常常误解他所表现的思想和主题。可是,现在我对他突然产生了好感。当鲜血流淌或是在化脓的伤口上凝结的时候,当飞机被炮火击中,驾驶员的尸体一头栽进欧洲的石灰窑的时候,我觉得狄更斯是必须继续下去的生活的脉搏和未受损害的大动脉。尽管狄更斯自己也承认他对社会的破坏作用。

图卜鲁格受困到第四天,援兵从天而降,解救了我们这些与其说是守军,还不如说是客人的败兵。敌军很快撤退,我军向西飞速前进。我们之中不少人把这种长驱直入看作凯旋。敌军被打退之后,悲剧性的细节开始压倒我们这出喜剧。到处是意大利士兵溃逃时扔下的靴子和头盔,防御工事上粪便比比皆是。在昔兰尼加①肥沃的田野间殖民地开拓者的农庄随处可见。那几乎完全相同的白色立方体构成独特的景观。但是农庄几乎都被主人丢弃了。只有昔兰尼尚有为数甚少的犹太人居住着。在巴尔切溪谷,有些当地人在碧绿的田野和紫红色的土地上徘徊,希望能和征服者做点买卖。我们这支部队的前锋是空军邋遢的"淘金者"和一根毫毛也没有损失的、佩戴绿色标记的战地记者。在巴尔切,有人把阿兰·穆尔黑德②指给我看。当时,我只是跟这位声名卓著的人物打了一个照面。几年前我又见了他一面,和许多澳大利亚的杰出人物一样,他已经变成一个蜡人儿似的干瘪老头。

备受屈辱的军团司令部又自尊心十足地来到班加西。我们在

---

① 昔兰尼加(Cyrenaica):利比亚东部的地区,古希腊的殖民地。上文中的昔兰尼为此地区一城市。
② 阿兰·穆尔黑德(Alan Moorehead,1910—1983):英国著名战地记者。

城外一座石头山上安营扎寨。大伙儿又喝起酒来,似乎没有什么力量能够阻挡我们向的黎波里①挺进,直到一个刮风天的下午,一组斯图卡轰炸机突然在空中出现,向我们的营地疯狂扫射。和图卜鲁格城南沙漠里那次狙击一样,敌机好像开玩笑,很少有打中目标的时候。或许这只是一个不祥的征兆,并非什么恶作剧式的游戏。我决定认真对待这件事情。当敌机再次俯冲下来的时候,我连忙跳进一条狭长的战壕。等混乱过去,我才发现脚脖子疼痛难忍,一定是撕裂了一条韧带。就这样,我又演出了一场滑稽剧,至少在我们这群演配角的演员中表演了一次。

我脚踝青紫,在营房里一瘸一拐又待了两天之后,上级便把我提前送走了。在这个时候离开战友,我心里充满了歉疚。(后来听说我们那支分遣队在我离队几天之后便撤离了那个地区,我便释然了。我还听说 A 一直抱怨我不谨慎,因为我一离队,他就坐不成我的卡车了。)我走的时候一切都很顺利,参谋部那位和蔼可亲的年轻上尉和一位中士开一辆小型客车送我。一切都安排得十分妥帖,比我们了解的空军部队要好得多,而且我做梦也没有想到配给的食物那么好。我们刚刚准备在被人遗弃的农庄或者大路旁边的碉堡搭帐篷,几位老兵便嘘嘘嘘地表示反对,并且带我们去找更加舒适的住处。我跟那位轻浮房东相处极好。他似乎和某位声名狼藉、初次登台的女演员有什么关系。有一次在德尔纳的街道散步——这里曾经是殖民主义者游乐的胜地——他突然转过脸对我说:"你如果是个女人,我想,我们现在就该订婚了。"

---

① 的黎波里(Tripoli):利比亚的首都。

我那位有士麦那和英国血统、和我一起乘船到了西非海岸的同事D.W.,把他在亚历山大港的朋友犹太人查尔斯·德·梅纳谢男爵介绍给了我。他尽管非常有钱,但财富只是给了他一点表面上的保护。只要鼻子嗅不到危险,他就歇斯底里地大笑起来,冲淡了一双眼睛中闪烁着的忧伤与怀疑。他的嘴角挂着几条充满讥诮的皱纹,让人觉得这种人不但对别人没有信心,更糟糕的是,对自己也没有信心。

查尔斯的祖父因为弗朗茨·约瑟夫①来埃及巡幸时借住了他家一幢房子被册封为贵族。老祖父只留下一张抽水烟筒的棕黄色照片。另外一张画得普普通通的肖像画则表明他的儿子已经相当显赫,无愧于男爵的称号了。和这张画像成双配对的另一幅画像的是男爵夫人。从这幅画像看,这个女人一定是儿子的祸根,就像普鲁斯特的母亲是普鲁斯特的灾星一样。很难说查尔斯男爵对这种不幸的根源怀有什么样的懊恼之情。当然,如果不是他自己禀性怯懦,也不会有这种结果。

他给英军大送诸如炊具箱、救护车之类的礼物,一点儿也没有意识到他有时候灵机一动想出来的主意实在可笑至极。我最后一次去亚历山大港的时候,他三番五次给我打电话,说有件礼物要送我。他那么认真,一定要我安排一次会面,好把礼物亲手交给我。我们终于见面之后,他送给我一个烟斗,还告诉我他已经戒烟了,同时还送给我一铁筒干烟叶。这是他做出那项了不起的、符合道德规范的决定之前抽剩的。他为自己这个绝妙的主意高兴得不得

---

① 弗朗茨·约瑟夫(Franz Joseph,1830—1916):指弗朗茨·约瑟夫一世。他是奥地利皇帝兼匈牙利国王(1867—1916)、德意志邦联主席(1850—1866)。

了——我只好满怀热情地继承了他用过的烟斗和抽剩的烟叶。

许多迹象表明,这位老于世故的百万富翁其实还是一个对爱失去了希望的孩子。他的大多数朋友都是些轻薄之徒和溜须拍马的家伙。这些人有的抱怨说,他对我的付出比对他们之中任何人都要多。当然,每逢休假到亚历山大港的时候,他总要为我安排食宿。他还经常带我到一些比较有钱的犹太人家、到他的大多数亲戚家。他喜欢听我对这些人家的评论,而且总是咯咯咯地笑个不停。我在他家做客的时候,我们俩基本上是各行其是。他很少待在家里。在他那座寂静无声、窗板紧闭的房子里,我觉得特别压抑。房间里挂着法国巴黎产的哥白林挂毯,摆着中国风格的工艺品和具有19世纪末期艺术特征的既丑陋又昂贵的古董。只有打开浴室的水龙头,眼看着热水带着团团蒸汽喷洒出来,才是最惬意的时候。一个默然无语的仆人进进出出,一个睡意蒙眬的门卫守着大门。我那间卧室的百叶窗外面种着一株株火焰一样的红花,明亮的光彩透过百叶窗的板条洒到屋里,我偶尔独自一人在他那儿吃饭,做饭的是路易丝。她是塔布①人,总在抱怨男爵先生不回家吃饭。其实这正可以给她自由自在招待她那位法国水手的机会。有时候男爵也举行正式家宴,出席宴会的都是亲戚和当地的头面人物。饭菜丰盛得让人难以消化,而且每一次都是那几道菜。("你们吃鸭子了吗?"未被邀请的人会问起,"皇后米布丁呢?")男爵将此归罪于他无法拒绝那些食物。有天晚上他决心晚饭粒米不进,可是一回家又从冰箱里取出冰凉的鸭子大嚼起来。他很走运,在外国侵略者被赶走之前就死了(除了亚历山大港,查尔斯哪儿都不能住)。他死后,莉娜·格林(一

---

① 塔布(Tarbes):法国西南部,上比利牛斯省的省会。

位从埃及回来的上了年纪的英国犹太人)对我们说:"你们知道吗?人们发现他肚子里填满了鸭子。"

对于查尔斯来说,他给部队送的那些诸如救护车、行军锅之类的礼物还不如他的战时工作重要——他几乎每天晚上都坐在一个士兵俱乐部门口,看见一位军人进去就在手里的小本子上面画一道。这个复杂而又幼稚的人物很高兴能找到一件事情去做。他还经常在家里的大客厅举行招待会。他虽然并不看重官衔和级别,实际上对自己那个圈子里的人还是经过一番选择的。男爵以人的体味来划分交友的界限。他很怕染上花柳病,总是使用安全套。

在男爵举行的一次招待会上,我认识了一个对我的生活至今依然产生着深刻影响的人。"他是希腊人?"我问男爵。以前我从来没有见过希腊人。"是的,"他叹了一口气,"是这地方的希腊人。"我知道在亚历山大港,"这地方"是个贬义词。我还发现,比起他们的祖国,亚历山大港的外国社区跟亚历山大港的关系更密切。

就这样,查尔斯·德·梅纳谢把我介绍给了曼努雷·拉斯卡里斯。他是一个个子不算太高,但具有巨大道德力量的希腊人。迄今为止,他一直是占据了我那幅混乱的生活图案中心的曼荼罗①。后来,男爵很为把曼努雷介绍给我而后悔。他警告我说:"你必须认识到,这种关系长不了。像我们这种人是不应该做这种事的。"可是如我所述,我们之间的关系已经保持了将近四十年,而且我相信还将继续保持下去。

战争总是专门和它所造就的婚姻或者任何亲密关系作对。一时冲动定下的婚约由于远隔天涯肉欲难以满足,或是性生活的混乱

---

① 曼荼罗(Mandala):佛教中菩萨形象的画像及供奉菩萨像的清静之地。

而解体。而我们这种情况由于社会习俗的压力,又增加了许多复杂因素。年轻时候看起来危险的、令人兴奋的游戏,经常以一种卑劣、怪诞的变异而告终,战争期间更是这样。我一贯追求的是:在人的肉体与幻想所允许的范围之内获得最大限度的真诚与信任,以及对所有这一切尽可能长久的保证。如果不是查尔斯·德·梅纳谢在1941年7月为我安排了与曼努雷的会见,我的嫉妒——即使不是那种熊熊燃烧的妒火——一定已经把我毁灭了好多次。

就在狄克和露丝这对"恩爱夫妻"住在骑士桥公寓,宠爱着才出生三个月的婴儿的时候,曼努雷在开罗出生了。那是1912年8月5日。那几年正是曼努雷双亲生育的高峰。他们一共生育了六个儿女,小产的还不算。曼努雷是士麦那的乔治·拉斯卡里斯家中间出生的一个孩子。母亲弗洛伦斯·梅休是从佛蒙特①来的一位天主教徒。她是伦敦梅休家族的后裔,还和柯立芝总统②沾亲。她的一位妹妹贝茜·罗克在芝加哥歌剧院合唱队唱歌。乔治虽然是希腊东正教徒,他的思想与精神却不为之所动。我是在雅典认识他的。那时候德军还占领着希腊。如果偶尔接触一下此人,还是能发现他颇有点迷人之处。可是一旦发现你要住下来跟他待上一阵子,他就把那层迷人的假像剥脱得一点儿也不剩。恢复了那副阴郁、浅薄的真面目之后,他便完全成了一个自私自利、枯燥无味的干瘪老头。他对自己的姐姐德斯波特别专横,又不得不和她生活在一起。他欺压仆人,又不失时机地追逐年轻姑娘、保姆,或者任何可以满足他的欲

---

① 佛蒙特(Vermont):美国东北部的一个州。
② 卡尔文·柯立芝(Calvin Coolidge, 1872—1933):美国第三十任总统(1923—1929)。

望的女人。

我是在曼努雷的母亲芙洛伦斯进入暮年之后,才在佛罗里达①认识她的。那时她又取得了美国国籍,而且大家都默认她是个罗马天主教徒。(乔治死以前,做弥撒的时候她只能坐在后面,而且不能参加各种圣礼。)芙洛伦斯作为一个美国天主教徒,心里总有六个希腊小坏种像无法摆脱的幽灵缠绕着她的心,或者这只是我自己的一种感觉。她在曼努雷六岁的时候就离开他们远走高飞了。她的妯娌一点儿也不把美国人放在眼里。她觉得她们非常可笑,有一次故意在肩上披了一块大红窗帘,头上顶了一个便壶,宣布说:"我是拜占庭的女皇!"

芙洛伦斯离家出走之后不久,乔治也拂袖而去。他在屋子里歇斯底里地走过来走过去,从吓坏了的孩子们的脚下揪起一块块地毯。然后带着一位罗马尼亚情妇云游四方去了。孩子们是由家庭教师和姑姑们分别带大的。

大多数希腊人的眼睛里都有一种幽怨的神情,就好像总在俯视着灾难——个人的、历史的,以及正等待着他们的灾难。从照片上看,拉斯卡里斯家人的眼睛里也闪烁着这种神情。一张照片中的曼努雷头发剪得很短,身穿紧身学生服,两只胳膊规规矩矩地放在椅子扶手上——他是典型的希腊人。另外一位典型的希腊人是埃利——曼努雷士麦那的姑妈中年纪最长的那位。这群被父母遗弃的孩子都把她当作楷模。她也生了一双不安的、感觉到了希腊的灾难的聪明的眼睛。她的妹妹德斯波是位潇洒、阅历丰富的人物。在希腊人和土耳其人发生的那场灾难性的战争中,她活跃在前线,把

---

① 佛罗里达(Florida):美国州名。

慰藉送给苦战中的同胞。有一次,她从马背上摔下来,落入敌人之手。后来,在土耳其人对士麦那大肆洗劫时,乘一艘法国驱逐舰逃了出来。德斯波还喜欢以超越世俗的理想主义者自居。她可以一边啃胡萝卜,一边把泰戈尔的诗句抄到笔记本里。她赞助艺术家,亲吻东正教修道院院长的手。德军占领的时候,她生平第一次切西红柿,居然晕了过去。而埃利是一个天生的心灵高尚的人,这也许因为她更实事求是。姐妹俩都是终生未嫁的老姑娘,尽管德斯波喜欢那种知识分子式的卖弄风情。埃利还是个年轻姑娘的时候就宣布,她一辈子也不结婚。她讨厌汗毛满身的男人。埃利姑姑掌管全家的钥匙。她做果酱、糕饼都很行。岛上的姑娘们对她都佩服得五体投地。大家喜欢她,因为她什么都懂而且为人公正,至于她的严厉则常常被人们忽视。德国人侵略希腊之前,她每天早晨都要读歌德的诗。德军占领期间,为了节省一点食物给孩子们吃,她情愿饿死。

还有几位姑妈像走马灯似的不时出现在他们的生活中,不过只扮演一些次要的角色。马尔凯萨平生最看不起意大利人,结果嫁给了尼柯姑夫,仅仅因为一个朱斯蒂尼亚尼家族的人曾经帮助他们一同防卫君士坦丁堡。① 安娜姑姑是位女性主义者,她曾经在新士麦那和雅典分别建立孤儿院。她对我们说,能亲眼看到政务会②被推翻,她死也满足了。(她确实是在政务会被推翻的那天去世的。)还有波利米亚姑姑——巴黎大学的希腊语教授。她把毕生精力献给了教育事业,但是因为没有加入法国国籍,政府拒绝发给她养老金。她气疯了,后被送回雅典,在一家收容所度过了余生。

---

① 乔瓦尼·朱斯蒂尼亚尼(Giovanni Giustiniani,1418—1453):意大利热那亚望族出生,职业军人。1453年君士坦丁堡被土耳其人围攻时曾出兵支援。
② 此处指意大利法西斯政党在希腊夺权后组成的政权集团。

和大多数"开明的"希腊人一样,就其表面而言,波利米亚不是一个信奉宗教的人。就连最不可知的美学、东正教的历史,直到危难时刻——不论是个人之间的争吵还是国家的灾难——信仰的鲜血和泪水从大家以为愈合了的伤口和大睁着的双眼汩汩流出,都无法使她成为一个轻信的人。

希腊人因信仰东正教而幸存。这也是为什么一种看起来不可能的关系能在一个信奉东正教的希腊人和一个已经背离了英国圣公会的澳大利亚利己主义者、不可知论者、泛神论者、神秘主义者、存在主义者之间延续了将近四十年。

1941年7月在查尔斯·德·梅纳谢男爵家开始的感情,在整个战争年代进攻与反进攻的过程中,通过种种狡猾的手段发展下去。我们听天由命,学会了别离,学会了戴着面具做人,以避免别人的讽刺与嘲弄。而这种面具就连通奸的情人、乱交的男女也是不必戴的,因为他们毕竟是正常的。我们还完善了相互之间用密码、暗语写信的技巧。

我的工作内容之一是检查航空兵的家信。在那场沙漠之战的间隙,负责联络的空军联队有一部分多余的官兵驻扎在马滕巴古什(Maaten Bagush)。我简直迷上了自己扮演的这个书信检查员的角色。那些放在我的公文格里的皱皱巴巴、不大整洁的信(包括我给曼努雷的信和他来的信),似乎是我和真实生活相连接的唯一的纽带。有的信写得热情奔放、淫猥下流。比如某位下士居然在一张卫生纸上画了他勃起的阴茎寄给妻子。但是另一方面,随着时间的流逝,夫妻关系破裂的悲剧也愈演愈烈。这时,写信的人虽然明明知道我很清楚他们都写了些什么,但还得跟我见面。我很想和他们推心置腹,但这是永远不可能的。我还得当我的检查员——一个无个性特征的角色,为了共同的利益去阻止人性的冲动。

结果,与世隔绝的生活、荒野沙漠的苦战、被压抑的性欲、兵营文书室那架无线电收音机播放的女歌星薇拉·琳恩的歌声、也许永远不会到达目的地的信件——即使送到也只能带去些言不由衷或者言不及义的废话——折磨着我,以至那段敌机轰炸伦敦时,我在伊伯里街那间兼作书房的卧室里读《艾耳日报》①的回忆和当下的生活逐渐融为一体。然而,在这片看起来寸草不生的不毛之地,我播下了一粒种子。几年之后,我因为哮喘病突然发作,被人从城堡山送进悉尼一家医院。这粒种子在我躺在病房里养病时开始萌发。因为服药,我的思想处于半麻醉状态,总觉得眼前是一片荒漠,晃动着绰绰人影。我甚至听得见他们说话的声音。我一会儿是沃斯,一会儿又变成萦绕他梦魂的劳拉·特雷维延②。有一天夜里,我病得特别厉害,哮喘转成了肺炎。住院医生站在我的床边,我紧紧抓住他的手。他连忙把手抽回去,仿佛被火烫了似的。我的身体在渐渐地恢复,不过还没有出院。病床上我写了一个提纲,心里明白,这本书准能写成。回到澳大利亚之后,读了一本中学课本,我便看出沃斯和莱卡特③之间的关系。我由此开始研究,还借来当年在德国人领导之下进行实地考察的人们写下的描写远征的资料。真正的沃斯,与真正的那个莱卡特相反,是诞生于埃及荒漠中的一个了不起的人物。在我们大家的生命都被更加妄自尊大的德国人统治时,我本性中反常的那面对这个人物又进行了想象和创造。

对于沃斯原型的不同意见,引起维护莱卡特的学者们的争论,

---

① 《艾耳日报》(*Eyre's Journal*):澳洲南部艾耳半岛的一张报纸。
② 长篇小说《探险家沃斯》中的女主人公。
③ 路德维希·莱卡特(Ludwig Leichhardt,1813—1848):德国探险家,沃斯的原型。

也导致了撰写有关论文的作者思想上的混乱。大家只注重事实，却对基于事实的创作不屑一顾。渐渐地，人们原谅了我，沃斯也被冠以圣徒的美名。现在该我责备世人了，责备他们凭自己的爱好与趣味，把这样一个肉体、血液和灵魂的幻象变成博物馆里的一具木乃伊，变成多愁善感的传奇文学中的一个专用名词。赞赏《探险家沃斯》这本书的人大概有一半都是这种人，因为他们不认为这部小说所描写的19世纪的社会生活和自己有什么关系。许多澳大利亚人都像大孩子似的，因为不得不承认自己已经告别了旧时代遗留下来的种种半信半疑的古董，后院里到处扔着废弃了的塑料制品而懊恼。他们下意识地避开那些与现实有关的东西，因此不愿意接受我写的那些关于本世纪生活的作品。而我对他们对《探险家沃斯》这本书上表现出来的热情也不以为然。（人们对我写的另外那本所谓历史小说《树叶裙》热情不高，也许因为这本书告诉人们为什么我们会变成今天这个样子。）

英军第二次向北非进军取得胜利之后，又杀了一个回马枪，向埃及推进。这时，我正驻扎在迈克斯。这里是平静安谧的地中海海湾，和平时候是亚历山大港有钱人的旅游胜地。我们驻防在此的目的是保卫德尔塔。指挥部还是十分庞大，不过这一次有了一个固定的地点。有几个军官曾是证券经纪人，他们是黎凡特出身，都能讲好几个国家的语言——像我能说几句德语一样。因此上级认为在对付那些工程技术方面的文件时，他们或许能派上用场。（我们的头儿对我懂的那点儿德语指望可大了！欧洲战场的战事快要结束时，他们甚至把我派到佛罗伦萨帮助人家起草停战协定。不过干了两天我就设法逃了回来，老老实实干适合我干的工作。）

迈克斯是个既让人感到快乐,又让人感到耻辱的地方。但是不管怎么说,这地方对于小说家来说非常宝贵。从这里,我可以把握相距不远的亚历山大港的脉搏。当隆梅尔向阿莱曼①推进时,反法西斯热情在这个镇子空前高涨。希腊在坦克的袭击面前束手无策,反英情绪日渐抬头,部队开始疏散家眷。这时,我觉得自己不但和那个已经变成了我的世界中心的人,而且和那座突然被迫出现在面前的、不堪一击的城市的命运紧紧地联系在了一起。亚历山大港看起来像一个脆弱的棕色鸡蛋壳。

当时的形势是,敌人完全可能在埃及长驱直入。这当口,我被调往一个以防御为目的而组建的小分队,目的地是保密的。在赫勒万的宿营地度过很不愉快的两个星期之后——我的差事还是检查飞行员的信件——我总算又调回到迈克斯。当时的指挥官是个执行纪律十分严格的家伙,手下的人大都不喜欢他。可是他对我颇有好感。也许我们俩都不大合群,同病相怜罢了。不管怎么说,我又调了回来。隆梅尔受挫,我们乘机在阿莱曼一带安营扎寨。厌烦与徒劳将所有卷入这场战争的人严严实实包裹起来。人们大概还记得两军在齐格菲防线长期对峙的情景。而此刻我有一半时间待在宿营地那面沙丘间隐蔽着的秘密指挥所里,趴在桌子上心不在焉地写报告。那简直是闪电战期间,本特利修道院那段生活的令人昏昏欲睡、过时的翻版。我们偶尔去击落飞机的现场,从德国飞行员的死尸上寻找文件;要么就是写信,和同样闲得无聊的同事们聊天,跟航空兵们一起喝茶;当然还要读书。

只要战争和周围的环境没有使我的创造力枯竭,写作的机会是

---

① 阿莱曼(Alamein):埃及北部地中海沿岸的城市。

很多的。我突然想到舞台上很需要对话，便开始改编《阿斯彭文稿》①。没有太费力气，剧本就改编成功了。战后，我到伦敦四处兜售这个剧本，得到的答复却是："啊，不行，连一点儿戏剧性也没有。"好多年以后，我在城堡山从收音机里听到迈克尔·雷德格雷夫的采访。迈克尔告诉记者，他是怎样意识到《阿斯彭文稿》中的对话可以改编为一出优秀的话剧的。作为剧院经理兼演员，他当然有条件不费吹灰之力便把自己的剧本搬上舞台。演出效果相当好。而这一点，早在迈克斯秘密指挥所我就清楚地意识到了。那时候，我在一个练习本上潦潦草草地写着，风沙吹打着稿纸，汗水模糊了字迹。

否则，我就真的完全枯竭了。只要有安静的时候，我就有一种创作的冲动。但是平心静气的时候实在太少了。于是我就读书。我读《圣经》，从头到尾逐字逐句地仔细研读。我读《摘豆荚的人们》②，心里充满了对澳大利亚的渴望。那是我怀着童稚的喜悦，翘首眺望的国家。在我中学毕业和上大学之前的那几年，那里的人们似乎要抛弃我这个"新英国人"，可是想象之中那美丽的景色仍然让我心醉。

在空军部队，我还是个业余水平的邋遢兵。有一次部队检阅我没有参加。可是因为有事，正好在人家检阅的时候，从军旗下面无精打采地走了过去。一位中士满脸讥诮，厉声责问我是在什么地方受的军事训练。我不由得大笑起来，告诉他，我压根儿就没受过什么军事训练。然后继续吊儿郎当走我的路，长筒靴里别着烟斗，胳

---

① 《阿斯彭文稿》(*The Aspern Papers*)：美国作家亨利·詹姆斯的中篇小说。
② 《摘豆荚的人们》(*The Pea Pickers*)：澳大利亚长篇小说，作者是伊夫·兰利(Eve Langley)。

肢窝里夹着一本杂志。中士一定气得够呛。不过这是他自找的，我并没有存心惹他生气。

有一次在食堂吃饭的时候，我对我的指挥官说，如果他强迫我为他那位"暴君"干杯，我可能遵命，但肯定是违心的。他听了很不高兴。其实我并非存心惹他生气。后来，有好几个晚上我都为自己连这种干杯的勇气也没有而闷闷不乐。在这方面，我并不在行，不过还不完全是业余水平。

上中学时，和克莱姆、玛格丽特在沃尔格特度假的情景是那样难忘。有一次我对厨师夸口，说我特别喜欢吃醋。究竟为什么夸这种海口已经记不得了。也许因为在家的时候，曾经到厨房喝过一小匙醋。姨妈的厨师立刻给我倒了一杯，站在那儿眼巴巴地看我怎样把它喝下去。我刚喝了一小口便意识到，这下子是搬起石头砸了自己的脚。我想就此罢休，可是厨师做出一副嗤之以鼻的样子，激得我非把那杯醋喝下去不可。我硬着头皮一口气灌进肚里，连眼泪都流了出来。然后像一只上了当的小动物，一溜烟跑出厨房藏了起来。胃里烧得厉害，我断定自己必死无疑。不过还好，很快就恢复了原状，后来多次被人灌醋之后也一样。

在阿莱曼和敌人的坦克部队交锋之后，英军又把溃退的敌人从埃及赶到利比亚，后来又赶出利比亚的国境线。这时，战争悲剧性的现实落到我们这些留下来的人们的头上。亚历山大港司令部那些穿军装的官僚们经常玩弄些令人啼笑皆非的把戏。甚至在突破敌人的防线之前，在护航队还需要保护、沙漠战场的上空飞机还在混战的时候，战争就已经变成摇笔杆的人写报告、编摘要、发新闻时的一个抽象的概念。而且空军中队的长官们压根儿就不去看那些空洞无物的材料。我的工作任务之一是和负责印刷的联络官打交道。每逢我抱怨他们窜改事实的时候，联络官就提出抗议，还说他们必须在我提供的情报中融入自己的个性。这是我和印刷部门的初次交锋，也是我意识到所谓个性和事实也会发生冲突的最初经验。

　　这时，曼努雷被选派到希腊在中东组建的步兵。这支部队在那些背井离乡的政客和19世纪末期强加给希腊的石勒苏益格-荷尔斯泰因—格吕克斯堡王朝①五花八门的王室成员们的花言巧语的哄骗之下，从埃及到了巴勒斯坦，又到了黎巴嫩和叙利亚。期间发生过一次反叛，后来在幼发拉底河②岸驻扎下来，等待那个为了共同事业血染疆场的时刻。

　　曼努雷一直是个普普通通的二等兵（通信兵），后来因为能说一口流利的英语，才混上一个翻译的角色。人们当然都嫉妒他。大部分希腊人听不懂他那口相当棒的英语，又瞧不起他因为受过教育而说起来文绉绉的希腊语。当他以一个二等兵的身份充当联络官的角色，来往穿梭于希腊人和英国人之间的时候，情形就更糟了。英国人倒挺喜欢他。他在希腊军官食堂吃饭的时候，举止风度也不合军事当局的规定。那些高级军官对他那双能看穿他们的"非军事活动"（性方面的嬉戏还在其次，主要是中饱私囊之类的行为）的眼睛自然很不赞赏。然而，作为补偿，他找到了一个可爱的、忠实的英国

---

① 发源于德国极北城镇格吕克斯堡的王室，1935年—1973年统治希腊王国。
② 幼发拉底河（Euphrates）：发源于土耳其东部，流过叙利亚和伊拉克，在波斯湾附近与底格里斯河汇合为阿拉伯河。下游流域是古代文明的发源地。

指挥官。

我在巴勒斯坦待了一年,驻防地点是海法①。这期间,除了飞出去侦察一下之外,实际上空军部队没有什么可以执行的任务。不过天空中还有别的东西。当部队主力横跨北非向西推进的时候,另外几支队伍进攻黎巴嫩和叙利亚,给敌人造成一种盟军要通过土耳其进逼欧洲的假象。参加这次行动的人自然能够感觉到这种可能性是不存在的。不过,如果说这次行动对别人毫无用处的话,对我却另有一层意义。那就是,我因此而延长了库克②式的中东旅行。我们坐着一列破破烂烂、摇摇晃晃的火车,一直来到阿勒颇③,然后一路颠簸,进入土耳其。几年之后,我和曼努雷一起乘坐另外一列又脏又破、极不舒服的火车从希腊到君士坦丁堡的时候,才终于明白,为什么接近土耳其的时候,会想起那么多早已遗忘的往事。

战时阿勒颇的冬天仿佛世界末日:没有神采的风席卷着铅灰色的垃圾堆,一幢幢房屋像灰色的积木被连拱廊连接着,组成一座座迷宫。我在军官俱乐部安顿下来。那是一座灰不溜秋的别墅,不过看得出它也曾有过自己的黄金时代和独特的艺术风格。我的任务很轻松——去看望先遣部队,听那些无事可干的人发牢骚。中东战争期间,我在好几个污浊的死气沉沉的地方经历了所有这一切。我的希望是,那些皮肤灰暗、浑身哆嗦的飞行员——我自己也经常是这副样子——能够从单调的生活画面中选取并且带走一些色彩缤纷的纪念品。就像我一样,至今还记着那里的露天市场,记着尘封在阿勒颇铅灰色往事中金黄、靛蓝、古铜的色彩,记着火车穿过蒙蒙

---

① 海法(Haifa):以色列西北部港市。
② 詹姆斯·库克(James Cook,1728—1779):英国航海家及探险家。
③ 阿勒颇(Aleppo):叙利亚西北部城市。

夜色长途跋涉的情景。在霍姆斯①那样的车站,一停就是老半天,周围散发着阿拉伯人做的芝麻烧饼和煮得太老了的鸡蛋的气味。我还记得火车运行的时候依次到列车车厢分隔间和希腊陆军二等兵谈话的情形。

我在巴勒斯坦滞留的一年是它的历史中比较不愉快的一段时光,一个极其严峻的年代。这里是斯特恩帮的势力范围。暴力还没能直指外部的敌人,营垒内部就已经充满了仇恨。犹太人不但恨英国人、巴勒斯坦警察、阿拉伯人,就是他们内部也相互仇视。德国犹太人、波兰犹太人,以及任何国籍不同的犹太人之间都失去了一些对彼此的喜爱。最可悲的是,那些从维也纳和柏林逃出来的犹太人——每两个男人或女人中就有一个"博士"——由于缺乏犹太复国主义者的理想和信念,终日泡在哈达汉卡梅尔(Hadar HaCarmel)的咖啡馆里。时尚的女人戴着漂亮的皮帽子,学黛德丽②的样子化妆,还有一群由一种文化产生的、已到中年的花花公子。在精神上,他们仍然属于这种文化。

英国皇家空军司令部设在去卡梅尔半道上的一个修道院。那是一座已经相当陈旧的建筑,天花板虽然刷过油漆,但是到了雨季总是漏雨。我们放地图的那间屋子的天花板总让人想起海利的那幢费尔珀姆的新哥特式建筑的餐厅。我记得有一次开香槟,瓶塞差点儿打中天花板一角的小天使。即使没有个人的悲欢离合,周围的

---

① 霍姆斯(Homs):利比亚西北部城市。
② 玛琳·黛德丽(Marlene Dietrich,1904—1992):美籍德国女电影演员,1930年主演《蓝天使》一举成名,同年赴美国好莱坞拍片,在英国拍片期间拒绝为纳粹德国效力。

气氛也够让人压抑的了。我那个组里有位飞行员与我相处甚好,当时他的婚姻正在解体。因为我是信件检查官,他给他那位不忠的妻子的信我都看过。如果年纪再大一点或者再聪明一点,我一定会摘下检查官的面具给他以合乎人性的同情。可是事实上我什么也没做。我生性腼腆,他也一样。

只有某些特殊的使命使我在海法的日子勉强可以忍受,其余的时间我们和其他人浮于事的单位一样轻薄无聊的生活。军官们住在一家柏林犹太人开的旅馆里。经济上的收入也不能抵消老板对于我们住在那儿,犹太人的生活习惯受到公然的嘲弄而产生的愤怒。当时食物配给限制十分严格,我们只能从海陆空军小卖部额外买点食品作为补充。因为不懂得犹太人的规矩,我们总用错盘子,也不明白奶制品和肉类的区分方法。房东看了,便恶狠狠地把被异教徒玷污了的盘子拿走,使劲儿刷洗。不过我想,他们永远不能再恢复那些盘子的"纯洁"了。

还有饥饿对人类的玷污。有些犹太妇人为了得到一盒配给的培根,情愿出卖自己的灵魂。虽然罐头里面装的不过是凝固了的脂肪和鞋带似的玩意儿。饥饿是最好的校平器。德军占领之后,许多食不果腹的希腊人把罐头食品看得比贞操还重。有一天夜里,我们坐着一辆大卡车到法勒鲁姆,我忍不住听起两个飞行员的对话。其中一位对无拘无束的希腊女人充满热情,另一位却不以为然,十分刻薄地说:"这种女人我可不敢娶她当老婆。回了家,你会发现屋子堆满了牛肉罐头。"真饿得要命的时候,我以为自己会与舒拉米特和埃莱尼一起晕倒在街头。那时候的情形确实可怜。我复员回到伦敦之后,节省下两小块配给的巧克力,想送给我的两个小侄女。可是坐在公共汽车上实在饿得受不了,鬼使神差,竟然打开包装把那两块巧克力塞进自己的嘴里。跟她们见面时,我无可奉送,只有满面的羞愧。至今我没向任何人提起过这件事。

在希特勒发动的战争中驻防海法的那年,值得提的是我经常和从德国逃来的犹太人打交道。这些人都相信他们能向英军空袭指挥部提供情报。这些提供情报的人,有的受了别人的欺骗,有的完全是受悲惨经历刺激的结果。有一位向我提供情报的人是个汽车司机,可是他的行为举止、言谈话语很有教养。原来他曾是德国一个省城歌剧院的导演。不知什么原因,他竟异想天开,说原先经常为歌剧院供应手套的那家纺织厂变成了兵工厂。他的理由虽然没有说服力,但我们还是在地图上标出了那个工厂的位置,并且把他提供的情报上报给耶路撒冷的官僚。他们对那个织手套的工厂是否做过调查就不得而知了。大多数时候都是这个样子,我的反复询问、调查了解也许压根儿就派不上用场,只是通过和那些人的接触增长了自己的见识。有的人还跟我交上了朋友。可是有一次,我的一位最异想天开也最百折不挠的"情报员"向我提供的线索派上了大用场。英军轰炸机按照这个情报去空袭,取得了很大的胜利。我们收到一封感谢信,英国皇家空军情报部的一位高级军官因其工作辛劳、战绩辉煌而获得一枚勋章。我那位激进的犹太朋友(我记得他是在一家面包房干活儿)继续不断地提供情报。他是否因此而得到报偿,我不清楚,反正我离开那儿之前没有听说过。

回想起在巴勒斯坦度过的一年,我似乎上了一所色彩斑斓、腐化堕落的大学:斯特恩帮造成的杀戮屡见不鲜,盟军军官和犹太女主人通奸,行贿受贿,造谣中伤。这期间还发生过这样一个案子:英国皇家女子空军一位喝醉了酒的军官把通行证丢在德国难民救济院的墙脚。(调查此案时,她辩解说通行证一定是她下车到路边的草地上撒尿时掉出来的。)

我们住的那家旅馆窗下有一个表演歌舞的卡巴莱餐馆,每天夜里都会传出一个犹太女人沙哑的歌声:

> 在那昏暗的街角,
> 我靠着灯柱
> 看见一个娇小的姑娘走过,
> 哦,我呀!啊,我的……

唱歌的曾经是维也纳舞台上的一位女歌星。她是用意第绪语①唱的。在卡梅尔,有人弹奏着《华沙钢琴协奏曲》(*Warsaw Concerto*)。我们在音乐的声浪中吃着在战时实行配给制的海法能吃到的最好的菜肴——烩蔬菜。白天,常常看到从罗马尼亚逃来的难民上岸,他们仅有的一点儿财产都塞在质量低劣的箱子里面。暮色再度降临之后,在另外一个酒吧间,另外一位女歌星——这位来自柏林——用《你从梦中走出……》(*You Walked out of a dream . . .*)这首歌诱惑着我们。那是我们大家都做着的一场梦——真正的爱情、持久的和平、一个所有犹太人希望与追求的以色列。移居到欧洲、命运悲惨的犹太人都希望能从斯特恩帮血腥的统治下解放出来,希望成为出生在他们祖先的土地上的全新的"以色列犹太人"。

我四仰八叉躺在巴勒斯坦坚硬的土地上,躺在山坡上的乱石与

---

① 一种日耳曼语,通常用希伯来字母书写,约有300万人在使用。

那片橄榄树林落下来的果实中间,某些类似希伯来人原型的东西正悄悄流入我的心头——希梅尔法布形成了最初的雏形。战后回澳大利亚定居之后,我便将当初那些想法和一个真实的犹太人——我的朋友许布希结合起来,创作了我的小说。围绕希梅尔法布这个当时还不十分明晰的人物,我又积累了许多素材。曼努雷和我在城堡山买下那座很难获利的小农场之后,当地人都说:"外国来的犹太人做土地投机买卖呢!"在悉尼,我和别人合坐一辆出租汽车的时候也会发生这种情况。常常是我先到目的地却要付全程的费用。我指出,该我付的已经付了。出租司机腆着装满啤酒和愤怒的大肚子,站在佩蒂饭店(后来变成了一座血库)门前的路缘上扯开嗓门儿喊:"滚回德国去!滚回德国去!"我向他抗议我不是什么德国人。当然,我心里更明白刚到不久的移民在澳大利亚人眼里是什么玩意儿。几年之后,当我头戴犹太男人参加宗教仪式时戴的那种小帽,肩披他们在这种场合披的披肩,站在约瑟夫·卢维斯旁边,在悉尼犹太大教堂做礼拜时,犹太人的传统与习惯使我得到宽慰,也使我变得更加坚强。所有这一切都促使我在城堡山居住的那些艰辛的日子里,写成《乘战车的人》。

我不得不承认一切都带着苦涩。这期间,所有的甜蜜都来自曼努雷。我下定决心,绝不失去终于寻觅到了的与他的情谊。休假时,为了能和他在一起过上几个小时,我总要搭上一辆顺风车,颠簸在从圹加西到黎巴嫩境内特里波利①沿海岸的那条公路上。而且,总得找各种各样的借口瞒过别人的耳目。有时候,站在荒漠中那条

---

① 特里波利(Tripoli):黎巴嫩北部港市。

蜿蜒而去的公路旁边,落日像供膳寄宿处客厅里那种印得很糟的版画。我觉得末日已经来临,不只是对我们,而是对整个人类。然后,远处隐隐约约出现一辆大卡车,一位快活的中士或者下士拉我走上几英里①。总而言之,我总能设法赶到目的地。

有一次,在贝鲁特②休假的时候——曼努雷那时已经是陆军少尉,我是空军上尉——我们俩走了好几条街,找了好几家旅馆,最后在一位俄国寡妇包戈夫夫人那幢房子里找到一个住处。曼努雷付款的时候,她问他,我是不是他的父亲。现在,我和他都已年近七十了,看起来我更像他的父亲了。也许这是一个小说家一生中创造了众多的人物而付出的代价。而曼努雷只是颈背显得苍老、粗糙、没有光泽。从解剖学的角度看,人的颈背一定是最显老、最脆弱的地方。所幸我们谁也看不见自己的颈背。除非那些被苍老威胁的美人坐在梳妆台前,再拿一面小镜子伸到脖子后面照上一照。不过她们总是瞥上一眼便不自觉地放下那面镜子,心里舒了一口气,直到再把镜子伸到脖子后面,看见那无法掩饰的真相。

大多数旅游者在他们笔下把中东描绘成这样一幅图景:白天黄沙漫漫,灼热难当;夜晚繁星点点,温馨安谧。按照这种描绘来步他们后尘的人,往往对冬天的突然光临毫无准备。殊不知中东也有寒风习习,冻得你皮肤发紫的时候。就连亚历山大港这样一座比较现代化的城市,供暖设备也很不配套。就连有钱人家也常常是裹着毯子坐在桌子四周,下面还要放个火盆暖脚。空军的纪律比陆军松弛,军官们便尽量增加夏天训练的时间。这样便可以缩短冬训,少受些冷冻之苦。地中海地区的冬天成了我得病的祸根。气管炎转

---

① 1英里等于1 609.344米。
② 贝鲁特(Beirut):黎巴嫩首都。

成肺炎,我不得不到亚历山大港住院。内战接近尾声,德军占领快要结束的时候,我被调到雅典。结果一到目的地又进了医院。我这副样子来到希腊真有点心灰意冷,苦不堪言。躺在雅典郊区一座上流社会女子中学改建的医院,看漫天飞雪从窗前飘过。那雪花一落到荒凉的山坡便化成雨水。山顶有一座刷成白色的教堂,仿佛是希腊受虐狂的标志。我很高兴终于到了我的"应许之地"。为了来这儿,我在亚历山大港就和欧兰尼娅·塞雷尔学习希腊语,在英国皇家空军司令部仔细研究可以弄到手的地图和有关希腊地形、地貌的文件,而且和曼努雷没完没了地谈论希腊的过去和现在。在医院病房里,我能够感觉到病友们对我的冷漠或者仇恨。那些病人有的像我一样患常见的疾病,有的则是在国内战争期间,英国政府反对左翼分子时被希腊游击队打伤的。没有一个人能与我分享对这个迄今为止还只是在想象之中、寄托了不尽情思的希腊的热情。这使得我十分不安。一个挺霸道的英国年轻护士责备我是她有生以来遇到的最糟糕的病人。部队里的护士大都是铁石心肠。她们不得不经受战争与私生活之间的矛盾的折磨。有的护士满怀对头天夜里温馨与美好的眷恋来值班。她们像挥舞魔杖一样挥舞着手中的老式注射器,猛地扎进病人的肢体,就像用扦子串起自己的一个失败。

我在希腊的那一年,大部分时间都是驻扎在卡拉马基飞机场。这个机场成了雅典民用机场之后,简直变得面目皆非。我当时是被派来帮助希腊空军部队搜集军事情报的特工人员。不过希腊人并不相信这一套。在他们看来,情报局是二等局。倘若 位飞行员到一座尚且被德军占领的小岛侦察,即使临行前向他做了最后指示,他还是会一意孤行,按照他的上司的命令把从保加利亚到希腊的前线都飞遍。我们的空军指挥官只能气得暴跳如雷,把罪责一股脑儿推到情报部的头上。要么这位飞行员全然不顾自己的使命,兴之所至,干脆飞回他出生的那座小岛,给家里人和亲戚朋友们做特技飞行表演。

这段时间,英国空袭部队与希腊神圣军团——曼努雷·拉斯卡里斯中尉就属于这个团队——密切配合,对爱琴岛还被德军占领的岛屿大肆扫荡。他们受到热烈的欢迎。一群海岛上的妇女跑到岸边,向她们的解放者大喊:"伟大的希腊人解救我们来了!"有的女人头发剪得乱七八糟,提醒人们,敌人占领期间她们饱受蹂躏,毫不掩饰她们的邀请之意。给士兵们烧水洗澡之前,体面人家的年轻姑娘用形似章鱼的东西在石头上敲七十下,暗示可以向她们求婚。一时间,那温馨美妙的敲打声不绝于耳。

国内战争进入尾声、解放之后冬天的那几个月,雅典成了一座充满倾轧、贫富悬殊的城市。左翼集团不太狂热的支持者和中产阶级开始慢慢地缩回城里。心中的希望破灭之后,他们又回归到先前的生活之中。克菲西雅郊区又打了最后一仗。女演员米兰达——希腊人民解放军的昂德·冈昂——骑着一匹雪白的骏马,为自由而奔走呼号。叛军很快便被击溃。

这座城市还是弹痕累累。先前高大的建筑,以及资产阶级奢华的公馆都灰塌剥落、斑斑驳驳。城里的居民们太穷了,买不起黑市上的东西,都在饿肚子。他们的衣服也很少,不论破烂的旧衣服、国外的亲戚们寄来的衣服,还是联合国救济组织发下来的不配套的衣服都很不合身。但是在那之后,我再没见过雅典各阶层人民那样快乐过。

天气变化莫测,时而阳光明媚,时而雪花漫天,窗玻璃上总是冻着一层锯齿形的冰花。浩浩荡荡的游行队伍从街头走过。人们高举着蒂诺斯的圣母的圣像,向中心广场涌去。在西方人目光注视下,陌生的异教徒的旗帜和各种金光闪闪的仪仗在游行队伍里缓缓移动。著名的爱国主义者、大主教达米斯基诺(Damaskinos)也走上街头。游行队伍中还有许多军人和面黄肌瘦的政府要员,他们之中有的人声名卓著。到了中心广场,人们对着画像顶礼膜拜。我也加入了游行队伍的行列。有位农妇想吻吻圣母的圣像,结果激动得晕了过去。人们赶紧把她抬走。游行的人依次向那幅装在玻璃框里、环绕着灿烂宝石的圣像走过去。圣人像刚才晕过去的那位农妇一样朴实无华。虽然每次玻璃镜框被人吻过都要用浸透药水的纱布擦一下,我还是生怕沾染了什么细菌。也许我无法拒绝神的诱惑,还是弯下腰,对着那块传染疾病的玻璃吻了一下(并没有让唇与玻璃接触),然后拖着脚步慢慢地向前走去,为自己在基督教徒讲究卫生的环境中长大而懊悔。因为我甚至连那张神奇的脸也没有好好看上一眼。唯一的安慰是,想起索菲娅王后在为她的丈夫身体康复祈祷时,曾经把一串珍珠项链献给蒂诺斯的圣母,可是等他脱离危险之后,又把项链收了回去。

雅典总是通过街头小吃展现它的繁华。食物虽然粗糙,但很快就又在小酒馆里摆得满满登登。大街上到处洋溢着欢乐的歌声,暮色中,飘荡着肉汤、炒栗子和木炭烤下水诱人的香气。那时候的雅典还像个村庄。你会在大学路碰到一位农民,肩上扛着一只小羊,就像是阿波罗或是耶稣基督。越过蓝色的萨龙湾①,艾伊那岛遥遥在望。帕特农神庙高踞于整个城市之上。那时候人们还不拿它当古遗址看待。在来自四面八方的游人成群结队地践踏它的卫城、动

---

① 萨龙湾(Saronic Gulf):希腊东南海岸,阿提卡半岛与伯罗奔尼撒半岛之间的爱琴海的海湾。

摇它的基础之前,这是它最后一次显示出纯洁的精神。

毫无疑问,在1981年,这一切都可以被解释为因崇高的感情所致。可是在那场可怕的战争刚刚结束,雅典还是疮痍满目的时候,我就常常在春寒料峭的下午到卫城造访。那时,除了管理员,我是出没于这座名胜古迹唯一的"剧中人"。在我的眼里,帕特农神庙是我,或者任何别的身处孤独之中的艺术家在进入20世纪后期——塑料与污水的世界之前,渴望的所有那些事物的象征。不过不要失望,亲爱的读者,也许这只是我信口开河、胡说八道。对于今天持有乐观主义态度的澳大利亚诗人们,我的这些话是否有所裨益呢?

出院之后,我常常利用下班后的时间去结识一些雅典朋友。我认识了曼努雷最小的妹妹埃利——拉斯卡里斯家"三幅坚实的曼荼罗"之一。"大"埃利是带大被遗弃的六个孤儿的姑妈。德军侵占希腊之后,为了保护孩子们她活活饿死了。我第一次见"小"埃利时,她像变魔术似的端出苹果和玫瑰花。这时色萨利①产的苹果在雅典市场上已有出售。这对于曾经在中东待过几年的人来说简直无异于玫瑰色的梦幻。作为一位少妇、一位母亲,埃利的活泼、漂亮、充满朝气和她的祖国所有可赞美的东西、所有真实的东西都有密切的关系。她的第二个儿子诺提斯(伊巴密浓达)在德军占领期间降生在厨房的桌子上面。(埃利的祖父曾经在士麦那做过一次大手术,也是躺在厨房的桌子上面做的。他们用"锤击法"给他麻醉,他的妻子站在旁边紧紧地抓着他的一双手。)埃利

---

① 色萨利(Thessaly):希腊东部的一大区。

的孩子是她的丈夫埃利亚斯给接生的。埃利亚斯是希腊西部烟草之乡阿格里尼翁①的一位农家子弟。他早年行医，经常骑着一头小毛驴到偏远的山区给人治病。他和埃利结婚时，两家都不同意。拜占庭的拉斯卡里斯家族觉得很难接受一位农家子弟为婿。而阿格里尼翁的埃利亚斯家族又认为这位雅典姑娘的"入侵"简直是对当地新娘子们的挑战与侮辱。他们的第一个孩子出生在一间清冷的小屋里，为了把屋子搞得暖和一点，埃利经常用一把火鸡毛扇子把火慢慢弄旺。埃利的第一个女仆先前是个妓女，埃利亚斯每天都要给她做梅毒检查。渐渐地，埃利亚斯成了拉斯卡里斯家的顶梁柱。他当上雅典一家第一流医院的院长。他是心外科专家，同时还是一位通看各科的开业医生。他有求必应。倘若有病人因为喝多了洋葱牛肉汤肚子痛，深更半夜来请他，他总会欣然出诊。埃利的大儿子科斯塔斯后来在一所大学当工程热力学教授，二儿子诺提斯近些年来一直在哥廷根②研究物理化学。

在雅典，我又开始学习希腊语。老师是朱莉娅·匹斯曼朱戈勒。她是士麦那的一个老处女，有两个姐妹，一个结婚了，另外一个守寡。这姐妹俩一个住在城南，一个住在城北，朱莉娅来往穿梭，把时间都花在她们身上了。她在寡妇姐姐家教我希腊语，也许因为她家里有个该结婚的女儿。寡妇G太太曾经是个美人。用拉斯卡里斯家的姑妈德斯波——那位趣味高雅、自命不凡，把泰戈尔的诗句抄到一个皮面笔记本里的妇人——的话来说："她皮肤白皙，像一尊塑像，美丽、端庄。"

---

① 阿格里尼翁（Agrinion）：希腊西部城市。
② 哥廷根（Göttingen）：德国东部城市。

不过现在G太太已经臃肿得像只雄火鸡。她将一条患关节炎的腿跪在地上，从食具柜最下层取那包战争爆发以前便藏在那儿的白糖时，你无论如何也不会把她和当年那个雕塑般美丽的女郎联系到一起。士麦那的妇人们大都是"食品收藏家"。她们还记着土耳其人的凶残，随时准备迎接敌人的围城。不过德斯波姑妈是个例外。德军占领期间，她曾经因为从苹果里头切出一只虫子，或者切开一只发霉变味的西红柿而晕了过去。

G太太不但收藏白糖，还收藏了许多秘闻逸事。这使得她对于一个小说家十分宝贵。她摇摇晃晃地站起来，手里拿着那包包装纸已经破了的白糖，继续刚才的话题："……他们的祖母克莱奥帕特拉跟血统不纯的士麦那人睡过觉，因此这个家族多少有点儿犹太人的血统。"

国内战争快结束的时候，G太太的房子被一帮匪徒侵占过。当时她只能顺从，没有别的选择。不过谈起这桩事，她暗示说，他们人还不坏。她、她的妹妹，还有她的女儿都挺喜欢这帮人做伴儿。她们的生活因为有这样几位靠不住的房客而充满了生气。

我在雅典度过的第一个春天，吕卡维多斯大街上流行着一支用六角手风琴演奏的曲子。这是解放之后城里的居民们欣赏到的第一支乐曲。那是一首疲惫不堪、凄楚悲凉而又充满希望的曲子。我在山坡上的一幢房子里找了间小屋，这样一来下班之后就用不着去英国皇家空军军官食堂吃饭了。这又是一幢赭色楼房，外国人的入侵和国内战争在它的墙壁上留下累累弹痕。楼里没有厕所，他们让我到与之毗邻的那幢楼房去方便。我不想给邻居找麻烦，自己也图省事，干脆找了个盛纸烟的铁罐当便壶。撒完尿便顺手倒到窗户外头。除了这一点美中不足之外,那间小屋对于我这样一个生性孤僻的人来说,实在是个快乐之所在。

春天的下午寂寥潮湿。我躺在粗糙的棉布床罩上,耳边回荡着六角手风琴缠绵悱恻的琴声。于是不由得从床上爬起,沿着吕卡维多斯迷宫似的大街,宣泄出经历过这些年的动乱之后心中的种种感觉。我想到希腊的命运,也想到自己的命运。我为什么要离开遥远的故土来希腊?特别是来到一位希腊人的身边?我慢慢地走着,细弱的曲调归于沉寂,就像突然吹过一阵夹带着细雨的微风,然后又在刚才中断了的地方流淌出音乐的旋律。那情形真像人们的希望,在一幢幢弹痕累累的赭黄色的房屋的墙角萦绕着,又流向未来。

过了好长时间,我才见到那位乐师。他身材矮小,其貌不扬,像大多数搞创作的人一样,或许还有点精神失常。他慢慢地、不慌不忙地走着,紧紧抱着琴箱仿佛那是他胸口的一部分,充满活力的琴声正从那儿汩汩流出,在大街上萦绕盘桓。当我半睡半醒,浑身鸡皮疙瘩地躺在质地粗糙的床罩上面的时候,琴声依然在耳边回荡。我该冒险让小便溢出那个铁罐吗,或者我能坚持到拉手风琴的乐师从窗口走过之后再撒尿吗?

为了庆祝解放,人们经常举办派对。有一次,派对在离吕卡维多斯很远的地方举行。埃利、曼努雷和我轮流推一辆婴儿车,车上放着埃利用莫雷洛樱桃做的冰激凌。聚会是由正在南罗德西亚[①]训练的一帮年轻、阔气的希腊飞行员举办的。他们因为年轻,没怎么打过仗,也没有受过多少苦。女宾们大都是饱受挫折的家庭主妇和

---

① 南罗德西亚(Rhodesia):非洲东南部国家津巴布韦的旧称。

怀抱希望的老姑娘。樱桃冰激凌和拉斯卡里斯家的大姐卡蒂纳摆放食物时发出的铿锵之声使得聚会进入高潮。

卡蒂纳伶牙俐齿，活像表演马戏的小丑。她用那么形象的比喻来解释生活，连她的丈夫季米特里听了也大为惊讶。季米特里·菲提俄德斯因为政治信仰被流放多年，年老之后成了希腊作家协会的主席。我认识他的时候，他在一家知识分子刊物当编辑。那本刊物内容太抽象，很难办下去。他还写过一个剧本，不过没有什么戏剧性，倒像一本历史书。"白马骑手"米兰达扮演过剧中的狄奥多拉皇后。季米特里后来在用通俗的希腊语撰写现代希腊史方面做出了突出的贡献。

希特勒发动的第二次世界大战结束之后，菲提俄德斯夫妇——季米特里和卡蒂纳——跟埃利亚斯、埃利，以及他们的两个孩子住在一起。埃利亚斯一家住在楼下。他们单辟一室开业行医。卡蒂纳实在算不上一个称职的家庭主妇。窄小的厨房里，你总能发现有只猫四仰八叉躺在小池子跟前，旁边还扔着一只鞋，摆着一摞没洗过的碟子、几块不知道放了多久的干奶酪。卡蒂纳爱养猫。那些家伙到处撒尿。有一次，一只猫还从阳台栏杆上面跌到了大街上。季米特里实在忍无可忍，坚决反对再与猫为伍。卡蒂纳只得到大街上去喂她那群宝贝。

季米特里出生在小亚细亚一个大家庭里。也许因为安纳托利亚①的背景，他总爱独自打坐，修身养性。"嘘！"他的妻子总是这样警告别人，"他正想事儿呢！"也许他为家族的富有深感遗憾，季米特里后来成了共产主义者。他曾经两次被流放到爱琴海的孤岛上，政

---

① 安纳托利亚（Anatolia）：土耳其的亚洲部分。

府虽然允许妻子去看他,但难得有那种机会。卡蒂纳有一张照片是站在一个金属网做的鸡棚前头拍的。菲提俄德斯夫妇似乎在这儿用一首田园诗弥补了生活中暂时的空白。

卡蒂纳因为下功夫研究过希腊历史,后来成了工会组织人。她还在雅典的匈牙利驻希腊使馆找到一份工作。她在乡下购置了两处房产,在城里买了一套房子,比先前那间狭窄的洗衣房改建的房子自然强多了。不过房子里还是邋里邋遢。卡蒂纳简直成了"乱七八糟"的同义词。她退休时,使馆送给她一套足以在国宴派上用场的餐具,以表彰她的辛勤工作。可惜那套餐具一直装在纸箱子里面,连包装也没打开过。唯一的用处就是堆放在厨房和厕所门口碍手碍脚。这套餐具或许还会在那儿继续堆放下去。而卡蒂纳呢?就在她喋喋不休地闲聊天儿的时候,锅里的肉丸子成了肉末,炉子上的米饭或者面条成了稠粥。

雅典交通运输的变化:婴儿车里装着沙冰;德军占领时,丈夫用手推车推着就要分娩的妻子到医院,她将在那儿生出一个大胖小子;公共汽车,永远是破烂不堪的公共汽车……

雅典的公共汽车好像随时都会散架。三十五年来,他们大概就没有新增过一辆公共汽车。驶过个坑坑洼洼的路面时,上下颠簸的汽车能把你的脑壳碰破;拐弯的时候,能把你的胳膊折断。坐那种摇摇欲坠而又永远不会被淘汰的破车,简直能要了你的命。如果随着那 溜长蛇阵终于成功地挤到前头,挤上汽车,你立刻会觉得自己被装进一个拥挤不堪的沙丁鱼罐头。车上不但有一股浓重的汽油味儿,而且烟雾缭绕、汗臭扑鼻。等到汽车加速,车上的人们越发吵吵嚷嚷,乱作一团,个个头发蓬乱、皮肤蜡黄、笑声中夹带着一股臭味；也有人默默地向圣人们、向圣母祈祷。

战争接近尾声、到处闹哄哄的那几个月,我们常去阿马鲁西奥旅行。那时候,田野里飘逸着的家畜的气味仍然比汽油味儿浓重。卡蒂纳是个挤车能手。乱哄哄的人群中,她伸出一条胳膊,一边保护她的宝贝丈夫,一边扯开嗓门儿尖叫着冲上踏板。一位父亲保护着他的孩子,转过脸大声呵斥她:"看得出,你不是个做母亲的女人!"如果有人能解释,她是这个大孩子——她的宝贝丈夫,以及一大群猫的母亲就好了……

战争结束以后,埃利和埃利亚斯举行过一次派对。那些满怀希望的老处女聚集在他们的小屋里。(这个时期,雅典老处女的乐观主义精神只有在回想起德军占领时挨饿的记忆才能被激发起来。为了搞到一张餐券,她们什么也不顾。有的人仅仅为了糊口才结婚。)男宾里有几位飞行员,还有拉斯卡里斯兄弟中的大哥——上尉阿里斯托带来的几位军官朋友。战争期间,上尉一直待在部队里,变得比英国人还英国人,嘴里总在哼哼"运兵船正离开孟买……"A 小姐也跟着他哼哼。不过,她不懂英语。上尉曾经跟她一起跳过女修道院的窗户,可是后来又抛弃了她。现在,从亚历山大港传来的谣言又点燃了她的希望之火。上尉还没有离婚,可是毫无疑问,他迟早要离。A 小姐还很年轻,两条腿漂亮得无懈可击,高高隆起的胸脯也十分迷人。她一直在等待时机。她总是给家里人织毛衣、做衣服,给孩子们做玩具,或者在欢乐的宴会上跟别人一块儿唱歌。她的歌声像孔雀一样嘹亮,也许是经常和席卷家乡那座小岛的海风对抗的缘故。当她偎依在他的身边,一只胳膊搂着他的肩膀,扮演"随军女贩"的角色时,上尉显然很为 A 小姐的魅力所动。可是离婚以后,他又第二次抛弃了她,娶了一个十五岁的姑娘。

不过,那是后话。这天晚上,上尉和 A 小姐一块儿唱歌——以一种恰到好处的放纵姿态。

> 运兵船离开孟买,
> 向英国老家驶去。
> 满载着歌声,
> 满载着服够了兵役的士兵……

德斯波姑妈就是在平常没人吵闹的时候,声音也显得沙哑、无力。现在她自个儿承认了这个事实:"这位 A 小姐唱得真好。真不知道,她会怎样想我这副嗓子……"这时,他们的歌声又在小屋回荡起来:

> ……在大洋这边,
> 你不会升官。
> 快活起来,我的小伙子们,
> 让所有的烦恼都烟消云散……

小屋四壁似乎开始向里收缩——欢乐、宽慰、期望、伤感、流淌着的汗水、凝固了的思索都融为一体。埃利把聚会吃剩的东西都收拾到一块儿——虽然只是些鱼骨架、蛋黄酱——端到玻璃门对面。这也算因为挨过饿而养成的好习惯。当然,也是眼下和平与富足的象征。

> ……快活点儿,我的小伙子们,

让所有的烦恼都烟消云散!

德斯波姑妈一直坚持到聚会结束。垂暮之年,她还是个很有个性、皮肤白皙的漂亮老太太。她对杜斯①颇为赞赏,也许在许多方面学习了她的风格。我眼中的姑妈魅力四射,她的四周摆满了各种语言的皮革面合订本书籍(这几种语言她都会说),在士麦那居住的几位姐妹的照片,以及细长的、不大顺眼的家具。年轻时候,她在文学上很有一番抱负。她曾经把她用英语写的一部小说的片段拿给我看,稿子抄得相当整洁。但是小亚细亚战争爆发之后,德斯波创作中辍,就像一个飞行员被迫降在战线这边。

德斯波姑妈尽管学识丰富,笃信基督,精神上有很高的追求,但也有颇为实际的一方面。希特勒发动的世界大战期间,她的一位住在拉夫蒂港、名叫伊菲革涅亚的朋友送给她一只鸡。她不愿意跟家里人分享这稀罕之物,干脆到旅馆开了一个房间,独自享用了一番。

凡是经历过那场可怕的饥荒的人,都将记得饥饿比肉欲更能摧垮一个人的意志。亲兄弟也会为了争食弥留中的父母床头放着的一碗粥而动手打架。

我也快超期服役了。雅典令人昏昏欲睡的夏日沿着它自身的轨迹缓慢地向前移动着。如果可能,我真希望它去得更慢一点。希腊的秋天常常是一夜之间突然来临。那种秋回大地的力量远比春天来得勇猛、果断。一旦秋天来临,11月的冷雨便浇灭了任何一点热情的火花。新年的第一个星期,我就要离开希腊,复员回到英格兰。

---

① 埃莱奥诺拉·杜斯(Eleonora Duse,1859—1924):意大利女演员。

在过去的十二个月里,我在希腊虽然经历了丰富多彩的生活,此刻还是渴望赶快回家。即使没有去过,曼努雷依然向往澳大利亚。我一开始就认为,他是怕我们俩住在一起使他的家人处于难堪的境地。而且不管怎么说,总得把这件事情跟他们解释清楚。这里面确实有这样一个因素。后来,我渐渐察觉,作为一个在希腊待久了的"流浪汉",像所有外国人一样,我已经变得颇有点忍耐精神,把什么也不当回事。于是,我开始从梦幻中清醒过来,冷静地面对曼努雷还不能理解的澳大利亚的现实。对于他,那一切虽然还只是一场幻梦,但我感觉到,他的这场幻梦要比我的幻梦更好一些。

我乘着轮船从比雷埃夫斯①起航时,心中萦绕着从那位六角手风琴手的胸腔中汩汩流淌出来的凄婉的琴声。他似乎依然迈着沉重的脚步,在吕卡维多斯的大街上走来走去。与城市相连的田野仿佛送来一股股花草的芳香。然而,这一切都已成为过去。德国人建造的房子仍然屹立在草木繁茂的田野之上。从没有消声器的汽车排出来的废气弥漫在吕卡维多斯迷宫似的大街。物质文明让当代希腊人做出极大的牺牲。色萨利和色雷斯②的农民卖了土地来到城里,像孵蛋的母鸡一样坐在钢筋水泥做成的阳台上,或者待在阳台后面窄小的屋子里看电视。每一幢这样的棚屋都从荧光屏上接收着同样的信息。他们觉得很幸福,日子过得挺富裕,至少眼下通心面、炸土豆、烤肉应有尽有。农村生活的情趣和在沙石与泥土中自由自在觅食的金光闪闪的大母鸡统统成为过去。

---

① 比雷埃夫斯(Piraeus):希腊港市。
② 色雷斯(Thrace):巴尔干半岛的古代地域。

我们的船从马里阿角①驶过。冬天的阳光下,那是一座覆盖着绿色青苔的、令人生畏的小岛,四周翻滚着清澈、明净的波浪。我的心也因怀古而激起感情的波涛。别的复员军人却心无所动。对他们来说回家是和妻子、情人团聚,是找工作。他们想的还有其他物质上的报偿。有几个退伍军人身穿大衣,站在甲板上瑟瑟发抖。他们分开两腿支撑着身体,抵御船身的颠簸,而且尽量排除或许会在岸边看到轮船残骸的想法。

我们在塔兰托②上岸,第二天便上了火车。如果不是同一个包间那位旅客让我跟他共享一瓶李子白兰地,这趟向意大利东海岸缓慢爬行、能把人冻僵了的旅行将更难忍受。火车迎着凛冽的寒风,沿着冰封雪锁的山坡走走停停,蜿蜒而行。只要车一停,穿着长及膝盖的长筒袜的妇女便跑到车窗下面行乞。冻僵了的小镇背后是一座巍然挺立的高山。山上那座有名的神殿一定被它的圣人抛弃了。

米兰城外荒凉的旷野上有一座兵营。我们在那儿住了两个夜晚一个白天。法西斯主义的脚步在冰冷的走廊发出阵阵回声。每天早晨,惨淡的太阳升起,我们的胡茬上都结着一层霜花。城里商店的橱窗倒是装饰得挺华丽,里面摆的却是些无关紧要的东西。夜晚,一对对衣着高雅的情侣从灯火辉煌的大街上慢慢走过,那神情就像从来没有经历过到火车窗口行乞的农妇所经历过的战争。德军占领期间,希腊人靠野菜为生,伦敦被敌人的轰炸机炸得一塌糊涂。此后,我每逢访问米兰就想起有拱顶的走道、哥特式的天主教

---

① 马里阿角(Cape Malea):希腊伯罗奔尼撒半岛东南端的一个海角。
② 塔兰托(Taranto):意大利东南部濒塔兰托湾的海港城市。

教堂、资产阶级的体面、黑市交易,以及黑衫军①。

换车之后,我们进入欧洲高原地带。黎明的曙色中马乔列湖②碧水连天、金波闪烁,就像中古时代祈祷书里的彩饰一样色彩鲜艳。霜雪覆盖着瑞士的山野。城镇里,圣诞节的小玩意儿随处可见。在装饰一新的较大的城市,乐善好施的太太们在站台上走来走去,向士兵们表示慰问。相比之下,法国就太寒酸了。他们受苦太多,连廉耻之心也被苦难淹没了。

在伦敦,大伙儿都试图再接上过去的关系,重操旧业。可是因为惊恐而掀起的歇斯底里的"风暴"就连牛棚马圈似的贫民窟也都席卷无余。我找了好几家房东,都被拒之门外。一看见我这身军装,他们就想起战争期间军队白住房子不给钱,甚至动手抢劫的情景。有位当过管家的男人甚至气得流出了眼泪。他硬把我推出去,砰的一声关上大门。后来还是我原先的女房东伊内兹·伊姆霍夫在她那幢被炸弹炸坏、正一点一点修补起来的房子里给我找了一间小屋。跟那些动不动就发疯的家伙们相比,伊内兹简直是个圣人。战后流行的歇斯底里控制神经的时候,她本来也可以尖叫几声。尤其是我准备带回澳大利亚的那两只雪纳瑞犬——所罗门和谢巴赫尿在床上、撕破屋子里新铺的亚麻油毡的时候,她更有理由大发雷霆。可是伊内兹总是默默地忍受着,绝不发作。

还有一位从阿尔萨斯③搬出来的、名叫甘斯小姐的老处女。她靠替邻居们跑腿办事维持生计。她弯腰曲背,嘴里只剩下几颗尖牙,正是孩子们心目中女巫的模样。战争期间,她曾和一位妓女一

---

① 指前意大利法西斯组织黑衫军。
② 马乔列湖(Maggiore Lake):意大利北部和瑞士南部的湖。
③ 阿尔萨斯(Alsace):法国一地区。

起住过一段时间。为了不妨碍妓女的生活方式,她经常到维多利亚火车站候车室里过夜。有一天早晨,回那间她自以为还是她的家的小屋时,发现这个家已经成了一片废墟,妓女和她的客人跟屋子一起不翼而飞。伊内兹也就是在这个时候收留了她。战争结束以后,甘斯小姐已经老态龙钟。她经常把装着她那堆破烂,以及刚买来的什么东西的提包扔在楼梯平台上,惹得她的女主人大发雷霆。有一次,我听见伊内兹站在楼房底层放开嗓门儿大声喊叫:"甘斯小姐!你简直像装在瓶子里头的一个屁一样没用!"

甘斯小姐替我买喂狗的马肉。切碎马肉之后,我就去苏活区①找家餐馆吃一份味道很好的菜炖牛肉。如果想变个花样,还有艾迪斯·萨默斯凯尔供应的美味佳肴。有时候,我去离我住的地方不远的一家波兰餐馆,他们那儿卖战后最便宜又挺好吃的饭菜。有一天晚上,炖蘑菇差点儿把顾客们都毒死,当然也包括我。我还在吃那道菜的时候,波兰人一个接着一个从餐桌旁边跑开,呕吐起来。老板叫来一辆救护车。我没跟他们上医院,悄悄地溜走了,随时准备忍受炖蘑菇在肚里发作。回家之后,我让甘斯小姐给我煮了一壶咖啡。"可能不够浓。"她说。不过那咖啡显然很浓。

有一次,我的一条狗在后院儿拉了一条虫子。甘斯小姐大惊小怪,好像发现了什么稀罕之物。"我从来没见过这种寄生虫,"她尖叫着,"它的脑袋是分叉的!我要把它拿到无声伙伴同盟②去,让大伙儿见见世面。"我一直不清楚她后来怎么样了——是否佝偻着腰近视牙齿几乎掉光鞋帮踩成了鞋底。回到澳大利亚之后,我跟她就断了联系。在这个世界的许多角落都有不能忘怀的朋友,沉浮在我

---

① 苏活区(Soho):英国伦敦著名娱乐区。
② 一个宠物救治组织。

记忆的河流里，是命运使我和他们分开。在我从这个半球旋卷到另外一个半球的时候，我始终不知道怎样才能把这些记忆中的残骸紧紧抓住。我们怀特家的堂兄弟、堂姐妹一辈子都把自己的根扎在同一棵枝叶繁茂的大树下面，倒是一件令人羡慕的事情。可惜像我这种充满热情的性格永远无法效仿他们的榜样。

伦敦简直成了一片墓地。然而对于这一点，在伦敦经历了这场战争的人们，并不像我这个从另外一个世界归来的人体会得那样深刻。有时候你会看到和平年代死去的人们的坟墓还环绕在从前的教堂四周，而那教堂已经变成一个个弹坑。雄伟大厦的废墟，以及一排排房屋被炸毁而变宽了的马路比象征死亡的肉体消亡更让我忧心忡忡。寻找不到的朋友，以及我自己对于闪电战的记忆都使我觉得死神仍然在这座我曾经那样熟悉的城市上空翱翔。有一天傍晚，走出我住的那幢房子，站在台阶上的我突然觉得眼前出现一片耀眼的金光，好像还能听见救火车的呼啸声。半晌才意识到，并非又发生了可怕的空袭，我看到的只是夏天落日的余晖。

这种经常出现的冲击性事件也是我决定回澳大利亚的原因之一，还有一个决定性因素是饥饿。战后在伦敦，我就没有吃过饱饭的时候。我这个大肚汉总在挨饿。我们凭定量供应本购买食品，心里总盼望再搞点什么填饱肚皮，就连面包也少得可怜。在那种比较便宜的餐馆出售令人作呕的饭菜之前，我们早就把配给的那几片面包吃了个 干二净。

就这样，我拿定主意回一趟澳大利亚，至少先探探路，看一看除了如画的风光——那风光一直萦绕在我的心中——还能寻觅到什么。

我复员回到伦敦郊区。记忆所及,我的所有活动与转折都从这里开始。不过这一次不是在哈罗,而是在阿克斯布里奇。空军给我们每人发了一套一见水肯定缩得不成体统的衣服、一双纸底鞋、一顶挺硬的毡礼帽、一件雨衣和一个纸板手提箱。(我试用了这几件礼物,后来便收藏起来,作为个人陈列馆的展品一直放了好几年。)

作为一个复员军人,比这些物质的东西更重要的是他们又馈赠了我从事脑力劳动的自由。我的创造力在经历了战争岁月凝冻而成的沉默之后,现在又融化了。我在维多利亚大街买了一大捆大页书写纸,便关在伊伯里街兼作书房的卧室里开始伏案写作了。我先写的是长篇小说《姨妈的故事》。经历过"干旱"的年月,我写这部书的时候,很难说是文思如潮、一气呵成。相反,就像从一个完全陌生的地方,一把一把地摘取并不熟悉的东西。这本书中有一些素材来源于我以前写的一本没有出版的长篇小说《阴沉的月亮》(*The Sullen Moon*)。有的情节则是回忆过去的生活,并且对那个典型环境加以思索之后重新构思的:莫斯维尔的牧场,我小时候念书的那所预备学校对面阿什比山的火山口处神秘的房子,莫斯维尔和鲍勒尔之间的莫里斯夫妇名为布朗利的住房,新墨西哥桑格雷克里斯山脉中布雷特①家房子的提灯。写这本小说的时候,我必须首先打破这几年在空军部队写只注重事实的文件与报告而养成的习惯。那种玩意儿更接近新闻报道,而不允许追求所谓艺术真实。我醉心于开辟一座渴望已久的、词汇与感觉的大花园。

《姨妈的故事》写成出版之后,我还住在澳大利亚。权威性的评论家对它嗤之以鼻,读者对它熟视无睹。我这才意识到,澳大利亚

---

① 多萝西·布雷特(Dorothy Brett, 1883—1977):埃色公爵的女儿,D. H. 劳伦斯的追随者。她跟随他来到新墨西哥,劳伦斯死后她仍然居住在那里。

人一定更喜欢我写的那些有关某个事实的精雕细刻的报告。作为一个崇尚实用主义的民族，我们总是习惯于把实际存在的事物与表面现象混淆起来。也许正是这种对表面现象的热衷，为统治我们的骗局不断地愚弄民众创造了条件。

《姨妈的故事》的第二部分是在亚历山大港曼努雷那套房子的阳台上写的。对面是一家咖啡馆，收音机一天到晚播放着阿拉伯音乐。萨菲耶扎格卢勒街是一条狭窄的小巷，住着手艺人、希腊犹太人、意大利人以及一个埃及无赖——此人曾经骗我们跟人家签了个刷油漆的合同，还有一位骨瘦如柴的家具商奥利维耶先生。他的女儿嫁了个盎格鲁人，战争快结束的时候搬到了约克郡。萨菲耶扎格卢勒街总是笼罩着一种紧张的气氛，特别是当那些乌合之众从罗马剧场拥进小巷，抗议外国人居住的时候。每逢这时，我们便把门窗紧紧地关上。屋里还是蛮舒服的。

我们在萨菲耶扎格卢勒街生活得很愉快，对我们的计划和那几条狗都挺满意。曼努雷又回到亚历山大港的供水局工作。战前离开雅典银行和他的叔父马里奥行长"慈祥的专制主义"之后，他就在那儿工作。所有人都警告曼努雷不要去澳大利亚——鬼知道那是个什么地方。澳大利亚军队不是曾经捣毁妓院，把令人尊敬的老太太头朝下挂在大街上，还把单人马车的马赶进糕饼店吗？可是曼努雷早就下定了决心，否则我们俩的关系也不会一直维系到今天。

这当儿，我继续坐在阳台上写《姨妈的故事》的第二部分。那个阳台是大理石地面，我身后的窗台上摆着几盆罗勒花，书橱摆在另外一边，对面咖啡馆里的收音机还是一天到晚播放阿拉伯音乐。

不过嘈杂的声音并不影响我的工作。事实上，回荡在耳边的音乐声帮助我更接近西奥多拉·古德曼①混乱的思想中发生的变化，也可以弥合我对于从圣让-德吕兹流来的那条小河对面锡布尔饭店花园里的铁桌子和碎石支离破碎的记忆。那时我正在完成我出版的第一本小说《幸福谷》。

我不能再推迟回澳大利亚的时间了。曼努雷到塞得港②送行。每次离别都是难舍难分。这一次要不是深信我们必定会在澳大利亚相聚，一定会更依依不舍。

班船满载着要移居到澳大利亚的英国人、希腊人、马耳他人，以及地中海东部诸国家和岛屿的人。有位马耳他职业拳击家带着他的阿拉伯妻子——女人从下嘴唇到下巴颏都刺着花纹。还有 C 先生和他的家小，他们是我以前认识的一位塞浦路斯裁缝的亲戚。C 先生矮胖、秃顶，让人觉得他总在往后缩。有一次，我看见裁缝家的门廊上挂着一株很少见的、已经枯萎了的仙人掌一类的植物。我问他这种玩意儿叫什么名字。他想了想说，叫"开不败"。现在，他的亲戚 C 领着妻室儿女远涉重洋去寻找"开不败"的前程。C 有两个女儿，就像两只棕黄色的小老鼠。她们在航行中大便秘结，家里人十分着急。我陪 C 和他的妻子去找医生，请他解释这是怎么回事。后来 C 告诉我，经过医生治疗，他的一个女儿拉出一条黑胶皮似的东西。

乘斯特拉斯莫尔号航行的时候，我写了《姨妈的故事》的第三部分。面对大海，坐在甲板上，背后虽然人来人往，但我置若罔闻。那些移民倘若不是去一个充满新奇的世界，一定会觉得我这个人太古

---

① 《姨妈的故事》的女主人公。
② 塞得港（Port Said）：埃及东北部，苏伊士运河的地中海一侧入口的港市。

怪了。而我这副样子在澳大利亚人看来简直就不能容忍。不管怎么说,我完成了《姨妈的故事》,而且在我踏上这块熟悉而又充满敌意的土地时,这部书的手稿成了我的一块挡箭牌。

这个时期,澳大利亚人对新来的人充满了敌意。回到故乡之后,我的同龄人们极力表现出可以跟我自由自在地交往的样子。父辈的朋友对我母亲生下的这个由两种不同文化传统教育出来的怪物虽然谈不上害怕,但总是满腹狐疑。尽管他们也知道,世界上有小说家存在,因为他们的妻子经常光顾图书馆。可是跟他们同一阶层的这个澳大利亚男子汉心甘情愿地当一名专业作家能有什么好结果呢?所幸我的父亲不曾蒙受这种受人指责的耻辱。作为一个维护旧秩序的澳大利亚沙文主义者,他已经于1937年离开人间。我的母亲在达令港附近租了一套房子,一直住在那儿等待战争结束,好早点儿抖落她承认平生最痛恨的这个国家落在她身上的尘土。

我向露丝让了步,同意在对悉尼"侦察"期间住在她那儿。随着年纪增长,她肩膀上面隆起的肌肉也越来越高。(现在在大街上走路的时候,偶然向橱窗玻璃瞥一眼,我发现自己也是背脊高耸、老态龙钟了。)她满脸皱纹、皮肤松弛,个子虽然显得比先前矮,脾气还和过去一样专横傲慢。我们几乎是刚住到一起就开始吵架。她不无懊恼地发现,在拼凑自己前途的拼图时,虽然常能如愿以偿(在伦敦有一套房子,经常见到苏珊和小外孙女,看戏,看切尔西花展,身处对她的皮肤有好处的潮湿的天气,不用再担心被毒蛇咬伤),但是有一小块怎么也拼不上。做拼图的人——当然不是她自己 把这一块的形状搞错了。要不然就是她从另一副拼图上拿了一块,在这儿瞎拼。

我回来之前就或多或少意识到,很难跟母亲生活在同一个半球。我下定决心在澳大利亚待下去,正如她希望自己永远不要回到这块土地。她的餐桌正中放着一个乌木架子,架子上有一只用纯净无瑕的水晶玻璃做的小鸟,凝望自己在水中的倒影。露丝和我经常在餐桌上争吵。开头声音还比较温和,也许出于对那只完美无缺的水晶玻璃小鸟的尊敬。可是过一会儿就忍不住了,一边吃着艾蒂做的、十分可口的饭菜,一边大声吵了起来。露丝几乎一辈子都十分注意自己的线条,到了老年却放开肚皮大吃大喝起来。她吃什么都狼吞虎咽,两腮就像贪婪的老头那样不停地抽动。和许多澳大利亚女性一样,她因为嫁了一个性格温和、需要经常鞭策的丈夫,自己反倒像个男子汉大丈夫了。世界其他地方的评论家责备我小说中的男主人公都那么软弱。这也许因为我生活在一个女人总想统治男人的国家,就连那些对自己的男子气概充满信心的人也逃不脱女人撒下的罗网。而女人在她们女性的温柔与天赋完全萎缩之后,便极力证明自己的聪明与专横都与男人完全平等。那时,她们当然更令人感兴趣了。

在母亲租住的那套达令港的房子里,熟悉的家具和老一套的色调随处可见。而我们年轻时候认为实用,并且合乎自己口味的玩意儿都变成"内部装饰"了。更糟糕的是,我意识到这些家具并不是从先前真正的主人手里移交过来的,而是那些一心想得到古董的人花钱买来的。露丝希望临死前离开澳大利亚,对自己的财产并不看重。她被到世界那面去的想法搞得精疲力竭。而我对她的计划坚决反对,更让她难过。渐渐地,她变得神情呆滞,常常把插在前门锁上面的一串钥匙忘到脑后。离开澳大利亚之前,除了怕蛇,又添了几样让她害怕的东西:有个暴徒曾经从跟她只隔几个门的一位熟人的脖子上抢走一串珍珠项链。

我可怜的母亲处于孤立无援的境地，儿子给不了她应有的保护。他自身难保，为了糊口谋生，在那间黑乎乎的小屋里用打字机写他的那几部长篇小说。外面几乎每天下午都刮西风。新年那天，一场冰雹打烂好几扇窗户。和恶劣的气候一起威胁她无上权威的是曼努雷。她虽然没有见过他，但是已经对他极为反感。她把自己遭受的种种不幸都推到他的头上。可是十五年以后在伦敦一见到曼努雷，她就喜欢上他了。就像被迫承认战争爆发时胆敢和我的妹妹结婚的那个男人成为自己的女婿一样，她不但承认他，而且依靠他。到头来，她对曼努雷和杰弗里比对我还满意。我并不生气，因为我并不爱这位常常使我失望的母亲。再说，我就是一个使人失望的儿子：一位使她的朋友们感到不自在的作家、一位公认的共产党人，还有一些别的惹他们不快但不值一提的身份。在她老态龙钟、卧床不起、视力减退的时候，她对我们的责难已经只限于："曼努雷和帕特里克坐在沙发上嘀嘀咕咕，我一点儿也听不见他们说些什么。"可是在达令港居住的时候——那地方每天下午西风大作，把绣球花都吹蔫儿了，冰雹打破玻璃，横扫我们的小屋——我和母亲唯一的"休战"是站在楼梯平台上吻一下、道晚安。时光已经磨损了我的面颊，我不再是个白白胖胖、胆小如鼠的小男孩儿了。母亲的嘴唇苍白、干瘪。她的吻和小时候莉齐那潮润润的、充满感情的吻相比，只不过是枯燥无味的应酬。

在我这次看望母亲期间，莉齐专门从山里来看我。在达令港，她那副模样完全是个乡下老太太。一双手因为经常和泥土打交道、经常在灌木和草丛中找跑出来下蛋的母鸡而变得十分粗糙。她虽然流产过一个孩子，但我想她的家庭还是幸福的。否则就像大多数持久的婚姻一样，只不过是两个理智的人物相互迁就罢了。莉齐喜欢吹口哨,或者哼哼唧唧地唱歌。尽管我们俩之间的爱以前一样外显,但还是亲密到完全不在意外人的看法。我们俩和别的不是苏格兰人的朋友待在一起的时候,莉齐使我觉得自己也成了苏格兰人。

伊丽莎经常来。她现在已经是个上了年纪的妇人、清扫工,嫁了一个残废军人。在我的记忆之中,她还是从前那个从贝尔法斯特①来的黑头发、棕皮肤、给我家当保姆的姑娘。那时候,伊丽莎一跟我说话就大声嚷嚷,我也不甘示弱。我们这两个同样头脑简单的人,论嗓门儿本来可以是一对儿挺不错的对手。

我母亲的厨房领班(按照现在的说法应当是管家)艾蒂瞧不起莉齐,因为她总是抱怨在达令港待着寂寞无聊。我并不觉得她在这儿会寂寞。她一辈子有大半辈子住在山里,丈夫锡德又一天到晚待在锯木厂,陪伴她的只有花园和《悉尼晨间先驱报》(*Sydney Morning Herald*),而且她特别爱看发布讣告的那个栏目。

我们小时候,莉齐还是从卡诺斯蒂来的一位年轻姑娘。她经常带我们坐电车到她多弗路的家里玩耍。那时候那儿还是悉尼的一个外港,到处是漫漫黄沙。她的父母都是让人难以理解的苏格兰人。父亲是悉尼高尔夫球皇家俱乐部给人家捡球的杂役,母亲身材矮小,脸蛋儿像生着褐色雀斑的苹果。因为一天到晚用白油漆重新刷高尔夫球,父亲的手掌总是白的。她养的那只猫名叫迈西,是一只多愁善感的花猫,总是喵喵喵地叫着,蹭她的裙边。莉齐的两个兄弟都是职业高尔夫球运动员。他们给我做了一套小型球棒。不过我从来没有玩高尔夫球的耐心。我常常烦躁不安,把草皮弄坏。

---

① 贝尔法斯特(Belfast):英国北爱尔兰东部港市。

莉齐的几个姐妹也令人难忘。老处女达维娜死于一种莫名其妙的精神失调的疾病——也许是某种不便明言的癌。还有乔治娜和芭芭拉,她俩倒是都结过婚。芭芭拉生孩子之后,我们被允许从蚊帐那头看看母亲和孩子。她们烦躁不安,看起来挺可怕,我赶快溜之大吉,情愿去闻重新油漆过的高尔夫球和爬满篱笆的扁豆散发出来的那股味道。

扁豆是多弗路最有吸引力的东西。我经常把剥出来的豆子装满随身带着的一个盒子。我的目标是用扁豆的"花彩"和"华盖"把莉齐拉尔沃思的房子装饰起来。可是莉齐总是夜里把我的盒子倒空,把豆子扔到炉子里烧成灰烬。

莉齐的弟弟沃尔特在"恺撒"①发动的那场战争中曾经中过德国人的毒气。他弯腰曲背,面色憔悴,看起来总是病恹恹的。这也许因为他被毒气熏过,也许因为他在西班牙无敌舰队操劳过度。他还算长寿,不过对我的生活没有产生过什么影响。我记得第一次和他见面,是在他和莉齐最小的弟弟罗伯特上战场之前。他们哥俩来菲利普大街和莉齐道别。莉齐最喜欢罗伯特。他跟着部队扬帆远航时最多十八岁,也许还要小一些。他红光满面,头发剪得很短,脸上总是挂着一丝善意的微笑。他的一双眼睛闪烁着奇异的光芒,似乎注定要早逝。后来,在希特勒发动的那场战争中,我从死于炮火的战友们留下的照片,以及空难中丧生的飞行员的眼神里,也看到了这种异样的光彩。

有一天我走进莉齐的房间,发现她缩作一团躺在床上。不知为什么,我像一条小狗,很敏感地意识到罗伯特出事了。我心里非常

---

① 指德国皇帝。

难过,一贯帮助我克服恐惧心理的莉齐居然比我还脆弱,完全被悲伤压倒了。我不知道该怎样安慰她,只好偷偷地溜了出去。

莉齐对德国人可谓恨之入骨。我们稍微长大一点之后,她有一次带我们出去散步,让我们往一个叫雷施的德国人——他是个啤酒制造商——那座哥特式建筑物的门柱上面吐唾沫。年老之后,我当作玩笑对诗人南希·基辛提起这件事。她后来写了一首诗,提到了"帕特里克·怀特的保姆的义愤"。和某些新闻工作者一样,她只说出部分真情,而且采取一种嘲弄的态度。其实,这是我的错误。如果当初我把莉齐躺在床上缩作一团的可怜相、把她的悲伤、把我作为一个孩子的软弱无能和担惊受怕都讲给她,这首诗大概就不会"出笼"了。看来,在说明事实真相的时候,如何剪裁仍然是一个重大的课题。我们心中的那个演员让我们无法拒绝大笑,就像新闻记者总要把自己的个性在文章中表现出来一样。这一点我早在希特勒发动的那场大战中就已经发现。我向读者们提供的事实一写成文章总要被不同程度地歪曲和删改。我相信,假如南希·基辛被一个犹太保姆领着走过雷施的宅第,也一定会自然而然地朝他的门柱上吐一口唾沫。我没对南希讲起另外一个应当大受谴责的小插曲——我在大街上朝母亲吐过唾沫。不过我在这本书里把这桩事和别的一些琐碎事情都做了记录,不管这些记载是否有损于我自己的形象。

露丝年老之后还很喜欢打扮。她保持和发展了二三十年代的风格,作为成长在爱德华时代的一位乡村女性,依然为解放自己进行不懈的努力。她支持女性们抹口红、参加鸡尾酒会。因为鸡尾酒会似乎是一种颇具神秘色彩的仪式。她经常说:"《鸡尾酒会》(*The Cocktail Party*)是我最喜欢的戏剧。"其实她对这出戏剧的含义并不了解。就像狄克上年纪之后虽然一部接一部地看电影，却不懂银幕上演的那些东西。露丝不喜欢看电影，她认为看电影伤眼睛，还觉得电影千篇一律、大同小异。

喝白兰地、涂唇膏仍然是她对于现代化的殷勤之举。她最喜欢帽子。30 年代末期住在伦敦的时候，罗伊·德·梅斯特给她画过一幅肖像，实际上是一幅帽子的写生。他画的肖像有一些很糟，这一幅却非常成功，能和安格尔①的大作比美。这当然得归功于那顶帽子。

在永远离开澳大利亚之前，露丝在悉尼举行告别宴会，邀请了三百个朋友到悉尼皇家高尔夫球俱乐部喝鸡尾酒。我问她："你难道真有三百个朋友？我敢担保，有的人不过只是点头之交罢了。"她听了似乎大吃一惊。

他们来了——一帮水火不相容的乌合之众，包括那些已经愤然分手的丈夫和妻子，带着新婚的伴侣满脸奸笑，相逢在母亲举行的宴会上。他们后来向母亲建议，她本来可以把宴会搞得更圆满一些。她却回答："在澳大利亚就得这么做！"

一两天之后，她便扔下我们远走高飞了。也许她对澳大利亚上流社会这种鱼龙混杂的聚会有自己独到的见解。我虽然希望英格兰对于她的理解比她对澳大利亚和我的理解更为深刻，实际上对此还是持怀疑态度。

曼努雷对澳大利亚虽然不曾有过任何体验，但一直想在这块土地上生活下去。除此而外，真正促使我回来的原因是：经历了那么

---

① 让·奥古斯特·多米尼克·安格尔（Jean Auguste Dominique Ingres，1780—1867）：法国画家。

多的失望之后,我出乎意料地发现了这个广阔的艺术天地。作家们活像树干里的蛀虫,还隐匿着没有问世。而画家们已经崭露头角。现在,我对这些艺术家中某几位的看法虽然已经有了改变,但那时候,在经历了战争年代的艺术荒漠,除了铅印的经典著作什么都不曾接触的饥渴之中,他们的活力和色彩确实给了我极大的诱惑。同样,像《俄克拉荷马》那种夸夸其谈、故弄玄虚的音乐喜剧之所以在战后毫无生气的伦敦风靡一时,也仅仅因为它出现在当时那个特定的历史时期。

这个时期,我结识了画家多贝尔①,跟他交上朋友,对他颇为赞赏。此时,他正处于创作的顶峰,尽管已经开始显露出某些不足。作为一个头脑简单、颇具同性恋者敏感的外省青年,他已经接受了一桩命中注定的不幸的婚姻。求婚的人属于这样一个阶层——他们把矫揉造作看作天生的禀赋,把艺术家看作专供上流社会宴饮时取乐的贵宾犬。他就这样随波逐流而去了。后来,我听说他把我称为"知识界的假内行",我却觉得他是个"艺术的叛逆者"。当然,这并不贬低他追求实利时的价值。他失去了创作的根基,把时间和精力都花在跟医生和律师打交道上面了。人品变得越圆滑,作品便变得越糟糕。

幻想破灭与彼此不满自然给我带来深深的痛苦,但我还愿意回忆我们最后一次见面的情景。那是我成为一个令人信服的共和党人之前的事情。有一次总督接见我们,多贝尔和我都坐在屋子正中一张小沙发上,头顶是一盏巨大的枝形吊灯。我们俩都尽自己之所能,用粗俗不堪的话辱骂对方。我相信,连头顶那盏吊灯也被这叫

---

① 威廉·多贝尔(William Dobell,1899—1970):澳大利亚著名肖像画、风景画家。

骂声震得叮当作响。可是,周围的人们就好像压根儿没有听见我们嚷嚷些什么。对于我们的关系,这应该是一个蛮不错的结局,与他的某些比较诚实的绘画,诸如那张画着一个斜倚在窗口的女仆的《睡梦中的塞浦路斯人》(Sleeping Cypriot),以及他的《比利·巴德》(Billy Budd)可以相提并论。

多贝尔画中"沉睡的塞浦路斯人",我那"觉醒的亚历山大港人"……

当他从停泊在玫瑰湾的水上飞机走下来的时候,显得非常矮小。我头戴澳大利亚式毡帽(那是一个毡帽、哔叽布料、毛线衣流行的时代,也是人们流血流汗的时代)。飞机在达尔文①和鲍恩②降落之后,他对未来或多或少有点担心。我的心情就更紧张了。因为我把自己最崇敬、最钟爱的人带到这个岛国,就得为这里发生的一切负责。同样,我们以前每次到希腊的时候,他也觉得应该为那个国家那些庸俗不堪的东西负责。我们已经学会接受相互之间那种异乎寻常的责任感,而一般移居国外的人从来无须经受这种责任心引起的歉疚。

眼下最重要的是我们终于完成了一项看起来不可能完成的事情——一起站在了玫瑰湾的防波堤上。

我已经在佩蒂旅馆订了一套房间。那儿的饭菜相当不错,还保留着传统风味:鸭子,蘸了稠乎乎的、一成不变的卤汁的烤牛羊肉,还有澳大利业男人和他们的妻子或者情妇〔那时候有些人的妻子喜欢把自己称为"伴侣"(mates)〕喜欢用的标准烤架。卧室不通风,地

---

① 达尔文(Darwin):澳洲北部港市。
② 鲍恩(Bowen):澳大利亚昆士兰州东部之港口。

毯起毛,散发着一股烟灰味儿。曼努雷对悉尼见识得越多,留下的印象越淡。尽管逃离埃及是一件值得庆幸的事情。在那儿,对欧洲人的迫害已经加剧。在这块土地上,我们相依为命。他是一个被驱逐的希腊人,我与其说是个澳大利亚人不如说是个"新英国人"、尚且无名的作家、假冒的家庭成员。

起初,除了克莱姆和玛格丽特·威西科姆,以及两个远房堂姐帕特里夏、莫文娜之外,我们没有什么朋友。我也一直不大和人交往。人丁兴旺的怀特家族对外来的人,以及被描绘为聪明的人一概持怀疑态度。帕特里夏是我获诺贝尔文学奖之前愿意理解我、为数甚少的几个怀特家族成员之一。我一直珍视她的友谊,嫉妒她在进入老年之后,和她的朋友林恩·加顿对什么事情都能泰然处之的风骨。

曼努雷和我迫切需要解决的是尽快找到一个落脚的地方。因为我们有四条已经检疫的雪纳瑞犬。在凯利维尔,有人愿意卖给我们一幢装了檐板的房子。在我的记忆之中,那幢房子是典型的澳大利亚村舍。门廊的木板早已干朽,屋子里一股羊油的膻味和亚麻油毡的气味,门前有一株靠污水养大的无花果树。这是欧达乌德一家①住的那种房子,也是玛奇·博赞克特②出于本能和她的情人泰丽·莱吉③幽会的那种房子,是电影剧本《遗言》(*Last Words*)中欧雷卡·斯蒂尔和卡思·斯珀吉翁住的那种房子。在曼努雷和我进入老年之后,这幢房子还时常在我的噩梦中出现。

实际上,我们压根儿就没有考虑是否往那儿搬。我们在市郊选

---

① 帕特里克·怀特所著长篇小说《人树》中的人物。
② 怀特笔下的人物。
③ 怀特笔下的人物。

中了一幢房子。这幢房子在城堡山,周围是一块六亩大的牧场,和展览路遥遥相对。它被描绘成"可爱的旧房子""失修的农庄",但实际上不过是一幢普通的、刷了油漆的砖木结构的村舍。我们之所以买它,是因为这儿有几间猪圈,可以轻而易举改造成狗窝。总而言之,我们买下了这幢房子,而且在那儿住了好几年。

卖给我们这幢房子的人让我和曼努雷跟他们一起住了几个星期。在他们看来,这样便可以使两个孤苦无告的男人独自过活之前先熟悉一下周围的环境,从而减轻命运的打击。有个家伙显然以为我们以前住的都是黄泥小屋。他问曼努雷:"在希腊,人们能住上这样宽敞的屋子吗?"他们属于那种可尊敬的、让人哑然失笑的、信奉实利主义的澳大利亚人。他们从一幢房子搬进另一幢房子,把卖给别人的那幢刷上一层薄薄的油漆。这一点我们后来才发现。他们搬到靠近海岸的什么地方之后,我们松了一口气,尽管因为要独自面对命运的裁决,心情难免有点紧张。

我们收留了潘契科先生。他是个性格孤僻、有俄国血统、弯腰曲背的老人,靠领取养老金生活。他住在后面一间又脏又乱的小屋里,盖着几条麻袋睡觉。先前的雇主告诉我们,他就喜欢这样。因为我们跟他的关系很一般,他从来没有抱怨过什么。我们给他吃给他喝,可他除了炖兔子和麸皮粥什么也不爱吃。"这玩意儿吃得我肚子咕咕响。"后来,他离开我们到医院去了,不久就死在那儿。他死后人们才知道,他原来是一个很有钱的人,在悉尼市郊有好几幢房子。他的侄女打电话告诉了我们他的死讯。她说这是他临死前的吩咐,因为他很喜欢我们。这是我们初到城堡山的那段日子听到的最振奋人心的消息。

这幢房子先前的主人是个牙医,他曾经把这地方描绘成一座农庄。现在,我们既然在这儿居住,便觉得也应该干点儿农活了。我们有两头奶牛,我一天挤两次奶。在霜花遍地的早晨或赤日炎炎、苍蝇横行的夏日,分离牛奶、刷洗油腻腻的分离器。到了晚上,在厨房用搅乳器搅拌乳脂,提炼黄油。后来我们发现附近有收购乳脂的市场,便不再浪费精力提炼黄油了,而是干脆直接卖乳脂。这可以说是我们这个农场唯一的产品。

我们开始种菜。种秋霜敲打的豌豆、毛虫吞噬的白菜、包得很松的花椰菜、结籽的花茎甘蓝,还有现在谁都不想再吃的茄子。我们还种花。这些东西我们自己都享用不了。有桩事我至今想起来还觉得颇有点诗意:我们曾经试图做卖花的生意,便种了许多月白色的沙斯塔雏菊①,结果就是摆在路边白送也没人要。在这方面我们当然是最糟糕的业余爱好者、最没有希望的家伙。那些在小农场上繁衍生息,一直活到铁石心肠的老人垂着多皱的眼皮,翘着嘴角冷笑,等待我们因为失败而从这块土地上滚蛋。可我们不但没有滚蛋,相反在那儿一住就是十八年。尽管没有人承认我们是农民,但大家公认我们是固执的人。

我相信当邻居不再认为我们是异国来的怪物,或者"冒名顶替的骗子"之后,我们的关系便变得十分友好,相互之间也很尊重。等到他们终于以宽厚之心待人,我们才听说,曼努雷被大家看作一位"黑人王子"。王权对于平民化的澳大利亚人颇有吸引力。让人吃惊的只是他们怎么偏偏愿意相信他是一位"黑人王子"。

不管怎么说,黑人确实开始往这边搬迁。沿着大路往前,一家西西里人买了一座农场种蔬菜——他们是职业菜农。我们对面那

---

① 一种多年生植物。

家邻居波尔特太太靠饲养鸡鸭为生,同时也像我们一样在路边卖花,现在成了发布"末日"信息的传声筒。"他们是黑人,"她喋喋不休地说,"他们是黑人!"因为已经开始喜欢曼努雷,老太太忘了他也是她说的那种"黑人"。几个月之后,我们正在波尔特太太门廊前头那株水蜡树下闲聊,看见那位西西里太太沿着大路走了过来。波尔特太太朝她招了招手。那位太太也招了招手,黝黑的脸和布满皱纹的脸上都现出微笑。波尔特太太叹了一口气,转过脸对我说:"她是个可爱的太太,根本不是黑人。"

就这样,我们终于在这一带安顿下来。有位邻居叫比尔,一直受痔疮的折磨。他家里的人常请我们去鼓励他做手术。可惜,他虽然对我们挺不错,但还没有信任到按我们的意见去做手术的地步。

尽管邻里之间的接触、枝繁叶茂的树木、花满枝头的灌木丛,以及为了创造一个更加生气蓬勃的世界而写的书都给了我很大的激励与慰藉,我还是讨厌在城堡山度过的岁月。生活太沉闷了。在那满是泥土的空谷,冬天天气寒冷,夏天暑热难当。在生了麦角病的雀稗、生了锈病的黑麦草、丛生的芦苇以及帕特森的叫骂声中,我不时因哮喘而病倒。我们似乎在齐腰深的杂草中挣扎。曼努雷因为给柑橘园锄草,腰部落下病根。我们这一对业余演员因为决心太大,或者过分固执,实在难以胜任自己扮演的角色。对于曼努雷来说,情形就更糟了,因为他委身于 个敏感易怒的人。这人可以端起盛满洋葱土豆炖羊肉的平锅从厨房窗口扔出去,可以喝得酩酊大醉,叫骂着向命运抗争。不过这些方面的失败还不像澳大利亚批评家对我们的批评更让人心寒齿冷。那时候,在扼杀他们心目中的离经叛道者、扼杀对澳大利亚文学传统产生威胁的、富有创造性的力量时,人们倒是颇有成效。

那几年,我努力把酝酿已久的小说写出来。写作过程中我才发现,我的创作和母牛腹中骚动的小牛犊真有许多相似之处。《人树》的前半部是我在因为哮喘发作难以安眠的深更半夜,伏在厨房的餐桌上写下的;《探险家沃斯》则是躺在床上写的;之后,我又写了《乘战车的人》。

哮喘并不是我彻夜难眠的唯一原因。也有令人心清气爽的夜晚。南风从悉尼徐徐吹来,尚未被紫藤缠绕的月桂树轻轻摇曳,沙沙作响。这样的夜晚,我喜欢躺在月光照耀的沙斯塔雏菊旁边,任凭割倒的牧草扎着我赤裸的肌肤。

可惜这样的时候并不多,我总是站在棕黄与粉红相间的威尔顿地毯上,紧握着和这幢房子一起买下的那张橡木大床的架子,因为肺里几乎不存在空气而想干呕。

在一个难忘的夜晚,我一边伏案写作一边喝了许多便宜的雪莉酒。之后,躺在这张床上,梦见和恶魔交谈。一阵电话铃声把我吵醒。奇妙的是,听筒里说的话和我刚才梦中的谈话内容完全一致:"如果你愿意继续探索,我可以引导你对犹太人的神秘主义做远比现在更深刻的研究。"这是我写完并且出版《乘战车的人》之后的事情。为了写这部书,我曾经对哈西德派[①]的神秘主义做了许多研究。我谢绝了这位恶魔的好意。因为那时候我正忙着写别的东西。不久,一位犹太画家告诉我,那个电话是他的父亲打给我的。那场灾难期间,这位老人在逃离波兰的时候,一个倒栽葱从大卡车上摔了

---

① 指犹太教哈西德派教徒(公元前3世纪至公元前2世纪犹太教派别的教徒,亦指18世纪兴起于波兰的哈西德派教徒)。

下去。我常常后悔,当初没有接受这位大脑受到损伤的犹太神秘主义者的好意。这是小说家在生活中付出的代价。有时候我们像只点水的蜻蜓,有时候又像海底的鲨鱼。不管怎样,总是受莫测的未来和自己的高傲与专横的制约。

那些年,犹太移民朋友给了我们很大的帮助。他们是我们和欧洲文化,特别是和音乐联系的纽带。通过一位奥匈帝国的商人弗里茨·克里格尔和他的匈牙利妻子伊莱,我开始学习马勒①、布鲁克纳②的音乐。通过他们,我还接触了巴托克③的作品——尽管他们并不喜欢这个作曲家。我和弗里茨的关系因为我对巴赫④的热爱而变得紧张起来。他责备我对音乐一窍不通。至于莫扎特的作品,他们认为那简直是"一股柠檬水儿"。我却认为莫扎特也许是世界上最伟大的音乐家。就这样,我和克里格尔夫妇的关系完全破裂了。犹太朋友的占有欲最终变得让你无法忍受,但就像从家庭的怀抱中逃出来的犹太儿童,仍然会保留着对父母的感激、钟爱之情。在非犹太小孩看来,简直就是得了神经官能症。当如朋友般的犹太父母不肯承认仍然从每个毛孔里渗漏出来的犹太情结时——尽管他们谈话的内容和信仰全无协调之处,我就越发激动不安、痛苦辛酸。这是一种如履薄冰的情形。

---

① 占斯塔夫·马勒(Gustav Mahler,1860—1911):生丁波希米亚的奥地利作曲家、指挥家。
② 安东·布鲁克纳(Anton Bruckner,1824—1896):奥地利作曲家。
③ 巴托克·贝拉(Bartók Béla,1881—1945):匈牙利作曲家。
④ 约翰·塞巴斯蒂安·巴赫(Johann Sebastian Bach,1685—1750):德国风琴演奏家、作曲家。

城堡山的生活颇有点与世隔绝。为了排遣寂寞之苦,我们不加选择地听收音机:薇拉·琳恩在早餐时鼓动我们吃"克林姆欧达"、年轻的琼·萨瑟兰①参加美孚古典音乐比赛、卡尔·奥尔夫②、伊玛·苏玛克③、玛乔丽·劳伦斯④演唱音乐会版本的厄勒克特拉和莎乐美。我们预订过劳伦斯演出的票,可是因为总是演到深更半夜,而我患气管炎、哮喘,需要早点上床休息,所以只好作罢。

我不得不卧床休息时,有个小姑娘来替我们挤牛奶。因为她家那两头公牛也曾得到过我们的照应。我总惦记着那两头奶牛,当然还有那几只山羊,不管是躺在床上一边咳嗽气喘一边潦潦草草地写小说,还是停下手里的工作去换留声机唱片的时候。

支气管炎的折磨、演奏巴托克小提琴协奏曲的梅纽因⑤,以及对《人树》尖刻的批评,都帮助我下决心让沃斯去死。以前我没有打算这样结束这部小说。可是突然之间,也许注射了足够的肾上腺素,我下决心砍掉他的脑袋。

夏日,金色的阳光照耀之下,屋子里面的家具都挤到了一起,而且都熠熠闪光。地毯看起来变得更脏了,威尔顿和阿克明斯特产的那两块特别明显。冬天一到,屋子里显得空空荡荡。我们仿佛住在冰冷的、灰蒙蒙的墓穴里。几年之后,我们在壁炉里又安了炉子。这样做倒不是为了暖和,而是因为安了炉子之后,后半夜炉火将熄的时候,负鼠便不会再爬到烟囱里面。一旦负鼠爬进来,那几只雪

---

① 琼·萨瑟兰(Joan Sutherland,1926—2010):澳大利亚歌剧女高音歌唱家。
② 卡尔·奥尔夫(Carl Orff,1895—1982):德国作曲家、音乐教育家。
③ 伊玛·苏玛克(Yma Sumac,1922—2008):秘鲁花腔女高音歌唱家。
④ 玛乔丽·劳伦斯(Marjorie Lawrence,1907—1979):澳大利亚女高音歌唱家。
⑤ 耶胡迪·梅纽因(Yehudi Menuhin,1916—1999):美国犹太裔小提琴家、指挥家。

纳瑞犬就拼命追赶,第二天早晨,满墙都是黑乎乎的爪子留下的印迹,就连那几幅油画也难幸免。热那亚①天鹅绒沙发套子上还留下一片尿渍。

烟道里烟灰太多的时候,火炉便冒出一股怪味儿,和布鲁克纳、便宜的雪莉酒、厨房里正在变凉的烤肉的气味一起形成冬天特有的闷浊。

厨房里的炉子是一种老式电炉,古香古色的炉腿和屋子里的家具倒很相配。学会做饭以前,我们闹过不少笑话。有一次,罗斯玛丽·多布森·博尔顿②带着她的第一个孩子来吃午饭,我给小孩儿烤的排骨居然着了火。还有一次过圣诞节,我们从波尔特太太那儿买了一对鸭子。可是没等我把它们做成菜,两个家伙就跳起来跑了。我还把满满一盘红葡萄酒炖鸡撒在地板上。收拾起来之后,炖肉上面虽然粘了狗毛和别的什么玩意儿,还是端给了约翰·吉尔古德。不过,那盘菜确实是我吃过的味道最美的红葡萄酒炖鸡。

就像我们在城堡山居住的那几年所干的每件事情一样,我们的食物也粗糙、简单,而且经常出毛病。

至于那些年我写的小说当然也有错误。不过有一种错误我从来不犯,那就是小说交给印刷厂之后,再看一眼。这就是为什么有人问我第十八页第七行写了些什么时,我无法回答的原因。或许你还会问:这样做是为了不冒风险吗?也许是。不过还有一个原因,那就是我手头总有要写的东西。

---

① 热那亚(Genoa):意大利港市。
② 罗斯玛丽·多布森·博尔顿(Rosemary Dobson Bolton, 1920—2012):澳大利亚诗人。

我们那幢房子有个雅号,叫山茱萸。浴室的镜子上有一块疵斑,好像一块不太清晰的胎记。1958年,曼努雷远涉重洋回希腊探亲之后,我便独自使用这间浴室。他走之后,我简直度日如年。可是为了使他减轻大多数外国移民都会有的疑虑、渴望和思乡之苦,暂时的分别还是必要的。我重新维修了浴室。一个脸色阴沉的年轻人一上午只装了六截瓦管,然后坐下来听半导体收音机。我不能总等着他磨洋工,将我置于另外一种孤寂之中。

只剩下我自己的时候,我就变得精神恍惚。有一次半夜里撒尿差点儿撒到浴室废纸篓里。吃饭的时候,我草草吃几口了事,喝起酒来却要一醉方休。狗是唯一的安慰。所罗门睡在我的脚跟前,洛特蜷缩在我的胳肢窝旁边。

有的批评家抱怨说,我笔下的人物总在放屁。哦,我们都要放屁,难道不是吗?就连修女也按照"传统的方式"放屁。我就亲耳听过一次。

直到创作这幅"自画像",我还从来没有认真想过自己的宗教信仰到底是怎么一回事。当我们还是"漂亮的、咩咩叫的小羊羔"时,就听见高贵的耶稣的祝福声从哥特式建筑急促而含混不清地向妈妈或者保姆流淌。后来,我渐渐长大了,但还是不信什么宗教。在拉尔沃思那座花园的格子凉亭,我曾经反复哼唱自个儿编的"圣歌",令我的可敬的父亲听了大为震惊。城里圣詹姆斯教堂在禁欲主义者的偶像米克勒姆的诱惑之下,举办了各种宗教活动。堂守常常把昏过去的夫人、太太抬出去,让她们靠在门廊下面的椅子上苏醒过来。所有这一切都让我迷惑不解。与此同时,乌娜·德·伯格(坏仙女)又想让我到合唱队去唱歌。在切尔滕纳姆行了坚信礼之后,我一直等待奇迹出现,然而始终没有发生。

等到十八九岁,我就什么都不相信了。那时候,我过分自大、过分敏感,压根儿就不考虑精神上的事情。作为澳大利亚人,我也许太有点实利主义了——天知道怎么回事儿,许多远比我热情的澳大利亚福音传教士和卫理公会教徒都相当讲究实利主义。

希腊东正教的"紧身甲"使得曼努雷一直没有失掉他的宗教信仰。在那些我自认为智力和性欲都获得自由,而实际上精神处于贫穷与焦躁的年月,曼努雷即使说不上是我精神的向导,也是我道德的楷模。因为我爱他、感激他,所以他在精神上最终还是极大地影响了我。回首往事,这一切很难说清。我只能想起刚回澳大利亚时,因为生活把我引向一条错误的道路而感到的失望和幻想破灭的痛苦。

我总觉得自己当作家写小说,完全是在缺乏其他天才的情况下,命运的一种恩赐。在城堡山安顿下来之后,我出版的第一本书《姨妈的故事》被人们认为是一本怪诞无稽、晦涩难懂的小说,完全不值一提。只要到图书馆随便拿它,就会发现诚实的澳大利亚读者读到半截就不读了。我因此而陷入深深的思索。在写那本更为不幸的长篇小说《人树》之前,我甚至打算彻底放弃写作。白草萋萋,我们生活在哮喘最容易发作的鬼地方。我不但要给那两头母牛挤奶,还得去卖稠乎乎的、不合规格的奶油。那些日子,除了为了一场徒劳无功的追寻跟我来到地球这半边的曼努雷,我对什么都不相信。经济最困难时,他出去割草、剥狗皮。老家的亲戚和一位丈夫卖深平底锅的妇人用屈尊俯就的态度对待他。有一位寡妇爱上了他,经常骑着自行车来跟他聊天,顺便要点奶油。

凡是澳大利亚气象史上有过的灾害我都经历过:干旱、荒火、飓风,以及沿温莎①和里士满②的公路奔腾翻滚的洪水。有一次大雨倾盆,我端着盘子到狗窝给刚生下的小狗送吃的,不小心滑了一跤,跌了个仰面朝天,给狗准备的东西撒得到处都是。我躺在泥水里,密集的雨丝抽打得连眼睛也睁不开。头顶是灰暗的天空,雨水淋湿的双唇翕动着,咒骂那个我并不相信的上帝。后来,我在泥水和身上那件肮脏的油布雨衣散发出来的臭气的包围之下大笑起来,笑我自己的无能、无望。

这是一个转折点。我心中的疑惑像这一跤似的滑稽可笑。那时候我真是太自卑了。

在这种自卑心理的作怪之下,我们俩都开始做另外一种功课。也许再没有比希腊人信奉的东正教与悉尼的英国圣公会更大相径庭的东西了。但是由于对罗马西方教会的仇恨,东正教的教堂已经揭开了接纳新教的序幕。于是,一个远离自己教会的希腊人可以到地方的英国圣公会去做弥撒了——在陷入迷途时,曼努雷就是这样做的。

每个星期天,我们都早早地去教堂领受圣餐。因为去得早便可以不耽误农场的活计。城堡山教堂因为建得比较早,收藏了许多维多利亚女王时代③和爱德华七世时代的小玩意儿。这些玩意儿都是澳大利亚的有钱人为了表达他们对上帝的感激之情送给教堂的。无论寒冬还是酷暑,我们都跪在这座教堂里,在一位位可尊敬的或

---

① 温莎(Windsor):悉尼郊区的小镇。
② 里士满(Richmond):悉尼郊区的小镇。
③ 维多利亚时代(Victorian era):指 1837—1901 年。

者并不值得尊敬的教长的指导之下,做自己的功课。现在想起来,我一定是在不自觉地等待从打行坚信礼以来还一直没有出现的奇迹。曼努雷因为习惯了那种更为复杂的宗教传统,现在情况只能使他对英国圣公会的教条更加怀疑。不过就像任何别的移民一样,他无须对偶然陷入的滑稽负责。我不能像他那样,用我们在他身上发现的那种偏执来保护自己。后来,在教堂每年举行一次的招待会上,教区长郑重宣布,猜测装在一个坛子里的豆子的数目是有罪的。我们因此离开了那座教堂。

有一阵子,我们开上汽车到悉尼的圣劳伦斯教堂做礼拜。对于今天的我们俩来说这桩事简直无法理解,尽管当助祭——其中有一个年轻的中国人——从香烟缭绕的舞台上缓缓走过的时候,也让人觉得心清气爽。令人惊讶的是,我们后来又离开这座教堂完全由于个人原因。那就是小时候我在圣詹姆斯教堂见过的那位"坏仙女"的出现——现在她在这座教堂负责管理圣餐仪式的服装。于是我和曼努雷又都回过头来,死抱住各自的信仰。这种情况一直延续至今。我们相互之间都十分尊重对方,尽管我那种飘忽不定的精神追求、摈弃传统的观念,以及爱发火的脾气或许都是曼努雷所不能苟同的。不过,会有这种情况吗?一方面你完全相信自己用整个心灵理解的那个人,而另一方面这个人又压根儿不可理解。

我对于上帝存在的模糊认识和我对那个从来没有使我失望的人的爱交织在一起。这就是为什么从总休上讲,我总觉得自己对人类爱得太少了。经历了一生的磨难和对于自己的理解之后,我还常常希望在这方面能有所补救,这未免太蠢了。

在我看来，我最好的三部小说是《坚实的曼陀罗》《姨妈的故事》和《特莱庞的爱情》。这三部书都讲了些对于澳大利亚读者来说并非神圣的东西。起初不少人对这几本书不屑一顾，有的读者甚至大加指责，认为我创作的是色情文学。几年之后，这几本书中的两本被人们接受了。至于《特莱庞的爱情》，还有待于时间的考验。

真奇怪，有人居然把《坚实的曼陀罗》看作色情文学。有位澳大利亚教授确实对一位朋友说过，这本书是他或者她看到过的最下流的小说。真不知道,《坚实的曼陀罗》出现之前，他或者她是在什么地方度过自己的文学生涯的。

我们在城堡山一共住了十八年。这十八年的最后一年，画家劳伦斯·道斯给了我一本荣格的《心理学与炼金术》。这本书对我产生了很大的影响，我因此而开始撰写《坚实的曼陀罗》。每当我意识到由于无法接受澳大利亚基督教教堂的无味、粗俗，以及许多情况下的偏执，而要发生信仰危机的时候，荣格的教诲便使我变得坚定起来。曼努雷对于东正教的信仰似乎一直很坚定。我虽然是在一种很浓的宗教气氛中长大（教堂靠背长椅上放着的请柬、送到义卖商场的已经不合身或者不时髦的衣服、充满感激之情的教长和他的妻子为表达对赞助人的谢意的登门拜访），但我自身并没有从中得到什么。我因此而推断，曼努雷总是把我的想法看作并无宗教色彩的，或者说不可思议的把戏。

这一切都对《坚实的曼陀罗》的创作产生了影响。这是一本充满了矛盾和不安的书。我们栽种、侍弄、喜爱的那些树木已经开始蚕食我们的房屋，屋子里的光线越来越暗。我们明白，必须从山茱萸搬走了。当我们感兴趣的东西——音乐、剧院、电影、朋友都集中在城里时，再让我们在一片郊野之中住下去实在太难了。不过，要搬一次家也不是容易的事情。就我而言,我憎恨那些我热爱的。可是曼努雷更喜欢——他并不怎么讨厌它们——这些不可避免要被人砍倒的树木。

我也怕切断在这块原本很不相宜的土地上深深扎下的精神的根蒂。这会不会是我写作生涯的终结呢?我们拔出自己的根去欧洲旅行时——这是十五年来我第一次旧地重游——就很糟了:斜背着随身携带的行李、穿着式样早就过时的裤子、戴着很不时兴的帽子;一边朝送行的朋友们招手,一边蹒跚着走过停机坪,那样子一定滑稽可笑。当我坐在那幢房子中间昏暗的餐厅写小说的时候,情形就更糟了。我的根好像被永远拔掉了,总觉得这部书大概是我最后的作品。因此,《坚实的曼陀罗》充满幽怨和不祥就不足为奇了。

我把小说中的布朗兄弟看作自己的两半。阿瑟可以算是我的表兄菲利普·加兰的画像,要是菲利普充满稚气的智慧能够成熟的话。可惜他十几岁就进了疯人院,直到今天。沃尔多则是最冷漠、最糟糕时的我。布朗兄弟的邻居波尔特太太的原型则是我生活中的邻居H太太。虽然波尔特太太除了是阿瑟的生母和他崇敬的女神之外,不过是一个没有立体感的人物。达尔茜·范斯坦则兼有我的一位功成名就的犹太熟人的善良与自负。

我们准备从城堡山搬家的时候,我的表妹埃莱诺·阿里吉有一天来跟我们一块儿吃午饭。埃莱诺原先叫内莉·考克斯,住在马奇①,曾经在歌舞团当过演员,后来嫁了一位意大利外交官。不过,当时她正守寡,住在悉尼,靠当房地产中间商维持生活。吃午饭

---

① 马奇(Mudgee):澳大利亚距悉尼不远的一个小镇。

时,我犹豫再三,最后还是拿定主意,求她在悉尼为我们找所房子。"因为你们养狗,一定要离公园近一点儿,"她说,"回家时,我开车沿马丁路百岁公园走,或许在那儿可以找到一所房子。"结果在马丁路 20 号,她果然发现挂着一个写着"出售"的牌子。

就这样,我们搬到了马丁路 20 号。这是一幢 1912 年建造的房子,跟曼努雷和我同年来到这个世界。

这场"伟大的变革"发生在 1963 年 10 月 13 日。我们扔掉了三分之二的家产,其余的东西都从城堡山搬了过来。家具和画装在大篷货车。闷闷不乐的狗、吓坏的猫和几盆无精打采的花分装在两辆客货两用车里,由大卫·摩尔①和曼努雷负责。约翰·扬②帮助我们卸车,克拉里·丹尼尔③带我们去吃午饭。帮忙的人又搬东西去了。这幢刚刚整修过、陌生、让人望而生畏的房子里,只剩下我自己。我在饭厅宽大的窗台上坐了下来,拿起《坚实的曼陀罗》的手稿,翻到因为这次搬家被迫中断的那一页,心中怀疑是否还能再接上被扯断的线头。在这所清冷的房子里,我的初次尝试虽然令人心寒,但纯粹是天赐之福。

就这样,我们在马丁路开始了新的生活。屋子里弥漫着新鲜的锯末和油漆的气味,还有我们从山茱萸带来的那些家具什物散发出来的多年来积攒的尘土的气味。

我敢肯定,我们的灵魂一定会经常出没在展览路的旧居。那幢黑魆魆的房子,墙上尽是裂缝,白蚁蛀坏了房子的根基。那些能通灵或者不快活的人也许还能看见我们在一无遮拦的月光下跑到曾

---

① 大卫·摩尔(David Moor):澳大利亚学者,著有关于土著居民问题的论著。
② 约翰·扬(John Young):悉尼大学生理学教授。
③ 克拉里·丹尼尔(Klari Daniel):帕特里克·怀特的朋友,第二次世界大战时由布达佩斯移居到澳大利亚的犹太人。

经是树影婆娑的地方，置身于一组组木墩中间。诺贝尔大街上的人们还听得见我的笑声。我曾经仰面朝天滑倒在牛栏旁边的烂泥里，恶狠狠地咒骂我已经意识到必须信仰的上帝。

和以往一样，刚搬到马丁路的时候，没有人想来了解我们。不过这没有关系，没有谁能真正了解别人，不管刚刚接触还是相处多年。这也正是我为什么要写这本书的原因之一。和过去一样，邻居们一定觉得我们非常古怪——两个男人生活在一块儿。此外，我是作家，或许会把他们写到作品里去。

我们带来的那几条狗很快就适应了周围的环境。因为狗总是以主人的家为家的。范妮和埃塞尔以狮子狗通常所特有的聪敏默认了眼下这种局面，只是偶尔发出几声呜咽表示心中的抱怨。迷你杜宾犬露西是个多疑的家伙，总是撅起鼻子在城市的草坪上嗅来嗅去。对于那几只猫，这次搬家实在是充满了离愁别绪，仿佛真的拔掉了它们生活的根蒂。它们在汽车间待了整整两个星期才大着胆子从一扇小门里面爬出来，搜寻敢于来犯之敌，并且正式表示了它们的领土主权。喜欢自我陶醉的白猫珀尔在前院，总爱嗞嗞叫、越来越古怪的黑猫迪莉和几年前在迪克逊街中国人的垃圾堆捡的那只白猫迪克逊共同占领了后院。迪莉的表妹科比可算猫群中的外交家，到哪儿卖弄风情都受欢迎。科比（Cobby）是只灰猫，起初刚生下时叫科布威布（Cobweb），是蜘蛛网的意思。它和我们一起生活了二十年，后来因为耳朵上面长了个恶性肿瘤，才迫不得已接受了安乐死手术。这只猫是靠我们用眼药滴管给它喂奶才活下来的。它的母亲在展览路被车轧死之后，我们只好用棉花、羊毛给它的屁股蛋儿搔痒，刺激它的排泄功能。也许因为它是我们一手养大的，科比是我见过的最忠实于主人的猫。年老之后,它收养了丑丑。丑丑脊背上的图案活像龟背的花纹,它是为了躲避邻居孩子们的迫害才逃到我们这儿避难的。科比像忠实于它的两个神经过敏的主人一样,忠实于同样神经过敏的丑丑。它的一生都是一个给人以宁静与和平的精灵。

坐落在马丁路的这幢房子和我们同一年来到这个世界,它也许就是为我们而建造的。内莉·考克斯不过是受命运的差遣找到它的下落。我们已经经历过的,以及无论在哪儿都会经历的无法避免的阴郁与痛苦,都被这幢房子和谐的气氛冲淡了。尽管随着时光的流逝,对于两个年迈的老头来说,它显得越来越大,管理起来也越来越力不从心,但我还是希望将来就死在这儿,哪怕临死的时候这里邋里邋遢、满目灰尘。

我们刚搬来的时候,这幢房子还谈不上有什么花园。房前只有三棵橡胶树,房后是一片沙土地。我们住的这个地方在土著居民手里时还是一座海风吹积而成的沙丘。他们管它叫"麦罗山",与摩尔公园和百岁公园相邻。后来随着岁月的流逝,中产阶级在这里大兴土木,建造房屋。(我从一本书上读到,在中印度,人们把麦罗山看作世界的中心。我的利己主义得到很大的满足,因为我们这幢房子就坐落在这座也叫麦罗山的微不足道的小山丘上。)曼努雷花了整整七年的时间在我们的沙丘上开辟出一个既有当地特色又有欧洲风情的花园。现在他也还在为这座花园增添着色彩,而且总是把那些花花草草摆弄来摆弄去,整理得有条不紊。大概以后也还会这样继续摆弄下去。花园里的事儿没个完,除非用推土机把它完全推平。这就像作家,除非瘫痪或者死亡,没有其他办法让他停止写作。

在百岁公园附近的马丁路安顿下来之后,我便准备写那两部描写悉尼生活的小说。早在山荣荑居住的时候,《活体解剖者》就已经有了一个构思。可是尽管童年时代和青年时代我曾在悉尼住过好长时间,在城堡山住的时候也常常进城造访,真正着手写这部小说的时候才发现,还需要以成年人的眼光再次观察它,无论白昼还是黑夜都感觉到它就在我的周围。写《风暴眼》的念头也是很早就萌生了。那是我母亲进入晚年之后的事情。她因年老体弱,双目几乎失明,整天躺在她那套伦敦玛洛斯路的公寓里,一大群护士、仆人围着她团团转。我远道前来探望,走过肯辛敦大街时,突然想到要写一部关于某位老妇人临死前的故事。但我心里明白,这本书只有在悉尼才能写成,因为悉尼溶化在我的血液中。从肯辛敦大街走过的时候,确实只是一闪念,只是一种预感。有一个突发事件经过改变和发挥成了小说中的情节,那就是我和妹妹苏珊试图劝母亲搬家的插曲。房子我们事先已经看过,很宽敞,整个气氛也宁静安谧。我特别喜欢那个幽静之所在,真想马上搬进去,永远和整个世界隔绝。可是对于我的主意,母亲露丝根本不予理睬。我回澳大利亚之后,她便死在先前那套公寓里。我心里一直有一种负疚之感,总觉得是我们那个建议害了她。恐怕她当初并不是害怕离开那些再也看不到的东西,而是不愿意在罗马天主教修女们的包围下死去。在我写的那本书里,伊丽莎白·亨特[①]的子女极力想让她临死前搬到什么地方的用心当然是险恶的。我的妹妹苏珊绝无任何险恶的用心,在她身上连一点儿拉萨贝娜公爵夫人[②]的影子也没有。不过,在我身上大概不乏后者的种种恶习。作为一个被挫败了的角色,我从卑鄙的、自私自利的巴兹

[①] 小说《风暴眼》的主人公。
[②] 《风暴眼》中的人物,亨特太太的女儿,亦即多萝茜·亨特。

尔爵士①的身上,看到许多与他相似的东西。我有时候纳闷,多萝茜和巴兹尔是不是我从自己的灵魂深处招来的两个前来报仇的人呢?我让露丝搬家的建议是不是对她把我送到切尔滕纳姆受苦的一种无意识的报复呢?我希望不是,但这有可能是事实。

让我们再回到巴兹尔爵士的话题上吧。乔·洛西②有一次对我说,狄·保加第③认为,像巴兹尔这种下流坯永远不会受封。环顾四周,无论那时还是现在,这种看法都让我哑然失笑,特别是在澳大利亚。

我先写出来的是《活体解剖者》——一本关于画家生活的小说。我命中注定成不了画家。这是我平生另外一大憾事。我曾经想过,如果有绘画的才能,我也要当个画家,用视觉上的、更为形象化的创造来表达自己内心深处的感觉。我认为挥动手臂全身心地作画总比一边受着支气管炎的折磨,一边苦思冥想地写文章更使我振奋。这也许是一个因为不得不写作而总爱生气的作家的幻想。有的画家对我说,赫特尔·达菲尔德④根本算不上一个画家,有的人却认为名副其实。在我的整个创作生涯中,经常碰到对我的作品中的人物完全相反的评价。比如有的人说希梅尔法布是犹太人,有的人却说他压根儿就不是什么犹太人;有的人认为我对女人了解颇深,有的人却认为一窍不通;有的人认为我的作品明白易懂,有的人则认为

---

① 《风暴眼》中的人物,亨特太太的儿子。
② 指约瑟夫·洛西(Joseph Losey,1909—1984):美国戏剧及电影导演。
③ 狄·保加第(Dirk Bogarde,1921—1999):英国影星、小说家。
④ 长篇小说《活体解剖者》中的主人公。

我那些小说无法理解，简直是让人讨厌的垃圾。不过，我希望任何一个敢于冒险的作家都能做出殊死的搏斗。

赫特尔·达菲尔德究竟是不是画家，且不管他。反正在我看来，他是我所认识的几个画家综合体，是按照我心目中想要成为，但一直没能成为的那个画家的模式塑造出来的人物。在刻画一个令人信服的艺术家的同时，我还想描绘一幅我们这个城市的风情画——潮湿、灼热、浅薄、傲慢、美丽、丑陋的悉尼，从一个阳光照耀的村庄变成现在这样一个"暴发户"，一座旧金山和芝加哥的风格与特点相混杂的城市。还有许多方面的事情需要我去探究。不过，与其说是一种探究，还不如说只是去重新体验海风横扫、水汽蒙蒙的大街在心头激起的那种感觉。我也到死胡同、狭窄的小巷，以及被堵塞的大道慢慢地转悠。每逢这时，总能回忆起以往的欢声笑语、亲朋故友，以及曾经在心中奔涌过的感情。而这一切，对于我自己那种可叹的、并非典型的澳大利亚人的禀性来说，恐怕只能唤起负疚之感，而不能引起丝毫的快乐。

我灵魂深处那个清教主义者总和耽于声色口腹之乐的本性进行搏斗。孩提时代，我为父母的富有而羞愧。我知道，在我们的生活中，有一道保护那些为数不多的、受到命运偏爱的人们的栅栏。栅栏另一边是精神痛苦、物质贫穷的芸芸众生。因此，我对于父母那个阶层任何一个"普通成员"的权力嗤之以鼻。他们认为的成功，包括我的所谓成功，让我感到厌恶。难怪富裕阶层的任何一个"普通成员"都攻击我的这种坦白是对我所有作品中的错误观点的蹩脚的解释。如果我至今仍然被澳大利亚有钱人的价值观所蒙蔽，真理这一块棱角很多的结晶体折射出来的光彩，对我来说一定更加高深莫测。

在百岁公园安顿下来之后，可以说，我们开始走向世界。我得首先弄清，自从父母亲那个时代成为过去以来，上流社会的礼仪又发生了什么变化。起初我没有发现太大的变化。女士俱乐部里还是上了年纪的侍女头戴古板的帽子，在餐桌旁边忙来忙去。有位老小姐——梅甚至还记得曾经在拉尔沃思给我母亲干过活儿。有些老妇人出去到私人住宅做饭端菜，这是对传统的偏离。菜单还是老一套：奶油浓汤、烤牛肉片、特别精致的豆荚丝。那些老妇人真让人感动，她们伸出患着关节炎的手把椭圆形大浅盘推到你的面前，如果你还不夹菜就推推你的胳膊。我记得有个叫默特尔·帕克的老太太弱不禁风，很像狄更斯笔下的老处女。我总想再见到她。

在那些愿意结交社会名流的人豪华的住宅里，也时常举行盛大的聚会。有一次晚宴，我坐在斯特拉文斯基①旁边。我们俩都向对方坦白自己嗜酒如命之后，便引为知己，海阔天空地聊了起来。我记不清都谈了些什么，无非是些街谈巷议的闲言碎语罢了。还谈到由他作曲的达基列夫②芭蕾舞剧中的几位女演员。年轻时，我在伦敦看过她们为德·巴西尔③所作的表演。我一直觉得和音乐家谈话很困难，音乐家的语言就是他的音乐。可是斯特拉文斯基跟我一见如故。我们俩坐在一起一边喝酒一边聊天，十分愉快。不管怎么说，我听过他的音乐，他声称读过我的几本小说。对于我们俩还有

---

① 伊戈尔·斯特拉文斯基（Igor Stravinsky, 1882—1971）：俄裔美籍作曲家、钢琴家及指挥家。
② 谢尔盖·达基列夫（Sergei Diaghilev, 1872—1929）：俄国芭蕾舞制作人，艺术批评家。
③ 瓦西里·德·巴西尔（Wassily de Basil, 1888—1951）：俄罗斯芭蕾舞团经理。

什么比这更重要的呢？罗伯特·克拉夫特①和我们同桌，他一直留意着我们，不时插嘴说点儿什么，似乎生怕我们忘记他的存在。餐桌那头坐着斯特拉文斯基太太，活像一只老英国护羊犬的俄国变种。对斯特拉文斯基一行三人来说，那天晚上一定非常乏味。几天之后的一个夜晚，我去观看一场音乐会。音乐会一开始演奏的是按照美国大学音乐风格改编的斯特拉文斯基的作品。乐队指挥正是克拉夫特。之后，满脸皱纹、身材矮小的斯特拉文斯基拄着拐杖，蹒跚着走上舞台，亲自指挥乐队演奏他的作品《阿波罗》(*Apollo Musagettes*)。那真是一个让人肃然起敬的场面。不管乐队演奏的曲子是否值得人们喝彩，反正大家都傻头傻脑地鼓起掌来——音乐会的听众总是颇受鼓掌之苦。

进入 70 年代之后，社会风尚发生了变化。只要能赚钱，社会地位较高的妇女也可以到和她们平等的人家，甚至到连她们还不如的人家当厨娘。金钱变成至高无上的东西，粗俗成了时髦。只要有钱，无赖也能飞黄腾达。随着物价飞涨，爵士的头衔比任何时候都更容易买到。英国君主定期往返于英澳之间，密切注视着澳大利亚，以为这儿还是一片乐土。

70 年代期间，我从社交界隐退了。我不得不弄明白当代显贵和富豪的种种习惯。在我们那个有钱人的社交圈子里，有的人说他们之所以和我断绝来往，是因为我是他们那个阶级的叛逆者。我对于自己的政治观点从不隐瞒。我曾经公开宣称，不管怎么说，我总认为作家、艺术家是没有阶级属性的。如果我说澳大利亚所谓"优越

---

① 罗伯特·克拉夫特（Robert Craft, 1923—2015）：美国指挥家，与作曲家斯特拉文斯基交往甚笃。

的阶级"自命不凡、虚伪狡诈,我还得补上一句,我自己的家庭就属于这种新贵。几代以前,我的祖辈还是萨默塞特郡的自耕农。来到澳大利亚之后,政府拨给他们大片土地,因为耕种有方,获得极好的收成。成功大大地改变了他们的生活。他们盖起爱德华七世时代最流行的楼房,代替了先前简朴的房屋。他们用的进口汽车可以和今天最豪华的小轿车相媲美。我的先辈们尽管在许多方面都很节俭,但还是染上了澳大利亚新贵们那种已经成为时尚的虚饰与浮华。区别仅仅在于,我的父亲和他的几个弟兄都是正直的人,都不愿意背离自己的原则;我的几个并不漂亮的姑妈也有她们自己不能说是错误的道德标准;就连比较起来更爱自命不凡、更加考究的母亲也从来不肯丢弃自己的原则。父母教育我们,永远不要吹牛,不要谈论钱,要量入为出,默默地奉献。(就连怀特家最差劲的亚瑟叔叔也可以做到默默地奉献。)

就我所知,在今天社交场中蠢动着的人们:那些描眉打鬓、袒胸露背的妇人,自我炫耀、难以信赖的"骑士""上尉"也会大方地"默默地奉献";而另一方面,他们乘着喷气式飞机旅游、变着花样儿通奸、出庭接受法律的裁决。这完全是可能的。在我过去尊敬过的那些人中,双重准则的人比比皆是。至于我个人,从不讳言,作为一个艺术家我的面孔千变万化,就是身体也随着时间、气候和小说的要求而变化莫测。

为了适应我的小说创作,我住过的那几幢房子都经过整修和重新布置。了解我的人都能从我的小说中找到那些房子的踪迹。在《探险家沃斯》这本书里,你能看到拉尔沃思的影子;在《人树》《坚实的曼陀罗》中,你能找到山茱萸的踪迹;在《风暴眼》中,你可以领略到马丁路的风光;在《特莱庞的爱情》中,你可以看到"包拉罗"的农舍、土地、工棚、厕所。有时候,不是那些房屋的建筑风格,而是周围的气氛更多地出现在我的作品之中。应当说,在我想象的舞台上,有三四套最基本的布景,它们和我过去的实际生活密切相关。这些布景可以根据作品中所描述的现实生活的需要,自由拆除或者重新组合。

有时候我很纳闷,如果我生来就是一个只爱异性的普通男人,生活该是什么样子呢?如果我是一个艺术家,或许会是一个自负的、夸夸其谈的家伙。当我因为成功而面对那面可以透视灵魂的镜子夸耀自己的时候,也许会像歌德那样,突然发现比被自己抛弃的门徒爱克曼还差。我的地地道道的男性基因会使我尽情地挖掘性的欢乐。作为父亲,我可能是一个让人无法忍受的老头子,孩子们会讨厌我、小瞧我,看透我并非什么了不起的人物。我可能接受什么封号、勋章;死后甚至会为我举行国葬,尽管由于根深蒂固的虚伪,我总会装模作样地拒绝。

如果我是个女人,一定是个生殖能力很强的母亲,不顾自己的辛劳,心甘情愿地为丈夫生出一大堆儿女。我会温柔多情,也会妒火中烧;会因为某种原因和结果愤愤不平,也会因为难以避免的失败暗吞苦水。或许我会选择妓女的生活,因为我可以扮演比女演员扮演的还要多的角色。我会把我的男性观众哄得团团转,让他们以为我是他们手心里的一个可以任意玩弄的玩物。然后,当他扣好扣了的时候,就把他那张妄白尊大的人皮撕得粉碎,再扔还给他。要么,我会是个修女,白皙的脸庞上挂着一丝淡淡的微笑,献身于人们最需要的精神上的爱恋。

我心中那种既爱又恨的感情赋予我一种洞察人类本性的能力。而这种能力，我相信，那些不折不扣的男人或者女人是不会具备的。我这幢不伦不类的"房子"尽管歪三倒四、不堪一击，但绝不会拿它去换那些自认为自己是地道的男人或地道的女人所筑起的"城堡"。

　　事实上，由于性别那种既爱又恨的矛盾内涵，使一个民族的气质得到更新、巩固，并且变得更加明确（即使是完全无意识的）。即使澳大利亚也不例外。在我看来，澳大利亚人性格中那一点精巧微妙之处就来源于女性蕴藏着男性的本原，男人蕴藏着女性的本原。所以，一般来说，澳大利亚女人看起来比她们的男人强壮。哦，男性蕴含的女性的元素还没有强大到使他们让人感兴趣的地步。

　　有一位英国文艺批评家发现我的小说有一个严重的缺陷，那就是我笔下的女人总比男人强。对于这种所谓不平衡，我并不觉得有什么异常之处。这个结论来源于我对澳大利亚同胞长期的观察。甚至在很小的时候，我就从父母身上看到了这种细微而又具体的差别。

　　我生活中的错误之处是相信人与人之间的交往是完全真挚的。曼努雷则认为，所谓真挚，首先取决于环境和条件，因而不必为此愤世嫉俗。他对现实的认识受内心深处的纯洁与善良的支配，而这正是我所缺乏的。我追求纯而又纯的真理，这便使自己变成一个总爱苛求的人。这倒不是说我不喜欢、不崇拜人们对生活的种种感受。不管怎么说，心地纯洁与忠诚可靠是我所崇尚的。

第二部 旅　　行

圣山和往事的断想

我们忧心忡忡，离开逐渐被废弃的雅典火车站，火车将要蜿蜒曲折穿过欧洲。车厢里空气污浊，飘散出一股烟蒂、屎尿的气味。颓废和不祥的阴影笼罩了整个希腊。曼努雷闷闷不乐，觉得对所有这一切都负有责任，就像我在澳大利亚对所有我觉得应当改善的事物都有一种责任感一样。我们这一生都在向对方道歉，虽然经常是默然无语，就像看见蟑螂在踢脚板的阴影下面飞快逃窜时那样。

在萨洛尼卡①，这样的时候就很多。古建筑的废墟和拜占庭马赛克镶嵌装饰无法抵消城北斯拉夫文化与风格在人们心目中留下的印象。我们住的那个旅馆很适合拍摄结局可怕的间谍故事片。夜里，我们俩怎么也冲不掉盥洗室马桶里扔着的一封法文信。早晨，弯弯曲曲的海湾升起朦胧的雾，第一眼看到的便是奥林匹斯山。

---

① 萨洛尼卡(Salonika)：希腊东北部港市。

我们乘坐一辆破旧的希腊公共汽车前往圣山。检票员一遍又一遍地查看我们从雅典某一个部门领到的证件，手提包堆在脚跟前，大一点的包裹捆绑在盖了防水帆布的车篷上面。直到爬上陡峭的山崖来到与落日相映衬的修道院前面，我们才意识到，应该带来背包、换洗的衬裤、袜子和两本企鹅出版公司出的小说。不过不管怎么说，总算上路了。汽车颠簸着，向我们的停泊之地驶去。那是一座让人沮丧的村庄，塑料制品和电动唱机已经侵入这块古风犹存的幽静之地。我们在这里安顿下来，等待着。

朝圣者们（事实上我们也成了朝圣的人）最后都坐上了帆船。那船儿吱嘎吱嘎地响着，和景色单调的陆地伸出来的手指状的沙滩呈平行线航行。和圣山有关的壮丽景色没有一样张开双臂欢迎充满期望的灵魂。于是我们只好又一次停下脚步。（在希腊旅行得经常做好这种"停下脚步"的准备。到达目的地的时间一次又一次地推迟。希望化成沮丧，这似乎完全是一个为我这种受虐狂缔造的国家。）

在卡里埃——这个"教会国度"的首府，我们被安排到一幢相当于招待所、混凝土结构的集体宿舍里住宿。那地方脏得要命。第二天早晨，教会的"官僚"们又检查了一遍我们的证件，加盖了几个图章。我们朝和要参观的那个地方相反的方向慢慢地溜达，到卖纪念品的铺子里转了一圈儿，买了三个形状像长方形姜饼的木头做的小圣像。在一座几乎废弃了的俄罗斯风格的修道院外面，一位修道士朝我们恶狠狠地叫喊。我们已经不止一次地发现，东正教的修道士总爱这样吆三喝四，活像一位愤怒的王后。我们无法使这位上了年纪的俄国人的怒火平息，只好一走了之。不一会儿便把那点儿寒酸的、压根儿就没有必要带来的行李提到已经雇好的两头骡子跟前。

这两头骡子把行李驮到停泊在埃维伦的帆船上。这条船将带着我们走完下一段旅途,去大拉伏拉①。

就像从萨洛尼卡开出的公共汽车在灰色的、坑坑洼洼的公路上颠簸一样,帆船在蓝色的水面上晃荡,陡峭的山崖与我们擦肩而过,山崖上的修道院仿佛足智多谋的鸟儿或者昆虫在巉岩上筑的窠。只有蜘蛛般的僧侣们才能建造起来的、突出在嶙峋怪石之上的厕所给圣山建筑群原本就怪诞的美更增添了几分怪异。只有瓦托派季乌修道院例外,它看起来就像是拜占庭版的哈罗盖特②的酒店。我以前去过一次哈罗盖特,是跟家人一起去的。我们在酒店登记时,正好阿加莎·克里斯蒂③也在登记。对此她当然没有什么记忆。我们在拉伏拉逗留期间,又骑骡子回瓦托派委乌游览了一天。正殿四周聚集着许多华丽的建筑物,似乎要极力将整个世界排斥在外。然而事实上,就连瓦托派季乌本身的安谧与恬静也还是属于人世红尘的序列。尽管古建筑的废墟与修道的僧侣随处可见,最初产生的那种好像到了哈洛加特的印象还是被布莱顿④在我们脑海之中留下的印象代替了。我们在一个小餐厅里单独吃午饭。这顿饭和周围尚未脱离凡尘的环境倒很协调,当然也是我们在阿索斯圣山这一段时间吃到的最为讲究的饭菜。瓦托派季乌肯定有舒适的软床、热乎乎的浴盆。倘能受用这一切,即使甩掉同行的朝圣者,我们也毫不在乎。

---

① 大拉伏拉(Grand Lavra):阿索斯山的第一座修道院,建于963年。
② 哈罗盖特(Harrogate):英格兰北部之一城市。
③ 阿加莎·克里斯蒂(Agatha Christie,1890—1976):英国女作家,以写侦探小说闻名于世。
④ 布莱顿(Brighton):英国英格兰东南部的城市,海滨疗养地。

我们这群朝圣者真是一帮不伦不类的乌合之众。曼努雷和我带了过多的行李;雅典夜总会一位吹小号的乐师的使命是到希兰达瑞一座罗马尼亚神庙,从一株神奇的葡萄树上摘一片叶子,使未曾生育的妻子怀孕;一位年轻警察脚上穿的那双短袜越来越臭;一位"耶和华的证人",贝雷帽上别着一枚徽章,张嘴就和人吵架;还有从底比斯①来的一位开餐馆的老板,总是不住气儿地咳嗽、吐痰。我们的共同之处在于都是进山朝圣,都为旅行工具的缓慢而生气,都因害怕不能在夕阳西下、院门关闭之前到达目的地而焦急。当我们乘坐的帆船终于在拉伏拉一个小小的港湾拴好缆绳,夕阳已经开始西沉。我们一起向山崖爬去,那情景简直糟透了。我累得上气不接下气,那个底比斯人不住气儿地咳嗽。所有的人都满身臭汗,手里提着的箱子简直要把胳膊从身上揪扯下来。整个旅行过程中我未曾"染指"的打字机因为一路颠簸丁零零地响着。我们的行李之所以如此可笑地"超重",是因为我们头脑简单,或者说颇有点儿势利眼,带了几套到君士坦丁堡和士麦那穿的漂亮衣服,还带了不少礼物,准备送给曼努雷的亲戚。

让守门的僧侣失望的是,我们正好在太阳落山之前赶到了院门外。

我发现旅游的时候,不管到哪儿,总是很不凑巧。要么天太热,要么天太冷,要么歌剧院、剧场、博物馆在这天、这个季度,乃至无限期地修缮;更有甚者,你会碰上大罢工、流行病,或者动用了坦克大炮的宫廷政变。在拉伏拉,我们正好碰上当地的教徒准备庆祝千年

---

① 底比斯(Thebes):希腊彼俄提亚的古代城市。

周年纪念日。当从外国雇来的工匠用板条、灰泥、暗绿色的硬泥石维修被岁月剥蚀的石头围墙时,僧侣们的神经绷紧了、脾气变坏了。他们本来就讨厌朝圣者,现在这些不速之客比以往任何时候都更显得多余。据说希腊国王将作为来自尘世的贵客参加这次盛典,人们不禁纳闷,这个"教会王国"对此将做出什么反应。

第一天晚上,我们跟负责接待朝圣者的修士相处得挺好。他在我们住的宿舍外面的阳台上用顶针大小的酒杯给我们喝茴香烈酒,还跟我们一起玩土耳其字谜游戏。可是后来情形越变越糟。晚饭是一小碟面糊和几粒菜豆。(大家不是都喜欢苦行僧的生活方式吗?)房子墙壁很脏,窗框断裂,厕所之脏更可想而知。熄灯前,大伙儿喋喋不休说长论短;熄灯后,那位当警察的朝圣者一双袜子臭气冲天,熏得我们彻夜难眠。

在圣山比在希腊其他地方更得学会有耐心。我经常因为等待而焦灼不安。曼努雷不但脾气好,还信仰希腊东正教,他是位宿命论者,所以颇能忍受这种苦楚。不过,长处也好,短处也罢,反正得等到负责接待的修道士答应带我们去看圣人的法衣、祈祷书,或者别的什么圣物。

如果不是某些圣洁的修道士的世俗气和坏脾气能与我相"比美"的话,我一定会更谦卑些。我们在石头做成的迷宫中十分虔诚地走着,苦行僧的面糊与菜豆早已消化得无影无踪。突然,从一套颇为幽静的房子里飘出一股饭菜的香味,从时而关闭时而打开的房门,瞥得见屋里豪华的陈设,几位举止高雅的侍僧跑来跑去,正听命于某位专横的上司的差遣。这使我想起在阿索斯修道院听到的一则逸事:在新南威尔士南岸,有一座福音派新教会的教堂,不知道是什么人在教堂的墙壁上写了这样一条标语:"教堂是罪人的医院,不是圣人的旅馆!"

圣山阿索斯上某些苦行精神不够强的修道院已经变成了这种"圣人的酒店",至于以奢华著称的瓦托派季乌就更不用说了,最终总会沦为有钱人的酒店。那时候的旅游者一定是男男女女、五花八门,不像我们这次朝圣尽是些行为古怪的男人。

不过就连最爱发火、最愤世嫉俗的朝圣者也会因松林的寂静从愤懑的泥沼中自拔出来。青紫、金黄的巉岩之下,锯齿般的岩石、一丛丛青草、和拜占庭的拘谨相一致的执拗的植物开出的小花,都是构成一幅圣像的细节。一个真正受命于天的隐士活像一把黑色的阳伞,正沿着狭窄的石径迤逦而去,背后跟着他的毛驴。所有这一切都抹去了修道院密室里肮脏的奢华在人们心中留下的印象。

我们——初次朝觐的朝圣者——盖着粗毛毯子,躺在梦神袭扰的宿舍里,在很不安稳的睡乡漂泊。突然,下面小巷里修道士们的叫喊声把我们吵醒。原来他们是喊朝圣者们去做早晨的祈祷。大伙儿爬起来穿好衣服。教堂里还弥漫着已经燃烧过的蜡烛和香料的那种闷浊和清冷,尽管正在燃烧的蜡烛开始制造出新的温馨。圣餐仪式开始举行,我们都有点不知所措,满脸谦卑、三五成群挤在一块儿,直到潜藏在苦行主义中的贪图享受的欲望终于占了上风,才斗胆倚靠在东正教教堂里木头墙壁上面为精神脆弱的人特意设置的座位上休息一下。香烟缭绕,我们像一群酒色之徒,懒洋洋地斜倚在那儿,听着已经无法追忆的训示,灵魂得到了启迪,或者说好像得到了启迪。我不能断言别的那些神情迷乱、胡子没刮、脸没洗的朝圣者也有同样的体验,因为所有这一切都是无形的。就像我的精神穿过圣餐仪式的"枝杈",终于消失在一片紫云之中一样。

做了几个小时礼拜之后，大伙儿都饥肠辘辘，心猿意马起来。下午，我们在门口一家小铺买了一个午餐肉罐头狼吞虎咽起来。那真是一种愉快的堕落，就像战争年代在西部荒原大吃牛肉罐头，或者猪肉炖菜罐头一样，就是割破手指也不在乎。

割伤的疼痛与幻觉交替出现：这就是这里能吸引一个更加执拗的希腊爱好者原因吗？懒洋洋地倚靠在古老的拜占庭教堂破旧的木头家什上，被正在进行的礼拜仪式搞得昏昏欲睡；或者坐在软椅上看潮起潮落，让充满阴柔之美的浪花舔着他的脚趾。厨房里，铁腿桌子周围，一只金色的母鸡在地板上跑来跑去。念珠（*komboloy*）①珠子不停地互相碰撞，一点点消除了拨珠子的手的紧张。希腊人永远不会忘记酷刑室惨叫的回声，他的心灵永远是酷刑室的受害者。这种始于土耳其人和二战期间德国人的残酷折磨，未能使他超越对希腊同胞的折磨，最终又演变为自我折磨。一般来说，盎格鲁-撒克逊人没有经历过外国侵略者的残酷压迫，更容易沉溺于精神虐待的游戏，而澳大利亚人则特别善于通过冷漠折磨他的同胞。

我们在拉伏拉停留期间遇上了一场风暴，一直肆虐了好几天。我们只好放弃到海岬那边参观修道院的计划。事实上，即使有船停泊在港湾，也很难把我们送到海角那边。朝圣者们虽然感到扫兴，但同时又觉得松了一口气。因为大伙儿都尝够了苦行主义的滋味。说实话，我们巴不得赶快离开这个地方。每天下午，我们都要徒步走到港湾，希望看见来接我们的帆船在波涛汹涌的海面上跳荡，可

---

① 指希腊男人戴在手腕上的一串大木珠或琥珀珠。他们坐着等某人或喝咖啡时，捻着珠子打发时间。在英国，通常被称为安神串珠（worry beads）。

总是失望而归。修道士们自然也不无失望之感。有一天傍晚,我站在海滩上全神贯注地向远处眺望,希望在海浪间搜寻见一叶白帆。结果日落时分赶回去的时候,一位大胡子修道士已经关了院门。

于是,又像许多年前住在寄宿学校时那样,我们一边耐着性子在日历上画钩,一边苦熬日子。帆船终于来了,我们又被带回到那个被贴了诸如"生活""世界""自由"之类的各式各样标签的世俗之地。对圣山的访问使我体验到自己身上那些最好的与最坏的东西都暴露无遗了。我觉得,我的身体濒临崩溃,精神更加贫乏。曼努雷或许因为身上最好的东西多于最坏的东西,没有发生太大的变化。不过,这也很难说。最重要的是,我们可以继续去那个希腊城邦的旅行——君士坦丁大帝的城市。吹小号的乐师已经采集到了那种可以帮助妻子怀孕的神奇的葡萄叶。

我们迎着习习的海风与炫目的阳光扬帆远航了。我们的脸活像烤熟的培根,有的人则像没炸透的香肠。不过至少听不到"耶和华"的说教了。这或许因为蒙受了天恩,或许是他的朝圣者们的敌意所致。

我们坐着糟透了的公共汽车向萨洛尼卡进发,公路弯弯曲曲,车辙很深,车身一颠,脑袋便碰到车顶上面。每逢这时,对于圣洁与信仰的最后的呼唤便油然而生。有一位正在休假的警察从一个村庄上车之后,半路上发现钱包丢了。那里面不但装着钱,还装着证明他的身份、保证他的尊严的各种证件。年轻人急得歇斯底里大发作,车上每一位乘客都不同程度地受到他这种情绪的感染。大伙儿七手八脚四处搜寻,好像大家都得为他丢的那个钱包负责,而且要想把自己洗刷干净,就非得把那个钱包找到不可。过道那头坐着一位十分腼腆的罗马尼亚小修道士(他是从那座"长了一株神奇的葡萄树"的修道院来的），此刻口中念念有词，祈求圣潘诺瑞斯帮助我们找到那个钱包。谁都不想使小修道士泄气，但谁也不因他的祈祷而受鼓舞。又往前走了一会儿，警察让公共汽车在一个村庄停了下来，给他所在的警察局打电话，问他的上司该怎么办。谁也帮不了他的忙，我们只好继续颠簸向前，有的旅客还在折腾来折腾去，找那个钱包。失主心情烦躁，一根接一根地抽希腊香烟，胳肢窝里显然在冒汗。小修道士垂着眼帘，还在专心一意地祈祷。又走了几公里，失主突然大叫起来，说他在座位的镀铬架子和车底板的夹缝中找到了钱包。大家好不快活，都为圣潘诺瑞斯欢呼起来。一位来自班乃岛[1]的朝圣者龇开满嘴亮闪闪的金牙，靠在汽车挡风玻璃上轻轻地摇晃，一副鉴赏家的派头。她还伸出一双肌肉发达、生着关节炎的手拍打着罗马尼亚小修道士的脊背，祝贺他创造了这样一个不大不小的奇迹。

这之后，旅途上一直平淡无奇，没再发生什么新鲜事。到了终点站，大伙儿各奔东西，立刻做自己要做的事情去了。这是古希腊立法会议在当代希腊的一个缩影。大概人们隐约注意到那位修道士已经提着他的小箱子，沿着萨洛尼卡长长的大街扬长而去了。大概人们隐约希望在他到达目的地之后，能有与修道院的生活无关的快乐等待着他。

前往希腊城邦

我已经不记得为什么兹拉马[2]成了我们的一个补给站。也许因

---

[1] 班乃岛（Panay）：菲律宾中部的岛。
[2] 兹拉马（Drama）：希腊东北部的城市。

为地图上的地名总能引起我的兴趣,也许因为从那儿乘上斯坦布尔①特别快车比较方便。兹拉马跟诸如的黎波里、卡斯托里亚、帕特雷②、哈尔基斯③这样一些中小城市大同小异,同样的无聊、同样的可以在黄昏散步的大道、同样的供单身汉和巡回传教士们住的旅馆。不同之处在于,在北方你更容易注意到斯拉夫的云彩从边境线上飘浮过来。在兹拉马,除了斯拉夫的云彩之外,还能看到吉卜赛人的面孔。这是一个铜匠聚集的城市,大街上摆满了他们的小摊,跟吉卜赛人的集市很有点相似。我们当时恨不得买一卡车兹拉马的铜器,可是后来又总为带回来的那几件后悔。因为那些玩意儿爱生锈,得经常擦抹才行。

如果说兹拉马的某几条街是青铜的颜色,整个城市则是一片灰色。市中心的水池闪着清幽幽的光,泉水噗噗噗地响着,冒出一串串水泡。影子似的鲑鱼时隐时现,打破池水的平静。这种鲑鱼还常常出现在我们的餐桌上。在传统的基督教的教义在我的头脑还占上风的时候,我总是被"圣餐面包和酒要变成耶稣的血和肉"这种观念所纠缠。同样,在吃我最喜欢的鱼的时候,也会被这种感情折磨。这鱼活着的时候是最可爱的动物之一,死了之后也还是艺术品。我们极力想使自己喜欢兹拉马,可是那笼罩一切的灰蒙蒙的色彩,以及那潮湿的斯拉夫的气息却熄灭了我们充满希望的热情。

因为火车下午晚些时候才经过兹拉马,我们便找了一个房间午休。这家旅馆除了比希腊其他城市的旅馆多了一点儿霉味儿之外,一切都大同小异:门厅和楼梯两侧挂着千篇一律、色彩柔和的画,已

---

① 斯坦布尔(Stamboul):土耳其金角以南伊斯坦布尔的古老城市地域。
② 帕特雷(Patras):希腊伯罗奔尼撒半岛北部港市。
③ 哈尔基斯(Chalkis):希腊东南部埃维亚岛的城市。

经关闭了好几个星期的卧室里摆着样式时髦的家具。拉开抽屉,一股变了质的脂粉味儿直冲鼻子。至于床单,不用问,总是潮乎乎的。

所有这一切都是意料之中的。我们正迷迷糊糊地打盹,突然一只暹罗猫从与我们相邻的阳台上跳了进来。在兹拉马,这还是我们第一次接触活物。我们不得不弄个水落石出,后来发现这只猫的主人是一位雅典的卡巴莱艺人(他们在餐馆、酒吧表演)。这个年轻女人的尊严看起来像她金黄色的头发上面的那顶头盔一样不可侵犯。不过,毫无疑问,几个面皮黝黑、汗毛挺重的希腊人正等待着弄乱她的阴毛——那玩意儿的尊严大概就无法和她的头盔相比了——并且为她在那张颇为时髦的床上的服务而付钱。我们很有礼貌地跟猫的主人谈了几句与猫有关的话,她便把她的"财宝"放到了一只篮子里面。

就在我们等待去那座希腊城邦的火车的时候,天已大黑。想到拜占庭的情景,我们那种希腊式的紧张又油然而生。火车进站时,邪恶的身影在站台上奔跑。我们轻而易举地找到了座位。于是又一次由紧张突然转入平淡。直到火车到达亚历山德鲁波利斯①时,一个美国人破门而入,闯进我们那个隔间,才使我们这次旅行进入高潮。那个美国人汗流浃背、神情慌乱,声称他住的那家旅馆里有人要谋杀他,因此他半夜逃了出来。立刻,邪恶不祥的影子又在斯坦布尔特别快车灯光昏暗的过道和分隔间飘荡起来。苍白、蜡黄的面孔在玻璃对面晃来晃去,似乎总在窥视我们。不过,那种头戴无边女帽和眼罩的电影明星式的人物一直没有出现。

于是,高潮又一次以虎头蛇尾的方式草草收场。当灰蒙蒙的晨

---

① 亚历山德鲁波利斯(Alexandroupolis):希腊东北部港市。

光悄悄爬进车厢的时候,一位海关工作人员和一位希腊妇女争吵起来。那个女人给城里的亲戚带了一个真空吸尘器。她没完没了地盘绕吸尘器软管、检查塑料桶。结果女高音的尖叫和男低音沉闷的抱怨交织在一起,震耳欲聋。我不知道这场僵局是怎样解决的,因为拜占庭已经遥遥在望。

在君士坦丁堡(即使以英国或澳大利亚式的热情,我们也很难将它称作伊斯坦布尔),我们住在曼努雷的父亲介绍的"丝绸宫旅店"。我当时不知道其中的奥妙,后来才知道老头和这家旅馆有一种很难解释的关系。年轻时候,他曾经跟那位罗马尼亚老板娘从亚历山大港逃跑到芝加哥。丝绸宫有一个未必真好的优点:离火车站和妓院都很近。我们住的那幢房子底层的窗户正对一条大街,人们在那儿随地大小便,搞得臭气冲天。我们之所以免除了挨熏之苦,应当归功于那位罗马女管家。登记房间时,她听出曼努雷是罗马人,便给我们"开了个后门儿"。(君士坦丁堡的希腊人喜欢把自己称作罗马人。)感谢这位好心的女人,我们的房间立刻被调到丝绸宫比较好的那面。不过,女管家虽然一片好心,浴室里的抽水马桶却不能用,而且电梯总出毛病。(到这座城邦没几天,我们就发现这地方大部分设施都有毛病,要么就是不让你使用。)不过即使这样,我们对这位"罗马同乡"——丝绸宫女管家的关心还是充满感激之情。

君士坦丁堡宏伟壮观的黄金时代已经永远消逝了,只剩下一个淤泥般的伊斯坦布尔。皮肤呈灰色的土耳其人组成滞重、拥挤的人流,在大街上、公共汽车里涌动。实际上,普通土耳其人除了讲土耳其语,别的什么语言都不讲。而这种语言我们大概只能听懂五六个单词。因此,一旦迷路,或者被什么问题搞糊涂了,我们就留神听周围有谁在讲希腊话。"罗马同乡"们总是非常热情,把我们当作他们那个既像秘密团体又是尽人皆知的"少数民族"的一员看待。这些希腊人日复一日地生活在被驱逐出境的威胁之下,变成这个感觉迟钝的城市一根敏感、热情的神经。

逛肮脏的大街使我们精疲力竭,博物馆和宫殿里数不胜数的土耳其工艺品把我们看得眼花缭乱。只有科拉教堂精美的圣主镶嵌工艺、圣索菲亚教堂的安谧与开阔给了我们一种慰藉。圣索菲亚教堂是最精美、最典雅的教堂,甚至比帕特农神庙还要壮观。伊斯兰教徒曾经试图在它的穹窿之下悬挂牌匾,并且把从《古兰经》里摘抄的穆罕默德的语录镌刻在上面再饰以黄金。但是它那博大的精神没有使得这种企图变成现实。这座巍峨的大教堂是理想的化身,任何一座直刺青天、过分讲究细节的哥特式建筑都无法与之相比。它给人一种自信,那就是:崇高的精神并非虚无缥缈,它就在苍茫大地之上,就在我们周围。矛盾的是,一些宏伟的清真寺建筑正是受到为这座"令人嫉妒、气恼"的教堂的影响。我们本应该知道这个信息。可是当鲜血汩汩流淌,而且要继续流淌的时候,接受这一点又十分困难。

我们又去了几次圣索菲亚大教堂。有时候教堂的门关闭着,但我们的心灵和思想并没有因此而被关在门外。就是现在,我也还是常常想起那座最漂亮的教堂。孩提时代,我从悉尼父母亲房间里挂着的那张粗糙的彩色照片上,第一次领略了它的风采。

在拜占庭,我们还曾去博斯普鲁斯海峡①游览。那是一条丝绸般柔软、光润的水路。我们坐船去了好几次。在这里,拜占庭和土耳其终于构成一种和谐。土耳其古老的房屋和拜占庭城墙、城门的

---

① 博斯普鲁斯海峡(Bosporus):欧亚之间的一个海峡。

废墟都倒映在平静的水面上。海滨有些挺文明的小饭馆供应做得很精美的希腊-土耳其饭菜。在这儿,"罗马的声音"似乎占了上风。我们觉得很自在。只是一想起那个有趣的传说、那个可怕的幽灵,就又有点儿不大安宁了——上个世纪,一位英国家庭女教师在暮色中沿着纤路慢慢地走着,突然发现有一只篮子从她眼前飘过,篮子里有个人头正面对面地望着她。

安纳托利亚之行

对于一位希腊殉道者的灵魂,或者任何一个因为与此地有密切交往而受过折磨的人,情形越来越糟。去士麦那的公共汽车挤得要命。不过也许因为不像希腊的公共汽车那样稀里哗啦乱响,行动起来更敏捷一些,可以应付一个又一个急转弯,并且沿着紧靠悬崖的公路滑行。当然希腊的公共汽车也干得了这种活计,只是汽车司机的女保护人——挂在风挡玻璃前面晃来晃去的神像总是把你搞得提心吊胆,就连信仰埋藏在无意识之中的懒鬼,也因她绷紧了每一根神经。在去士麦那的路上,我们完全听天由命,当然也把希望寄托在人类并不可靠的技巧之上。

穿过小亚细亚的整个行程中,汽车司机不停地在播放器里放唱片,而且经常是同一张唱片转来转去。即使遇到急转弯,也拦不住他继续换唱片,或者使他变得更聪明些,不把手从方向盘上拿开。有一位坐在后面的土耳其军官俯过身来对着我的脖颈,结结巴巴地说起英语。车到布尔萨①之后,停下来休息了一会儿。军官坚持要

---

① 布尔萨(Bursa):土耳其西北部城市。

替我们付咖啡和小吃的钱。我们真有点儿不知所措。对于那位土耳其军官近乎厚脸皮（尽管完全是出于好意）的举动，以及汽车司机喜欢的唱片中传出的"蓝眼睛，噢！噢！"……我的希腊自我大概比我本身还要惊奇。

那无与伦比的美丽景色使我们不由得想起久远的往事。特别是漫无边际的平原上拔地而起的那座小山和山顶的村庄，笼罩在梦幻般的雾霭里，给人一种深不可测的感觉。我用胳膊碰了碰曼努雷，他不看，而是在生闷气。又走了一会儿，翻了半晌地图和旅游手册之后，我忍不住冷嘲热讽起来："这儿就是尼西亚①，你只消抬起头看上一眼！"这时，我也不由得生起气来。当然，我要是发火可比他厉害得多。就这样，在无法与任何别人分享的生命的历程中，我们相互折磨着走遍整个世界。

天黑之后我们才到达士麦那。甩开那位像粘在身上的口香糖一样的土耳其军官之后，我们找到了一家旅馆。这是一座挺时髦的混凝土立方体建筑，和汽车游客旅馆差不多。没有什么可挑剔的，只是这里应该是士麦那，而不是伊兹密尔。后来的情形也一直不错，当然偶尔也有不顺心的时候。

如果没有社会交往，以及未曾驱除掉的幽灵的骚扰，我们或许会在这里持与我们的朋友 A 相同的态度。他已经在这儿住了一段时间，教那些"令人眼花缭乱的土耳其年轻人"，而且很喜欢这差事的种种好处。我们和 A 的友谊就此结束了。我们不能不使他清楚地看到往日的灾难曾经将房屋夷为平地，使人们妻离子散、背井离

---

① 尼西亚（Nicaea）：位于安纳托利业西北部。1204 年拜占庭帝国的君士坦丁堡遭第四次十字军东征攻陷后，尼西亚成为拉斯卡里斯家族建立的尼西亚帝国的首都。曼努雷·拉斯卡里斯是此东罗马贵族家族的后裔，所以怀特让他"抬起头看上一眼"。

乡,就连仆人也几乎分文未取便逃之夭夭。

对于我们来说,士麦那被洗劫时冒的烟火、流的鲜血,依然污染着毫无生气、现代化了的伊兹密尔的天空。

我们沿着波罗基米亚漫步。孩提时代,乔治·拉斯卡里斯和他的妹妹波利米亚曾经在他们的外国家庭女教师的引领之下来这儿散步。大多数希腊人都喜欢这样慢悠悠地闲逛,也许因为他们腿短,也许因为靠近近东地区。而大多数盎格鲁-撒克逊人,特别是威西科姆家族的人都喜欢大步流星地走路。因此,我和曼努雷一起散步的时候,总会拉开一段距离。谁也看不出我们之间那一条条无形的细线。看起来我俩就好像刚刚发生了口角(有时候我们也确实争吵几句)。在士麦那,当我们沿着海湾漫步的时候,我们之间的距离或许会增大。这时,海水便像要淹死的牲口,啸叫着乘虚而入。地中海东岸的海水会创造出这样的幻觉。在轮船甲板上,我感觉到一种不期而至的内心的和谐。一旦上岸,这种和谐便被都市生活的空虚和乏味驱散。于是我渴望再登上甲板,扬帆远航。

尽管幻影绰绰,在士麦那有几天我还是十分快活。这得感谢另外一个"秘密团体"的成员。这些成员都是1922年那场大灾难——对希腊人而言——之后,被遣返回国的土耳其人。我们碰到的那些人的地位都很卑微:出租汽车司机、小店老板,或者服务员。他们都在克里特岛长大成人,第一语言是希腊语。他们喜欢讲希腊语,特别是突然来了一群陌生人的时候,更愿意用颇为自信的语气跟你说希腊话。从克里特岛遣返回来的土耳其人和从小亚细亚回来的希腊难民一样，大部分时候都沉湎于往事的回忆之中。他们对我们非常友好，就像对待受难的同胞一样。和君士坦丁堡的"罗马人"，以及士麦那的"土耳其-克里特岛人"的接触使我悟出，基督教初创时期，教徒们该是怎样相互支撑着战胜了社会的迫害，就像今天的犹太人和同性恋者一样。

从伊兹密尔犹太人居住的地区走过，我感觉到这里的居民至少过着安定、平静的生活。但是当我们在灼热的阳光下，在嘈杂的声音和各种气味中，在黑头发乱蓬蓬的犹太女人和使人想起亚历山大港大街的头发灰白的工匠们的注目之下，踯躅徘徊的时候，你不由得要问，这种安定和平静还能维持多久呢？希腊人和犹太人会不会又被什么政府赶走呢？

到了回希腊的时候，仿佛是另一场从士麦那的逃亡——尽管没有往日的血与火，但是土耳其那种极其乏味的官僚主义实在叫人难以忍受。每一张收据、每一片没用的废纸都得放到一个专用的钱夹里，以备查问。我在君士坦丁堡曾经兑换过一张旅行支票，后来怎么也说不清它的用途了。到士麦那之后，不管走到哪儿，都得向政府当局解释这几个钱绝不是用于破坏经济的地下活动。听取解释的人则无一例外都板着一副石头一样冰冷的面孔。而这些人都有权力决定我是否可以在切什梅乘船离境。当我们汗流浃背地奔波在伊兹密尔的大街上，从官员那儿跑到领事那儿，再从领事那儿跑回到官员那儿，来往穿梭，好像在做一场出于一件鸡毛蒜皮的小事引起国际争端的噩梦。这种噩梦在今天的实际生活或者睡眠之中我们也还常常遇到。只是现在倘若做了这种梦，我们俩总能隔着楼梯平台把对方喊醒。

可是在伊兹密尔，叫喊也无济于事。后来，我偶然在雨衣口袋里发现了那张支票。这张给我们带来许多麻烦的支票已经揉成一个小团，和一堆没用的废纸、破绳、公共汽车票、戏票混杂在一起。这是我从小养成的一种坏毛病。有一次，母亲从我的口袋里装着的一大堆小孩儿玩的破烂儿里找到一本折了角的祈祷书。她生气地说："也许应当把他送到教堂去！"

在切什梅，我们又一次受到那个"秘密社会"成员们的款待。这些温柔的很有礼貌的"土耳其-克里特岛人"或者说"希腊-土耳其人"给我们吃东西，跟我们聊天。而那些土耳其警察在允许我们跌跌撞撞爬上阿芙罗狄忒①号帆船之前，又狠狠地向我们敲诈了一笔钱。就这样我们告别了"充满魅力的土耳其"，结束了我们这场非常私人的拜占庭和安纳托利亚远征。

海　岛　（一）

随着年龄的增长，海岛对我的吸引力越来越小了。这也许因为在一个人口过剩的世界，极少有荒无人烟的小岛，也许因为进入中年之后，我不再对自己和别人产生畏惧心理，更爱群居。（不过这并不妨碍我希望避开那些污染海岛的人。）可是在我大学毕业之前，能到锡利群岛②的某座礁石上小憩一时，付出什么样的代价我都愿意。大学毕业之后，我没敢再去锡利，生怕在那儿发现我不愿意看到的东西。昆士兰海岸东面的弗雷泽岛是为数甚少的几个尚且保持着大自然风情的海岛。这得归功于类似约翰·辛克莱这样一些"看

---

① 希腊神话中爱与美的女神。
② 锡利群岛（Scilly Isles）：英国英格兰南沿海的群岛。

门犬",他们为保护海岛不受破坏做出了卓越的贡献。我是在西德尼·诺兰①给我讲了伊丽莎·弗雷泽和斯特灵城堡号遇难的故事之后第一次去弗雷泽岛的。我是自己去的,并且由此开始撰写长篇小说《树叶裙》,可是后来又放弃了这个计划,因为我觉得澳大利亚作家首先应当关心20世纪的事情。几年之后,我和曼努雷又到这座海岛,做了一次全面的考察。这两次访问和大量的调查研究使得弗雷泽岛变成我生命的一部分。我仿佛亲身经历过那本书中所描写的艰辛痛苦,以及让人肉欲横生的环境。我似乎就是艾伦·罗克斯巴勒②和杰克·查恩斯③。我不准备在这里赘述这部书的每一个细节,就像我并不打算编一本关于希腊海岛的《旅游大全》,从考古学的角度介绍它们的风土人情、历史事件、海拔高度,以及相互间的距离。我只想说明它们在我的这幅自画像上涂抹过怎样的色彩,与我的生活有过哪些最为重要的关系。

我去过的第一座希腊岛屿是埃伊纳岛。那是内战将要结束,德国人还占领希腊的时候。当时我随同英国皇家空军,在希腊待了一年。曼努雷所属的团正在爱琴海扫荡残敌,并且开始在德军占领的海岛登陆。在那个炎热的夏季,我们设法离开部队,一起去埃伊纳岛。因为当时埃伊纳岛是唯一可以进得去的海岛。和我们一起去的还有曼努雷的小妹妹埃利和她的第二个孩子伊巴密浓达(诺提斯)。我们乘坐一条战火中幸存的帆船从比雷埃夫斯出发。这是一条非常简陋的船。不过正因为简陋,它才把我们送到离海岛更近的

---

① 西德尼·诺兰(Sidney Nolan,1917—1992):澳大利亚画家。
② 怀特所著长篇小说《树叶裙》的女主人公。
③ 怀特所著长篇小说《树叶裙》的男主人公。

水域。我们和一些神情阴郁、皮肤像犰狳一样粗糙的农民一起坐在甲板上。他们有的缺食指,有的缺拇指,有的甚至缺一只手。他们的女人包着头巾,没等帆船离开比雷埃夫斯,就呕吐起来。每当浪涛迎面扑来,水花溅在脸上,她们就在胸前不停地画十字。诺提斯是个可爱的小娃娃,那模样活像宫殿天花板上的小天使。他没有航海的经验,望着波涛汹涌的大海,不知道该怎样发泄心中的烦恼,便大哭起来。

对于我来说,这是在希腊长途漫游的开始。过去我只是通过文学作品和地图才对这个古老的国家有了一点了解。现在,我却希望在实际生活中把这种漫游继续下去。人们经常告诉我,这很难做到,而且直到那时,我的经验也告诉我同样的道理。可是事实上,我竟完成了这次长途漫游。

海浪颠簸,乘客祈祷,执拗的帆船终于把我们送到埃伊纳岛。那是一个狭长、乏味的海岛,没有树,一溜缓坡通向小岛尽头的一座火山。漂亮的火山锥一片死寂,至少在下次爆发之前将维持这种沉闷的状态。靠近港口的那几座小旅馆连半点儿吸引力也没有,我们便沿着海岸向海岛深处走去。有人告诉我们,在那儿可以找到好一点的房间。那些房子和一座餐馆相连。我们在那儿吃了一顿饭,因为濒临大海,当然是以鱼为主。房子在海岛上常见的那种立方形建筑物里,四周环绕着开心果种植园。开心果树的根穿过灼热的沙土伸到海水之中。看起来,靠了海水的滋润它们生长得很茂盛。旅馆老板这位希腊将军有两个帮手,都是他的妹妹,都是老处女,一位叫"科学",另一位叫"会议"。厕所里放着希腊式马桶,每天早晨,"科学"都要用一个大铁勺子把里面的屎尿舀出去。

在那幢粉刷成白颜色的房子里,为了不让海湾的蚊子飞进来,我们把百叶窗都紧紧地关上,虽然躺在床上热得浑身冒汗,但也心甘情愿。我们明明知道这不过是无休止的动荡生活短暂的小憩,但还是把它看作永久的幸福。我们什么也不干,只是看书,在微温的海水里洗澡,在灌木丛的华盖之下吃真正的食物——吃了几年部队集体伙食之后,这真是一种享受。我们还沿着狭窄的、平静的海湾散步。傍晚,凉爽的风轻轻地吹拂,绚丽的色彩在水面跳荡。而炎热和干旱使得大地一片枯黄。极目远眺,没有什么美丽的风景,也没有什么名胜古迹。不过有一次,我们造访了爱奥尼斯·卡波季斯第亚斯①住过的一幢房子。那幢房子坐落在海岸上一片清凉的、几乎有点阴冷的橘林里。

在埃伊纳岛逗留期间,我们从一张由港口带过来的难得一见的报纸上,读到对日战争已告结束的消息。这真令人难以置信,先是德军投降,现在日本又完蛋了。当时我们只觉得一阵宽慰,也觉得精疲力竭,很少想到这场战争到底是怎么结束的。这是以后的事情了。就像任何一场战争结束时那样,未来摆在眼前,简直完美无缺。那种感觉和看完一部拍得很糟糕的电影之后,心中涌起的宽慰差不了多少。我们三个人就这样接受了战争的结局。埃利经历了德军占领的恐怖、饥饿、屈辱,她甚至在餐桌上生下一个孩子。曼努雷和我谢天谢地,总算结束了我们在这场战争中扮演的微不足道的角色。也许,这将是掩盖对于我们来说至关重要的关系的最好借口。就这样,在这个让人快乐的时刻,我们也感觉到一种怯生生的快乐。总而言之,那个时候,我们最关心、最不能接受的是,是否有迹象表

---

① 爱奥尼斯·卡波季斯第亚斯(Ioannis Kapodistrias,1776—1831):1827年—1831年为希腊共和国总统,为争取希腊的自由与解放,曾与土耳其统治者做过英勇的斗争,1831年被暗杀。

明诺提斯——那个在爱琴海浅浅的水湾里溅水花玩的小娃娃会长成一位胡子老长的科学家,会在德国工作,并且娶个德国女人为妻。对于我们来说,那些落在日本本土与我们没有什么相干的炸弹远不如这个可笑的念头更重要。于是我们坐在灌木丛的华盖下面,一边吃地中海东部特产的味道极美的鱼,一边为未来举杯祝酒,并没有意识到那未来是何等的缥缈。

现在已经很难记起我们访问希腊诸岛的先后次序。我把它们看作一堆拼凑起来的混杂物、大杂烩,或者累进的幻灭。这倒不只是希腊,已经成为过去的战争生活也是如此。幸运的是,如果我们的关系因旅行中的经验而动摇,日后也总能恢复平衡。

克里特岛真让人受不了。战争虽然已经结束了好几年,伊拉克利翁①还像先前那样一片混乱。到处都是东方人的冷漠和贫穷。食物浸透了油,叫人望而生畏。绿头苍蝇到处乱飞,厕所里抽水马桶的铁链子拉不动,臭气冲天。另一方面则是极其精美的雕塑——太阳神阿波罗的雕像、先驱者耶稣基督的雕像、许多谦恭的肩扛羔羊的农民的雕像到处可见。

我们游览了这些古建筑的遗址,不过鉴于此书并非导游指南,无须一一细述。在斐斯托斯②,我们碰到一个让人厌烦的家伙。他认识不少知名人士,甚至和有名的美人们跳过舞、睡过觉。

在去艾雅·特里安达(克里特文明遗址)的路上,我们碰到一个浑身是土的农家小男孩,正对着他的羊群吹苇笛。

后来便到了艾雅·特里安达。那儿有一座已经成为废墟的别

---

① 伊拉克利翁(Herakleion):希腊克里特岛北部的城市,旧称干地亚。
② 斐斯托斯(Phaestos):希腊克里特岛中南部的古代城市。

墅。德军伞兵曾在这里着陆。英国人开发小岛之前，人们随时都可以到别墅享受一下现代文明。

我们乘公共汽车从伊拉克利翁去干尼亚①，一路上经历了从悬崖脱险，到妇女对着纸袋呕吐，溅你一脖子之类的种种常见的事故。在雷泰摩——以前我曾在军用地图上看见过这个地名——我们坐在灯芯草做的椅垫上休息，健壮剽悍的克里特岛人手里拿着铃铛懒洋洋地撞击着，发出清脆的响声。过了这个弯道之后，我们才十分惭愧地发现，没有注意到指示埃尔格里克村的路标。干尼亚虽然像伊拉克利翁一样混乱，但混乱中又透露着一种高雅。镇子里供膳的小旅店颇有点伊斯特本②的风情。我们屁股后头总跟着一群小孩儿，边走边喊："德国人！德国人！"我走遍希腊都会听到这种喊声。这是因为我说希腊语的愿望比别的英国游客更强烈，还是因为我说起来更自信就很难说了。（也许并不是这个原因，我还记得，到拉伏拉去的那位底比斯朝圣者因为我的澳大利亚口音，错把我当作巴西人。）要么就是因为我的眼睛。我并不认为这双眼睛神情冷漠，但我自个儿也明白，对于来自热情奔放的陌生人的诱惑，这双眼睛是不为之所动的。在这种情况下，可怜的曼努雷只能以"德国人的走狗"的身份出现在他的同胞们面前。可是斗转星移，有哪一个希腊人没有和德国人"勾勾搭搭"过呢？与希腊有过密切交往的德国君主可以数出一大串儿，直到威廉二世③的孙女弗雷德里克王后成了希腊"嬉皮士"的首领。

---

① 干尼亚（Canea）：希腊克里特岛西部干尼亚州的首府。
② 伊斯特本（Eastbourne）：英国英格兰东南部的港市和疗养地。
③ 威廉二世（William Ⅱ，1859—1941）：德国皇帝及普鲁士王，在位期间为1888年—1918年。

战争期间，我曾经作为英国皇家空军情报机关的代表之一，在塞浦路斯空军地面指挥所参加攻克斯岛的指挥工作。这次行动以失败告终，登陆的士兵有的当了俘虏，有的游过海峡逃到土耳其。那个具有决定性意义的夜晚真像一场噩梦——我们设法和在尼科西亚①夜总会寻欢作乐的高级军官们联系。战争期间，遍及匈牙利和罗马尼亚的表演歌舞的卡巴莱艺人们流落到了塞浦路斯。英国行政官员对她们的表演并不欣赏，但把女人看作慰劳部队的工具。一位有胆有识、雄心勃勃的匈牙利妓院老板成了岛上最有影响的人物。她建了一所别墅，经常对前来参观的军官们介绍说："你们瞧，这儿的每一块砖都有一段风流史……"

早在去多德卡尼斯群岛②之前，我便从军用地图和战前情报部门的报告上熟知了那里的情况。我简直可以带一个旅游团到群岛的许多个岛屿游览。我知道哪儿是港口，哪儿是炮台，哪儿是意大利修女的修道院。还知道，这些修道院是要求亡命徒、流浪汉回避的。几年之后，当我依然沉浸于正在撰写的一个情意缠绵的恋爱故事中的时候，现实生活虽然没有使我的幻想完全破灭，但还是使我陷入令人泄气的困窘之中。曼努雷跟我分享了那一切。

来到科斯岛，我们发现到处是极度的贫穷，到处是疾病。我曾经在利比亚看见过的那种意大利殖民者建造得相当漂亮的房屋在市区多得没人住。小岛另一头，活像澳大利亚画家迪克森笔下的那种脑袋和身体不成比例的孩子们则从洞穴一样的窝棚里钻出来，向人们伸手乞讨。面对此情此景，医神庙的安谧与宁静变得毫无意

---

① 尼科西亚(Nicosia)：塞浦路斯首都。
② 多德卡尼斯群岛(Dodecanese)：土耳其西南沿海的爱琴海中由十二个岛组成的希腊属群岛。

义。那株树干粗壮的大树也好像患了坏疽病。我们巴不得赶快从那儿逃走。

我们是从一个比较好的地方来这儿的。那时候,罗得岛①还没有被电影明星和旅游者所污染。如果你能逃离城市的喧闹、来往的航船、为安东尼奎恩湾增添传奇色彩的巨像和圣约翰骑士团,那么尚可捕捉到海岛生活的风情。我又兴致勃勃地玩起将目标变成现实的游戏,或者说,又使自己沉湎于战争期间被迫遏止了的想象之中。现在,在我的眼里,绘图钢笔画下的波形曲线变幻成干涸的河岸,白色的圆石间竞相开放着粉红色的夹竹桃。我们乘着汽车继续向前。罗德岛给我留下的第二个难忘的印象是林多斯那座教堂。它那用卵石铺成的地板不但是对事物真义的顿悟,而且是对镶嵌这些石子的无名工匠,以及因为做礼拜而磨损了这些石子的农民的一种纪念。在这个历史上举足轻重的罗得岛,林多斯村还给我留下第三个不太重要的,但颇具个人色彩的记忆。那是一位斜倚在土墙上的妇人。她请我们到她家看一看她收藏的罗得岛古代的盘子。没有别的原因,仅仅出于友好和骄傲。许多年过去了,但是这位披着落日的余晖,斜倚从小亚细亚海岸延伸而来的雉堞墙的妇人依然在我眼前晃动。她那长长的玫瑰红的围巾、切尔克斯人②曲线优美的大腿让人难以忘怀。

我们乘坐上下颠簸、让人眩晕的小轮船从罗得岛到科斯岛,又从科斯岛到卡利姆诺斯。小轮船随时都有颠覆的危险,我们只好蹲

---

① 罗得岛(Rhodes):爱琴海上的一个岛屿。
② 高加索人种中高加索地区一个人种的群落,特点是体型美、身材高,有着椭圆脸和栗色的头发。

在甲板上,两手紧紧抓住铜栏杆。我们宁愿这样受浪花和飞沫的袭击,也不想到吃水线以下的那个因为旅客呕吐而臭气熏天、让人窒息的小客舱里。

傍晚,轮船到达卡利姆诺斯。那里风平浪静,房屋一排一排建在海港之上,刷成五颜六色,引起我们无限的遐思。而现实给予我们的则是一个令人忧伤的小岛和空洞无物的生活。女人们等待到红海采集海绵的丈夫归来。我们在一幢房子里找到一间可以暂且栖身的房间。这家人颇有点自命不凡,和英国还有些联系。他们正准备离开小岛,巴不得我们这两个不速之客赶快滚蛋。整整一夜,那座已经空空荡荡的房子里百叶窗叮咣乱响,让你觉得主人并不喜欢这幢房子。

第二天早晨,我们乘出租汽车在这座荒凉的小岛上旅行。在一座高高的山丘上,我们让司机停下车来,从那儿可以俯瞰爱琴海令人眼花缭乱的水湾,和紧挨水湾的一片碧绿的草原。就像沙漠中的游客一样,我们恨不得立刻拥抱那片绿色。可是司机告诉我们,只有走水路才能踏上那块"绿洲"。我们只好作罢。在希腊,迷人的远方常常被近在咫尺的熟人所破坏。

我们在那所百叶窗叮咣乱响的房子里又住了一夜,那家英裔希腊人收拾行李。第二天早晨,大伙儿就都离开这儿了。

"列岛旅行"是一种瘾,它与旅游差别就像剧毒麻醉剂与阿司匹林的差别一样相去甚远。那些和我一样有这种瘾的人是否也像我一样愤恨自己的堕落呢?我从未找到答案。也许因为大家都羞于承认这一点。战前我们几次访问希腊,期间我都是被这种瘾驱使着,为了很难说清的原因,东跑西颠。与其说我是想在自己的王冠上再镶嵌一粒钻石，还不如说是为了满足再攀登一座高峰的欲望。我想再打开一把锈渍斑斑的锁，找到通幽的曲径，去看冰冷的蜡泪、虫蛀的雕像，以及被岁月和潮湿吞噬得所剩无几的圣像上肮脏的、仿佛生了丘疹与淋巴结核的脸。而我的这种欲望从来不乏钟爱之情，除非哪把打不开的锁让我吃了闭门羹，或者哪位农妇——保存钥匙和蜡烛的人去田里干活儿，到山上收栗子——随身带走了钥匙。

在我姑且称之为"贪欲精神"的鼓舞，以及曼努雷对东正教的虔诚的影响之下，我们到帕特莫斯岛、萨摩斯岛①、希俄斯岛②、莱斯沃斯岛③朝觐。不过先后次序现在已经记不清了。我们乘坐阿芙罗狄忒号逃离土耳其之后，经过不少海岛。但是在我的记忆之中，希俄斯岛似乎不在此列。这座小岛应该是伊甸乐园，可事实上不过是大海里崛起的一块浮石。那里的港湾即使拿海岛的标准衡量，也绝对谈不上是一个安全、方便之所在。我们找到一家早已过时的旅馆。这旅馆更像一幢公寓，楼梯井摆着蕨和其他花草，四周是一间间客房，房间里摆着铁床，床上铺着白色的棉布床罩。楼梯井和蜂房一样聚集在四周的房间构成一座天然剧场，完全可以在这里演出一幕幕戏剧。起初，由于土耳其之行的劳顿，我们只想躺在白床单上睡觉。恢复元气之后，心思又活络了，我们便到城里去游荡。在希俄斯岛很难买到食物。沿码头有不少卖果酱的铺子，但是连一家小酒馆也没有。再往城里走，倒是能买到半冷不热的油腻腻的肉烩菜，可惜吃下去的滋味儿不会好受。傍晚，我们坐在

---

① 萨摩斯岛（Samos）：爱琴海东部的希腊属岛屿。
② 希俄斯岛（Chios）：爱琴海东部的岛屿。
③ 莱斯沃斯岛（Lesbos）：爱琴海东北部的岛。

码头喝咖啡或者茴香烈酒,用羹匙挑起每餐必有的果酱,细细地品味。这时,资本家也在码头上来来回回地散步,太太小姐们胳膊上挎着小手提包,以海岛居民特有的风姿慢悠悠地走着,毫无疑问,她们心里正盘算着下一个季度雅典将要流行的晚上散步时用的手提包和衣服的式样。

更使人想入非非的是几座较大的宅邸,四周环绕着树木和看起来湿润润的灌木,花园四周也砌着高墙。这些宅子的主人是希俄斯岛的商人。他们在利物浦和亚历山大发了财,便跑到幽静的海岛大兴土木。小岛上面的这种住宅使我想起亚历山大港郊区与此相像的、环绕着高墙和花园的房屋。连同曼努雷孩提时代的回忆,我写成了小说《对蒂蒂娜好一点》(*Being kind to Titina*)。希俄斯岛的所见所闻还启发我写成短篇小说《一杯茶》(*A Glass of Tea*)。小说中那个吉卜赛人的故事实际上就发生在曼努雷的身上。当时,希腊人从德军的铁蹄之下解放他们的祖国,曼努雷随同他所在的团在希俄斯岛登陆。

我们乘坐一辆破旧的出租汽车,沿着海岛坑坑洼洼的公路做了几次远征。那时,我比任何时候都更清楚地感觉到这座海岛就是一块灰色的、尘土飞扬的浮石。我们访问了两个让人难以忘怀的村庄。那一天,我们一路颠簸,大部分时间是在出租汽车从座位到车篷的那个小小的空间度过的。第一个村庄叫米斯塔,村子里有一个广场,广场四周有几幅壁画,堪与毕加索的名作媲美;第二个村庄叫皮尔盖,先前是一座城堡。狭窄的街道两旁是高高的围墙。大街上涂抹着看起来像是道道金光的油彩,直通村庄正中一座豪华的教堂。当我们走近这座古堡,摆出一副重整要塞里的驻军反对一切可能入侵的土耳其人的架势的时候,一条红毛大猎犬吠叫着,向我们发出警告。

　　海岛这一部分到处种着乳香树。那弯弯曲曲、覆满灰尘的树木和灰色的土壤、坑坑洼洼的山坡倒很相配。希俄斯岛的大部分地区宛若死灭了一样，曾经昂扬过的热情早已被冷漠所取代。血流淌着，却失去了生命的澎湃与汹涌。

　　萨摩斯岛是比较糟糕的那种海岛中的一座，比有些岛屿树木多些，但是十分潮湿。岛上的庙宇一派衰败的景象，壁画已经斑斑驳驳。有一座修道院住着一个修道士、一个修女。他们是什么关系，我们始终也没有搞清楚。我们很希望是一种给人以幸福的关系。老修女在她那块菜地里干活儿，看起来平静安详。可是，你会感觉到那位修道士总会半夜三更大发脾气的。

　　傍晚，资产阶级的人们在瓦西的港口没完没了地踱步，已婚夫妇成双成对，学生们（姑娘们在一边，小伙子们在另外一边）组成一条不断的锁链。用"无聊"这个词形容傍晚海岛港湾和希腊大陆小镇子里的散步实在是再恰当不过了。也许我们都知道的一件发生在萨摩斯岛的自杀案给这里的各种仪式注入了过多的哀伤，同时也影响了我们对于所见所闻的态度。

　　在我们下榻的那家旅馆，我们看到颇像亨利·米勒①的《玛洛西的大石像》书中的场景的一幕———一个块头很大、浑身虚肿、满脸阴沉的男人坐在门厅下面一张对于他来说太小了一点儿的扶手椅上，正等待什么人、什么事，或者压根儿什么也不等。（在希腊旅馆，谁能不满脸阴沉呢？抽水马桶、配给的食物、找不着的洗衣房，甚至海

---

① 亨利·米勒（Henry Miller, 1891—1980）：美国小说家。《玛洛西的大石像》是他的一本游记，记述了第二次世界大战前他在希腊的各种经历。

岛和大陆小镇那种无所不在的无聊都让你生气。)后来我们发现,这位肌肉松弛的"大石像"是在等待他的妻子。她正在经理室像一只孔雀似的叽叽喳喳地叫个不停,因为浴室里的水龙头一直往外冒开水。我突然想到:在米勒笔下那个难忘的黎明,也许是卡辛巴利斯夫人(而不是那个"大石像")把雅典所有的公鸡都唤醒,并且叫它们引颈长鸣。

又一艘折磨人的船把我们从萨摩斯岛运到帕特莫斯岛。我们坐在甲板上,周围还有不少农民,他们带着惹人厌的孩子、"刀已经架在脖子上"的小羊、拴成一串儿的母鸡、一筐筐膻味挺重的奶酪。这次农民们呕吐的时候,一群神学院的学生也加入他们的行列——至少那些奶酪可以说是接受了"净化喷洒"。

我们对帕特莫斯岛抱有很大的期望,特别是天启洞穴和拉斯卡里斯家族的圣徒克里斯托多罗斯建造的那座修道院。应该说,我们在一定程度上如愿以偿了。不管怎么说,帕特莫斯岛那时候是一座活的"圣像"。在湛蓝的大海和暗褐色、布满石头的大地之间祈祷,便会出现什么奇迹。季节也作美,树枝吐出新叶,小草冒出嫩芽,细碎的花儿颤抖着丛生在岩石的缝隙。这一切正符合东正教的传统。即使有人说先知以利亚可能依然出没在他那座小教堂,谁也不会想爬到房顶去看个究竟。人们总认为举行圣餐的日子是牧师表达敬意的时刻,可是我所见到的东正教的牧师使我对此深感怀疑。

那时候,大多数旅游者一登上帕特莫斯岛,便骑着毛驴向山坡上爬去。那真是一个古怪的队列。太太、小姐们撩起长长的裙裾,露出两条结实的大腿。男女游客都紧紧抓着结实的木头鞍子向山上福音书作者的洞穴和大修道院进发。朝觐之后,游客都狼狈不堪,连滚带爬回到轮船上,继续他们的"巡游"。平静,以及某种优雅回归了海岛。

我们来到帕特莫斯岛的第一个早晨,便去了天启洞穴。大自然壮丽的景色使得这里俗不可耐,简直有点儿像集市上的货摊和马戏团的杂耍场。这情景使我想起悉尼拉什卡特斯海湾杂耍场的帐篷。小时候,我曾经亲眼看到使了招魂术的魔术演员吱吱咯咯地飘浮起来。这当儿,观众中有个小姑娘癫痫发作,昏倒在地上。我的灵魂也因恐惧为之一振。闷热的帆布帐篷、汗水、澳大利亚夏天女人脸上的脂粉散发出来的气味和这里燃烧的蜡烛、湿淋淋的岩石、腋窝,以及我在基督教信仰起源地之一嗅到的神圣气息,似乎没有多大的区别。我对此不敢相信,直到又走到明媚的阳光之下。路边有灌木丛,我弯腰采下几根小枝,似乎这样便忏悔了我的罪过。有一根至今还夹在我那本已经破烂不堪的地址簿里,常常可以看到。

在帕特莫斯岛,我们还看见一具上了年纪的农妇的尸体。人们抬着她的棺材走过大街。她穿着最好的衣服、系着最好的围裙,要不是送葬的人哀伤的表情和抬棺材的人一步一颠,把她颠过来颠过去,你或许会觉得老太太正躺在那儿睡觉。她头上罩着一块帕子,盖住灰白的头皮,两条也许从结婚时候起便留下的辫子像蛇一样从帕子下面钻出来,盘在脖子上。她紧闭着嘴巴,就像死神在那儿贴了封条,让她保守一个希腊小村庄要求保守的所有秘密。

也是在帕特莫斯岛,赫特尔·达菲尔德和海罗·帕夫洛西[①]经历了类似的场面——面对一具老太太的尸体。在去修道院参观的

[①] 怀特长篇小说《活体解剖者》中的人物。

路上,赫特尔还看见一个男人顶着风小便。对于某位在维也纳生活的英国妇人来说,这画面可太令人作呕了。她甚至写信告诉我,她无法理解为什么以前会那么欣赏我写的书。像赫特尔和海罗一样,我们还参观了海岛那边的女修道院。那位俯瞰小亚细亚海岸的女修道院院长热情地款待了我们。

还有一件事我记得特别清楚:在帕特莫斯岛,我们居然动了买房的念头。我们是在修道院南面几条大街组成的迷宫中看到那所房子的。房主的代理人掌管着钥匙。不太大的花园其实是一片没有人照料的杏树林,周围是一道垒得很粗糙的围墙,园子里还有一口水井。从实用的角度看,那幢房子是太大了些。不过,对于一个喜欢不停地从一个房间走到另一个房间寻找创作灵感的人来说倒挺理想。我记得最清楚的是,当时觉得这所空荡荡的房子正在等待契诃夫笔下的人物来占领——这是第一个预兆。从敖德萨①回来的希腊人自然而然要把俄罗斯风格带回到自己的祖国。他们用一种忧郁的调子——暗红和棕黄装饰屋子,墙裙画着钥匙或者古朴的茶壶组成的图案。杏树伸出弯弯曲曲的枝杈抚弄着窗玻璃,制造出一种悲凉的气氛。这种气氛搅动了我作为一个悲观主义者和受虐狂的那一部分感情。与此同时,一种率直的疑惑开始袭击我出神入迷的意识:一场地震震裂了房屋和花园的围墙;盛开的杏花丛中,耸立着一座类似澳大利亚厕所的石头房子,一堆石化了的粪便像雕塑摆在马桶上面;所有的预兆之中意义最明确的,是瞥见土耳其人横渡海峡的那一眼。

这幢房子风吹雨打,破败不堪。它的主人却还想靠它发一笔横

---

① 敖德萨(Odessa):位于黑海西北岸的港湾都市。1794年,由俄国女皇叶卡捷琳娜二世下令建城并命名。

财。买卖当然没有成交，但回到雅典之后，我脑子里那些怪念头依然围绕着它闪闪烁烁。我想象着该怎样布置那些房间。我跟在那头给我们驮行李上山的毛驴后头，疲惫不堪地走着。那幢重新装修过的房子光线充足，引起我那么强烈的创作欲望。厨房里，某个非常和蔼可亲的村姑塔西娅或者斯塔夫罗拉竭尽全力满足雇主脑子里突然出现的种种奇想。她们站在炉膛跟前扇火，或者眼巴巴地望着灶上的平底锅。锅里冒出一股果味橄榄油炖洋葱、大蒜、西红柿的气味。平静沉着的男主人们正在等待没能按时前来的雅典客人。客人终于来了，主人把他们领到院子里，坐在花开得正热闹的杏树下面，喝酒、吃农家的粗茶淡饭、彬彬有礼地谈话。

一切都那么完美，直到大海掀起风暴，客人们不得不回到充满幽怨的屋子里面继续吃那顿表示欢迎的筵席。东西不够吃，毛驴在港口等待着，将新运来的食品驮上山，可是始终没有等到。花园里，雨水打在杏树叶子上的淅沥声盖不住石头厕所里传出来的泻肚的声音。

当帕特莫斯岛激起的梦幻终于消失，我们长长地舒了一口气，如果硬要把这幻想变成现实，那么我们坐着喷气式飞机在南北半球之间航行的时候便会得精神分裂症。经济上也会来个大破产。不过，对那一切我还是不乏渴念之情，甚至会隐隐约约生出一种悔恨。有时候，我心中那只园丁鸟会从帕特莫斯岛给我衔回关于那幢房子的种种细节，我便用它们来装饰我的小说。

随　　笔

我有时候纳闷，自己一生中到底犯过多少错误？如果给了我驾驭命运的机会,我能驾驭得了吗?或者说,即使有这个能力,也愿不愿意去驾驭呢?看过校样之后,我从来不再读自己写的东西。如果因为什么特殊的原因,不得不翻开一本书,读上一两段便会惊讶地发现:有一种东西一定是在我处于催眠状态的时候,悄悄潜入了我的作品。从某种意义上讲,这里面当然有尚可分辨出来的个人经历拼凑的蛛丝马迹。可是从另一方面看,对于书中那个自我,我又实在知之甚少。这个我并不知晓的人物便是来访问我的记者、教授,以及写论文的学者们极力想了解的对象。我无法把这个人物介绍给他人,便只好拒绝会见他们。就如诗人菲利普·拉金在类似的情况下说他自己一样——我不想假装我就是那个人。我在小说中戴的面具和陌生人强加于我的面具相去甚远。或者再说一个比喻,我所创造的人物无法包括那些还没有出现在我面前的人物。我现在虽已六十九岁,但还要扬帆远航,去探索、去发现。

当然,有的人,常常是很亲近的人——包括最亲近的那位——认为对我的理解比我自己还要深刻。其实这种看法很不可信。我很悲哀,因为我所爱的这些人只能成为泛泛之交。我却希望他们能因为心心相印而感受到一种快乐。我是一个泛着水泡的黑幽幽的深潭,也是我们那座花园高坡上一片在晨光之中瑟瑟抖动的树叶。在上帝的眼里,或者对于任何一种超自然的力量来说,我也许只是微不足道的废物,只能在寿终正寝之后,给大地增加一点肥料。我花许多年的时间写下的那些书,只能在这个世界,或者只能在我自己的国家燔祭之时付之一炬。

这便是我今夜之所想。毫无疑问,明天早晨天一亮,我就会生出完全不同的看法,就像命中注定将要经历的每一个早晨那样。

海 岛 （二）

到达莱斯沃斯的时候，游客们对这座岛已经没有什么兴趣了。这也许因为它的面积的缘故。出于同样的原因，埃维亚岛①也被忽略了。那些妄图拥有、偶尔便会摧毁一座岛屿的外国人以为这片山岭绵延的土地是大陆的一部分。因为它离大陆实在太近了，只要架一座不太雄伟的桥，便可以将二者连接起来。莱斯博斯岛比埃维厄岛小一点，因为离雅典比较远，反倒给自己带来某种优势。描写女同性恋的传奇故事吸引了不少忠实的读者，但对促进旅游业发展时，它们却派不上用场。事实上，米蒂利尼②的旅馆一度不准许两个女人同居一室，男人则可以。那些被拒之门外的女同性恋不得不在松枝铺成的床上过夜。也许为了报复，她们编出许多米蒂利尼因其橄榄和男同性恋而闻名的故事。我们在一幢公寓下榻，不记得碰见过女同性恋或男同性恋。米蒂利尼是一座没有特点的城市，尽管这里的橄榄又大又水灵。

莱斯沃斯岛一览无余，和斯基罗斯岛③不一样。斯基罗斯岛也是一座相当大的海岛，但它总是那么羞羞答答、遮遮掩掩。莱斯沃斯岛则直率、粗犷，虽然不甚诱人，也还是将它所有的色彩都呈现在世人面前。

离米蒂利尼城不远，沿平坦、松软的海岸再走一段路，便会看到一幢幢结实的房子，赭色的墙壁已经褪色，变成赤褐色。过去，安纳

---

① 埃维亚岛（Euboea）：爱琴海西部希腊最大的岛屿。
② 米蒂利尼（Mytilene）：莱斯博斯岛的首府。
③ 斯基罗斯岛（Skyros）：爱琴海西部的希腊属北斯波拉提群岛中最大的岛。

托利亚的有钱人——曼努雷的祖母和她的女儿们也属此列——经常租这些房子,欣赏这里的风景、洗海水浴。现在,这些房子都静悄悄的,百叶窗关得严严实实,而且开始程度不同地坍塌,也没有敲草席、拍枕头褥垫、晾晒床单的女佣。所有女佣都跑到雅典去了,或者移居到澳大利亚和南非。

米西姆纳是一个美丽的小村庄,栖息在北面俯瞰大海的海岸之上。这个村庄成了世界各国知识分子和艺术家的牺牲品。他们年复一年地来这里作画、写作、探讨婚姻崩溃的原因,甚至写下关于某天早晨刚刚破裂的婚姻的诗歌。我们没在米西姆纳停留。有关这次访问的唯一的纪念是当地农妇用作头巾的一块棉布。这是司机吃午饭时,我在村庄里买的。我以为这块布肯定不会有什么实际用途,没想到这些年来,这块已经褪了色的莱斯沃斯岛产的黄帕子一直盖在我的打字机上,保护它不受尘土侵袭。

我们在岛上经常可以发现伟大的画家西奥菲拉斯画的壁画的遗迹。离米蒂利尼不远的一株古老的法国梧桐下面的一段断壁上有一幅画,给我留下十分深刻的印象。这种盘根错节的参天古树通常是乡村生活的中心。盛夏,这里是人们乘凉、聊天的好地方。只有阴冷、潮湿的冬天来临时,伤感、抑郁的人们才疏忽了这块风水宝地。西奥菲拉斯画笔下的人物造型和一种希腊木偶剧中的角色颇有点相似之处。壁画的内容大都是庆祝那场以希腊独立告终的反抗土耳其人的战争的胜利,讴歌战争中表现出来的英雄主义。跨过爱琴海,在与莱斯沃斯岛相平行的地方,你可以看到西奥菲拉斯描绘过的古战场的情景。在皮利恩,你可以发现同样已是废墟的堡垒、中世纪的城堡,以及和土耳其人打仗时留下的种种遗址。但是,被人们忽略了的西奥菲拉斯的壁画却躲躲闪闪,很难看到。因为保管钥匙的人大概到沃洛斯①走亲戚，或者到山上收苹果、采栗子去了。当然这完全可能是那位保管钥匙的农妇躲避游客的策略。她不想让她的宝物被陌生人看到，就像阿索斯山的那些修道士一样，如果朝圣者没有花岗岩一样的决心，休想看一眼他的宝藏。

离米蒂利尼港不远有一座小山村，村庄里有不少手工业作坊，还有一座让你觉得宗教信仰方兴未艾的教堂。教徒们以一种特殊的优雅把一幅幅圣像装饰得富丽堂皇，而且加以格外精心的维护。我觉得很难将这些无名的农民绘制的圣像和拜占庭伟大的艺术家，或是像康特格鲁这样的当代艺术大师的作品区分开。作为一个并非专家的游客，我只是用自己的心灵、用感觉上的本能去理解这些艺术品。它们表现了一种谦卑、粗犷、率直，以及给人以启迪与振奋的热情。当然，我从这些圣像中感受到的也许只是我自己愿意看到的，或者经常在农民身上看到的那种根深蒂固的东西。

在已经实行了民主政治的希腊，我在那些几乎灭绝的贵族身上也发现了与此相类似的品质。在希腊，韦尼泽洛斯②时代不少大家族的成员都变成了共和主义者。列强们将一个围绕德国君主制度的新阶级强加于希腊。与这个新生的、富有的资产阶级相比，古老的贵族家庭与人民更接近。他们中的成员卖力地讨论平民的话题，经常到了让人捧腹大笑的地步。有的人甚至开始信仰共产主义。因此，一个老于世故的雅典贵妇人以自己亲自下厨房或者以在宴会上宣布邮差来临为荣，也就不足为怪了。而和她地位相同、喜欢附庸风雅、卖弄学问的资产阶级女学者则总是喋喋不休地谈论某个永

---

① 沃洛斯（Volos）：希腊东部，色萨利区东部的港市。
② 埃莱夫塞里奥斯·韦尼泽洛斯（Eleftherios Venizelos，1864—1936）：希腊现代历史上最著名的政治家之一，曾七次出任希腊首相与总理。

远也谈论不完的话题。

莱斯沃斯岛有一个弯弯曲曲的水湾,与大海相连的地方长满芦苇,形成一个咸水湖。我们乘坐的出租汽车在这儿放慢速度,从两辆大型高级轿车和好几辆破旧的汽车旁边驶过。司机解释说,这是岛上一家富翁从美国回来重访故里。完全可以想象出这次访问的情景:移居国外的富翁趾高气扬的神气、旧友重逢时感情的爆发、穷邻居们七凑八凑才表现出来的好客,以及对那位获得了大伙儿盼望已久的财富,最主要的是腐化堕落的人的赞赏和嫉妒。伤心、快乐混杂着气愤——我想起这样一幕:悉尼的百岁公园附近霍顿家的门廊下面坐着几位目光悲戚的乡村老太太。她们头上围着黑色的方头巾,既骄傲又闷闷不乐。

我们碰到那群移居海外、荣归故里的莱斯沃斯人时,已经到了这座色彩缤纷的海岛西北角的西格里镇。西格里的风情与莫莱沃斯相比就像瓦格纳与马斯内相比一样——相去甚远。只有主宰大陆沉浮的众神或者奥林匹斯山诸神才适合这种火山爆发、地壳隆起的奇观,而且似乎仍然游荡在已经石化了的沟壑、乏味的牧场和当下的贫穷中。乘坐着那辆快散架的出租汽车,避开雄奇峻逸的景色,一路颠簸,我们似乎就要这样跳跃着走完最后的旅程。起初兴致勃勃,后来烦躁不安,让你绝望、忧郁、顺从。换句话说,因为与希腊产生了联系而产生的种种情感上的变化你都得经历。喧闹的旅行不时让你感到精疲力竭,于是只好用一种醉意蒙眬的感觉武装自己。蒙眬中,土耳其占领时期为独立而战的战士的形象、装扮成圣人的农民的面孔在你眼前闪闪烁烁。还有一张张粘在过滤了的夜空上,或者钉在古老的橄榄树上的褪了色的照片。照片上士麦那的太太小姐们正在她们租赁的莱斯博斯岛的房子的阳台上消遣、娱乐。直到到达下榻之地,我们才从这种蒙眬的醉意中解脱。我们在萨福①旅馆洗掉一路风尘,坐在米蒂利尼宁静的海滨吃油腻腻的食物。

两幅海景图

开往帕罗斯岛的轮船上,来自西方的妇人们穿着东方人的衣服,戴着护身符、银戒指。她们的人数比围着方头巾的农妇多,呕吐起来也凶得多。这一天,我们航行在爱琴海上。明亮的太阳和清透的风在湛蓝的海水之上相互劈斩着。离我们不远,站着一个德国的"施洗者约翰"。他身穿一件没有袖子的红狐狸皮背心,冻得瑟瑟发抖,系在腰间的亚麻纤维拧成的绳子在海风中飞舞,脚蹬一双老式便鞋,鞋带系在患了静脉曲张的小腿上。棉布内裤的一侧裤腿上吊着一个紫红色的"溜溜球"。

大部分乘客在伊奥斯岛下了船。从前,只有那些真正的行家才知道这个小岛。今天,当我们驶进海港的时候,正对旅客的是一个广场,广场三面都是旅馆和酒馆。广场上似乎正在排演一出粗俗的音乐喜剧。

提前几天结束提洛岛②的游览之后,我们又掉转船头向米科诺斯岛驶去。这当儿,船上的乘客大部分是分属几个不同团体的美国小伙子和德国姑娘。这些美国人是一个不同种族的大杂烩,德国姑娘们则是纯粹的日耳曼人。她们的皮肤闪着金色的光辉,健壮的四肢、淡蓝

---

① 萨福(Sappho,公元前 630 或 612—公元前 592 或 560):古希腊抒情女诗人,出生于萨斯博斯岛。
② 提洛岛(Delos):爱琴海西南部,基克拉迪群岛中的希腊属小岛,有阿波罗神殿。

色的眼睛,让人想起进入催眠状态的鱼。我们上船的时候,一场风暴已经开始酝酿。离米科诺斯岛还有一半的路程便刮起了飓风。帆船在波峰浪谷间颠簸,雪白的浪花扑上甲板,根本不管依附于栏杆之上的人的生命安全。汹涌的波涛像一堵堵高墙,矗立在船头前面。我们忽而被抛上水的"城堡",忽而被扔到"城堡"下面灰白色、沸腾的"护城河"。忽而滚到这边,忽而滚到那边,船居然没有翻,真是奇迹。当然也是靠了那些胡子拉碴、坚强不屈的水手的努力。他们穿着湿透了的运动衫,工装裤卷得老高,露出毛乎乎的小腿。我们当时想,一旦翻船,如果幸免于难,就有可能被冲到纳克索斯岛①。因为从右舷望去,看得见海岛蓝色的身影。就在船骨、筋腱、肌肉与排天巨浪搏斗,我们在感情的漩涡中旋转的时候,那些美国男孩儿毫不掩饰地表现出他们的恐惧。他们哭喊着,把脸藏起来,抱作一团。有位比较强壮的小伙儿伸出胳膊,搂住旁边一个小家伙。德国姑娘们却直挺挺地坐着,大声合唱着民歌,任凭溅到身上的海水贴着皮肉流下,鱼一样的蓝眼睛比任何时候都更让人觉得进入了催眠状态。船终于驶入米科诺斯岛防波堤里面,我们又戴上了在所谓日常生活中戴的假面具。

列 岛 纪 事

谁也不曾写过一本关于爱琴海列岛的书可以和我要写的这些东西成为一个系列。这些海岛各具特色,分属不同的群岛。每一座岛屿都在我和希腊以及曼努雷的关系中扮演了特殊、重要的角色。旅途中和旅行后,曼努雷一次又一次地说我憎恨希腊,我却无法向

---

① 纳克索斯岛(Naxos):爱琴海南部基克拉迪群岛中最大的岛。

他解释我心中的爱。有时,晚饭之后,我们会带着酒意更激烈地争论起来。他说我讨厌他,我却无法向他证明我深信不疑的这样一个道理:我那些神志清醒的自我不能完全负责的小说、我们在希腊很不舒服但令人振奋的旅行、我们共同的生活、生活中感情的迸发与报偿,以及我和我看作宗教信仰的玩意儿笨手笨脚的搏斗——所有这一切都激励着我走完人生之路。

我们向圣托里尼岛①驶去———一座暂时沉睡的火山。到达目的地的那一刻是访问希腊任何一座岛屿最令人快活的时刻。圣托里尼岛则一反轻歌曼舞式的传统,为这种快乐创造了新的纪录。火山爆发之后喷射出来的岩浆落入大海形成礁石,放射着灼热的光芒,被人们称作"燃烧过的巉岩"。当我们的轮船朝着这些巉岩,轻轻驶入锚地的时候,太阳集中了它全部的光亮,照耀着高高的圣托里尼山崖。它那由一层层色彩斑斓的熔岩凝聚而成的峭壁使我想起小时候在怀特岛卖纪念品的铺子里看到的那种装着色彩浓淡相间的沙子和水的"玻璃画"。这种"画"后来在旅馆会客室的壁炉台上也常见。也许正是这种联系,使得从前英国那些行为古怪的家伙到这个小岛定居。这天傍晚,当我们在轮船甲板上堆放着的行李中间走过来走过去的时候,圣托里尼山崖闪烁着动人心魄的光辉。前边是悬崖,后边是令人沮丧的"燃烧过的巉岩"。当我们在这二者之间打瞌睡的时候,暮色已经开始织一袭轻纱。山顶上,那一幢幢方方正正的房屋在夕阳的照耀之下,活像一串白色的脊椎骨。暮色越来越浓,留在我们身后的凯米尼兹喷发出来的火山灰好像火山口钻出来的幽灵,探寻人世间的奥秘。这时天已全黑,山崖上蓦地亮起一个

---

① 圣托里尼岛(Santorini):爱琴海南部,基克拉迪群岛中的希腊属岛屿,为塞拉岛之旧称。

璀璨无比的电的花环,我们正慢慢驶近的锚地也开出一丛丛美丽的"灯花"。

终于到达了目的地。不过,好戏没有就此收场。人们争先恐后,一窝蜂似的把行李从轮船搬上摩托艇,又从摩托艇搬上码头。这时,赶骡人像一群土匪,向游客们扑了过来。他们不由分说,把抢到手的"猎物"弄到骡背上,便向山坡上那条铺着鹅卵石的小路走去。我们只得在一片叫骂声、抗议声中,伴随着鹅卵石小路上的嘚嘚蹄声、骡子粪落在地上的噗噗声,以及牲口尿的臊味儿,弯弯绕绕地向山顶爬去。

我们第一次找到一家比较文明的旅馆——抽水马桶没有什么毛病、床单很干净、走廊里也非常安静。不过和希腊大多数岛屿一样,这里供应的食物很少。西红柿生长在和埃及荒漠简直没有两样的、被太阳烤焦、尘土飞扬的草地上。有时候还能吃到鱼——如果在你到那儿之前,德国游客还没来得及把它们一扫而光。我还记得在亚历山大港驻防时,从圣托里尼岛来的一位名叫基里亚·M 的女人告诉我,从欧洲飞往非洲的鹌鹑常常因为精疲力竭,从半空中掉下来,掉到圣托里尼岛上。居民们便蜂拥而至,用网捕捉这些已经飞不动的鸟儿,然后用罐子腌起来,以备缺菜少肉的季节享用。不过,我和曼努雷访问圣托里尼岛时没有见过这种腌鹌鹑。据说,这是上次大地震之后的事。那时,岛上许多建筑风格奇特的房屋被夷为平地。那些世界公民也四散而去。嬉皮士们钻进睡袋,躺在教堂门口那条铺着卵石的小路上,那是一个旅游观光与颓废堕落的时代。尽管很难说清楚什么时候播下了这种子。我记得基里亚·M 对我说,过去,为了避暑,她和她的女儿们经常从埃及跑到圣托里尼岛走亲戚。那时候,岛上的居民还经常腌鹌鹑吃。女人们坐在一起东家长西家短地聊天、玩纸牌,或者煮能弄到手的那一点点食物。几年之后,当我们身临其境,在圣托里尼岛旅行的时候,我仿佛还能触摸到她们传来传去的、汗津津的纸牌,听得到这些来自亚历山大港的妇人们胳膊上戴着的土耳其金手镯窸窸窣窣的响声,以及使人厌烦的、爱挑逗人的姑娘们咯咯咯的笑声。我还记得战争期间,罗拉·M在亚历山大港对我说的话:"你知道,到10月,我们觉得被彻底打垮了。而现在,连退路也没有了。"她耸着肩膀爽朗地笑着。我们沿着亚历山大港潮湿的大街走着。这位年轻女士的动作和她说话的声调都带着一种疲惫不堪、放荡的神气。

我和曼努雷到达圣托里尼岛的时候,这两位M女士的亲戚都已经不在那儿居住了。这里只有她们留下的回声。我们访问了一座修道院。一位年老体弱的修道士相信他曾经听说过我们的亚历山大港朋友。

在圣托里尼岛,我们碰上了我们的朋友弗里茨·托内勒。他是一位西方难民,后来移居到美国,经常去近东和中东旅行。第二次世界大战爆发之前,我们的另外一位朋友罗伯特·利德尔到亚历山大港看望弗里茨,发现他正没精打采地斜倚在沙发上,拿着一支笔划拉什么,四周堆满了书,便问他在干什么。弗里茨回答道:"我……我正在翻译……"我对他笔下的东西不怎么欣赏。为了自个儿寻开心,他还喜欢随心所欲地画画。他画的希腊风景比那些希腊沙文主义者更能惟妙惟肖地表达出希腊的神韵。这一点就连专业画家也得承认。弗里茨使我想起圣托里尼岛夕阳之下的城墙,狭窄、平静的街道;想起他在雅典居住时,那个底楼阴湿的储水池、没有窗户的房间。只有他自己的风景画才能使人想起外面那个世界。

锡拉岛①作为一座火山岛平静得出奇。不过历史表明，这只是暂时的沉默。在海岛东岸，游客们可以在布满黑色熔岩的海滩上沐浴。这儿的考古工作做得也很不错，发掘出来的珍贵文物都运到了雅典。从海岛南岸一座塔楼可以看见一片贫瘠的荒原，使你想起埃及西部的荒漠。总而言之，这里所有的景物都让你想起埃及：幽灵般的亚历山大港人胳膊上套着的金手镯；风儿隔着大海，吹来棕黄色的尘土，粘在你的牙齿上面。砂石飞舞，让你不得不眯细一双眼睛。也许为了惩罚海岛居民在火山爆发期间表现出来的懒散，风儿特别活跃，大海也十分放肆。

我们准备离开圣托里尼岛的时候，无法避免的风暴席卷了海岛。轮船无法驶出克里特岛。那几天，我们天天到航运经纪人办公室打听消息，简直快踢断了他们的门槛。百无聊赖，只好到附近一家酒吧一杯接一杯地喝咖啡、喝茴香烈酒，消磨时间。要么作为消遣，在等待轮船把我们从这个希腊小岛运走期间，我就坐在旅馆梳妆台前写小说（这次，我写成了短篇小说《茜茜·卡马拉家的傍晚》(*The Evening at Sissy Kamara's*)。我的作品在某种意义上讲是否都是消遣的产物呢？无论在迟早总要离开的希腊小岛写的短篇小说，还是在由于继承与命运的缘故，永远无法逃离的城市里写的长篇小说。

风暴终于过去了。有一天凌晨两点，我们正在圣托里尼旅馆熟睡时，被人从睡梦中唤醒。轮船已经从伊拉克利翁起航。我们的行李几天前就已经打包好了。被人叫醒后，我立即披衣而起，十分熟练地扣好扣子，捡回也许是被风吹散、突然间变得轻飘飘的手稿。

---

① 锡拉岛(Thera)：亦即圣托里尼岛。

我们向旅客集中的地点走去。人们争先恐后地驮运行李,眼前又是一片混乱。太紧的肚带把骡子的脊背勒成一张弓。它们鼓胀着肚子,像开机关枪似的放出一串响屁。我们沿着先前那条鹅卵石小路拾级而下,四周还是嘚嘚的蹄声、粪尿的臭气。因为起得太早,我们不由得浑身打战。到达泊地之后,我们坐在一间不通风的屋子里,燃烧汽化油的炉子发出难闻的气味。我实在受不了,只好到码头上坐等轮船的到来。夜幕渐渐隐退,圣托里尼死火山的山崖与"燃烧过的巉岩"之间渐渐现出一抹鱼肚白。

早晨七点,轮船在港湾下锚停泊。我们跌跌撞撞爬上摩托艇,它将把我们送上轮船。在这黎明的曙色中,我看起来一定特别苍老。因为同船的旅客中有一位很漂亮的年轻人——他是黑人和白人的混血儿,说一口很标准的英语——坚持替我拿包。在摩托艇上,他情不自禁地唱起歌来,声音十分纯净,毫不矫揉造作。我们只来得及寒暄几句,便上了那条惨不忍睹的轮船,开始了横渡爱琴海的航行。我有一个优点,那就是从来不晕船。曼努雷平时也不怎么晕船,可是这一次大受其苦。我们坐在被轮船引擎震得瑟瑟发抖的酒吧里,一股油烟、剩饭和擦桌布的气味扑鼻而来。我们正想着能不能喝上一杯咖啡,一位矮胖的"资产阶级女士"紧紧抓着栏杆、踮着脚尖走过,仿佛芭蕾舞演员在做准备练习;然后突然起身,朝厨房猛冲过去,对准盛泔水的铁桶呕吐起来。这似乎是让曼努雷"退场"的一个提示。在这次漫长的航行中,他一直躺在铺位上,任凭海浪颠簸。 路上,我很少看见他。那位年轻的混血儿我也只看见一次。他躺在一张长条椅子上面,用毯子严严实实地裹着自己,只露出一小块皮肤——已经变成黄绿色。我一直没有听人讲起关于他的故事,后来也没再见过他。因为到达比雷埃夫斯之后又是一场忙乱。人们都争先恐后地叫出租汽车、找旅馆，直到在一个整洁、舒适的房间里安顿下来才算松了一口气。

我这个人一方面追求平稳安定的家庭生活和井然有序的工作作风，另一方面又向往粗犷的、无秩序的山野生活。在纳克索斯岛小住期间（不是被海浪冲上岸的，而是按照原定计划登陆的），一种倾向"退避三舍"，另外一种倾向则"发扬光大"了。纳克索斯远看如同仙境，实际上不过是个肮脏的小城。刷成白色的房屋倒是耀人眼目，可是走近一看，没有一堵墙上不是污迹斑斑，没有一个墙角不是屎尿横流。至于食物，都泡在微温的油锅里，散发着一股腐臭的气味。纳克索斯岛是罗马天主教的天下，信仰东正教的希腊人极力谴责他们的教义和教皇制度。不过，不管情况怎样，我们坐着出租汽车绕岛一周，便撩起那块肮脏的帷幕，深入到了它的内部。纳克索斯岛很大、很荒凉。自然条件不好，那种苍莽颇有点现代歌剧的味道（与理查德·施特劳斯①的管弦乐队所表现的主题大相径庭）。我们旅行的时间不长，跑的路却不短。在海岛北面一条岩石路上，男孩子们跑出来朝汽车的挡风玻璃扔石子。司机停下车，喝骂了几声，还从车里钻出来朝那些光头愣小子扔了几块石子。他说，汽车开进这儿的小村庄时常发生这种事。他似乎把这种情况归罪于天主教。不过，也可能是因为这些小孩儿从大人那儿听说过和德国人的战争。事实上，这位司机的谈话充满了对希特勒发动的那场战争的怀念。他给我们讲一支友好的舰队怎样半夜三更在海岛的北面登陆，还讲上个世纪德国人就为保护这座岛屿不受土耳其人的侵略

---

① 理查德·施特劳斯（Richard Strauss, 1864—1949）：德国管弦乐指挥家，作曲家。

做了怎样不懈的努力。我们在石头最多的一段路上停了车。那时天已全黑，司机说他撞上了一只山鹑，便跳下车借着车灯的光亮寻找。但他什么也没找着，山鹑一定早就跑得无影无踪了。就像希腊人企图捕食任何其他动物时一样，这位司机也总是竹篮打水一场空。

我尽可能地把到纳克索斯岛和提洛岛的旅行和到米科诺斯岛的航行——也就是刮起风暴之后，美国男孩儿轻声啜泣、德国姑娘引吭高歌那次——所得的印象分开。我也想把在爱琴岛上巡游的那群游客到提洛岛之后的所作所为忘掉。他们肆意践踏草坪，在春天盛开的鲜花丛中笨手笨脚地穿行，书本上的每一条经典古训都令他们目瞪口呆。我知道这是他们的权力，而我得又一次冒着被人谴责的危险。我希望他们也能体会到那种"帷幕拉开"时的感动，可惜的是，不论是在游览或是听讲解时他们都无动于衷。诗人总是反对关于诗歌创作的学究气的主张，就像宗教信仰的奥秘其实和宗教教条本身也常常相悖一样。

曼努雷和我在提洛岛过了一夜，住在一顶游客常住的那种小帐篷里，整个岛屿仿佛都属于我们。我们在古建筑的废墟上漫步，从残缺不全的柱子和石狮子旁边走过。气息奄奄的落日吐出最后一口热气，精疲力竭的草丛蕙枯萎的花散发出阵阵幽香。万籁俱寂，只有蜥蜴在沙石上窸窸窣窣地爬行，寂寞的鸟发出一两声凄凉的鸣叫。

回到帐篷之后，老板娘给我们端出战时常吃的午餐肉，然后坐在离我们不远的地方织毛衣，心里企盼着有朝一日成为雅典的资产阶级。岛上的大部分妇女都织毛衣。毫无疑问，这跟我等轮船时坐在旅馆梳妆台前写小说是一个道理。

吃完午餐肉之后（跟打仗时一样，我们完全可以再吃一份），我们爬上圣山①。天上星光闪烁，一轮明月正缓缓升起。这梦幻般的景象和清幽的花香不禁使我们生出几分茫然和陶醉。神圣的安排让我们在这一夜和这个地方的精神合为一体。后来，我们终于回到被人们称为"游客小屋"的混凝土小房子里，在军用毛毯和带脚轮的矮床上躺下。老板娘和她的丈夫鼾声大作，在走廊里回荡。海涛声声，在混凝土躯壳外面席卷着天空和小岛，全然不顾粗俗的人们发出的呼噜声、叮当声，或是睡梦中的抱怨声。

夜里，粗毛军毯带来了温暖和快乐。我们在清冷的黎明起床，踏着旭日洒下的白光，在小岛上散一会儿步。然后喝了我们那份咖啡、付了账，便坐等轮船再把我们送回米科诺斯岛。从迷惑中醒来，心中又留下淡淡的懊恼。

斯基罗斯岛是斯波拉泽斯群岛②中最大的，也是距离最远的一座海岛。海浪中寻觅，真有点儿"千呼万唤不出来"的感觉。特别是那阵子风暴常常袭击大海，船员们极力劝阻我们到本来最想去的这座岛屿造访。岛上几乎没有什么道路。天气特别不好的时候，我们只能蹲在沉闷、使人沮丧的小旅馆里，吃质量差的套餐。有一天，我们沿着一条鹅卵石小路爬山，路过一座很拙劣的鲁伯特·布鲁克③的雕像。不过，没等爬上山顶、看到这座海岛最重要的村庄，我就气喘吁吁，再也走不动了。那时候，我总觉得我的结了疤的肺彻底完

---

① 圣山（Mount Cynthus）：希腊神话中太阳神阿波罗的出生地。
② 斯波拉泽斯群岛（Sporades）：希腊东南沿海的群岛。
③ 鲁伯特·布鲁克（Rupert Brooke, 1887—1915）：美国诗人。

蛋了。

那个村庄街道十分狭窄，显得古朴典雅。村民们一旦看出我们不是来买东西的游客，态度便变得冷淡起来。他们那种古香古色的盘子很有审美价值，而那种小矮凳则是斯基罗斯岛最有特色的工艺品。我客居亚历山大港的时候，刚和曼努雷认识，就经常坐在玛利亚克斯那幢房子里的一张斯基罗斯岛生产的小凳子上，度过一个个漫长、难熬的下午，下巴抵着膝盖，小椅子上面雕刻的球形饰物把屁股硌得生疼。后来，事实证明，这实在是十分值得的奉献与牺牲。

可是，走在斯基罗斯岛潮湿、狭窄的街道上，被总也不肯离去的风暴裹挟着，我对这些古香古色的家具实在产生不了兴趣。我和曼努雷都变得神情沮丧、十分恼火。后来百无聊赖，我们便硬着头皮，沿着羊肠小道向海岛深处走去。斯基罗斯岛终于向我们显露她的魅力了——起初还羞羞答答，只有嶙峋怪石和多刺的灌木引诱我们向隐藏在峡谷中岩石松散的河岸走去。可是那曲径通幽之处，眼前豁然开朗，已经干涸的白色的河床之上，蓦地出现一片盛开着粉红色花朵的夹竹桃。一座鲜花掩映的、洁白的小教堂以其恬淡的美等待我们的到来。教堂里有母女二人，正为她们的圣人打扫、装饰这个神圣与高洁之所在。这两个淳朴的女人是那样纯洁、那样动人，我至今不能忘怀。在斯基罗斯岛的漫步，常常使我获得一种启示。这种启示与我在威尔逊山的溪谷中探寻时获得的感受十分相似，尽管这两个地方的自然景观迥然不同。

最后，我们几乎不想离开斯基罗斯岛继续下一站的旅行了。斯科派洛斯是一座更美丽、更开阔，也更经过人工雕琢的海岛。我们在那儿又碰上了弗里茨·托内勒画中的风景。那种一目了然的美景、关于亚历山大港和雅典的没完没了的闲聊，以及我们下榻的那家旅馆的抽水马桶都让人无法忍受。我巴不得赶快离开这儿。

斯基亚索斯岛比斯科派洛斯岛还更"一览无余"。这座小岛已经变成富有的英国中产阶级退休之后的度假村了。在公共汽车上，他们十分激动地大谈作为老年人乐园的斯基罗斯岛的种种不便，抽水马桶当然也是他们的谈话内容之一。

斯基亚索斯岛给我留下的最生动的记忆，除了午休时被反锁在厕所里大喊大叫的法国女人之外，便是帕帕迪亚曼蒂斯①那幢房子。这个一辈子没结过婚的人民公仆文风泼辣、尖酸刻薄，简直能把读者都吓跑。他退休之后回到故乡，幽居在这座房子里闭门不出，整天只是喝酒和写作，直到离开人世。我们爬上狭窄的楼梯，站在一个个小房间旁边，心不在焉地听那位可尊敬但多余的向导向我们介绍他的生平时，觉得他的灵魂正缠绕着我。向导说，这位作家"跟酒瓶子是好朋友"。天哪！就好像我们不能出于本能地理解这一点似的。好样的，帕帕迪亚曼蒂斯。我喜欢你的文风，我理解你的《女谋杀者》(Murderess)，我知道在这个人物身上表现了半夜三更时你的自我。

在一个风和日丽的早晨，我们离开了斯基亚索斯岛。乘同一艘渡船的还有一群在小岛上居住的英国老人。他们是到大陆寻欢作乐的。看着他们，你会奇怪：对这种远离"新都铎王朝"的流放，他们还能心甘情愿地忍受多久？你也会希望，在他们老得不能行动之前，帕帕迪亚曼蒂斯和希腊的抽水马桶能够给他们一点启迪，让他们赶快背上行李，永远离开这里。

---

① 亚历山德罗斯·帕帕迪亚曼蒂斯(Alexandros Papadiamantis, 1851—1911)：希腊著名作家、诗人。

那些专以破坏海岛设施、践踏花木为能事的游客在我们访问埃维亚岛的时候,还不知道这里并非大陆的一部分。哈尔基斯市附近海岸的大旅馆没有什么吸引力,已经关闭了不少。一两家尚且有人光顾的旅馆外面,面色苍白、闷闷不乐的英国人三五成群聚集在一起,不耐烦地等车拉他们出去游玩。

我们在哈尔基斯市里安营扎寨。那儿有一座水泥厂,整天黄烟滚滚,遮天蔽日。我们住的那家旅馆过去很豪华,现在却破破烂烂,散发着一股臭气。即使这样,住在那个20号房间,我们已经很满足了。不过每天早晨,为了多要一小杯咖啡,总得跟服务人员吵上一架。洗过的衬裤和袜子都得晾在俯瞰市内景色的阳台之上。我记得我们还不至于因为一些无聊的琐事经常跟人家吵架。不过我还记得因为咯血,我那时意气消沉,心情相当不好。咯血很讨厌——旅途中,即使对最亲近的旅伴也得隐瞒。尽管这种情况其实经常发生。尘土飞扬、车辆颠簸、天气骤变,乃至岛上盐分太大的空气都可能导致咯血。每发生这种情况,我的心情都很郁闷,而且总想瞒过曼努雷,不愿意让他为我担心。

第一天下午,我们便出去找一位可靠的出租汽车司机,并且和马加里蒂斯做成了这笔交易。马加里蒂斯是个很随和的年轻人。他的妻子正怀着头一个孩子,随时都可能生产。我和曼努雷生怕他的妻子正好赶在我们外出旅游的时候生孩子。马加里蒂斯并不着急。除了孩子出世那天,他一直带我们在这个漂亮的海岛兜风。

我们的汽车沿一条还没有修完的公路疾驰,穿过一片松树林,来到圣约翰·卡莱维蒂斯修道院。汽车颠簸着,在一团黄尘之中停下。寂静的松林让人毛骨悚然。在我们周围流动着的空气似乎是一种冷与热的交流和混杂。阳光耀眼,特别明亮,只有在希腊山区才能享受到这种大自然的馈赠。

因为我不是个拜占庭学家,对于小教堂的壁画谈不上欣赏。潮湿和疏忽使得这些壁画变得斑驳不清,尽管由于女修道院院长的坚持曾经做过一些修补。

我很快便意识到,修道院女院长将使我们不虚此行。她亲自出来迎接我们。她年轻、漂亮、个子很高,黑头巾把她那张微黑的脸衬托得越发楚楚动人。她迈着稳健、庄严的步子领我们参观,极力压抑着心中的激情,解释她修复这座教堂的使命。我不禁纳闷,在她修复教堂的脚手架背后,支撑着怎样的精神支柱和感情。然而,没有任何线索可以回答我心中的疑问。她以一副拜占庭贵族的派头指挥着手下的三四个修女,招待我们和出租汽车司机一起喝咖啡和矿泉水。她是靠着信仰和希望生活在这个世界上的。她从哪儿来?谁也不敢冒昧地去打听。离开修道院的时候,我突然想到,如果说"沃斯-劳拉"身上有我的影子的话,这位修道院女院长是另外一种意义上的劳拉·特雷维延。

我们继续驱车向斯泰尼驶去,这是一个很典型的山村,街道弯曲、天气凉爽、泉水清冽,法国梧桐已是一片秋色,教堂里到处都是残烛冷蜡,没有想象之中的拜占庭风格的雕塑,只是乱七八糟地挂着些装在框子里的铅印油画。我们坐着汽车一直爬上大山的巅峰,后来因为害怕掉进山涧车毁人亡,才又返回斯泰尼,买了一罐山里产的蜂蜜。卖家是个年轻女人,她允许我们品尝她做的风味各异的蜂蜜。她的小孩儿脸上沾着蜂蜜、鼻子拖着清鼻涕,在我们脚跟前爬着玩儿。地下室的水泥地上到处滴着蜂蜜,女主人就在这里从事她充满诗意的劳动。蜜罐太多,拖鼻涕的小家伙一个劲儿捣乱,再加上刚才坐着汽车一直爬上那座大山,稀薄的空气把我搞得很不好受,我很想赶快离开这个甜蜜与诗意之所在。

我们到哪里都要去教堂。曼努雷——东正教的传统主义者认为这理所当然。对于我来说,希腊之旅不过是一次远游,一次对人生的探究。究竟是要在灌木丛中或者榕树林里发现一座躲过了土耳其人眼睛的教堂,或是等待一艘到海岛造访的轮船,或是因为没有准时赴约而在十字路口徘徊,或是在乱扔烟蒂、随地吐痰的公共汽车站等车,对于我都无关紧要。

我总希望能够出现什么奇迹。马加里蒂斯带我们去基米。他说那儿的泉水能治病。其实谁也不需要治什么病,我们三个人只是觉得好玩儿才去的。到了目的地之后,只见一股泉水从一堵水泥墙里喷涌而出,朝圣者、病人都站在泉水旁边,手里拿着塑料水壶、瓶子轮流盛水,或者用随身带来的杯子取水喝。我们什么也没带,我便亲自出马到附近一家小餐馆借杯子。他们不乐意借,我只好两手空空又回到那神奇的泉水旁边。那阵子我的胸口特别不舒服,非常希望领受这次圣礼,便伸出一双手捧水来喝。一个男人走过来,表示愿意把他的塑料杯子借给我用。我不无感激地抬起头来,注意到那张向我表达好意的嘴巴连一丝血色也没有。可是那人太善良也太纯朴了,我无法拒绝他的好意。我这个人因为缺乏信仰,大概永远不会有看到奇迹的希望。然而即使这样,我还是接过杯子,盛满了水,嘴唇贴着粉红色的塑料边儿,喝了那杯将要带来奇迹的泉水,然后把杯子还给这位"撒马利亚人"①,坐上马加里

---

① 乐善好施者,源于基督教《圣经》。

蒂斯的汽车,向该死的哈尔基斯城驶去。出租汽车一路颠簸,我不时掏出那块揉成一个球的手帕,擦着可能已经受到某种病菌感染的嘴唇。

穿过一片茂盛的青草和遮天蔽日的接骨木树林,我们发现一座地地道道的拜占庭建筑风格的小教堂。这座教堂就像那种患关节炎、有点贵族派头的乡村老太太,面皮黝黑、骨节粗大,蹒跚着走过草地或者菜园。教堂里面的陈设正如你想象的那样,圣像、烛台,以及被人故意破坏之后留下的种种痕迹。我在短篇小说《游园会》(*Fête Galante*)中写的那个教堂实际上就是这座,它坐落在与基米公路相连的那条蜿蜒曲折的小路旁边。此外,山村斯泰尼、小镇新阿塔基,还有离开哈尔基斯市之后住了一夜的那个比较干净,也懂得自尊的小亚细亚村落,都在那篇小说中有所表现。我们在海滨一座小餐馆里吃饭的时候,小说中的许多细节——即使不是全部——都围绕着我们逐步展开。

我们在埃维亚岛停留的最后几天,准备在艾迪普索斯矿泉疗养地度过。主要因为曼努雷和那儿曾经有过一些联系。我呢,为了创作,经人介绍也曾来这儿住过一阵子,现在很想旧地重游。还没到出发的日子,我就仿佛又闻到一股矿泉水的硫黄味儿,又看见半老徐娘们正懒洋洋地接受矿泉水的治疗,同时不失时机地向垂着眼帘的先生们暗送秋波。我仿佛又看见他们洗累了之后坐在梧桐树下休息。受保护阶级特权的女士们灵感大发,咻咻傻笑。她们的丈夫成功地让别人付了钱,正躲在帽檐卷曲的帽子下面沉思默想,患了关节炎的手青筋突起,紧紧握着弯曲的拐杖。

到艾迪普索斯矿泉疗养地，必须经过诺埃尔-贝克帕夏①领地上的一片森林。诺埃尔-贝克在希腊从土耳其统治之下获得解放的时候，从英国移居到希腊。他几乎没花什么钱，便从正要卸任的总督艾哈迈德·阿加手里买下这片巨大的土地。直到今天，这里的庄园、山林仍然归诺埃尔-贝克家族（有时候译作贝克-诺埃尔）所有。对于大讲自由的希腊人和英国人，这当然是一种辛辣的讽刺。不过，当你坐着汽车从这片私人所有的山林经过时，也不得不承认：如果没有这种丑恶的"封建制度"的保护，这里的树木可能早就被人滥砍滥伐，所剩无几了。村庄的活动中心有一座教堂，里面收藏着一具贤人的圣体。圣体已残缺不全，也许因为他们的统治者骨子里还是个英国天主教教徒，对这种事并不以为然，反倒觉得应当借此鼓励当地居民发扬无私奉献的精神。

穿过诺埃尔-贝克的森林，来到一个俯瞰大海的弯道。极目远眺，斯波拉提群岛北部的几个小岛尽收眼底。我们和马加里蒂斯待在一起的最后一天，又来了一个新伙伴——他的内弟，一位很拘谨的年轻教师。他是在姐姐生孩子期间来帮他们干活儿的，现在出来跟外国人一起游玩。坐着出租汽车在希腊边远的省份旅游时，倘能有司机的亲戚同行，或者有搭车的农民陪伴，也是一件乐事。

我们的车开下盘山路，终于来到艾迪普索斯矿泉疗养地，往昔的回忆又涌上心头。硫黄味儿依然在林中飘荡。因为时值盛夏，林荫道和大旅馆到处是熙熙攘攘的人群。旅馆里的接待员对我们不屑一顾。租金比较便宜的小店也住满了来泡温泉的人，阳台上到处晾晒着浴巾，店老板微笑着把我们送回街头。后来，我们终于在郊

---

① 奥斯曼帝国行政系统里的高级官衔。

外一幢本世纪初建造的铁锈色建筑物的顶楼上找到两个床位。这个极其寒酸的下榻之地的床罩上污渍斑斑，老式电梯在铁笼子里上上下下，叮咣乱响。我们拿定主意——赶快回雅典。马加里蒂斯主动提出送我们回去，可我们还是打发他回家照看刚分娩的妻子，我们自己等船摆渡到大陆。直到这时——等待渡过那一片狭窄的水域时，我才意识到埃维亚岛是一座真正的岛屿。这时，短篇小说《游园会》的构思已经成熟。我本来可以动笔，但是除了公共汽车、渡船联运站之外，没有一个可以坐下来写东西的地方，只好把这个关于海岛的故事暂且装在肚子里，等回到雅典之后再做打算。

1975年，我们重访希腊之前，波利迈罗普洛伊已经搬家。战后我和曼努雷客居雅典时住的顶楼的那套房间也已经不再属于他们。埃利在偏远的工人住宅区又买了一套房子，还是在顶楼。这次来访，我们就住在那儿。我们尽管有好多事情要办，可还是愿意在屋里待着，并且把房门紧紧关上。站在窗前向一边眺望，可以看见伊米托斯山沟壑纵横的山坡；向另一边眺望，当雅典城烟雾不浓的时候，看得见埃伊纳岛和萨龙湾。而即使烟雾缭绕，帕特农神庙也还是隐约可见——就像火柴棍做成的玩具，挺立在千家万户的房顶之上。在德军占领和国内战争快要结束的时候，我常常到那儿散步。那时，帕特农神庙被寂静笼罩着，仿佛完全与世隔绝。

现代生活的嘈杂声不时席卷而来，几乎要把我们从塞壬大街那座楼房的顶层轰出来。与我们相邻的一幢公寓刚刚搭起框架，电钻和汽锤一天到晚喧闹不止，有位年轻工人一边干活儿一边唱一首关于某个寡妇邀请他去"占点儿便宜"的歌。有时候，几只吓坏了的麻雀为我们早饭剩下的面包渣所吸引，飞到阳台上啄食。可是，旁边工地上掉下来的水泥块儿又立刻把它们送上蓝天。一般来说,希腊人永远不会让小鸟、小猫、小狗有半点儿安宁。

一条溪谷把我们和对面的街区分开。但是我们还可以清楚地看到,人像家禽一样关在铁栏杆围成的阳台里面。混凝土做成的小房子里,电视机的荧光屏闪闪烁烁,人们过着紧张的、好像患了肝病的孤独的生活,对于他们以前关注的村庄的集体利益已经漠不关心。大家都公认他们吃的东西要比过去好:大片的阿根廷牛肉、通心面、松脆的炸土豆片。而从前,他们吃的只是豆子、西红柿、洋葱,最多中午坐在地头的树荫下休息时,喝上几口自己酿造的红葡萄酒。那么,他们——昨日的农民,到底生活得幸福吗?看起来并不幸福。那些牢笼里经常传出叫骂声,家庭主妇们难得一见(她们也在别处干苦力活儿);丈夫们下工后坐公共汽车回来,车上挤得要命,一个个心烦意乱,狠狠地摔打着手里那串念珠。两腿向外弯曲的小孩儿,小脸贴在酒吧间的柜台上,半夜三更去给爸爸买酒。

像平常一样,尽管有点羞怯,我们还是尽量和大伙儿交朋友——有来自安纳托利亚的杂货商、君士坦丁堡的药剂师,还有从伯罗奔尼撒半岛①西部山村来开干洗店的胖老板。我们把洗过的衬裤和短袜拿到阳台上晾晒,从那儿看得见仿佛是火柴棍搭起来的帕特农神庙。空气里混合着水泥荡起的灰尘和汽油味儿。我们都觉得很不舒服。曼努雷浑身关节痛,我的胸口也特别难受。我们经常在适当的时候拿出放在厨房柜橱里的烈性茴香酒,喝个痛快。我还在写我的小说《游园会》。

---

① 伯罗奔尼撒半岛(Peloponnese):希腊南部的半岛。

大　陆

　　希腊对于任何一个真正了解它的人来说都是集最大的爱与最大的恨于一身的地方。我们走马观花地住上几天，自然很难产生深刻的、正确的印象。这就像外国人来澳大利亚待上五分钟，对那些泛泛之交只能留下一个浮浅的印象一样。如果你讲出真情，他们一定觉得你要么是疯了，要么是个低能儿。如果你真正了解了一个国家或是一个对于你本人来说举足轻重的人，而且你敢于正视自己的感觉的话，你总会大吃一惊。如果你纯洁、天真，或者高尚——对于这些品质我从来不敢企求——或许你永远不会陷入感情用事所造成的厌恶与反感之中。了解希腊的人都知道，那是一连串绝望之所在。曼努雷对此体会尤深，因为她是他的，就好像澳大利亚之于我一样——由于责任感，我们更清楚地感觉到她不如人意的地方。有时候我想：曼努雷之所以乐意原谅澳大利亚，是因为他比我这个澳大利亚人还"澳大利亚"。他来这儿之后，加入了一个俱乐部，如同第一代移民必定要做的那样。他和我不可能养育我们自己的下一代，除非那些阅读并且理解我的作品的人也可以算作我的下一代。我相信书籍可以养育、教育未来的许多代人——如果澳大利亚的孩子们不再承受着选择无知与愚昧的压力，如果那种土生土长的极权主义者和外国侵略者不去摧毁我们尚且稚嫩的澳大利亚文学的话。

　　希腊够愚昧了——政治方面则是另外一码事，而且混乱的秩序充斥了全国。希腊人都爱唠叨，谈论政治是他们消磨时间的最好办法。大多数希腊人除了看报纸，别的什么都不看，尽管文人的小圈子比比皆是。一般来说，诗人周围总有那么几个读者甚至作者前呼后拥。如果你问,为什么小说家寥寥无几?人家会告诉你,由于政治上的原因,在希腊写小说很危险。不过,既然有那么多希腊人宣称他们早已为自己的政治信仰做好牺牲的准备,我就只能认为,这个国家之所以没有什么有影响的小说家,仅仅因为它的国民不愿意为了写一部小说而付出艰辛的劳动、忍受难熬的寂寞。他们只愿意用闲聊给自己增加一点调味品,聊天确实轻松愉快,还颇有点儿刺激性。可是从另外一种意义上讲,这也是一种恶习。一旦嗜好成癖,即使愿意自拔,也为时晚矣。

希腊大陆上发生的种种事情给我留下难忘的印象:公路形成了网络,路面却坑坑洼洼;办事必须耐心等待,吃东西得当心拉肚子;从松树林的某个缺口一跳,便跃入广阔的蓝天;新法西斯卫队的警察们在边防哨所检查我们的证件;土耳其占领期间,希腊女性被装到麻袋里面扔进深潭;村庄里耸立着纪念碑,德国领主差不多屠杀了所有的村民;灰不溜秋的圆形剧场早已无人光顾,只有一只巨大的罗马蜗牛在一个座位上爬行。后来,不知道什么人在那儿贴了一张已经撕坏了的电影海报,上面的克利斯托弗·普卢默扮演的俄狄浦斯①带着西方广告人物特有的傲慢,高昂着比真人还大的脑袋。所有这一切造成了我对希腊的热爱,帮助我和它建立起一种至关重要的关系。没有这种关系,我的生活将变得淡而无味。

曼努雷打从孩提时代起便一直记着皮立翁。他把它描绘成一片允满希望与生机的乐土——一座高山在大海中兀然耸立,山上覆盖着落叶林,山顶则是四季常青的云杉和松树。那年月,你要是到

---

① 希腊神话中的底比斯王子,曾解开了怪物斯芬克斯的谜题。后误杀父亲并娶母亲,发觉后自刺双目,流浪而死。

海边或者上山都得骑骡子。我们第一次访问皮立翁是在1963年春天。一天早晨,我们雇了两头骡子送我和曼努雷到海边,然后再把我们送回来。要不然就得乘坐破烂不堪的出租汽车走盘山路翻过那座大山。那时,桑加拉达的夜晚还很冷。我们穿着棉防风上衣坐在乡村旅馆外面的台阶上,眼前是铺了混凝土的广场,天气好的时候,人们可以来这儿跳舞。对面那座很大的木结构房子前头和房子里面,挤满了看热闹的人。他们属于偏远的高山地区的人种,皮肤白皙,有的甚至现出玫瑰的嫣红。我们坐在广场边上喝杜松子酒,吃奶酪馅饼。山里人跟我们一样地腼腆,反倒让你心安理得。除了出租汽车司机和旅馆里的一位招待员(他们说我们正吃的东西是"牛奶加蘑菇")我们在皮立翁连一个熟人也没有。不过这没有关系,因为沉默和面部表情常常比语言更能沟通人们的心灵。

我们游历了巍峨的高山、偏远的村庄,以及农民的教堂。(教堂的钥匙还是很难到手。)为抗击土耳其人建造的城堡弹痕累累,在国内战争临近结束的时候又几经战火的劫掠。不管走到哪儿,都有人偷偷地观察我们。他们对我们都很和善,而且不卑不亢。这些拒绝出卖自己的房屋和土地,仍然心甘情愿地用海岛和山间堡垒的传统封锁自己的希腊农民才是希腊的脊梁。

几年之后,我们第二次访问皮立翁。时值金秋,正是苹果和栗子丰收的季节。上次我们访问是在早春,山民们似乎刚从冬眠中苏醒,总是心有余悸,生怕严寒的脚步再踏过他们的心灵。现在,站在山顶危险的山道上往大卡车上装苹果时,他们则显示出皮立翁大红苹果的性格、特征和芳香;而我们吃着自己带来的香肠、煮蚕豆,喝着清冽的山泉水。他们依然是那种少言寡语、头发很短、皮肤白皙的山里人的类型,要不然,他们就是在苹果的清香和腋窝的汗臭之中、在大山各处跳起丰收舞。教堂的钥匙也就越发难找了。

这一次,我们住在希腊那种专为游客建造的千篇一律的旅馆里。我们无论走到哪儿,遇到的都是"权且容忍"的态度,因为人们都用怀疑的眼光看着你。我们经常步行到马克里尼撒村,希望看一眼西奥菲勒斯的壁画。在马克里尼撒,政务会的支持者掌权,横挂在村街上方的一溜旗子以真正的法西斯主义者的热情向军政府欢呼。没有人带我们去看西奥菲勒斯的壁画。有的人压根儿就不知道村里有这玩意儿,有的人则告诉我们,拿钥匙的人到沃洛斯去了。

山脚下还有一个保存西奥菲勒斯壁画的村庄。我们跑到那儿了却了这桩心愿。壁画在一座面包房里。面包师的妻子听说我们的来意之后,尖着嗓子说她绝不会放我们进去,除非我们保证买走这些壁画。在希腊农村,面包师是个很了不起的职业。可是即使这样,这位妇人近乎危言耸听的建议听起来也很不近情理。直到最近几年,我在雅典看到不少从外省教堂腐朽的墙壁和圣托里尼岛古城遗址剥下来的拜占庭时代的壁画,方才明白真有这种事情。面包师的妻子是个很讲实际的女人。她像送瘟神似的把跑到她家门口打搅面包师工作的游客轰走,就像我自己认为有权赶走那些跑到我的工作室打搅我的记者和论文作者一样。

打从这两次令人难以忘怀的访问,我们一直没有再去皮立翁。只是听说马克里尼撒村建起了不少公寓。1979 年的一天晚上,我们在悉尼一家电影院看了一部为发展希腊旅游事业而拍摄的影片。那部片子介绍了皮立翁的雪橇和滑雪板,供山区游览的滑车,滑道上的趣事,雪地里的小兔子,趾高气扬、大声吵闹的男人,把什么事情都当作理所当然的有钱的年轻人。我告诫自己,一定不要憎恨人类。我极力想象皮立翁真实的自然风光和拥有那一切的山民。但是,面对一个可塑性太强的世界,这种想象苍白无力。就像睫毛膏从弄脏了的眼睛上流下,虚肿的嘴唇埋在淡而无味的食物里贪婪地吞咽。有时候为了夸耀和卖弄,人们还会把没有消化完的茄子、肉馅儿、西红柿一起吐到记忆的屏幕上。

我们第一次经过迈措沃的时候,它还没有受到现代文明或者说西方世界颓废堕落——从哪方面理解都可以——的影响。和皮立翁一样,现在品都斯①也变成了滑雪场地。迈措沃因为正好夹在一座大山和一道悬崖之间,幸免于旅游者的践踏——至于精神、道德是否也遭到污染则另当别论。也许受了弗拉赫人②的影响,这里的居民比希腊大多数地区的人民都更小心谨慎。弗拉赫人是一个谁也不能做出令人满意的解释的民族。他们的先祖是从小亚细亚北上进入希腊中部的游牧民族,语言接近罗马尼亚语和拉丁语,和希腊语相去甚远。现在,迈措沃的居民已经安定下来,但曼努雷还是听不懂他们的方言。有一次我听到一个从希腊南部来的中产阶级游客和一位品都斯农民谈话。那个希腊人十分神秘地说,他有弗拉赫人血统。农民神情漠然,显然不认这门亲。弗拉赫人之间的关系十分密切,似乎结成一张秘密的网络。要赢得一个共济会会员、同性恋者、犹太人,甚至法国人的信任都不难,但要让一个弗拉赫人信任你可就难了。

不过,我们并不因此而不安。我们喜欢迈措沃这个地方。那里一派田园风光。漂亮的女人按照当地的习惯打扮得花枝招展,挽着

---

① 品都斯(Pindus):希腊中部的山脉。
② 指中世纪居住在东欧南部的一个民族。

神情忧郁的丈夫,走过暮色笼罩的大街。我们还记得芳草青青的山坡上弥漫着一股烧木炭和烤肉的香味。我们找到一家小旅店,店老板和老板娘是安德罗斯岛①人,在品都斯这样遥远的地方,实属罕见。这夫妻俩很为小店供应的饭菜骄傲。我们问他们可以吃到什么东西时,他们说:"Oti thélete.(想吃什么就有什么。)"一般来说,开饭馆的人发布这番宣言后,总能找出一大堆理由逐一驳回你的要求。不是过了季节就是刚刚卖完,最后为了加强语气,咕噜着喉结把舌尖咂得山响——这是希腊人表示否定的最高形式。这一回却真的出现了奇迹,我们吃到了梦寐以求的饭菜。就像任何一个星期天来品都斯山旅游的游客一样,我们在长廊用餐。长廊与摆满了亮光闪闪的平底锅、"想吃什么就有什么"的厨房相连,另一头是绿草如茵的草地、枝叶繁茂的树木。

我们第二次去迈措沃,取道色萨利。这一次既不是徒步,也不像献身于旅游事业的游客那样骑头骡子,而是屈服于西方的进步与颓废,坐了一辆出租汽车。翻越品都斯山的时候,公路两旁的森林和壕沟里还残存着肮脏的积雪。乍看,迈措沃没有多大的变化,居民们好像还没有完全从冬眠状态中苏醒——整个冬天,他们都待在白雪覆盖的屋子里纺纱织布、雕刻、生孩子。我们在那条起伏很大的石头马路上翻上翻下、气喘吁吁,焦虑又凝聚到我的肺里,憋得十分难受。人们都用疑惑的目光望着我们。这也许是那种弗拉赫人的血统作怪,或者是我们的想象力所致。我们走近路找到先前那家小旅店,而且正好又住进上次住过的那个房间。地板上净是沙子,踩在上面嘎吱嘎吱直响。我看了看床上的床单,显然最

---

① 安德罗斯岛(Andros):西印度群岛的巴哈马群岛的一个岛。

近有人用过还没有换洗,抽水马桶已经彻底不能用了。这情景使我突然生出许多疑惑,特别是先前那对胖乎乎的、好客的夫妇瘦得不成样子。我提出还想吃上次吃过的丰盛的饭菜时,老板娘似乎十分为难,老板则满脸不快,极力躲避着我们。晚上,餐厅里灯光昏暗,几乎空无一人。那种空洞与水泥地板相互映衬,使得人们说话的声音平添了几分怒气。椅子刺耳的噪音和刀叉哗哗啦啦的响声也放大了几倍。饭端上来了——十分寒酸。我们一直也没有搞清楚从安德罗斯岛移民到这儿的这对夫妇怎么会这样落魄。是进入更年期的缘故,还是婚姻出现了裂痕?或者会不会是因为住在这样一个地方不得不和山里人打交道,相互之间产生了敌意?我们确实看到那个打扫房间的当地姑娘对她的雇主十分不满,把房间搞得一塌糊涂。是因为女主人是个泼妇,还是因为她是个外国人就不得而知了。不过这一次,整个迈措沃都笼罩着一种沉闷的、充满了轻蔑与讥讽的气氛,你很难对此做出正确的分析。不知道是不是因为政治上的绝望而生出的愤世嫉俗,迈措沃城那条主要大街到头之后,扩展成一片青青的芳草地,那儿到处张贴着支持军界革命的标语。傍晚再也看不到漂亮的女人挽着丈夫的胳膊散步了。由于和弗拉赫人语言上的障碍,很难了解到实情。迈措沃好像盖上了一块裹尸布。

　　我和曼努雷都十分珍视也许将成为我们最后一次访问的记忆。夜晚的面包房里——一个灯光明亮的立方体,一群上了年纪的、围着黑头巾的妇人一边聊天儿,一边织毛线。在希腊农村,面包房是女人们的俱乐部。门敞开着,烤面包的香味扑鼻而来。在这个充满威胁的世界,它总能带来一些闪烁着希望之光的、美好的信息。至少,对我是这样。

边远的北方

　　站在韦里亚①城北的高坡上,眼前紫雾缭绕,隐没了我们已经比较熟悉的南方,一种置身荒漠、远离文明的感觉油然而生。我们似乎成了由希腊北部生活中折射而来的斯拉夫光彩的牺牲品。曼努雷做了一个噩梦,梦见土耳其人正在抓他。而斯拉夫对于我还只是一个空洞的概念。这种完全不同的心理状态使得我们俩在希腊北方旅行时很不和谐。

　　我们到韦里亚的主要目的是去参观因为隐蔽在小巷里而未被土耳其人发现的拜占庭教堂的女修道院。现在人们宣称,这座城市是在有数的几幢偷工减料建成的公寓的基础之上发展起来的。像任何地方一样,这里的教堂也让你很难一睹芳容:不是太破烂了,没法参观,就是东正教当局拒绝把钥匙给异教徒或是"摧残文化艺术的家伙"。我们只好坐在紫雾缭绕的高坡上,慢慢地喝茴香烈酒,周围尽是些外省来的小姐、太太。她们正在琢磨下个季节时髦的手提包,以及必须去见的某位长官。

　　在韦里亚,我们的审美观念获得了一次新的经验——蔬菜大展销给了我们启迪。次等的茄子、辣椒、洋葱、西红柿、秋葵像小山一样堆在市场上和店铺里无人问津,似乎谁也不曾认识到它们的价值。这些蔬菜经常诱惑我们在希腊某个小镇扎下根来。不过,我们还是坐着公共汽车离开韦里亚,穿过绵延数里的苹果园,长途跋涉来到纳乌萨镇。我们找了一间房子午休,然后继续驱车到埃泽萨②

---

① 韦里亚(Veroia):希腊北部城市。
② 埃泽萨(Edessa):希腊马其顿区西部的城市。

大瀑布。

埃泽萨到处都是希腊游客和旅游胜地常见的塑料招牌。输水渠通过高架桥横跨山城,将丰富的地下水送上山顶,并且在那里到达"戏剧性的高潮"——变成一道直入山涧的飞瀑。飞瀑宛若一缕与黑魆魆的树枝缠结在一起的白发,然后不可避免地消失在虚空中——就像那些自杀的女诗人。

我们坐出租汽车离开埃泽萨。车主同意我们坐他的车走完北方之行中比较偏远的几段路程。我们经过了狼与熊出没的针叶林,经过了波光闪烁的湖泊。司机告诉我们,翻过脚下这座大山便是与南斯拉夫接壤的国境线。

在弗洛里纳,斯拉夫与希腊军政府的冲突可见一斑。我们驱车进入一个毫无生气的小镇,那里的居民几乎都以在芬达汽水工厂工作谋生。这时,军政府的士兵们"出台表演"了。他们都是头发剪得很短的年轻人,头戴贝雷帽,穿着战地服装。我们的证件全被他们拿去审查了。这种沉闷、紧张的气氛使我想起战前希特勒德国的情景。证件经过检查、盖章总算送了回来。可是在我们去卡斯托里亚湖的路上,我们一直受着怀疑和监视。

我们沿着希腊明镜般的湖泊行驶。这个湖和想起来就让我浑身发冷的约阿尼纳湖很相似。不过对于我来说,约阿尼纳独立前遭遇的土耳其人的暴行还不及从斯拉夫飘散过来的潮气更让人担心。这种潮气在湖泊四周盘旋,在卡斯托里亚镇上空翱翔。我们拖着沉重的脚步在坡度很大的马路上行走,或者到古战场寻觅堡垒的时候,潮气更是无所不在。这种气候对文化、艺术故意破坏的行为比昔日的战火给文物古迹留下的创伤还要严重:灰泥剥落,露出墙壁的板条。更有甚者,曾经是极其壮丽的建筑,由于风吹日晒只剩下一个骷髅般的空架子。

潮湿的大街上星星点点地扔着些毛皮,给我心灵深处那种超现实的感觉又增添了几分色彩。我想象,一定有什么人半夜三更杀了松鼠和猫。实际上,卡斯托里阿是个皮毛交易中心,大街上扔着几块破皮子当然不足为奇。晚饭是变了味儿的鲑鱼。这鱼一定已经在餐馆的油锅里待了好几天。夜里,我们在潮乎乎的床上辗转反侧,久久不能入睡。第二天,天还没亮便收拾行装,赶乘到南面去的公共汽车。

我们在十字路口等公共汽车,一直等了好几个小时。哦,谦卑的希腊人已经习惯了这种等待。那些挎着篮子的农民、围着黑头巾的老奶奶要是去了佩思①、阿德雷德、墨尔本、悉尼——不要忘记还有布里斯班——肯定对商店里都有什么毫无头绪。他们总是这样耐心地等待,满怀信任和对家人的期望。我们曾经和他们一起等过汽车,纯真的信任折磨着我们的灵魂。和希腊农民一起坐在公路边儿等汽车,或者坐在某一个糟透了的飞机场等飞机,总能把你等得变了样儿。车终于来了。我们又踏上艰苦的里程,在现实与梦幻中穿过科扎尼②、拉里萨③,向南驶去。

昨夜,躺在马丁路家里的床铺上,我时睡时醒。我似乎登上了维多利亚山,那如黛的苍山和弗洛里纳十分相似。在这儿不可能发生的事情在澳大利亚早就发生过了。那些头戴贝雷帽、穿着战地服装的士兵曾经驻扎在我十分熟悉的"红路"的拐弯处。卫兵从几株深绿色的针叶树后面走出来,向我们要证件。眼下,我们却无法向

---

① 佩思(Peth):澳大利亚西澳大利亚州的首府。
② 科扎尼(Kozani):希腊中部城市。
③ 拉里萨(Larissa):希腊东部,塞萨利区东部的城市。

他们出示……

高塔、石头和尘土

希腊最不容易进去,而且从传统观念上讲最为险恶的一个去处——玛尼,正好在我们到达之前开放了。和其他对希腊感兴趣的游客或者官方人士相比,勇气十足的浪漫主义作家、"不朽的突击队员"帕特里克·莱斯·弗莫尔①,我们的好朋友、受虐狂罗伯特·利德尔,以及曼努雷和我,实在是一群颓废的探险家。我们居然希望通过一次次长途跋涉、艰苦努力,能够变得更文明一点儿。毫无结果在某种意义上抑制了一种负罪感,否则我将因此而受苦。

我们决定走水路到玛尼,在莫奈姆瓦夏登陆。打从第二次世界大战结束,闷闷不乐地离开希腊复员回到英格兰,我还一直没有机会再看到伯罗奔尼撒半岛矿产丰富的东海岸。那时候是冬天,现在是夏天,山顶似乎不像先前那样锋芒毕露、直刺青天,大海清澈、宁静,少了许多凶险和冷峻。至于我,获得了最希望得到的东西。我的意思当然不是指世俗的成功。这种成功与精神上的自杀无异——除非你下定决心要死乞白赖地活下去。我说的是与一个我所尊敬和信任的人建立了友谊。(在1981年能够相信一个人可真是奇迹。)从这个意义上讲,我觉得心满意足。当然,发现我自己又登上一条散发着臭气的轮船,在爱琴海上开始航行,我还是感到烦躁不安。我们在船上碰到一位回基西拉岛②的先生。他带着两条指

---

① 帕特里克·莱斯·弗莫尔(Patrick Leigh Fermor, 1915—2011):爱尔兰裔,被誉为20世纪英国最优秀的旅行作家之一。
② 基西拉岛(Kythera):位于意大利爱奥尼亚群岛最南端的岛,在伯罗奔尼撒半岛的马累亚角以南。

标犬,还认识我们在悉尼的几位基西拉岛出生的朋友和邻居。和这位基西拉岛猎人谈起移居到澳大利亚的希腊人,我觉得很亲切。就好像突然间领悟了我自己身上潜藏着的相互对立的两种因素:远与近——欧洲与澳洲所形成的一个综合体。这种体验在我雄心勃勃、自私自利的青年时代,或者感情易于激动、思想一片混乱的中年都很难想象。

在莫奈姆瓦夏,一叶上下颠簸的小舟把我们从轮船上接下来一直送到防波堤。波浪滚滚,拍打着堤坝,溅湿了我们的裤脚。不过这似乎都是理所当然的事,我们并不在乎,只想赶快离开那儿,去找一间过夜的小屋。面对波涛汹涌的大海,一个邈遐的小村庄比象征过去的石头堡垒更加重要。凡是能过夜的地方都把我们拒之门外。后来,我们终于找到一家用混凝土建成的旅馆。这种旅馆近几年在希腊如雨后春笋般兴起,而且一概宣称具有现代化设备。事实上,希腊人在渴望现代化的同时,比任何时候都更显得原始和落后。没有一样东西是好用的。不过因为我们天不亮就出发,对热水龙头只流冷水、半夜里停电便不那么介意了。至于夜里摸黑小便也没什么关系,反正凭厕所散发的臭味就可以准确无误地找到它的位置。服务员把我们领到房间的时候,电钻还在工作。因为旁边一座钢筋混凝土大楼作为现代化的标志之一正在兴建之中。

刚刚安顿下来,我们便沿着堤道向莫奈姆瓦夏古代的石头城堡信步走去。这个城堡曾经被希腊人、威尼斯人、土耳其人轮番占领。今天似乎主要是被德国人和斯堪的纳维亚人占领着。这真是历史对于现实辛辣的讽刺,就像混凝土和塑料占领了一个大家都认为永远是芳草青青、绿树葱茏的国家。我们在山石间爬上爬下,寻觅各式各样的教堂,不时在废墟的迷宫中迷路。我累得气喘吁吁,曼努雷也饱受关节疼痛之苦,两个人不时想拿对方发泄心中的怒气。我们一直这样,以后也仍将这样。这是我们生存的一种方式。他原谅我,认为这不过是一种他自己无法苟同的浪漫主义。其实这大概只是支气管痉挛的一种症状。我也原谅他作为一个风湿性关节炎缠身的东正教教徒的刻板和刚强。

回到那个村庄,我们便开始找可以吃饭的地方。经过好一阵搜寻之后才在海滨坐下,我们仍然沉湎于那座石头城堡唤起的遐想之中。海风习习,塑料台布瑟瑟抖动,我们等待着那个菲薄的期望得到满足。但毫无疑问,这里不会有可口的饭菜。

第二天早晨天还没亮,我们便跌跌撞撞离开那家旅馆。因为头天晚上有人告诉我们,公共汽车上人很多,去晚了没有座位。我和曼努雷总爱早早地出发,生怕误了班车。有一次,我们提前好几个小时到了飞机场,一位朋友嘲笑我在飞机起飞前足可以看完一部《战争与和平》。莫奈姆瓦夏越发刺激了我们这种习惯。晓雾初开,大街和堤道尽头那块兀然挺立的巨石依稀可见。它苍劲、雄奇,使人想起20世纪蚀刻画家创作的图画。为了消磨时间,我们去吃早饭。在村街尽头找到一家小吃店,老板大概刚从床铺上爬起来,店里乱七八糟,脏得要命。谢天谢地,总算没有白来。我们每人喝了一杯微温的雀巢咖啡,吃了一个快要变味儿面包卷上的芝麻。老板和老板娘绕着水汽蒙蒙的玻璃柜台转来转去,那里面放着他们出售的色香味俱无的食品。在希腊旅行的乐趣之一就是坐在那儿一边揉虚肿的眼睛,一边用手指尖儿收集平常不屑一顾的芝麻粒吃。这时,煤油炉咝咝作响,黎明铺展开温馨的亮色。

回到汽车站,堤道尽头那块巨石看起来已经不再像一幅蚀刻画,而像一幅用凹版腐蚀制版法印制的图画。几枝细弱的芦苇在海岸轻轻颤抖,淡淡的霞光和展翅飞翔的小鸟正在侵袭苍凉的天空。乘客们开始集中,睡意蒙眬地抱怨着什么,咳嗽,吐痰,拖着塑料旅行包、破旧的硬纸板箱,以及传统的柳条筐。行李上面都缝着一块白布,上面写着旅客的姓名和目的地的名称。我们没怎么费劲便找到了座位,开始了前往吉雄的长途旅行。我们之所以选择吉雄,是因为这个小镇是在玛尼旅行的一个中间站。

吉雄是一个很不吸引人的小镇。军政府和君主制度对这里都有影响,食物和抽水马桶最为糟糕。有一座小岛名叫克拉奈。这里风光秀丽,水天一色,据说,帕里斯①和海伦②私奔到这里之后,柔情蜜意,过了一段很甜美的日子。现在,一条堤道已经将小岛和吉雄镇连了起来,变成德国嬉皮士乘坐旅行车来玩耍的"麦加"③。可惜,这个人们巡礼朝拜的圣地到处都是垃圾和粪便。不过,我们还是兴致勃勃地爬上吉雄的一道高坡,向十分友好的妇人们问长问短,打听方向,或者迎着凉爽的海风,坐在海边慢慢地呷茴香烈酒。那海风中自然少不了污水,甚至屎尿的臭味。

我们又雇了一辆出租汽车。和哈尔基斯那个特别让人喜欢的马加里蒂斯相比,这位司机显然不那么殷勤、和蔼。此人是个喜欢独断专行的、冷冰冰的老家伙,是"掘地派成员"④的一个希腊版本。他几乎每天都给我们开车,耐着性子忍受他一定认为是太过分的要求。摩尼地区的每一个小村庄他都有熟人。搭车的农民他都认识,

---

① 希腊神话中特洛伊王普里阿摩斯之子,因夺斯巴达王墨涅拉俄斯之妻海伦而引起延续十年的特洛伊之战。
② 希腊神话中宙斯与丽达所生之女,因被帕里斯所拐而引起特洛伊之战。
③ 麦加(Mecca):伊斯兰教徒的朝圣地,在沙特阿拉伯西部。
④ 英国19世纪资产阶级革命时期代表无地、少地农民利益的一个急进派别。

通常都是些腼腆的女人或者小姑娘，她们总是压低嗓门儿回答他那些不着边际的问题。司机急于通过后排座上坐着的外国人提高自己的身价，而那几位"无票乘客"用圆滑而又得体的策略极力保护自己不致落入他的圈套。

尽管玛尼经历了一个严峻的过去，而且因为干旱又失去了迷人的景致，现在还为德国人所有，但它仍然不失为希腊一个高尚的角落。穷困和贫瘠并不妨碍我们进一步认识到：希腊真正的贵族精神正蕴藏在那些将根深深扎在自己土地上的农民之中。那些恬静平和、小心谨慎的男人像蜥蜴一样垂着眼帘，在布满石头的田野上忙来忙去。还有他们那些被劫掠的、坚韧不拔的女人。玛尼人①为了保护自己的财产而修筑的塔楼现在已经变成一片废墟。对于正在乘虚而入的德国人，这也许不无好处。但是像任何别的侵略者一样，在他们做出应做的贡献之后，终将被兼并和同化。希腊人不但特别痛恨外国人，还有力量同化他们，并且东山再起。是不是我抱的希望太大了？想到老人石雕般的脸，想到埋头苦干的女人，直刺青天的塔楼，我便觉得这并非无稽之谈。

由于历史学家和旅游者的诽谤，今天人们完全颠倒了对于斯巴达和雅典的评价。曾经用来形容斯巴达为"甜蜜与光明的城市""紫色的王冠"之类的漂亮话都已转嫁到雅典的头上。斯巴达虽然曾经有过一段极权主义甚嚣尘上的历史，现在却笼罩着和平宁静的气氛。它的最漂亮的几幢房子因为没有什么纪念意义，或因为没有什么经济效益而被"旅游指南"所排斥，实际上是希腊19世纪建筑风

---

① 居住在玛尼半岛，据说是斯巴达人的后裔。

格最杰出的代表。而在雅典由于开发者急功近利,这种房子早已被夷为平地。我虽然对古希腊的建筑没有特殊兴趣,但每次在去米斯特拉斯路过斯巴达的时候,都想返回去在那儿住上几个星期,读一阵子书,打打瞌睡,忘掉这个已经变得一团糟的国家。

作为一个业余爱好者,我还无法对米斯特拉斯——这个在法兰克和拜占庭历史上被称为"奶酪"或者"蜂房"的大土堆做一番准确的描述。我们第一次来这个壮丽的土堡参观时,正下着蒙蒙细雨。同行的是一个对古文化研究成癖的旅游团。它的成员大部分都是美国人。我很不善于吸收文化,不愿意听人讲课。我几乎没有受过什么教育。对于这一点,许多人不会相信。"你不是在剑桥大学读过书吗?""你不是得过一个学位吗?""你不是获得了诺贝尔文学奖吗?"人们不能理解的是,所有这一切都缺乏一种创造性。在米斯特拉斯或者别的地方,我之所以感到索然无味,就是因为那种介绍性的资料太枯燥、太平淡了。

在米斯特拉斯,我和曼努雷都烦躁不安。这也许因为我远非历史学家和神学家,同时也因为我和曼努雷·拉斯卡里斯一家的特殊关系。此外,早已坍塌的宫殿,潘塔纳萨教堂安置的先祖遗骨——他的眼睛被土耳其人用拇指挖了出来,都在我们心中激起莫名的惆怅。就这样因为害怕在烦恼的驱使之下超越某个界限,我们俩竟在米斯特拉斯走失了。

第一次,我俩都穿着雨衣冒雨参观米斯特拉斯,结果在一片混乱之中走散了。不过很快就和旅游团的伙伴们一起回到修道院的接待室。修女们给我们喝烈性茴香酒,还卖给我们刺绣品。我买了一块衬垫。直到1981年,它还铺在我们悉尼家里摆画像的那个角落。

几年以后的一个盛夏——那是蜥蜴活跃的季节,我们又蹒跚着来到米斯特拉斯。这一次是出租汽车司机带我们去的,此人是一个年老的"掘地派成员"的吉雄版本。我们一直爬到山顶,分开之后便失去了联系,后来在一片废墟上不期而遇。我们蹑手蹑脚从一个写有"拉斯卡里斯家族"的标志旁边走过,参观潘塔纳萨教堂。修女们变得不但不那么好客,还很尖刻。她们抱怨游客们使用她们的水龙头,而且用过之后关也不关便扬长而去。修道院还是那样一尘不染,塑料世界还不曾污染她们的环境。

米斯特拉斯这个巨大的土堆上到处都是卧牛石和打瞌睡的蜥蜴。历史的足迹和建筑物的废墟在这里混杂。从这一片混沌中极目远眺,我感受到希腊给予被它迷惑了的人们的那种短暂的完美。我们的汗水、我们酸疼的双脚、我们眼前伸展开来的斯巴达平原——酷热之下,它像一块落满尘土的地毯,都是这种体验的一部分。为了对崇高的事物难得的一瞥、吝啬的一吻,你会觉得一路辛苦都是值得的。

吃过午饭,我们开着汽车进了村。村外,正在举行什么宗教活动。我已经不记得人们庆祝哪位圣人的生辰,只记得有不少马、吉卜赛人、"基督教徒",还记得挽具的叮当声、唠唠叨叨的说话声、音乐的声浪与大海的涛声。所有这些是希腊现实与精神这两个分支的又一个例证。

就这样,我们永远离开了吉雄。司机驱车沿海岸公路向卡拉马塔①驶去。我怀疑他要带我们去见莱斯·弗莫尔,因为他声称认识

---

① 卡拉马塔(Kalamata):希腊南部港市。

此人,就像认识玛尼所有人一样。半路,他在一个小村庄停车,把一个年轻妇女介绍给我们。这个女人曾经在澳大利亚生活过几年,后来因为家庭的原因又回到希腊。她在自己出生的村庄里,充满了对澳大利亚的怀念,怀念那儿的理发店,怀念那儿舒适的环境。我们苦口婆心劝她尽量习惯家乡与澳洲的差别,可是显然没有奏效。

我们继续向卡尔扎米利行驶。看来,司机已经下定决心非让我们去见那位爱尔兰人不可。我这个人最怕会见我所赞美的人。不过很快就放下心来。快到那幢房子跟前的时候,司机说:"爱尔兰人出去了。他的车不在家。"莱斯·弗莫尔自从开始治疗嗓子里的肿瘤就经常不在家。经历了士兵、探险家、作家的艰苦生涯之后,他在这个环境优美的村子里建了这幢房子。和南边玛尼人灼热的村庄相比,卡尔扎米利确实是个温馨幽静之所在。它更多地使人想起意大利而不是希腊,或者说,它至少和淡化了意大利风格的科孚岛①有诸多相似之处。当我们驱车向海角驶去的时候,这座风格独特的、衬着连天碧水的房子看起来宛若一首田园诗。莱斯·弗莫尔在垂暮之年寻觅到这样一个幽静、安谧的地方真是幸运。我希望我也能有这样一个归宿,但是我的生活还在凭它自己的好恶,为我进行种种选择。

卡拉马塔是一个盛产橄榄和橄榄油的城市。这里气氛和谐,但是在国民经济发展中没有什么影响。我们很喜欢在城里闲逛,尽管商店平平常常也还是愿意进去看看。日落时分,我们坐在广场旁边的小桌前,在大山的阴影之下小酌。吃过吉雄难以下咽的饭菜之

---

① 科孚岛(Corfu):希腊西北沿海的岛。

后,这儿的食品简直是令人吃惊的美味佳肴。连一个外国游客也没有看见。大概因为卡拉马塔没有太多的废墟供他们欣赏。

我们十分疲倦,急于回到雅典,回到塞伦斯大街顶楼的那个房间。要不是总爱生气的出租汽车司机为了办私事儿,坚持第二天再拉我们做最后一次远征的话,我们大概永远无缘到皮洛斯①——纳瓦里诺。

画家布雷特·怀特利最近问我哪儿是世界之奇观。这种问题总是把我问得张口结舌。我只能嘟哝着说出诸如圣索菲亚大教堂、帕特农神庙这样几个地方。可是后来,曼努雷和我突然异口同声地喊道:"皮洛斯!皮洛斯!对了,还有皮洛斯和纳瓦里诺海湾!"

不管怎么说,那天傍晚我们看到的皮洛斯是想象之中最秀丽的地方。陆地环绕的海湾几乎形成一个圆形的湖泊。如果真是一个湖泊,纳瓦里诺远胜于希腊大大小小的任何一个一潭墨绿色死水的湖泊。然而它毕竟是一个海湾,尽管海岸上新建的炼油厂像长在它身上的一个肿瘤。它依然活着,如同一面闪闪烁烁的镜子,向人们传递着美的信息。这个海湾曾经发生过一场大战,并且为希腊摆脱土耳其的统治建立了不朽的功勋。也许正是这一点,使它更加璀璨夺目,并且在我的心中激起充满浪漫色彩的遐想。

我们没去参观内斯特②宫殿,因为比起古希腊的皮洛斯——它属于淘金者、学者以及游客——我对属于拜占庭和法兰克的皮洛斯更感兴趣。

离开纳瓦里诺海湾和那座洁白的、梦魂萦绕的村庄皮洛斯之

---

① 皮洛斯(Pylos):纳瓦里诺的希腊语名,在希腊西南部,伯罗奔尼撒半岛西南部的港镇。
② 希腊神话中的皮洛斯国王。

后,我们便驱车向卡拉马塔驶去。路上,农民们手里牵着乳房胀鼓鼓的奶山羊收工回来。那景色因凝重而完美。我们也觉得心满意足,就像人们的躯体和精神互为补充时——在希腊感觉到的那样。

第二天早晨,我们在一条早已干涸了的小河旁边,搭乘到雅典去的公共汽车。那儿只是一块空地,和希腊典型的公共汽车站多少有点区别。但是像所有的汽车站一样,处处让人沮丧。有几个货摊卖爬满苍蝇的、干得像木乃伊似的食物,五颜六色的围巾、手帕,还有些劣等的塑料制品。

汽车上路了,公路两旁土地肥沃、景色宜人。我们的心情渐渐平静下来。车驶到梅格洛玻利斯的时候,我们看见一个水泥厂喷吐着滚滚的烟尘,污染了广阔的平原、橄榄树和伯罗奔尼撒的群山。从梅格洛玻利斯到特波里斯,我旁边一直坐着一位身材矮小、头发灰白的胖子。他身穿黑制服,鼻梁上架着一副墨镜,使人想起那种自命不凡的澳大利亚希腊人。汽车颠簸着,我们不时碰撞一下对方,心中都有几分不快。身体告诉我,我和他是截然相反的两种人。

特里波利是所有希腊城镇的原型。在这儿,我们甩掉了那位假冒的澳大利亚希腊人,吃了几个还说得过去的希腊芝士派,又继续跋涉。我和曼努雷早已精疲力竭,就好像只剩一副骨架,任凭汽车颠来倒去。在萨龙湾的一个补给站,旅客们都下了车。司机告诉大伙儿,如果愿意,可以在规定的时间之内去吃饭。可是那儿供应的饭菜实在太糟,只要瞥上一眼,便倒了你的胃口。这个曾经是第一流港口的海湾眼下则是一片萧瑟。站在木板路上,我无意中向下瞥了一眼,看见垃圾堆里有个塑料小匙,上面印着"美国制造"的字样。

终于到了雅典。一两天之后,我读到希腊政府关于建造造船厂、扩大炼油厂、开发纳瓦里诺的一份绝妙的计划。设计者的另一条锦囊妙计便是为举办奥林匹克运动会,在波洛斯建造体育场。所幸这项计划没能付诸实施。1980年,危机席卷全球的时候,希腊又跃跃欲试,要为那些举世闻名的闹事者建造一座永久性的体育场。这次是在奥林匹亚。在我看来,宁肯让运动会消亡,也不要让希腊消亡。不仅偶然掉在萨龙湾的塑料小勺上印着"美国制造"的字样,就连女神也被贫穷、实利主义和国际政治变为娼妓,她的身体上也被刻上了"美国制造"的刺青。

第三部 往事与随想

游艇上的午餐会

1963年,伊丽莎白二世访问悉尼,我收到一份到不列颠尼亚游艇参加午宴的请柬。我有点儿受宠若惊,准备去满足一下自己的好奇心。那时,我的政治信仰还很模糊,或者说还不坚定。如果晚几年,我的信仰和生活中发生的一系列事件都不会允许我接受这个邀请。

那时候,要从我们那座管理不善的城堡山农场的闷热与尘土中走出去和女王吃午饭,简直是一桩令人难以置信的事情。我穿着匆匆忙忙买来的一套最好的衣服,怀着十分紧张的心情,向游艇停泊的码头走去。不过我很快就镇定下来,并且生出一丝淡淡的讥讽。因为我意识到,比起应邀而来的其他客人我要从容得多。客人中有一位报界巨头和他的第三位妻子、一位电冰箱制造商和他的设计师、一位游泳选手、一位与某殖民地贵族联姻又和女王有亲戚关系的贵妇人、一位海军上将和他的女学者,还有其他一些杂七杂八的来宾。噢,我差点儿忘了那位最重要的客人约恩·乌松①——一个很漂亮的高个子年轻人。他的英语很差,结结巴巴,我听起来就像听他的家乡话丹麦语一样地吃力。不过我还是很乐意试着和这位乌松谈话。而且我想,虽然不无尴尬,我们俩还是愿意这样一块儿站在沙龙的一头。后来,他曾带我和曼努雷去看他设计的大歌剧院的地基。那时候当然还没有什么好看的,活像迈锡尼②的废墟。

我登上游艇甲板的时候,一位和颜悦色的王室侍从十分肯定地对我说,他读过《探险家沃斯》,还说女王陛下的床头柜上也放着一本。我很快便意识到,这次赴宴实在是穿错了衣服。不过,渐渐增加的自信心和满不在乎帮助我从这种错误之中解脱出来。我一直穿一套连衫裤工作服,跟狗、山羊、蔬菜打交道。现在为了这样一个场合居然特意买了一套礼服,岂不是大错特错了。我看起来一定像个正在休假的意大利侍者,太拘谨、太不自然了。此外,我写的那本《探险家沃斯》真的会放在女王陛下的床头柜上吗?这时,公爵——他穿着一件十分漂亮的上衣——皱着眉头朝我苦笑了一下,然后径直朝游泳健将走去。他看起来简直被这位非常文明的小伙子迷住了。

午饭前,我们排成几行准备接受女王的检阅。那位报界巨头的第三任妻子正值春风得意、平步青云之时,此刻竟紧张得脸色发绿。我真替她惋惜,尽管自己大概也脸色铁青。女王陛下终于出现了。她微笑着从直挺挺站在两旁的臣民中间缓缓走过。贵妇人们连忙屈膝行礼,电冰箱厂大老板的妻子几乎昏倒在地,幸亏大伙儿七手

---

① 约恩·乌松(Jørn Utzon, 1918—2008):丹麦设计师,其最著名的作品是悉尼歌剧院。
② 迈锡尼(Mycenae):希腊南部阿戈利斯地区的古代城市。科林斯城之南,有迈锡尼文化的遗址。

八脚、你拉我拽,才保持住平衡。自由剧院的多丽丝·菲顿小姐做了相当出色的即席表演。

吃饭的时候,我与跟女王沾亲的那位贵妇人比肩而坐。从她嘴里你简直连一句话也套不出来。尽管我认识,或者说正因为我认识她丈夫的母亲和妹妹。我的另一边坐着公爵的游泳选手。

默里·罗斯①很早就享有盛誉。我们厨房里放着的那架收音机广播里说,他是靠母亲用海藻养大的。这话也许没错,就连王室赐宴,他也是按照每日规定的食物量进膳的。在这样一个沉闷无趣的场合,默里·罗斯还算得上一位让人喜爱的伙伴。我本来想进一步了解他的身世,可是后来在那位鼓吹海藻妙处的母亲的召唤之下,他突然跑去了加利福尼亚。从那以后就再没有听到过他的消息。

午宴之后,靠酒壮胆,大家都轻松了许多。客人们三五成群,站在甲板上继续小酌。女王在人群中走来走去,公爵缠着游泳选手问长问短。过了一会儿,王室侍从问我想不想和女王陛下谈谈。我心想,如果她愿意和我谈话,就应该派人来叫我。当然,也许是放在床头柜上的那本平淡无味的《探险家沃斯》把她给吓住了。在白兰地的蛊惑之下,我当机立断:为什么不去跟她谈谈呢?我干吗要穿着这套紧紧巴巴的黑礼服来这儿傻站着呢?

于是,侍者领我向那几位达官显贵走去。那里面有海军上将和他的女学者,还有一位经济学家。他们对我这位不速之客显然极为反感。他们正在大谈游艇的稳定器和上一次女王造访时海军上将怎样把那道堤礁指给陛下欣赏。没有迹象表明她打算和我这位正在她旁边闷闷不乐的作家谈话。我心想,如果不敢开口说话,干吗

---

① 默里·罗斯(Murray Rose,1939—2012):澳大利亚游泳运动员、演员。

来这儿亮相？于是拿定主意破一破王室的礼仪。我建议女王到弗雷泽岛看看，还问她知不知道关于伊丽莎白·弗雷泽和斯特林城堡号残骸的故事。我的话至少给正在进行的活动带来一种活力。"哦，是的，"她用冷冰冰的、又尖又细的声音说，"那位赤身裸体的太太！我们见过她的几张画……在阿德雷德。"

会见总算结束了。女王和她的丈夫告别了客人，转身慢慢地走上出口处的一溜台阶。女王陛下穿一条淡蓝色的长裙，扣子扣得严严实实，越发显得身材苗条。她的丈夫穿着漂亮的花呢外套，潇洒、悠闲。

我总算应付了这个场合。然后像平常一样，坐了火车又坐公共汽车，再徒步走完展览路才回到家里。松开裤腰、脱掉汗水湿透的衬衫，顿觉自在轻松。我动手给曼努雷做晚饭。他虽然没有得到邀请，但比我在那个场合见到的大多数人都要高尚。

马丁路逸事

打从决定离开城堡山到悉尼重新定居，曼努雷和我就一直住在百岁公园和摩尔公园之间鳞次栉比的房屋与花园包围中这座恬静的"小岛"上。1972年，我们在这里经历了一场简直可以与大地震相提并论的变故——有位一心向上爬的政客和同样雄心勃勃的市长企图在这两个公园之间建一座奥林匹克体育场。如果实施这个方案，就得用推土机推平马丁路和罗伯逊路的所有房屋。体育场将把两个公园连成一片，百岁公园和它的花草树木、珍禽异兽都将受到快车道的威胁，比较荒僻的一端还要修建奥林匹克游泳池。摩尔公园将被辟为小运动场，周围再建一座供运动员休息的奥运村。我们突然深切地体会到,在今天人口过剩的大城市举行奥运会实在是一件祸事。

我们——两座公园之间的"孤岛"上的资产阶级——不再自鸣得意了。住在市郊西南的人们更是苦不堪言,他们不但要失掉家园,还面临着供他们和他们的孩子呼吸新鲜空气的公园被毁坏的危险。消息传来,人们一下子乱了套,有的议论纷纷、有的举行集会、有的签名请愿。有组织能力的人则在幕后策划。我不是策划人,对于我来说,地方政府始终是一个难解的谜。现在我更是不知所措,除了捐助一点钱,什么忙也帮不了。

有一天,寒风习习——这是那种在最好的时刻给人带来失望的日子,在我门前那条小路上,邻居西奥多拉·西莫斯和一位大学教师——他的名字我已经忘了,在这场斗争的最初阶段,因为心脏病突发,他不得不退下阵来——挡住我的去路。西奥多拉是个律师,思想保守、观点正确,父母都是希腊人,他出生在澳大利亚。因此,发生争执的时候,我总能强压怒火不发作出来。

在这个严峻的下午,我们站在那儿商量组织两次群众集会的事情。一次在百岁公园举行,另一次在市政厅举行,抗议政府当局在马丁路建造体育场。各色人物、政界人士和自然资源保护论者都已经同意在会上发言。突然,西奥多拉大声宣布:"你应当发言,帕特里克,你是举足轻重的人物!"这个建议简直令人难以置信,尤其出自一位职业律师之口。于是,我很直率地向他表述了自己的意见——尽管年轻时候想当演员,但是多年来坐在书桌旁边闭门创作,我已经完全厌倦了出头露面的场合。现在,连想起那众目睽睽的场面我都害怕。不过,瞧瞧邻居那张嘴巴我便意识到,大庭广众之下,他肯定比我还要紧张。这位法律舞台上的行家里手在生活的舞台上实在是个半瓶醋。在这方面,我会胜他一筹。尽管我对此仍持怀疑态度,不知道自己是否能扮演好这个强加到头上的角色。

以后的两个星期可真烦人。我为这次集会准备了两篇发言稿,一篇在公园的集会上用,另一篇在市政厅用。准备过程中,不时想象可能出错的每一个细节。那几天,我每天都希望能得一场大病、卧床不起,推掉这个差事。我在心里诅咒我的邻居,怪他把我推到台上当他的替身。

严峻的考验终于来到了。就像为了庆祝这次集会,春天悄悄地来到我们身边。我又犯了一个错误,穿了件挺厚的粗花呢外套(我几乎总是穿错衣服)。我站在一辆卡车上,面对这座已经不再熟悉的公园——热气从周围的每一片草叶上面蒸腾起来,刚刚展开新叶的树木闪烁着耀人眼目的绿光,遮住了明净的湖水。我的发言排在后面,可以借此机会躲在别人背后,掏出口袋里装着的那个瓶子喝口水润润嗓子。即使这样,当我站在卡车上面对一顶顶大蘑菇似的阳伞,或者更糟糕的是面对我认出来的那几个熟人时,手里捏着的那张被汗水浸湿的讲稿还在瑟瑟发抖,嗓子也干得要命。听众毫不留情地等待着。我开始发言了,但从我嘴巴里面讲出来的话似乎和我毫无关系。打从准备这次发言起,我就一直说服自己,在大庭广众之下讲话和写文章没有多大的区别。不同之处仅仅在于:写作可以幽居独处、审慎从事;而讲演,或者说站在舞台上扮演讲坛后面那个角色的时候,你的愚蠢会不合时宜地暴露在大家面前。

我讲完了,掌声四起。也许是一群颇有同感的听众因为我是一个非专业演说家而鼓掌。我的讲话很短,不是因为字斟句酌,而是因为市政厅群众集会的场面更让人不寒而栗。参加第二次集会的人们向公园门口涌去,头顶飘扬着一面面旗帜。有的人挤上公共汽车,大多数人却宁愿步行四十分钟。许多人还推着轻便婴儿车。

到那儿的时候,有人给我们拍了几张照片。我现在还保存着一张,上面有个头戴贝雷帽、身穿粗花呢外套的古怪的胖老头,周围是一群年轻的支持者,高举一面旗帜沿乔治大街向市政厅走去。这张照片或许很可笑,但我很喜欢它,因为上面那个胖老头一点儿也不像我。

一进大厅,那深棕色的巨大空间便在精神上压倒了我,尽管我曾多次到过这里。我在走廊里走过来走过去,一次又一次地上厕所,不时掏出玻璃瓶喝上一口水润润嗓子。我担心我的演讲敌不过市政厅的庄严肃穆。可是现在已经为时太晚,无论做什么也于事无补。我想出或者写下的东西总是铭刻在脑海里难以磨灭。别的演讲的人也都陆续来到大厅,对于这座城市来说都是些举足轻重的人物,有新南威尔士州未来的总理内维尔·怀恩、辩论会上的冠军(一位女高中生,她看起来一点儿也不紧张)、小说家凯莉·坦南特。她也是我的朋友,在会上做了关于一位农民和他的毛驴的讲演。她的用意何在,我一直百思不得其解。还有杰克·芒迪,那时候是"建筑工人工会"的书记、共产党员,他不曾得到应有的重视(除非像这次在百岁公园筹建体育场的运动中一样被人推到"羊脂球"①的地位)。他是一位热心的自然资源保护论者、一位理想主义者。在我的心目中,他是给人印象最深的澳大利亚人之一。

那天晚上,市政厅的会议沉闷、冗长,由于体育场的修建或得利或受损的各界人士都要发表意见。凯莉做了关于农民和驴子的演讲;举止高雅的内维尔口若悬河,显示出职业政客的风度;杰克则表现得十分诚挚。我讲话的时候,手里的讲稿还是瑟瑟发抖。眼前的

---

① 莫泊桑的小说《羊脂球》中的女主人公,一个被人利用事后又被看不起的妓女。

情景使我想起以前我到这座大厅的情景。我记得第一次来这儿是参加一次化装舞会。我好像扮演了《艾丽丝漫游奇境》中的一个角色——疯帽匠。我穿着租来的服装，拿着我们的厨师准备的道具：有个缺口的杯子和咬了一口的面包。在我的记忆之中依然栩栩如生的是舞会上的一位年轻女性。她足蹬高跟皮鞋，身披一条用报纸做的饰边。这条饰边悬垂于乳房与大腿中间，用一条深紫色的缎带束在腰间——她代表"赤裸的真理"。她的高跟鞋、她的裸体和她的勇气都给我留下极其深刻的印象。许多年之后，我又来到这里，疯帽匠还在我们当中，被这不足信的、没有价值的真理搞得神魂颠倒。我试图把这一点告诉我的听众。因为突然之间，我觉得我比大多数人在这个城市待的时间都要长。我曾经在一条条闷热的、黑魆魆的村庄街道走过，目睹了打着进步的名义但没有真正实现文明与进步的烟囱和高楼，是如何拔地而起、直入云霄的。

我不知道我的讲话在多大程度上打动了听众，因为很难用掌声判断讲演是否成功。但是对于我，它却意味着我写作的冲动中新添了一种想要讲述的欲望。我灵魂深处被挫败了的那个演员终于找到了突破口？也许。

市政厅的集会结束了，我松了一口气。有两位建筑师踏着舞步走下市政厅的台阶，大声唱着："结束了！结束了！"毫无疑问，是我那个瓶子里剩下的一点点水启发了他们。朋友们开着汽车把我送回家。

我们的官司打赢了。倒不是因为我无足轻重的、颇有点戏剧色彩的讲演起了什么作用，而是各阶层、各地方社团共同努力的结果，是诸如新南威尔士大学的尼尔·朗西、"建筑工会"的杰克·芒迪，这样一些顽强的斗士不息奋斗的结果。

两个公园之间这座安逸的"小岛"立刻又陷入资产阶级习以为

常的自鸣得意之中。邻居西奥多拉·西莫斯祝贺我讲演成功。我耸了耸肩,做出一副不以为然的、谦虚的样子。

当我和曼努雷还被孟席斯①攥在手心里的时候,就已经开始投工党的赞成票。不过,我们对于工党的信任还处于一种被动的局面。随着时间的流逝,我们对躲在幕后的统治集团的不公平和不诚实越来越反感,开始接受高夫·惠特拉姆的领导。

1974年工党在歌剧院举行集会之前,我一直没有公开露面。有人说:"他肯定被人贿赂了。"我的所谓受贿是越来越看清了道义与原则的日趋沦丧,没有什么东西可以和当今社会的腐化堕落相比。如果我总向"左"转,直到有朝一日被人看作社会主义者和共和党人,那是因为这种腐化堕落有增无减。到1981年,一些亲近的、曾经被我尊重过的朋友只能算作澳大利亚标准的两面派。

或许我是个大傻瓜?或许不发展自身伪善的技术就不能在当代社会生活中随波逐流?不管怎么说,在惠特拉姆刚刚执政时,我们似乎确实进入了一个美丽的新世界。当时的情景特别令艺术家鼓舞。因此,那天下午在建筑师乌松几经修补的"名作"②集会时,我们之中的许多人起而支持惠特拉姆就不足为怪了。让我吃惊的是:来了许许多多听众,不少人挤不进大厅就站在台阶上听演讲。我先前的恐惧又袭上心头,直到声音挣扎着从嗓子眼儿里迸发而出,灵魂深处那个我辨认不出的人使我镇定下来。讲完之后,一张张熟悉的面孔出现在我的眼前:曼宁·克拉克③、内维尔·怀恩、凯特·菲

---

① 罗伯特·孟席斯(Robert Menzies,1894—1978):澳大利亚总理(1939年—1941年、1949年—1966年在任)。
② 指乌松设计的悉尼歌剧院。
③ 曼宁·克拉克(Manning Clark,1915—1991):澳大利亚历史学家。

茨帕特里克①、詹姆斯和弗里达·麦克莱兰参议员夫妇、戴维·马卢夫②、戴维·威廉森③,当然还有惠特拉姆夫妇——高夫和玛格丽特。他们是亨利·摩尔的"国王和王后"雕塑的化身。

我和弗里达·麦克莱兰、朱迪思·赖特④一块儿驱车回家。朱迪思警告我:"你的脚一旦踩上粘蝇纸,可就再也弄不下去了。"她说得多对呀! 这是对所有艺术家的警告。可是除了浅薄的艺术家,谁能在真空里生活和工作呢?

因此,我在许多场合继续露面。及至工党掌权,互相钩心斗角,我出头露面的机会更多了。不同阶层、不同教育水准,甚至尽善尽美的澳大利亚人实际上都是单纯的天性的牺牲品。就连具备惠特拉姆的聪明才智、领导能力的人也会被这种澳大利亚人无知的气质赶下台,成了一个浪费了的天才。直到今天仍然如此。

1975年的"政变"和继而举行的灾难性的选举之后,我还是工党的支持者。因为不管党的领导人的做法有时候多么愚蠢,不管工会对日渐增长的物质利益多么看重,统治阶级在诸如文化艺术、金融财政、机关工作,乃至游泳场上表现出来的让人愤懑的事例都使我无法与之同流。我仍然相信还是孩提时代便印入脑海的工人阶级的优秀品质。这种品质现在仍然可以在许多工人身上发现,但是极少在那些外表冠冕堂皇、一肚子伪善狡诈、似乎值得尊敬的达官贵族身上看到。

---

① 凯特·菲茨帕特里克(Kate Fitzpatrick,1947—   ):澳大利亚女演员。
② 戴维·马卢夫(David Malouf,1934—   ):澳大利亚作家。
③ 戴维·威廉森(David Williamson,1942—   ):澳大利亚剧作家、编剧。
④ 朱迪思·赖特(Judith Wright,1915—2000):澳大利亚诗人。

爵士和他的夫人

我第一次见到约翰·克尔时，正轮到他做悉尼郊区戏剧协会的主席。演员亚历克斯·阿奇代尔在另外几个演员拒绝演出我的一个剧本之后，答应扮演其中的角色，救了我的场。当时，他想建立一个戏剧协会，并请我加入。我明知道我们在许多地方意见有分歧，却还是答应下来。我心里清楚，这不是我心目中的那种戏剧协会；我也明白，我和任何一种协会都格格不入。参加这种协会的活动只能是浪费时间，唯一的收获是我在这里认识了后来成为我的朋友的演员露丝·克拉克内尔和她的丈夫——画框设计师埃里克·菲利普斯。后来我又认识了克尔，一位令人尊敬的法官。他后来使我们的国家分裂，并且因此结束了他自己作为澳大利亚历史上臭名昭著的恶棍之一的政治生涯。当然，从某种意义上讲，这也是桩滑稽可笑的事情。

我第一次见到他的时候，他气色很好，衣服嫌小，很难裹住已经发福的身体。他头发花白，蓬蓬松松，就好像业余文艺爱好者演《竞争者》(The Rivals)时头上戴的假发。他虽然出身卑微（他的父亲是个做锅炉的工人），现在却地位显赫。这个事实常常使得人们对他采取一种居高临下的态度，就连我自己灵魂深处那个势利小人也会接受这种态度引起的共鸣。不过随着时间的流逝、历史画卷的展开，我对这种共鸣有了更深的理解和体验：那实在是一种庸俗的、细弱无力的呻吟。

克尔不久就退出了协会。他在首都堪培拉法律方面的事务繁忙，而且新南威尔士州最高法院首席法官的职务占用了他所有的时间。我很快把他忘到了脑后。因为除了都参加过亚历克斯·阿奇代尔的戏剧协会之外,我们俩毫无共同之处可言。克尔退出协会之后不久,我也拂袖而去了。

一阵嘹亮的号角后又一阵紧密的鼓声,我意识到克尔要粉墨登场了。果然,不久他便被任命为澳大利亚总督。我从来没有想到,我们的生活之路会交叉到一起。那时候,他没有什么值得我反对的地方。我觉得让澳大利亚人当总督总比请个英国人来当更好。不久,报纸上报道了他的妻子身患重病的消息。了解情况的人都说,她是个非常出色的女人。当时,我对当了高官的克尔并不感兴趣,我所关心的是个人生活十分不幸的克尔。妻子死了,丈夫接受了我们的同情。这里面有私交甚笃的慰藉,也有例行公事的哀悼。

后来,突然之间事情乱了套。克尔——我们必须记住,应该称他为约翰爵士——又结了婚。约翰爵士的第二个太太算不上一个"新"娘——曾经是他当法官时一位同僚的妻子。为了总督的方便,她匆匆忙忙离了婚。跟许多别人一样,我和曼努雷听了这个消息都会心地微笑着点了点头。这件事并没有影响我们对约翰·克尔的看法,因为我们压根儿就不想手握长矛去攻击总督先生。

克尔一直是我们支持的总理高夫·惠特拉姆的朋友,也是我们的朋友詹姆斯·麦克莱兰(参议员)和他的妻子弗里达的朋友。即使这样,接到麦克莱兰夫妇的邀请去他家吃饭,并且会见总督和他的妻子时,我们还是吃了一惊。

这桩事发生前不久,惠特拉姆和他的政府决定建立一套澳大利亚的奖励制度,作为对女王那套英国奖励制度的补充,并且希望逐步取代后者。我已经被提名授予一枚奖章,但是一直犹豫着是否接受。因为我总觉得,这种殊荣对于表演艺术家可能理所当然,但是对于作家总不相宜。这天晚上,在麦克莱兰家吃饭的时候,我才渐渐领悟到请我来的原因——主人事先并未告诉我们总督为什么要见我。

参加这次晚宴的客人还有伊丽莎白·里德尔———位老于世故的、相当出色的记者,以及英国议会代表马克和伊莎贝尔·麦肯齐-史密斯夫妇。我们在二位显贵到来之前,便集中在前厅迎候。克尔自己并不拘泥于形式,作为主人多年的朋友和同事,他有一千条可以随和自如的理由。

可是他的夫人一出现,气候骤变、温度下降。显然,就是在私宅做客,她也希望受到外交礼遇。南希·罗布森——法官的前任妻子——向弗里达·麦克莱兰声明,南希已经改名安妮,而平民们应当称她为阁下。弗里达是位朴实可爱的女人,她的本意是请朋友们来聚聚,没想到遇上这样一个矫揉造作、自命不凡的贵妇人。

总督夫人不愿意和别的女宾接近,这可是个不好的兆头。伊莎贝尔·麦肯齐-史密斯似乎被她镇住了。可是整个谈话过程中,我一直能听到伊丽莎白·里德尔朗朗的笑声。时值夏末秋初,安妮·克尔却穿着裘皮大衣,戴着长及肘部的手套。她个子很高、亭亭玉立,显然觉得自己颇能吸引别人的注意。言谈话语中还听得出,她很喜欢别人听从她的意见。

克尔刚刚飞黄腾达的那个时期,除了这次宴会,我和他的夫人在另外几个场合还有过一些接触。在我看来,总督是个老好人。他和蔼可亲、乐乐呵呵,是个爱放屁的法斯塔夫①式的人物。他总是一杯接一杯地喝酒——在悉尼的宴会上谁不是这样呢?这天晚上吃

---

① 莎士比亚剧中一个肥胖、快活、滑稽的角色,最早出现在《亨利四世》和《温莎的风流娘儿们》中。

饭的时候,弗里达的孩子和他们的几个朋友被唤了过来。有个男孩儿是女演员凯特·菲茨帕特里克的弟弟。总督放下手里的酒杯,中断了正在进行的谈话,问道:"哦,你是谁的小兄弟……或者小妹妹?"

饭后,别的客人都各自散去了,只有我还坐在餐桌旁边。总督放了几个响屁,便提起勋章的话题。"如果你不接受,"他说,"就会把一切都毁了。"当时的情景至少可以说让人十分为难。

一两天之后,为了不"把一切都毁了",我同意接受那枚勋章。

我应邀到海军总部参加一次家宴,另一位客人是个女作家,对于她的作品和为人我一向十分敬重。可是有一点我却难以理解。那就是,虽然历史在变迁,"剧中人"显露了他们的本来面貌,她对安妮·塔格特/南希·罗布森/安妮·克尔却始终如一地忠诚。这天晚上,一张精巧的餐桌在会客室的壁炉旁边摆开,美味佳肴应有尽有。然而,谁也不曾想到这个欢乐的场面到后来竟变成令人汗颜的记忆。

进入快乐的高潮,我们邀请克尔夫妇到马丁路做客。我不记得都吃了些什么,不过有一点可以肯定,我们的厨师肯定比不上海军总部厨师的手艺。酒多的是,大伙儿的谈兴也很浓,麦克莱兰夫妇帮助我们招待克尔夫妇。

克尔的夫人又是穿着裘皮大衣、戴着长手套来赴宴的(这次至少是冬天)。也许她觉得是到一位狂放不羁的艺术家家里做客,还专门涂了绿色的眼影。后来,清理餐桌上的酒杯和烟蒂时,我和曼努雷谈起这次晚宴,曼努雷说她像只老蜥蜴,还说她算得上一个知识分子。据说她的法语讲得很流利,可是这次没有在我们面前炫耀,也许她觉得最好还是不要班门弄斧,因为我们多多少少也懂点儿法语。她在我们房间走来走去，一边看墙上挂着的画，一边大声发表评论，解释受过高等教育的她为什么喜欢这幅不喜欢那幅。她好像把我的工作间看作一个可怕的地方。"哦，不！"她在一堵墙壁跟前倒退了几步，"这真是一个可怕的角落！我可不想看它！"惹她生气的那幅画是她的一位先辈——梅·凯西所作。她是受弗朗西斯·康福德的诗句"哦，肥胖的白人女人，没有人爱你……"的启发画出这幅画的。

这是我们最后一次见到夫人，也是最后一次见到爵士——女王陛下的代表。晚宴快要结束的时候，和蔼可亲的、爱放屁的"法斯塔夫"似乎很想从我们嘴里套出对惠特拉姆的真实看法。对于这位投了赞成票的总理，我们没有什么可吞吞吐吐的。如果当时克尔显得心烦意乱，我们也因为只顾喝酒，没有在意。饭后，他们驱车而去。对于他的正直我们一直没有产生疑问，直到后来发生的那场事变……

又是一次晚宴，这回是请戴维·坎贝尔。他是一位诗人，刚刚获得我用诺贝尔文学奖的奖金建立起来的文学奖。厨房里叮叮咣咣的剁肉声吵得人心烦。大约五点钟，我打开收音机想听听新闻。就像地下的熔岩骤然爆发，收音机里倾泻出堪培拉正在发生的事情的消息：总督已经解散了澳大利亚人民选举的政府！关于我们历史上的这段丑闻，人们已经写得太多了。我在自传中无须赘述。我之所以提起它，只是想谈谈它在当时和后来对我产生的影响。自由党的参议员在这场角逐中所扮演的角色，与他们合谋取代惠特拉姆、爬上总理宝座的那位名人，希望看到惠特拉姆倒台的新闻媒介，以及外国列强更加狡诈的阴谋都使我心中的苦涩更加浓烈，促使我进一步向"左"转。

而此刻,我正在自个儿家里,面对着为戴维·坎贝尔准备的饭菜——糕饼边儿上有点儿煳,调味酱呈糊状盛在盘子里。客人陆续到了:戴维和他的妻子、布雷特·怀特利夫妇、伊丽莎白·里德尔、弗吉尼亚·奥斯本。大伙儿都被这个消息震惊,甚至有点儿麻木。我们无法相信这一切都是真的。吃饭的时候,一直开着收音机。播音员还在一遍又一遍地广播同一条新闻。我们还企盼着能有一缕希望的阳光把我们从噩梦中唤醒,然而什么也没有发生。布雷特·怀特利昏倒在屋子中央的长沙发上。我们就是为了防备这一招,特地把沙发放在那儿的。不过到那一刻为止,还一直没有派上用场。

就这样,从 1975 年 11 月 11 日起至今,澳大利亚社会被一分为二。幼稚的澳大利亚人很容易被英国、美国,以及自由党人控制的宣传机关吓倒。相信通过惠特拉姆政府推行的改革,避免了失掉已经拥有的一切。这个被人们错误地认为已经老练成熟的国家,实际上仍然是殖民主义者的大牧羊场。1975 年 12 月的大选,使弗雷泽和自由党重新掌权。我们之中的许多人又陷入绝望的深渊。

我在克尔的劝说下,接受了"澳大利亚勋章"。因为如果不接受,"就会把一切都毁了"。现在我觉得非把这枚勋章退回去不可,而且说退就退。留着它,就像留着一份贿赂。我之所以在这里特别提一下这件事情,是因为有时候我发现别人怀疑我仅仅因为一时任性,才退了那枚勋章。

他们在那出仿佛印度传统戏剧版的麦克白①的悲剧中演得太过火了,成了滑稽剧。他们继续参加官方举行的盛大集会,谩骂、攻击无所不用其极。扶植他们上台的人还让他们做出一副受难者的姿

---

① 莎士比亚悲剧剧名和该剧主人公。麦克白爵士为了夺取王位,杀死了国王"温厚的邓肯"。

态,直到大家都觉得这个人原本就该肩负重任。报纸上还登了一张爵士躺在农业展览馆地板上的照片,他显然是被一头得了奖的牲口撞倒的。夫人站在牛屁股后头,吓得目瞪口呆。报纸还发表了爵士另外几幅照片,有一张是照片剪贴。那真是时代的错误、澳大利亚的悲哀:爵士头戴大礼帽,身穿爱德华七世时代的礼服,身后是当代澳大利亚的背景;还有一张是在阿斯科特赛马场拍摄的。他蹒跚着向照相机走去,向获奖者颁发"墨尔本奖杯"。

一个风和日丽的上午,我站在悉尼近郊一条马路的镶边石上,正巧爵士夫人乘坐一辆总督府大型高级轿车从我身边驶过。她一个人坐在后排座,目不斜视,头戴一顶挺大的、蘑菇状女帽,扁平的肚子上放着一个扁平的公文包,就像抱着一个热水瓶。

作为傀儡,克尔被已经夺取政权的马尔科姆·弗雷泽利用并且推翻并不奇怪。而弗雷泽呢?他会不会也被那些利用他争权夺利的、力量更大的人们像丢掉一个软弱无力的木偶一样丢到一旁呢?

听说已经声名狼藉的爵士和他的夫人住在伦敦郊外的一幢房子里,靠先前得到的那几文赏钱过活。这便是约翰·克尔,那位锅炉制造工出类拔萃的儿子的下场。还有安妮·塔格特。大学时代,她那么天真活泼。在学校的舞台上女扮男装演戏的时候,面对那么多观众,差点儿掉了裤子。我有时候觉得他们挺可怜。可是每逢这时便想起他们的虚荣和自命不凡,我就想起克尔当律师时为我的一位朋友打输的那场官司。我的朋友抗议:"这不公平!"律师克尔却回答:"你的年纪不小了,该知道法律并无公平可言!"

1979年年底,有人向克尔的一位女儿打听她的父亲的生活情况。"哦,"她说,"他在家洗衣服、做饭。跟他结婚的那个女人不爱干这种事。"

将女儿的评论和父亲关于公平的看法结合起来,我有时候会生出种种奇想,仿佛看见爵士腰里系着一条镶了褶边的围裙、手里拿着一个鸡毛掸子,在新都铎王朝式的宅第蹒跚着走来走去,直到飘来一股煳味儿才匆匆忙忙跑进厨房;他的夫人涂着绿色的眼影,用上大学时学的法语坐镇指挥。如果真有地狱,那也许是一条铺满碎玻璃碴的小路,让整个社会蒙受耻辱的人将光着一双脚在这条小路上永远走下去。

又及:1981年,克尔夫妇曾回澳大利亚访问过一次。那些为了自己掌握政权利用过他的人似乎极力想扶植他东山再起。克尔甚至被某些人奉若神明。据说他还希望能够进入上议院。

诺 兰 夫 妇

我们第一次见到诺兰夫妇是在佛罗里达州劳德代尔堡①。当时,我们正和已经入了美国籍的曼努雷的妹妹安娜一起。对曼努雷和我来说,劳德代尔堡安娜家的日子无异于可怕的幽禁。安娜的房子坐落在一片美洲红树丛生的沼泽地,门前一条大路不知道从哪儿来、到哪儿去。安娜是个护士,一天到晚只是抽烟、喝咖啡。她的书架上总是放着格雷丝·梅塔里亚斯②的小说,电视机屏幕无声无息地闪烁着。她的丈夫是个海军陆战队的退伍兵(我们第二次去做客时,他已经死了)。安娜完全摈弃了希腊人的传统,而这种传统本来可以使她免于沉沦。她并不否认自己原有的文化。不过面对新闻

---

① 劳德代尔堡(Fort Lauderdale):美国佛罗里达州东南部城市,海滨疗养地。
② 格雷丝·梅塔里亚斯(Grace Metalious,1924—1964):美国通俗小说女作家,著有《潘登镇》(Peyton Place)。

媒介的行话和美国南部各州人的喋喋不休，任何一个欧洲人的"根"都会被颇有成效地改变。

我们访问期间，曼努雷住在安娜家里。因为她的房子再没有空闲的地方，我只好到邻居家里借住。我住的那间房子很奢华，可惜只是表面现象。那奢华可以像剥皮似的剥掉，或者说只是徒有一层华丽的饰面，墙壁上尽是各种昆虫留下的踪迹。墙脚虫豸的尸体随处可见。因为它们在自己的茧中等待下阶段的进化时，没有在墙角和踢脚板下面藏好。我觉得自己也是一条暂时麻木的大昆虫，一面聆听看不见的鸟儿婉转的鸣叫和古怪的鳄梨树摇动时闷浊的响声，一面感到一股轻似鸿毛的空气向我那由板条、电线、灰泥构成的大茧挤压着。劳德代尔堡的鳄梨以其甜美细嫩的果肉补偿了佛罗里达的可怖。

就是这时，诺兰夫妇一家——西德尼、辛西娅，以及辛西娅的女儿金克斯闯入我们的生活。那时候，金克斯还是个扔在运货车后面的小不点儿。车上刻着"洛尼根种马"几个字。我们有许多共同点：国籍相同、诺兰夫妇对《探险家沃斯》的偏爱。正是这种共同语言把我们联系到了一起。佛罗里达州的相遇充满一种虚幻的色彩。站在那辆载着他们走遍美国的旅行汽车旁边，我们开始了可以说是异乎寻常的谈话。我被沉闷的气氛窒息着，茫然若失。曼努雷泰然自若，安娜唠唠叨叨，西德尼好像被什么密码遥控着，时隐时现。小学生金克斯还沉湎在她自己的遐想之中，很不情愿地从汽车里面爬了出来。只有辛西娅精神抖擞，用简洁明快的语言告诉我们：不管是谁——男人、女人、狗——都喜欢西德尼。有的女人很傻，聚会的时候总爱跟他勾肩搭背，其实他最讨厌这种调情。辛西娅结束她这场别有风味的谈话之后，我们便一起开着汽车穿过红树丛生的沼泽地,沿着漫长、笔直的公路疾驰。公路两旁的加油站、卖汉堡牛排的店铺、混凝土建造的房屋一闪而过。谁也不曾想到,一种至关重要的关系就从这里开始了。辛西娅从一开始便表现出来的坦率使得我们的关系顺利发展。她成了我最亲密的朋友之一,也是我最赞赏的女人之一。她的死至今都在我心中留下深深的悲哀。

第一天,除了发现我们的语言相同,彼此都很喜欢对方之外,并没有发生特殊的事情。我们只是一边开车一边聊天儿。西德尼当然是个让人喜欢的家伙,难怪聚会时,女人们都爱跟他接近。我们聊天儿。我们开着汽车疾驰。在一家坐落在两条排水沟之间的餐馆,我们吃了些蛮不错的、佛罗里达州一成不变的套餐。我们徒步走过一个公园。那里种植着从外国引进的树木。那种树盘根错节、枝权繁多。可惜异国风情或多或少被一条小火车道破坏了。我们谈呀,谈呀。诺兰夫妇谈起了《探险家沃斯》。我不知道嘟哝了几句什么,对他们的欣赏表示谢意。那时候,倘若有人提起这本浸透了我的心血和汗水的书,我是不会畏缩不前的。后来有些易动感情的人开始动作,而我居然愚蠢到了让这部小说落到一些不具备条件的人手里,去拍一部电影,结果至今没有下文,我才开始感到厌恶。

我们一起在佛罗里达州辽阔的平原走了几天之后便分手了。诺兰夫妇北上到纽约,曼努雷和我取道旧金山回澳大利亚。我们当时还不知道辛西娅正身患重病。一到纽约,她就因为严重的肺结核住进了医院。

分手后我们经常通信。在《公开的否决》(Open Negative)这本写得很漂亮的书里,辛西娅描写了她在纽约医院肺结核病房养病的情形。在同一本书里,她还写了他们全家在美国旅游的见闻。她写西德尼时总不能得心应手。对于我,他也是一个很难把握性格的人。

她赋予他和他们的关系更多的光明面。有一次她给我写信说:"西德尼一到医院就哭,活像个头上包块围巾的爱尔兰老农妇。"

我和辛西娅一直通了好多年信。她字迹潦草,很难辨认。她抱怨说,用打字机肩痛背酸,因此只好凑合着看了。因为身体欠佳,她有时候外出不得不躺在旅行车上。有一次在考文特花园剧场看《乔万尼先生》①,她疼痛难忍,竟不得不躺在包厢地板上休息。

辛西娅喜欢写那种行文古怪、夸大其词,有时候甚至十分狂热的信。可是常常笔锋一转,她那潦草的字迹便透露出一种深沉隽永。西德尼总是满口应承给你写信,而且机场告别时,总是两眼含着泪水。可他从来不履行诺言,最多在一张画的背面胡乱写上几个字寄给你。对于他的漫不经心我只能听之任之,当然也常常为他的食言而恼火。每逢这时我就劝自己,这不过是他那种爱尔兰人的迷人之处的副作用罢了。

使我惊讶的是,我和他之间谈过的话就像一缕青烟,很快便消失了,跟辛西娅却总是因为谈话而使我们更亲密。她的音容笑貌至今历历在目。我有时候纳闷,西德尼和罗伯特·洛厄尔②、肯尼斯·克拉克③这样一些朋友谈话时会是什么样子。也许他需要一种更加浓厚的知识的氛围,而我还称不上博学多才。我是一个缺乏理性的人,如果我有什么思想可以给人以启迪的话,完全是出于一种感觉或者直觉。正是因为这个原因,我从来不认为西德尼是一个理智的人,尽管他很想扔掉那些迫不得已使用的半密码信息,或者在身处困境时升起一面旗帜,上书"克尔凯郭尔"④几个大字。

---

① 《乔万尼先生》(Don Giovanni):莫扎特根据《唐璜》改编的歌剧。
② 罗伯特·洛厄尔(Robert Lowell,1917—1977):美国诗人。
③ 肯尼斯·克拉克(Kenneth Clark,1903—1983):英国艺术史学家。
④ 索伦·克尔凯郭尔(Søren Kierkegaard,1813—1855):丹麦哲学家及神学家。

在诺兰夫妇的关系中,与西德尼的软弱相比,辛西娅是一块好钢。她必须保护作为艺术家的丈夫不受别人的掠夺,不受"女按摩师"的爱抚。没有辛西娅的帮助,很难想象他会在他最好的时期爬上艺术的巅峰。他可能早就沉湎于阿谀奉承的泥潭不能自拔,而这种伪善的东西曾经吞噬了多少本来可以大有作为的艺术家!

那些想打西德尼主意的人自然十分痛恨辛西娅。他们憎恨她那张颇有教养但日趋憔悴的脸;憎恨她使他们相形见绌的高雅的趣味;憎恨她总能识破他们在确定某项投资时玩弄的把戏,也能防范他们让一个天才沉湎于声色口腹之乐,或者更简单地说——喝得酩酊大醉的伎俩。

辛西娅在体力不支的情况下,仍然尽量坚持工作。西德尼跟我们在一起的时候也无可挑剔。他是一位善于体贴妻子的丈夫,就是在辛西娅最任性的时候,也能耐着性子服侍她。他也是一位想得非常周到的朋友,总是到机场、旅馆接我们,或者开着汽车送我们到剧院、花园,乃至他们那幢坐落在帕特尼的房子。这幢房子可以说是辛西娅的"代表作",也是她最后的"作品"。它表现了她高雅的趣味和她对诺兰最好的作品的赞赏。从外观上看,这幢房子和辛西娅不无相似之处:纤细、精巧、色彩柔和,平静中蕴藏着力量,可谓伦敦泰晤士河畔一抹塔斯马尼亚岛①的朗塞斯顿②的影子。辛西娅承认自己讨厌澳大利亚,可是像大多数侨居国外的人一样,从不躲避它。

西德尼宣称他热爱澳大利亚,而且经常回来短期休假。他不但在精神上需要澳大利亚的慰藉,物质上也需要澳大利亚的"滋补"。

---

① 塔斯马尼亚岛(Tasmania):澳大利亚的一座岛屿。
② 朗塞斯顿(Launceston):英格兰南部的城镇。

依我看,在母亲与妻子之间,他更需要母亲。澳大利亚便是可供他吸吮的、胸襟博大的母亲。他曾经讲过这样一个故事:有一次他跟妈妈一块儿在墨尔本坐电车,正好坐在司机身后。当时他已经是个大孩子了,可还依偎在妈妈怀里吃奶。司机回过头对他妈妈说:"你要是还给这个小家伙喂奶,我就不开车了!"我想,奶水是他赖以生存的粮食,也是他倒霉的原因。

我和诺兰夫妇的关系在西德尼从伦敦打来电话告诉我辛西娅自杀的信息的那个夜晚便结束了,不管这样做是错是对。上一个夏天,我们还在一起。当时,满目萧条的伦敦只有郊外的花园奇迹般地盛开着美丽的鲜花。我们四个人常常在花丛中散步,还到剧院看戏、听音乐、吃可口的饭菜。也许那一切太完美了,反而预示着灾难。后来,我渐渐弄清了辛西娅自杀的详情。吃过午饭之后,辛西娅不露声色离开西德尼,说出去买点东西。结果,她去了摄政宫地方最偏僻的贝杰曼乡下她租用的一间屋子。在那儿,来自布特尔的爱丽丝①曾用别针搜寻过食物。而我自己还是青春勃发的少年时,在这里和不称职的保护人度过了一个寂寞的夜晚。就在这里,在这座粗鄙的大理石"陵墓",在与她所喜爱、所代表的东西如此遥远的地方,辛西娅吞下过量的安眠药。

我一直没有责备西德尼。因为我知道他们俩,或者说我们大家都有可责备的地方。辛西娅死后,我之所以一直和他没有来往,是因为我明白,我身上存在着辛西娅的精神。处在她的境地,也许我也会自杀。我无法容忍的是,辛西娅尸骨未寒,西德尼便另求新欢。我也无法原谅他总是追逐作为一个人压根儿就不需要的虚名。他

---

① 指《爱丽丝漫游奇境》中的小主人公。

喜欢拍照片、登报纸,还会玩弄些小小的政治阴谋。他曾经说过:"如果我非得和弗雷泽握手,我就戴手套。"(究竟戴没戴只有天知道。)所有这一切,连同所谓"文学艺术俱乐部"只能毁灭任何一个有天才的画家。最近,谈到以他的名字命名的一座美术馆的时候,他说:"我觉得,我似乎已经死了……"从这句话看,他一定也懂得这个道理。

他最好的部分永远不会死灭,辛西娅也不会。诺兰夫妇的美好之所在是他们的合作。

歌星萨瑟兰

小时候我就见过梅尔巴。她到我们学校的时候,我还在教室里跟她说过几句话,后来便是怀着崇敬的心情从拉尔沃思留声机里听她唱歌。在城堡山住的时候,我还从放在厨房里面的那架收音机里,听到那些没有见识的姑娘们点播的别的女歌剧演员唱的老一套的咏叹调,比如听腻了的《金铃歌》(*Bell Song*)。我一直没有见过在艺术上炉火纯青的萨瑟兰。直到进入老年,才在悉尼歌剧院看过她的一场演出。

后来,我的朋友德斯蒙德·迪戈比[1]和詹姆斯·艾利森在萨瑟兰演完《修女安杰莉卡》(*Suor Angelica*)之后,在他们的公寓安排了一次晚宴,使我终于与这位大歌星相见。对于我来说,这出歌剧是普契尼[2]创作的最有说服力的歌剧之一。可是不少澳大利亚学院派

---

[1] 德斯蒙德·迪戈比(Desmond Digby,1933—2015):新西兰出生的澳大利亚舞台设计师、画家。

[2] 贾科莫·普契尼(Giacomo Puccini,1858—1924):意大利作曲家。

的评论家对它持嘲讽的态度——他们的理性被一种华而不实到了极点的东西冒犯了。但是在我看来,它正表现了意大利天主教的精髓。萨瑟兰圆润洪亮的歌声犹如高山流水,表达了修女们让人断肠的感情。可以肯定,我不是徘徊于改变信仰边缘的新教徒。那种改变宗教信仰的人我见得太多了。我想,我也绝非感伤主义者。虽然小时候看到穿着蝉翼纱礼服的莉莲·吉什①时,我曾感动到流泪。那天晚上,是萨瑟兰在《修女安杰莉卡》中表现出来的人性,使我大受感动。

我们开着汽车到己利彼利参加聚会。歌唱家由于可以理解的原因迟到了。想到就要和一位著名歌星见面,我的心情不由得紧张起来。

萨瑟兰来了,还带着她的丈夫、总管,以及澳大利亚歌剧团的莫法特·奥克森博尔德、格雷姆·尤尔。主人告诉我,歌星还不知道要在这儿会见一位小说家,这也许是来了这么多随从的原因。我们俩都有点紧张。我穿得笔挺,像个大学教授。她穿一件枣红色衬衫,块头很大,像一座充满弹性的雕像。吃饭的时候,萨瑟兰一边拿叉子往嘴里送食物,一边说,我的作品她连一个字也没有读过,《荆棘鸟》却让她百看不厌。似乎为了弥补她的过失,萨瑟兰的丈夫和总管极力把话题扯到《探险家沃斯》上。可惜他们并不真正理解《探险家沃斯》。不管怎么说,饭吃完了。我不记得是谁先走的。那天晚上,如果我应当说些什么的话,我该说贝弗利·希尔斯是我最喜欢的女高音歌唱家。

这件事情的教训其实还是老生常谈:永远不要会见女歌唱家。

---

① 莉莲·吉什(Lillian Gish,1893—1993):美国电影演员。

尽管我相信,如果有幸得见卡拉斯①,我们一定会相互理解,并且建立像我和辛西娅·诺兰之间的那种诚挚的关系。

弯弯曲曲的生命线

我把电话看作我的生命线。我的母亲更是个"电话迷"。我记得1915年,搬到拉尔沃斯之后,她冲到那架还是稀罕玩意儿的电话机跟前,拿起听筒惊呼:"这里面有响声!"她一定把兴奋和欢乐传给了只有三岁的我。渐渐地我也成了个"电话迷",而且总觉得对着听筒谈话少了几分腼腆和羞怯。不过直到30年代住在伦敦时,我才真正对电话"入了迷"。回首往事,我这辈子大概有一半时间是在那根柔软的电话线旁边度过的。我把线接得特别长,可以把电话机拿到浴室里面去打。后来我从报上读到一位歌女洗澡时打电话触电身亡的消息,才停止了这种懒汉的做法。

曼努雷却觉得电话实在是个讨厌的玩意儿。这也许因为,他小时候,雅典普通人家都没有电话,姑妈总是打发孩子们拿个字条向朋友传递信息,因此他没有使用电话的习惯。我们的电话安在厨房,我利用洗盘洗碗和坐下来写作之间的这段时间打电话,从我的各式各样的"供应商"那儿汲取营养。曼努雷出出进进,总要不以为然地瞥我一眼。他不相信我这剂"万应灵药",以为那不过是马戏团的玩意儿。他自己的信仰来源于广袤的大地和葱茏的草木。

但是他默认了这一切。许多年来,他已经习惯了D的声音。拿起听筒,他的回答只限于"是"和"不是"。对那个看不见的骚扰者,

---

① 玛丽亚·卡拉斯(Maria Callas,1923—1977):出生于美国的希腊女高音歌唱家。

总是龇着牙现出一丝微笑(他喜欢面对面跟人谈话),然后把听筒递给我,自个儿离开厨房。

D的开场白常常是沉默,电话里的声浪突然间退入无底的深渊。

你是今天的一缕阳光吗?

别指望我闪闪发光,我跟别人可不一样。

哦,不是……

最近没听到你的消息。你那些放牧的朋友们一定已经起床了吧?

哦,听我说,你要是再这样胡说八道……

你要是还被他们迷着,我可保不住……

你就不知道该怎样对待别人……

这种事儿显然没有个够……

我要放电话了……

没有必要歇斯底里大发作。

没有发作。说正经的吧。我已经好几个月没跟他们打交道了。

你的那些牧场主现在对弗雷泽有何评论?

他们现在支持霍克。

……

你听,你听到这个声音了吗?只有给你打电话的时候才有这种声音。一定有人给你装了窃听器。

那有什么关系?我们就给他们来点儿带劲儿的。

可是这声音太刺耳了……

真见鬼!你让听筒离耳朵远一点儿不就好了吗?

上次跟你通话以后,我耳朵痛了一整天。

为什么我的耳朵不痛?

啊,听我说,我可没心思跟你闲扯。我要……

等一下,有件事我忘了跟你讲,发生了一件非常糟糕的事。

你的书里尽是些糟糕的事。

可是如果发生了,你能不闻不问吗?

我这个早晨可让你搅和了。

那就把吃多了的加糖奶油都吐出来算了。

D 大笑起来。我们总是喜欢一块儿开心大笑。

可怜的老南娜的加糖奶油。她得癌症死了。

年纪也不小了。

才六十七岁。

我已经六十八了。

可不,哈哈哈!

该死就死吧,谁也难免一死。

M 死以前去了一趟菲律宾。F 肠子里也出了毛病。

那就该对付对付这肠子里的毛病。

你如果不是信天主教的科学家,这事儿就难办了。

澳大利亚有一半国民信天主教。否则,他们就不会投入弗雷泽的怀抱了。有许多信天主教的科学家……

得了,得了,我要去看我的小鸡去了……

你还得告诉我怎样收拾那些新西兰小鲱鱼。

哦,先化了冰,就让它浸在冰水里。然后,听我说,我给你写出来……我母亲做小鲱鱼的办法。现在我得挂电话了……

那么,再见!

再见!

我总让 D 受不了。而 D 像大多数愿意自讨苦吃的人一样,很喜欢我给他带来的麻烦。我还相信,我们电话里的这种玩笑,自有它的重要之处。这些话题宛若一条弯弯曲曲的小路,穿过周围的灌木丛,引领我们进入一个美好的境界。我需要开这种玩笑,更希望能有人与我产生共鸣。

电话铃响了,我连忙去接,也许是 D。厨房里乱放着昨晚用过的锅碗瓢盆,上面落满厚厚的灰尘。

喂……

好吧……

很想知道你们这几天的情况……

听我说,我们过得还好。用不着你操心……

如此说来,只能"各人自扫门前雪"了……

如果你知道……

我想我们……

没别的事我就挂电话了……

在一座玻璃高塔里。快步走到歌剧院,捡起她身上掉下来什么小玩意儿。至于那位"黄色金丝雀"……

你压根儿不知道"金丝雀"想做什么……得解释清楚……

讨所有人欢心……一旦有了权力,你就是个政客……

我相信,但不完全相信……

这是真的,尽管……

是真是假,我不可能知道……

我希望这样继续闲聊下去。这要比马勒的呻吟、布鲁克纳的喧闹,更快地让你了解生活。谢谢 D 加入我的这种玩笑与闲聊。"二重唱"总比"独角戏"给人更多的慰藉。

吉米·夏曼

我的舅舅克莱姆·威西科姆经常说:"如果一个人不交几个年轻朋友,将来会发现,自己是唯一没能进入公墓的人。"克莱姆舅舅早在"人"(person)这个字还没有变得时髦之前,就已经"人"不离嘴了。他没有什么信仰,可是一有空就往教堂跑。他经常下赌注,虽然总输。他是一个乡村知识十分丰富的乡下人。我要是想造一辆四轮轻便马车,或者要给生了虫的绵羊洗药浴,总找他请教。他还特别爱海阔天空地闲聊,对于一个小说家这实在是再好不过的事情了。这一切当然都是题外话。克莱姆舅舅已经死了好多年,而且真的应了他当年那句话,他死后没有埋进公墓,而是进了北郊区火葬场。更倒霉的是,一位不知名的教区牧师搞错了他的生平。尽管我很为他悲伤,也很想念他,但对于他关于"交几个年轻朋友"的忠告不以为然。而且我总认为他的这种看法不无偏颇之处。一个人不是要和什么人"交朋友",而是要使自己常常处于被"交朋友"的地位。这几年,老一点的朋友已经开始走向坟墓,还活着的人也不能经常相聚。空虚之中我便错误地认为,还可以依靠自己的力量活下去。就像许多年以前,灵魂深处那个利己主义者把上帝当作没必要的东西摒弃一样。

在城堡山居住期间,有一次我仰面朝天跌倒在一摊烂泥里,并且因此而开始诅咒不存在的上帝。后来,有一天晚上,我被稀里糊涂地领到还相当肮脏的珍妮街剧院,看一出曾经被一位可敬的评论家严厉批评过的时事讽刺剧《可怕的澳大利亚》(*Terror Australis*)。那天晚上,观众很少。导演、剧作家、演员都是年轻人,当他们把这出戏推上舞台的时候,除了成功,没有什么可以失掉的东西。我看了以后不但为之一振,还大吃一惊。散场之后,兴奋的心情仍然久久不能平静,徒步走了好长一段路,才在大路上找到一辆出租汽车。第二天早晨,对于这出戏的热情还没有丝毫的减退。我当即给报纸写了一篇文章,与那位批评家的定论商榷。可惜,我的文章没有救了那出讽刺剧的命。

事情就这样不了了之了。几个月之后,我上街买了一张唱片。刚刚走出那家店铺,背后传来一阵急促的脚步声,还听到一个更为急促的声音:"喂,怀特先生……"是一个穿短袖圆领紧身汗衫、工装裤、旅行鞋的年轻人。因为我给报纸写信赞扬他那出被判了死刑的讽刺剧,他想表达心中的谢意。站在马路上,我们都因为这样不期而遇、因为各自属于的那个不同的世界、因为年纪造成的鸿沟而困窘,尽管对那出被骂得狗血淋头的戏,我们有那么多共同的认识。告别之后,我心里尽管充满感激之情,但没有想到以后还会和这位名叫吉米·夏曼的年轻人发生什么联系。

他是个雄心勃勃的事业家,是《头发》(*Hair*)和《耶稣基督万世巨星》(*Jesus Christ Superstar*)的导演。小时候,他经常跟父亲的拳击表演队到农村表演。父亲老夏曼是罗马天主教徒,母亲却是新教教徒。我们成了朋友之后,吉米有一次告诉我,他非常后悔没有度过一个充满天主教色彩的童年,而是很早便到了剧院。我相信,大多数在新教教徒家庭中长大的澳大利亚艺术家都承认——多数只是勉强承认——不曾作为一个天主教徒度过童年时代,实在是一种缺憾。

小时候,我很喜欢去国王大街圣詹姆斯教堂做早课,也喜欢到另外一座小教堂参加没有什么色彩的宗教活动(只有圣坛上方飘扬着的蓝色缎带给人一种清新的感觉,上面用金线绣着"上帝便是博爱"几个大字),还爱到威尔森山那座石棉瓦盖的教堂做礼拜。那教堂因为四周种着桫椤,里面一片昏暗,而且因为一个月才开放一次,散发着一股霉味儿。簧风琴呼哧呼哧地响着,让人十分难受。

我很小的时候,母亲就带我到剧院看戏。在我的记忆之中,我们好像总是不停地走来走去。对此,我当然不会生出感激之情。这种经历似乎填平了一般意义上所说的孤独的童年时代和青年时代之间的那条鸿沟。如果我有朋友,他们也无法进入,或者更准确地说是不会被允许进入一个终将成为艺术家孩子隐秘的内心世界。我的禀性在去剧院造访的时候便开始得以表现,特别是看音乐喜剧的时候;或者刚刚对性有了一些意识,在大街上探险的时候——左顾右盼,我总是在观察。我想象自己是去访问那些年长的、很有学问的女人,这当然是非常快乐的时刻。在散发着墨香的书店里,我轻轻地抚摸着一本本装帧精美的图书,读着上面的标题,沉浸在无限的喜悦之中。我还特别喜欢在十字街或者乔治大街的小店铺里消磨时间。

我的母亲不上电影院。她认为看电影伤眼睛,又觉得影剧院太粗俗了。不过她并不反对我看电影，对于我该看什么不该看什么也不吹毛求疵。这也许因为她根本就不拿电影当回事，所以也不觉得它能给孩子带来什么大不了的坏处。

几十年之后，吉米·夏曼给我讲起他小时候的情形。就像我当年在达林赫斯特和乔治大街上闲荡、做白日梦、看电影一样，他也在街头消磨了许多时光。我想，我们之所以成为莫逆之交，和这段共同的经历恐怕不无关系。

我对吉米的了解应该说起始于老托特剧院的肯·索思盖特写来的一封信。他在那封信中问我愿不愿意让夏曼执导我的剧本《沙山帕瑞拉的季节》(The Season at Sarsaparilla)。我的三个剧本，包括《季节》，几年前就已经在阿德雷德搬上舞台。第四个剧本也已经在墨尔本上演。幸亏有一帮热心的支持者，否则这四部戏大概早被评论家和观众扼杀，只能放在书架上完成它们的使命。现在，我很惊讶，这位澳大利亚戏剧界的神童、年轻人崇拜的偶像，居然想到这个早已尘封的剧本。可是仔细一想，便觉得这并非什么不可能发生的事情。事实上，夏曼正是在70年代把《季节》搬上舞台的最合适的导演。让人惊讶的是，我自己居然没想到这一点。

他红光满面，穿着一件宝蓝色的防风上衣来看我。我们坐在我的工作间，探讨这次合作的可能性，相互之间都有一种敬畏的心理。我想，他之所以在这件事情上充满信心，是因为我能从他这一代人的角度来看待这个剧本，能完全同意按照他们的意愿来选择演员。我们谈话的时候，似乎有一根极细的丝（蛛丝？）从他粉红色的面颊垂下，阳光一照或者清风吹过便可以看见。我一直没告诉他这根游丝的事，但我非常想探过身去，把它弄掉。倘若那样做，或许会把什么都毁了。分手时，我们已经没有了任何的窘迫，合作的事就此开始了。

消息传开，我的一些同龄人会心地微笑着，似乎在说："这个老傻瓜真是自讨苦吃，他非摔跟头不可。哦，可怜的曼努雷！"不过，他们的预料并没有变成现实。曼努雷一直很喜欢吉米——你能够想象出或者感觉到的亲密的关系用于他们身上都不过分。从我这方面来说，在我与吉米的关系中，如果完全否认有时候也会因为性的妒忌而产生一种刺痛的话，那是不诚实的。不过我们的合作硕果累累、纯洁高尚，可以说是此种关系的典范。

夏曼重新执导的《沙山帕瑞拉的季节》获得了十五年前在阿德雷德、悉尼和墨尔本演出时未曾获得的成功。我这样说并不是贬低它最初上演时所取得的成绩。我还记得它所表现的活力和人们给予它的关注，但我也记得和那位与我的性格十分接近的导演多次发生的不愉快的争吵，记得观众们面对自己偏狭的生活时被激怒的情景。到了1976年，公众和某些批评家对这出戏寒碜的开头已经动了感情，开始接受它喜剧性的一面。首场演出结束之后，我站在歌剧院的舞台上讲了几句话。和平常一样，每逢这种场合我就害怕得要命，而且又一次错穿了衣服——穿了一套我自己戏称为"黑手党制服"的西装。我能感觉到观众们把嘴撇得像西风里摇曳的花瓣。不过这无所谓。我得向导演和演员们致谢，他们之中有些人至今还是我的朋友。

不少人劝我写剧本。《季节》重新上演之后，我便给凯特·菲茨帕特里克和马克斯·卡伦写了《大玩具》(*Big Toys*)。他们在上一出戏里都扮演过重要角色。《大玩具》是我匆匆忙忙写完《沙山帕瑞拉的季节》之后一气呵成的。第一稿写于城堡山，第二稿写于从悉尼到布里斯班的一条轮船的写作间。那次我们是去弗雷泽岛。这座岛后来成了我的长篇小说《风暴眼》和《树叶裙》许多重要场面的背景。回首往事，连我自己都感到惊讶，在我的两部长篇小说之间会出现《季节》这样一个剧本。话剧界先驱者们的呼声是可以理解的，比如珀斯的女演员妮塔·潘内尔。她在我的几出戏里都扮演过角色，虽然并不是所有角色都有影响。后来是凯特和马克斯，他们都给了我很大的支持。

《大玩具》由吉米导演，另一位澳大利亚戏剧界的天才布赖恩·汤姆森任舞美设计。上演之后，像十几年前《季节》引起那些头脑简单、质朴无华的郊区居民的愤怒一样，这出新戏又在庸俗狡诈的富人中间引起不安和轰动。我在《大玩具》中力图表现的是今天悉尼上流社会的腐化和堕落。出于文化娱乐或者出于社会责任，这个阶层的成员们来看了这出戏。但是它所呈现的画面、揭示的政治内涵使他们大为光火。时髦的太太们对这出戏持非常激烈、否定的态度。当然她们之中也有的人比较诚实，只是说它"太露骨了"。听说有人去看一位著名画家的画展，看到一幅题为《玛格·博赞基特》的油画之后，便到处打听他们的朋友之中谁是玛格的原型。还有人说我对法律一窍不通。他们认为剧中人里奇·博赞基特是对一位高级律师辛辣的讽刺和拙劣的模仿，是一个怀有恶意的角色。后来有的人又说压根儿就不像，要么就说他是生活中的这个人或者那个人。总而言之，《大玩具》没有为人们所接受。公众舆论是：它太黑暗、太危险了。打从最初上演至今好几年过去了，这出戏还被拍成影片在电视里播放。不过对于那些在玻璃大厅和豪华的起居室里看电视的人来说，这部片子不会给他们留下什么深刻印象。也许还得再等一个十五年。

老托特剧院倒闭之后，吉米·夏曼和他的助手们在悉尼仍然坚持献身于舞台剧艺术。他们曾在帕里斯剧院冒了几次险。可惜时运不好,银行里的账目和人情交往都搞得一塌糊涂。吉米一定为此受了不少苦,但是他沉着冷静、不露声色,照旧出入于剧院。当然,他脸色苍白,甚至腰都有点儿弯。演员们说他冷酷无情,不是一个好导演。但是对于我来说,他是作家的好朋友。他尊重别人,尊重别人的感情,特别是与布赖恩·汤姆森的合作真是令人感动。

在帕里斯,他计划上演多萝西·休伊特的《潘多拉①的十字架》(Pandora's Cross)、路易斯·诺拉的《幻觉》(Visions)。如果经费允许,还想排演怀特的《快活的灵魂》(Cheery Soul)。尽管汤姆森设计的布景极其漂亮,舞台上的演出也不无动人之处,多萝西的戏还是失败了,一股表示反对的风潮已经形成。那时正是寒冬,剧院里很冷,一群刚愎自用的观众倒是不畏严寒。他们谴责雷克斯·克里默芬尼把诺拉漂亮的剧本演砸了。凯特·菲茨帕特里克、约翰·盖登,s 以及我们一眼便看出才华出众的朱迪·戴维斯绝妙的表演都没能挽救当时的局面。帕里斯剧院在艰难中挣扎。看起来,《快活的灵魂》永远也不能被搬上舞台了。

吉米说过:"如果你能坚持下去,老天就不是下毛毛细雨,而是倾盆大雨了!"我们坚持着。即使没下倾盆大雨,《快活的灵魂》也终于被搬上歌剧院的舞台。这是我们力图用一家国立剧院代替老托特剧院来上演的第一场演出。我们打破了剧院上座率的记录。吉米和他的剧团(萝宾·内文饰"快活的灵魂"——多克小姐)再加上布赖恩·汤姆森制作的十分漂亮的玩偶匣②布景,使得悉尼的观众大开眼界。

---

① 希腊神话中主神宙斯命火神用黏土制成的人类第一个女性。
② 一种揭起盖子即有玩偶跳起的匣子。

后来，他们又拍了电影《夜幕下的小偷》(*The Night the Prowler*)。这部片子被少数人认为获得极大的成功。但是对于绝大多数只爱看那种内容浮浅的电视连续剧的澳大利亚人来说，却是一次失败。吉米·夏曼的艺术巅峰可以说是《威尼斯之死》。这出戏实在可以说是视觉艺术的奇迹。这是他和汤姆森·阿里吉、卢恰娜·阿里吉配合默契的结果。这出戏在阿德雷德艺术节上演之前，吉米被指定为艺术节的艺术顾问。这件事除了带来意外的喜悦，还将意味着什么，谁也无法预料。只有一点可以肯定："如果你坚持下去……"

我一直坚持着。如果我敢站出来说，我觉得这些年轻人像我的孩子，也许有人会嘲笑我，谴责我痴心妄想，企图通过和年轻人的接触使自己也变得年轻。我却不这样认为。我觉得人总是可以相互给予的，即使由于年纪的缘故，我的奉献只能是间接的、被动的。

1979年5月，吉米·夏曼又组织了一次活动。这次活动规模虽然不大，但让我永远难忘。那是我的生日。吉米请我们到他家做客。当时我们以为总是和吉米、吉米的弟弟一起吃一顿晚饭。到他家之后，四周一片寂静。我们摸黑走了几步，推开房门，眼前骤然一片光明，客厅两边挤满了我们的年轻朋友。对于我们这两个原本准备静悄悄吃一顿晚饭的老头来说，真是喜出望外。惊喜之余，我们不由得倒退了几步。可是金丝银箔满屋子飞舞，欢乐的仪式立刻把我们和大家融合到一起。桌子已经摆好，小吉米端上饭菜。客厅里布置出湖光水色、茫茫丛林、香槟、彩蝶交相辉映。凯特、马丁、伊丽莎白、凯瑞、露西、富兰克、弗兰、琳达、克林斯夫妇都来了。其间也有人发牢骚——这毕竟是派对的一部分。

琳达开车送我们回家。她的孩子们已经躺在后排座进入了梦乡。马路上依然有人走动。倘若别的时候，这情景或许会让人想起邪恶和阴谋。加油站外面,几辆汽车已经启动,亮着车灯疾驰而去,让你觉得那是一把把冒着烟的火炬,或许会点燃一堆更大的篝火。露珠从屋檐和树叶上滴下,枭栖息在圣栎枝头。公园里,水鸟在湖面呢喃细语。露西吻着我,道了晚安。澳大利亚在沉睡……

诺贝尔文学奖

似乎有先兆,早晨有人把一束白玫瑰放到我的门前,但是没有任何来自官方的消息。晚上睡觉的时候,还不知道这个惊人的消息正等待着我们。我已经迷迷糊糊进入梦乡,突然被一阵门铃声吵醒,接着便听见有人咚咚地敲前门。曼努雷从来不是一个好"舍监",连忙去看发生了什么事情。来了一群人,向他报告我获得了诺贝尔文学奖,希望我能出来见见他们。曼努雷说我已经上床睡觉了,不会再爬起来接见任何人。他让他们最好第二天早晨来,我总是不到六点就起床。他们便朝他大声嚷嚷,说如果我不马上出来,就得不到这项具有国际影响的大奖了。曼努雷说我不会在乎这些,并且坚持让他们第二天早晨来,说着就关上了门。

前门、后门叮叮咣咣的敲打声又开始了。新闻记者们推举出来的代表在房子周围转来转去,洗衣房和狗窝里的狗汪汪地叫着。人声不断。一位时髦的女记者碰巧认识我的一位邻居,便把他喊起来,一块儿求我半夜三更爬起来接见他们。人声、脚步声不绝于耳。好几位先生拿着闪光灯、照相机,干脆在门前的草坪上安营扎寨。后来,记者们终于认识到我比他们还固执,这才悻悻而去。

我没有食言,第二天一早就接见了卷土重来的记者们。我坐在门廊前面,或者说被那些想在更明亮的光线之下拍照的记者们硬拖到门前的草坪上。我已经不再是人,而是他们职业需要的一个对象。他们没完没了,问题提了一个又一个。至于这些问题多么荒唐可笑,已经无关紧要。当然,这也许是那种依赖于人的职业所致。我坐在那儿,面对照相机,回答了一整天问题,直到晚上7点钟,前来访问的人才渐渐离去。我刚刚松了一口气,一个神情激动的芬兰女记者沿着小路气喘吁吁地跑来,生怕误了这次会见。要知道,她是专程从地球的另一边飞到这儿来的。一位从新加坡来的、十分冷静的年轻女性,一向以中国人务实的精神处事,从未错过类似的机会,唯独这次落了空。我本来想向她做一点解释,可是实在累得精疲力竭,连一句话也不想再说。而且我忘了还得去见学术界那些贪得无厌的家伙。曼努雷有时候比我更有预见性,他预言说:"我们的生活再不会像从前那样了。"他说的完全正确。

我说过,十七岁的时候,为了博得妈妈的欢心,我曾连续两个星期每天晚上都去跳舞。等到这并不虔敬的两个星期结束,我就再也没有去过舞会。我获得诺贝尔文学奖以后的处境和这种情形很有点相似之处。我不得不承受那种荒唐的后果,以满足那些把这项大奖授予我的先生。从那以后我几乎连一次采访也不曾接受,当然也就是可以理解的了。当时我没有接受亲自到斯德哥尔摩领取奖金的邀请。对于那些并不了解我的禀性和我的著作的人,我的这种态度至今不可思议。

有人律议请西德尼·诺兰代表我去领奖。我觉得这倒是个好主意。因为诺兰夫妇正好在北半球,而且西德尼本人很喜欢在这种浮华的盛典出头露面。就这样,诺兰夫妇代表我去了斯德哥尔摩。后来听说为了那次盛会,光系领带就把他们折腾得够受。对此我深表同情。因为我就是对着镜子照来照去,总也系不好领带的人。他们对会议期间安排的活动很感兴趣。举行颁奖仪式的那个晚上,西德尼非常紧张。他说,为了表现得轻松一点,他只好一直喝酒,而且居然上了瘾,一直过了好长时间才改了这个坏毛病。我听了很是内疚。我是不是该因此而对一位艺术家的垮台、对丈夫与妻子感情的破裂、对我们之间亲密友谊的终结而负责呢?

的确,正如曼努雷预言的那样,生活再不会像从前那样了。

诺贝尔奖授予科学家或许是正确的。在落后、闭塞、交通不发达的时代,授予作家也未尝不可。读一读叶芝关于他怀着庄严的心情,乘船渡海到斯德哥尔摩领取诺贝尔文学奖的描述,便会得出这样的结论。他的父亲 J. B. 与现代人有很大的不同。他一定会理解我为什么对这项最高的文学奖如此不恭。

还有什么可说的呢?

回忆——友谊——爱情,虽然像一层薄冰——食物,如果牙齿允许的话——睡觉——夜幕……倘若我真有几个孩子,这一切又会有什么不同呢?这一点我很怀疑。我会是一个惹人讨厌的、爱生气的父亲。由于夫妻不和而生出的各式各样的苦恼会充斥整个家庭。我不知道是否会像那么多的父母那样,也用"做出了传宗接代的贡献"这样的借口哄骗自己。

我视财产如粪土,从来不把那几样"传家之宝"看得多重:父亲给我留下一个凹面镜、一把镶着金字花边的象牙发梳,克莱姆·威西科姆还留下一座正歪放置都会走动的时钟。发梳上面的硬毛因为经常梳理继承人稀疏的头发,并且不时用一枚大头针剔除上面的污垢,已经变得参差不齐。那座钟的指针总是指向错误的地方。这些便是我的"传家之宝"。我不能抹杀我的记忆,它们就像粘在身上的蜘蛛网,而奔腾的血像一条无法跨越的大河。

你到达一个目的地,得到了一切,可那一切又等于什么都没有,只有爱给你以报偿。当然我说的爱并不是基督教教义中的爱。滥用基督教的所谓爱,并且不加区别地施之于整个人类,最终只能像暴力和仇恨一样,给这个世界带来灾难与损害。对于一个病态的社会,"顺势疗法"的爱要比不加区别、大量发放的爱更起作用。基督教的爱已经失掉了它的效力,就像抗生素因为剂量过大而失效一样。

基督徒们或许会说我并不理解基督教的爱。也许我真不理解,这是一门高深的学问。当我说"只有爱给你以报偿",是指个人之间的爱,而且不一定非是情爱,尽管从某种意义上讲,情爱更有魅力。那些以为我不懂得基督教的爱的人或许会得到另外一些人的支持,把我的这种说法解释成是一个老年人在情欲从够不着的地方漂流而过时,抓到的一根稻草。如果这种说法可以解释得通,那就随他解释去吧。在一个土崩瓦解的世界,在我们这样的年纪,还有什么可说的呢?

我经常从报刊上看到,人们说我是个厌恶女人的人。如果我跟一个或者两个女人结过婚,还跟另外三百个女人睡过觉,对她们都很糟糕,人们就该说我是个色鬼,并且一笑置之。只有那些女权主义者才会对我表示谴责。在生活中我见到的和蔼可亲的女人远比和蔼可亲的男人多。那些认真读过我的小说,而不是当作茶余饭后消遣的东西信手翻上一翻的人们一定会从我的作品中发现这一点。当然,我笔下的女人都有各自的缺点,因为她们也是有血有肉的人,和我一样。这也正是我之所以写这本书的原因。每天,在书桌旁边坐下,心里都会产生对自己正做的事情的反感与厌恶。我挣扎着,排除掉这种感情,因为不管怎么说,还得硬着头皮做下去。

从前那些仰着小脸儿看我的孩子已经长成颇具澳大利亚风格的棒小伙子和漂亮姑娘。现在该他们弯腰"俯瞰"我了。最近我在大街上又碰到这样一位"小上帝"的母亲,她请求我帮助她的儿子"提高想象力"。这位母亲先对我讲这个学年他必须在学校里读的书。"用法语写的什么玩意儿……是加缪①写的……我没记住书名……那几本英文书我也不记得了,不过可以问他。"按照母亲的说法,这个孩子属于"如果用不着赚钱糊口,就可能成为艺术家"的那种类型。

这天早晨,秋高气爽,公园里的雾气还没有散尽。那位未来的艺术家沿着人行道,向我迎面走来。

我忙问:"你母亲告诉我的那本加缪写的书是 *L'Étranger*(《局外人》)吗?"

小孩说:"是的,正是我们现在念的那本书……"

他正擦脸上的汗水。回答一个只提了一半的问题,一定是一种可怕的经验。我连忙又问:"那你读过什么英语小说呢?"

小孩吭吭哧哧,半晌才说:"记不得了……"他气喘吁吁,擦了擦额头的汗水,"等想起来再告诉你……"

---

① 阿尔贝·加缪(Albert Camus,1913—1960):法国小说家、剧作家,1957年获诺贝尔文学奖。

我放他走了。他小心翼翼走出我的视野。他就这样心不在焉地走掉了吗？或者对于这位澳大利亚少年、这位母亲想象之中的未来的艺术家，我只是一个"局外人"？如果我能活到他长大成人、可以和我通信的时候，他会以澳大利亚律师、医生，乃至政治家标准的腔调跟我对话吗？不，可怜的孩子，他太羞怯了，还不至于滑得那么远。至于艺术家，没有一点哪怕是最微弱的火花，不被父母的养育、学校的教育，以及种种社会活动所扑灭。艺术家当然存在，但是他们不得不在与那种驯顺的国民性的搏击中求得生存和发展。

看到小一点的孩子还是一种快乐。尽管萨拉·V已经开始表现出双重的人格。穿上女修道院发的制服，扮演修女们要求她扮演的角色时，她是个纯洁无瑕、毕恭毕敬的小姑娘。到了晚上，萨拉就换了一副模样，她板着面孔，嚼着泡泡糖，穿着高跟鞋，在大街上走来走去。

萨拉·V（满嘴泡泡糖，有几分羞涩）：我要做一个关于您的研究项目。

我：关于我，你都知道些什么？

萨拉·V（做了一个鬼脸，吹出一个泡泡）：我还没开始呢！

另外一个小萨拉，生活在充满幻想的世界里，还没有从童年时代坍塌了的现实之中走出来。她想长得又高又大，像个男子汉——"因为男人做大事!"男孩子们因为她有印第安人血统，对她加倍赞赏（其实她压根儿就没有，只不过她母亲是加拿大人）。

这天下午，萨拉·R赤裸裸地站在一棵桑树稀疏的阴影下面，只有颜色很淡的长发和三角裤衩遮掩着白皙的肌肤,树影轻轻摇曳着她的天真。她手里端着一个玻璃啤酒杯,里面盛着半杯绿色的柠檬水。我和她中间有一道花墙。大街上的车川流不息,不时淹没她滔滔不绝的说话声。不过她说的话我虽然有一半没听清楚,还是弄清了她没有上学的原因——拉肚子。她还告诉我,她半夜三更起来,吃了好多巧克力——"最坏的东西……"萨拉·R是个天生的长舌妇,对于任何一个小说家这都是难得的馈赠。也许她自己就会是个小说家。

> 萨拉·R:……我们第一次打了一架……那个叫安德鲁的男孩儿,十四岁……后来尼古拉斯来了……

我终于弄明白,她是和隔壁新搬来的邻居打了一架。我告诉她,我敢肯定,像她这样一个又高又壮的姑娘一定能把一个十四岁的男孩儿制得服服帖帖。她站在那儿,手里端着半杯柠檬水,神情呆板,半响才拾起话头。

> 萨拉·R:……安德鲁和尼古拉斯……还有乔吉和凯茜——这两个女孩儿是收养的。
> 我:我见过那个凯茜,她是那个红头发……
> 萨拉·R:不,是淡黄色。
> 我:不过我没见过乔吉。
> 萨拉·R:是的,你没见过。可乔吉见过你。

我一下子像泄了气的皮球,推说已经太晚了,得赶快回家。但是我真舍不得离开树荫下那个天真无邪而又无所不知之所在。

我领着我的小狗从那幢公寓旁边走过时,也许完全是偶然,碰见了那个最小的姑娘。她抱着一只名叫西摩的小花猫。

"这几条小狗叫什么名字?"

"黛西和潘茜。"

"有公的吗?"

"都是小母狗。"

"潘茜看起来像公的。"

"可不是……潘茜的阴部总是鼓鼓囊囊。"

西摩的主人在我们身后跑了几步。"你叫什么名字?"

"帕特里克。"

"你的妻子叫什么名字?"

"我没妻子。"

她似乎难以置信。

"有猫吗?"

"有,丑丑和高夫。还有两条狗,内利和欧雷卡。"

我继续走着,等意识到还没问这位朋友的名字时,已经太晚了。而姓名是那么重要。我和她萍水相逢,以后恐怕再难见面。

可是,她并没有从我的生活中永远消失。她也叫凯特。那次见面之后,这个固执的小女孩儿一直找到我的后院。

我和邻居中的成年人似乎没有这种"萍水相逢"的故情。他们默默地活着,直到被装进棺材抬了出去。绝大多数年老的爱尔兰天主教徒都是生在自己的房子里,也死在自己的房子里。我们一块儿经历了疾病、恶劣的天气、政治危机,以及房屋被拆毁的威胁。我们已经到了扔酒瓶子时不再因为怕人笑话而遮遮掩掩的年纪。狗凭气味儿就能认出我们。律师和医生总提防着我们。我对外国进口的东西很感兴趣。阿尔基替我弄清了从哪儿能买到速溶咖啡。黑人老太太艾丝米认定我也有黑人血统。我们经常在一块儿谈论花园,谈论游泳池的利与弊。她认为游泳池有助于女人受孕。自从艾丝米的狗鲁弗斯企图"奸污"我那条已经绝育的母狗欧雷卡,我们之间的关系就越发热乎起来。

欧雷卡——这条个头挺大的、爱吵吵的红毛杂种狗刚满百天的时候,就被先前的主人扔到公园。它躺在栏杆那面呻吟了三天,我们善心大发,把它弄了回来,从那以后,一直后悔收留了它。当然,有时候它也很讨人喜欢。它是个趾高气扬的笨家伙,一点儿脑子也不动便伸出爪子抱住狮子狗的脑袋亲昵起来。舔你胳膊的时候简直能把皮扯下来,还爱把爪子伸进口袋瞎扯。它经常用爪子在自己身上抓出一道道血印,用尾巴把花草搅得一塌糊涂,还把我的盆景搞坏。起初它还吃屎,这当然可以理解,它被扔在那儿饿了好几天。现在它的眼睛不再是一片茫然,而是像个后宫小妾,媚眼里充满了虚情假意。它那黝黑的鼻子也越来越敏感。如果给它机会,它会爬到床上,陪你一直睡到天亮,并且嚼碎你的毯子。哦,欧雷卡,这个捡来的家伙。

在未来的日子里,我们的关节将变得僵硬,看东西会越来越模糊。那时候,当我们吱吱咯咯地绕着麦罗山的山坡行走时,那些喜欢偷窥的人,一定觉得我们是远古时代留下的两个怪物。如果不遭天外飞来的横祸,我相信,我们会像别的那些经历过种种苦难、信仰东正教的夫妇一样，继续生存下去。我们会在黑暗中跌跌撞撞、磕磕绊绊，四处寻找后终于找到丢掉的东西；会因时而易，使出浑身解数，扮演几个角色中的一个：丈夫/妻子，父亲/母亲；更重要的是，让生命不断延续。我们也会同样发生口角，表示相互的不满，事后为了补偿，又向对方施一点小小的恩惠。

清晨总是一天最好的时刻。童年时代，当金色的阳光从百叶窗射进卧室，我便从床上爬起来，跑到餐厅，把桌上的樱桃蜜饯和头天晚饭杯中的残酒扫荡一空，然后专心一意读起莎士比亚。现在，早晨醒来，没有百叶窗的窗户已经在晨光中泛白，我用滴管滴眼药水的时候，小鸟的第一声鸣叫已经在我耳边回响。花园里阳光明媚，不管愿意与否，我都被迫低下了头。老年人的早晨没有骄傲可言。蜘蛛网像套在头上的蒙面袜一样，紧紧粘在你的身上。狗沿着昨夜负鼠留下的踪迹去追已经跑得无影无踪的猫。跑够了，欧雷卡便汪汪地叫着，仿佛要把我也拉入阳光、花香和露水交织而成的"大瀑布"之中。像平常一样，我们尽量让自己镇定下来。

在结束这本书的时候，我不想只让早晨明媚的阳光照耀这人生的舞台。我想把我经历过的一切都呈献给我的读者。碎裂和弥合；黎明，沐浴在晨光中的玻璃窗；夏日，悉尼街头水汽蒙蒙，五颜六色的服装、盛开的喇叭花和它们精疲力竭的柱头；雾气揪扯着空旷的百岁公园里的枯草；军乐队顶着骄阳练习，赛马在骑手的吆喝下绕着圈儿慢跑；躲在大树枝头的小鸟发出清脆的叫声，金丝雀摇着尾巴，鹧鹆掠过水面，夜莺落在曼努雷从前在城堡山凿刻的那个石头浴盆周围，就好像准备迎接仁慈与宽厚的第二次诞生。

马丁路20号
——帕特里克·怀特印象

李 尧

马丁路20号,第一次站在它的门前时,我就知道这里原先是一座海风吹积而成的沙丘,房前只有三棵橡胶树,是帕特里克·怀特的挚友曼努雷先生花了整整七年的时间,才开辟出的一个"既有当地特色,又有欧洲风格"的花园。

马丁路20号,我还知道土著居民管它叫"麦罗山山顶",与百岁公园相邻,在它宽敞而舒适的书房里,帕特里克·怀特写下了著名的长篇小说《风暴眼》《坚实的曼陀罗》《特莱庞的爱情》《树叶裙》……

哦,马丁路20号,这让我魂牵梦绕的地方!我伸出一根手指,轻轻地按响门铃。门开了,站在面前的是一位拄着拐杖的老人。我一眼认出这就是帕特里克·怀特。是的,我怎么能认不出他来。打从1983年翻译他的长篇小说《人树》以来,这位年逾古稀的老人便以不可抗拒的力量闯入我的生活,成了我工作、学习的"主旋律"。只是和照片上的怀特相比,他已经苍老了许多。他佝偻着腰,向我伸出一只瘦骨嶙峋的大手。握住这只手,我颤动的心房骤然涌出一股酸酸的感情。是对坎坷人生的感叹,还是对无情岁月的怨恨,很难说清。我只是觉得我所崇敬的帕特里克·怀特应该更年轻,更年轻!从他的著作,特别是我正在翻译的他的自传《镜中瑕疵》中,我时时感受到一股巨大的力量和热情。在这股热情的冲击与带动之下,他曾经投笔从戎,战斗在北非战场,为反法西斯战争的胜利贡献了自己的力量;他曾经冷眼向洋,站在希腊圣山辉煌的殿堂,为自己,也为整个人类悟出那么多人生的真谛;他曾经呕心沥血,写下一部又一部动人心魄的长篇巨著,将澳大利亚人鲜明、生动的形象呈现给这个世界,并且在世界文坛,为澳大利亚赢得了盛誉——诺贝尔文学奖。

而眼前的怀特是一个极其普通的老人,他拄着拐杖,颤颤巍巍地把我领进客厅。

刚刚落座,曼努雷先生便捧给我一杯香茶,然后也在沙发上坐下。这位希腊老人和怀特同岁,看上去却比怀特年轻许多。四十多年前,这两位反法西斯战士相逢在北非战场,从那以后一直相依为命,厮守到今天。在怀特的生活中,曼努雷享有崇高的地位,他的许多著作的扉页上面都写着:献给曼努雷。而《镜中瑕疵》又将他与他之间那种微妙、深挚、永难割舍的关系,毫不掩饰地剖白于世。喝着曼努雷亲手沏给我的茶水,我又一次为他们的坦诚而感动。

我和怀特先生的话题很快便转入对于他的著作的翻译。他很高兴我喜欢并且翻译他的作品,也深知我是选择了一条艰难的道路。他说过,曾经有三个苏联女翻译都因为译他的作品而得了神经衰弱症。这是因为作为现代主义文学大师的帕特里克·怀特,无论在主题的开掘、技巧的探索、语言的运用、人物的刻画上都有其独特之处。他的著作就连澳大利亚人也觉得深奥难懂,作为翻译,碰到的问题就更多。怀特先生很理解我的苦衷,他从书架上拿出一本《镜中瑕疵》,指着几个段落告诉我,对于中国读者和译者,这几节可能很难懂,可以在翻译时将其删节。但我是一个执拗的译者,还是坚持一字不删地把怀特先生这部反映他一生的佳作奉献给中国读者。怀特先生十分高兴,拿起一支笔,用颤巍巍的手,在扉页写下这样一段大字:

给我的勇敢的译者李尧
愿他和他的读者能因此书获益

帕特里克·怀特

悉尼 1988

望着那苍劲有力的字迹,我默默地接过他的馈赠,抱定一个决心,做一个无愧于这位文学大师的勇敢的译者。

我将自己刚刚出版的一本中短篇小说集《秋天的微笑》送给他,还翻到"后记",把与他有关的一段译给他听。怀特老人点头微笑,很高兴他的作品能给一个中国作家以营养和帮助。他对中国人民怀着十分美好的感情。他对我说,非常想去中国看看,可惜太晚了,他已七十六岁,又常受哮喘之苦,此生恐怕难以成行。但他希望他的作品能通过我的劳动,和中国广大读者见面。他说,真正的文学应该属于全人类,真正的文学没有国家和民族的界限。作为作家,我们都要为人类最美好的感情和事业而奋斗。我知道他自己就是这样身体力行的。他的作品和他的行为无不体现出这样一种为真理勇敢搏击的精神。现在他虽然体弱多病,闭门谢客,但仍然关心着这个世界,关心着人类的命运。他是澳大利亚作家反核武器组织的重要成员,正在为今年11月召开的一次会议准备发言,会议讨论的议题是:"作家和艺术家在没有核武器的未来扮演什么角色"。

听着他充满激情的话语,因为他的衰老而在我心海深处掀起的一丝悲凉之感突然烟消云散。我深深地感到,我所敬重的帕特里克·怀特先生依然年轻,他依然高举生命的火炬引领着壮美的人生!我激动地挽起他的手臂,一起走出客厅。

屋外,春风和煦,马丁路20号沐浴在落日的余晖之中,显得秀美恬静。我又想起怀特先生在《镜中瑕疵》中的几句话:"坐落在马丁路的这幢房子和我们同一年来到这个世界。它也许就是为我们而建造的。内莉·考克斯不过是受了命运的差遣找到了它的下落。我们已经经历过的以及无论在哪儿都会经历的无法避免的阴郁和痛苦,都被这幢房子那种和谐的气氛冲淡了。"我在同样和谐的气氛之中,在马丁路20号的一片绿荫下和帕特里克·怀特先生合影留念。于是,这座与百岁公园相邻的"麦罗山山顶"以其更加生动、更加鲜明的形象永远留在我的心底。绿荫拂动,"山顶"上一位冷峻而又慈祥的老人正用一双深邃、智慧的蓝眼睛注视着我,把力量和信心传递给我。我禁不住张开双臂热烈地拥抱它——马丁路20号!

1988年10月

新版译后记

帕特里克·怀特先生出生于1912年5月28日。2022年5月28日,是他诞生110周年的日子。浙江文艺出版社在这个值得纪念的时刻重新出版他的自传《镜中瑕疵》实在是一件令人欣慰的事情。

我最初接触怀特先生的作品是在1980年。一本《人树》(*The Tree of Man*)把我带进一个陌生而又奇妙的世界。后来我和胡文仲教授合作完成此书的翻译。该译本从1991年起,先后由上海译文出版社和浙江文艺出版社出版了四次,印数达四万余册。我还和胡文仲教授的博士研究生倪卫红合作翻译了他的另外一本长篇小说《树叶裙》(*A Fringe of Leaves*)。这本书1995年由中国文学出版社出版后,2021年又由浙江文艺出版社出版。从2019年起,我又翻译了怀特先生晚年最重要、最优秀的长篇小说《特莱庞的爱情》(*The Twyborn Affair*)。怀特和他的作品一直在我心中享有崇高的地位。但真正让我和怀特先生以及他的作品结下不解之缘的是他的自传《镜中瑕疵》(*Flaws in the Glass*)。1988年8月,我在悉尼马丁路20号,拜会了帕特里克·怀特。期间,他从书架上拿下他的自传《镜中瑕疵》，送给我。并且在扉页写下一行字："To my brave translator Li Yao, may he and his readers be rewarded. Patrick White, Sydney 1988."（给我勇敢的译者李尧，愿他和他的读者能因此书获益。帕特里克·怀特，悉尼 1988）。

我怀着万分激动的心情接过他的馈赠，暗下决心，一定翻译好这本书，做一个无愧于这位文学大师的"勇敢的译者"。分别前，怀特对我说，他非常想去中国看看，可惜太晚了。他已经 76 岁，又常受哮喘之苦，此生恐怕难以成行。如果能让他的自传，与中国广大读者见面，也算了却了自己的心愿。1990 年 8 月，在我拜会怀特先生整整两年之后，《镜中瑕疵》由中外文化出版公司出版。为祝贺澳大利亚最伟大的作家帕特里克·怀特的自传在中国问世，澳大利亚驻华大使沙德伟先生于 1990 年 8 月 8 日在大使馆举行新书发布会。王佐良教授、冯牧先生、胡文仲教授、袁鹰先生等首都文化界知名人士以及澳大利亚文化艺术界人士出席了这次活动。席间，我和时任澳大利亚大使馆文化参赞的周思先生约定尽快寄一本《镜中瑕疵》给帕特里克·怀特，让他跟我们一起分享这份喜悦。但谁也没有想到，怀特先生此时正缠绵病榻，更没有想到时隔不久，澳洲一代文豪帕特里克·怀特于 1990 年 9 月 30 日在马丁路 20 号他的家中溘然长逝。

噩耗传来，我心中生出无限的遗憾和悲凉。总觉得没能早日出版此书，实现他的心愿，愧对了怀特先生对我的期望。所幸 30 多年来，《镜中瑕疵》在包括台湾麦田出版社在内的海峡两岸多家出版社连连再版。特别是三联书店于 2016 年将这本书列入"文化生活译丛"纪念版，使其产生了广泛的影响。现在浙江文艺出版社将其纳入国内已经出版的帕特里克·怀特作品集中，让它以崭新的面貌流传于世,既告慰了怀特先生的在天之灵,也减轻了我心中的愧疚之情。

以此为记,谨向浙江文艺出版社的编辑朋友致以深切的谢意!

译　者

2022 年 5 月 28 日于北京

FLAWS IN THE GLASS: A SELF-PORTRAIT by PATRICK WHITE
Copyright: © 1981 BY PATRICK WHITE
This edition arranged with Jane Novak Literary Agent
through BIG APPLE AGENCY, LABUAN, MALAYSIA.
Simplified Chinese edition copyright:
2022 ZHEJIANG LITERATURE AND ART PUBLISHING HOUSE
All rights reserved.
本书中文简体字版版权,浙江文艺出版社独家所有。
版权合同登记号:图字:11-2022-018 号

图书在版编目(CIP)数据

镜中瑕疵 /(澳)帕特里克·怀特著;李尧译. —杭州:浙江文艺出版社,2022.9
ISBN 978-7-5339-6838-0

Ⅰ.①镜… Ⅱ.①帕…②李… Ⅲ.①传记文学-澳大利亚-现代 Ⅳ.①I611.55

中国版本图书馆 CIP 数据核字(2022)第 068442 号

统　　筹	曹元勇
策划编辑	李　灿
责任编辑	睢静静
责任印制	吴春娟
装帧设计	山川制本 workshop
营销编辑	胡凤凡　耿德加
数字编辑	姜梦冉　诸婧琦

镜中瑕疵
[澳]帕特里克·怀特 著
李　尧 译

出版发行	浙江文艺出版社
地　　址	杭州市体育场路 347 号
邮　　编	310006
电　　话	0571-85176953(总编办)
	0571-85152727(市场部)
印　　刷	上海盛通时代印刷有限公司
开　　本	889 毫米×1240 毫米　1/32
字　　数	240 千字
印　　张	11
插　　页	4
版　　次	2022 年 9 月第 1 版
印　　次	2022 年 9 月第 1 次印刷
书　　号	ISBN 978-7-5339-6838-0
定　　价	66.00 元(精装)

版权所有　侵权必究

一本书打开一个世界

欢迎订购、合作

订购电话：0571-85153371

服务热线：0571-85152727

KEY-可以文化

浙江文艺出版社

京东自营店

关注 KEY-可以文化、浙江文艺出版社公众号，
及浙江文艺出版社京东自营店，随时获取最新图书资讯，
享受最优购书福利以及意想不到的作家惊喜